EN LAS REDES DEL OLVIDO

MARY JO PUTNEY

EN LAS REDES DEL OLVIDO

Titania Editores

ARGENTINA - CHILE - COLOMBIA - ESPAÑA
ESTADOS UNIDOS - MÉXICO - PERÚ - URUGUAY - VENEZUELA

Título original: *Loving a Lost Lord*
Editor original: Zebra Books, Kensington Publishing Corp., New York
Traducción: Claudia Viñas Donoso

1ª edición Enero 2011

Copyright © by Mary Jo Putney, Inc., 2009
All Rights Reserved
Copyright © 2011 *by* Ediciones Urano, S.A.
Aribau, 142, pral. - 08036 Barcelona
www.titania.org
atencion@titania.org

ISBN: 978-84-96711-98-3
Depósito legal: B-42.451-2010

Fotocomposición: A.P.G. Estudi Gràfic, S.L.
Impreso por Romanyà Valls, S.A. - Verdaguer, 1 - 08786 Capellades (Barcelona)

Impreso en España - *Printed in Spain*

A todos los maestros que me han enseñado
a amar los libros y la educación.
¡Gracias por vuestra paciencia!

Agradecimientos

Vaya mi gratitud especial a Shobhan Bantwal, escritora y experta en todas las cosas indias e hindúes. Cualquier error es mío.

Como siempre, gracias a los miembros de Cauldron, por el intercambio de ideas y el apoyo. Y gracias especiales a Kate Duffy, editora que sabe hacer ronronear a una escritora.

Capítulo 1

Kent, 1812

Las visitas que se presentan por la noche nunca traen buenas noticias. Los golpes en la puerta de su ala particular en la inmensa casa señorial Westerfield Manor, despertaron a lady Agnes Westerfield. Puesto que los criados dormían dos plantas más arriba y deseaba parar el ruido antes que despertara a sus alumnos, se puso las zapatillas y la bata de lana y salió en dirección a la puerta.

La luz de la vela formaba sombras inquietantes en las paredes; la lluvia suave pero pareja caía sobre las ventanas y su golpeteo fue interrumpido por dos sonoras campanadas del reloj del vestíbulo.

Entre las tranquilas colinas de Kent era improbable que los ladrones golpearan la puerta, pero de todos modos preguntó:

—¿Quién es?

—Randall.

Al reconocer la voz abrió la puerta, y el corazón se le vino al suelo al ver a los tres jóvenes altos en la escalinata de entrada.

Randall, Kirkland y Masterson habían formado parte de su primera clase, sus «señores extraviados», como los llamaba, que necesitaban especial cuidado y educación. Eran seis chicos los que formaban esa clase, y se hicieron tan amigos que estaban más unidos que si fueran hermanos. Uno murió en el caos de Francia; otro estaba en Portugal. Que aparecieran tres de los otros con las caras angustiadas no presagiaba nada bueno.

Los invitó a entrar con un gesto.

—¿Le ha ocurrido algo a Ballard? —preguntó, dando voz a una preocupación que tenía desde hacía meses—. Portugal es un lugar peligroso, estando ahí el ejército francés enloquecido.

Alex Randall entró y se quitó la capa empapada por la lluvia. Cojeaba por una herida que le hicieron en la Península, pero seguía ridículamente apuesto con su uniforme escarlata del ejército.

—A Ballard no —dijo—. Se trata de... de Ashton.

Ashton era el sexto de la clase, el más enigmático y tal vez el más querido de todos ellos. Se preparó para la noticia:

—¿Ha muerto?

—Sí —contestó James Kirkland lisa y llanamente—. Supimos la noticia en el club e inmediatamente vinimos a comunicársela.

Ella cerró los ojos, angustiada. No era justo que los jóvenes murieran mientras los viejos seguían viviendo. Pero no había tardado mucho en comprender que la vida no es justa.

Sintió un brazo consolador sobre los hombros. Abrió los ojos y vio que era Will Masterson, serio y callado, que siempre sabía qué convenía hacer.

—¿Y habéis venido los tres para asistirme si me daba un ataque de histeria y me ponía a chillar? —preguntó, tratando de ser la tranquila directora a la que conocían desde hacía tantos años.

Masterson sonrió irónico.

—Tal vez. O tal vez simplemente deseábamos recibir consuelo de usted.

Esa era la verdad de fondo, supuso ella. Ninguno de sus jóvenes caballeros había tenido una madre decente, así que ella había asumido ese papel en sus vidas.

Apareció una criada bostezando, así que le ordenó que trajera comida para sus visitantes. Los jóvenes siempre necesitan comer, sobre todo después de una larga cabalgada desde Londres. Una vez que ellos colgaron sus capas empapadas los condujo al salón. Todos conocían el camino, porque habían sido visitantes frecuentes después de terminar su educación ahí.

—Creo que todos necesitamos coñac. Randall, ¿nos haces el favor de servirlo?

En silencio Randall fue hasta el armario y sacó cuatro copas. Sus cabellos rubios brillaban a la luz de la lámpara; estaba tan tenso que igual podría quebrarse.

Ella cogió una copa llena y fue a sentarse en su sillón favorito. El coñac le quemó la garganta, pero le agudizó la mente.

—¿Qué ocurrió? ¿Un accidente?

Kirkland asintió. Se veía diez años mayor.

—Ashton no ha estado enfermo ni un solo día en toda su vida. ¿Está la señorita Emily? Es necesario que lo sepa también.

Lady Agnes negó con la cabeza, deseando que su acompañante y amiga de tanto tiempo estuviera ahí para poder lamentarse juntas.

—Se fue a visitar a unos familiares de Somerset y volverá dentro de una semana. Tampoco está el capitán Rowling.

Contempló su copa, pensando si sería decente beber hasta quedar inconsciente; nunca lo había hecho, pero ese sería un buen momento para empezar.

—Fue mi primer alumno —dijo, en voz baja—. Si no hubiera sido por Adam no existiría la Academia Westerfield.

No se dio ni cuenta de que había llamado al duque por su nombre de pila y no por su título.

—¿Cómo ocurrió? —preguntó Masterson—. Nunca nos explicó la historia. Usted sabe cómo era Ash. Tratándose de su vida privada, hacía parecer parlanchina a una ostra.

Mientras él hablaba entró la criada con una bandeja bien cargada.

Los jóvenes se arrojaron como lobos sobre las rodajas de carne, queso, pan y verduras encurtidas. Sonriendo, lady Agnes sirvió clarete para todos, contenta por poder hacer algo por sus cuerpos, ya que no por sus espíritus.

Randall levantó la vista y la miró.

—Cuéntenos cómo comenzó todo.

Ella dudó un momento, pero enseguida comprendió que deseaba, necesitaba, hablar de cómo conoció al duque de Ashton cuando sólo era un niño.

—Acababa de volver con Emily de nuestros años de viajes. Aunque estaba encantada visitando tantos lugares lejanos, me pareció que era hora de volver al terruño. Mi padre no estaba bien y... bueno, había otros motivos también, pero no tienen importancia. Después de tres meses de haber regresado a Inglaterra, estaba impaciente, pensando qué podía hacer con mi vida. Ya le había organizado las cosas al administrador de aquí, de esta propiedad, y necesitaba un reto. Es una lástima que a las mujeres no se les permita entrar en el Parlamento.

Kirkland levantó la vista de su rodaja de carne, sonriendo.

—Me encantaría verla hablar a la Cámara de los Lores, lady Agnes. Me parece que los organizaría a todos en un santiamén.

—Encontré un mejor uso para mi energía. Un día iba caminando por Hyde Park, pensando qué podría hacer con mi vida, cuando oí restallar un látigo. Creyendo que alguien estaba azotando a un caballo, pasé por entre los arbustos y me encontré ante un hombrecillo horrendo que estaba soltándole maldiciones a un árbol. Sobre la rama de un árbol, encima del hombre, estaba Ashton con un cachorro de lo más indescriptible en los brazos.

—¡*Bhanu*! —exclamó Masterson—. Todavía echo de menos a ese perro. ¿Cómo diablos consiguió Ashton subirlo al árbol?

—¿Y por qué? —preguntó Kirkland.

—El hombre era el preceptor de Ashton, un individuo apellidado Sharp. Para ser justa —añadió sensatamente—, Ashton lo estaba volviendo loco. Se negaba a hablar en inglés y a mirar a los ojos a las personas. Su único amigo era ese sucio cachorro que encontró por ahí. Sharp ordenó que mataran al cachorro, pero el mozo al que le asignó la tarea no pudo soportar hacer eso y soltó a *Bhanu* en Hyde

Park. Cuando Ashton se enteró, huyó de la casa Ashton para buscarlo.

—Y no cejó en su empeño de tener al perro hasta que lo consiguió —musitó Randall—. Hombre más tozudo no he conocido jamás.

—¡Mira quién habla! —exclamó Kirkland.

La risa que provocó el comentario alegró un poco la atmósfera. Lady Agnes retomó el hilo de la historia.

—Cuando aparecí yo y pregunté qué pasaba, Sharp desahogó conmigo todas sus frustraciones. Le habían asignado la tarea de preparar al niño para que entrara en Eton. Al cabo de dos semanas ya estaba loco de frustración, y convencido de que el nuevo duque de Ashton era un bobo, que sería incapaz de aprender inglés, y de ninguna manera podría entrar en Eton. ¡El niño era un abominable miembro de Satán! Era un error haberlo nombrado duque, el título debería haber pasado a su decente primo inglés. Pero el padre del niño, bastante tonto, era un primo que creía que nunca heredaría el título, así que se casó con una puta india cuando estaba apostado en esa colonia. De modo que cuando murieron los otros herederos, nuestro Ashton acabó con el título, ante el horror de todos los miembros de la familia.

Sonó una rápida inspiración colectiva.

—Me extraña que Ash no le fuera detrás a su preceptor con un cuchillo —musitó Masterson.

—Yo sentí la tentación de arrebatarle el látigo a Sharp para azotarlo a él.

Pero en lugar de eso miró hacia la rama y vio el sufrimiento en la cara del niño mientras su preceptor despotricaba. El niño entendía todo lo que decía y sabía que lo despreciaban.

En ese momento le cautivó el corazón. Ella sabía muchísimo acerca de ser diferente, un paria en la sociedad para la que se ha nacido. Ese niño pequeño de pasmosos ojos verdes necesitaba una aliada.

—A Ashton lo habían tratado con desprecio todos los que lo rodeaban desde el momento en que se lo arrebataron a su madre en

India y lo embarcaron para Inglaterra. No es de extrañar que tuviera la esperanza de que con desearlo llegara a su fin esa horrible nueva vida. —Miró a cada uno de los jóvenes—. Y eso, señores, fue lo que me dio la inspiración para fundar la Academia Westerfield. Empleé mi más distinguida voz para proclamar que era lady Agnes Westerfield, hija del duque de Rockton, y que poseía una academia para niños de buena cuna y mala conducta. También aseguré que había aprendido métodos antiquísimos de disciplina durante mis viajes por el misterioso Oriente.

»A Sharp se le despertó el interés e hicimos un trato. Si yo lograba que Ashton se bajara del árbol y se comportara con cortesía, él recomendaría a los tutores fideicomisarios que lo enviaran a mi academia en lugar de a Eton. Así pues, convencí al hombre de que se alejara lo bastante para que no me oyera, saqué a relucir el hindi que había aprendido durante mi estancia en India y le pedí a Adam que se bajara del árbol. —Sonrió con cariño, recordando—. Claro que él hablaba inglés, perfecto. Yo sabía que tenía que haber aprendido el idioma de su padre. Pero puesto que yo hice el esfuerzo de hablarle en hindi, él decidió que era hora de bajarse del árbol para vérselas con el mundo que lo rodeaba. —Cuando llegó al suelo tenía la cara mojada por las lágrimas, pero eso ella no se lo diría jamás a nadie—. Aunque yo hablaba muy mal el idioma, por lo menos intentaba hacerlo. Entonces hicimos un trato los dos. Él estaría dispuesto a ir a mi nuevo colegio si le permitía llevar a *Bhanu* y que continuara sus estudios de mecánica, que había comenzado con su padre. Eso lo encontré totalmente aceptable y lógico. A cambio, esperaría que él se aplicara en todos sus estudios y aprendiera a hacer el papel del caballero inglés.

También le prometió que podía guardarse sus pensamientos íntimos. Arrancado del país donde nació y de los brazos de su madre, necesitaba saber eso.

—Entonces comencé la búsqueda de otros alumnos. Todos sabéis cómo llegasteis a Westerfield.

En la nobleza inglesa no había escasez de niños frustrados, que no encajaban en el molde de conducta que se esperaba de ellos. Randall, por ejemplo, había conseguido que lo expulsaran de Eton, de Harrow y de Winchester, los tres colegios privados más prestigiosos de Gran Bretaña; esa hazaña no había sido igualada, creía ella.

Los padres y tutores de los niños de su primera clase se sintieron agradecidos por haber encontrado un colegio respetable que aceptaba a sus niños problemáticos. Su extensa propiedad era muy adecuada para convertirla en colegio, y la elevada alcurnia de ella fue un poderoso aliciente. También lo fue que contratara al general Philip Rawlings. La fama militar del general era estelar, y los padres supusieron que él dominaría con mano de hierro.

Pero el general compartía la creencia que ella defendía de que la violencia no debe ser jamás el primer recurso para tratar a los niños. Aburrido por su jubilación, aceptó la oferta con entusiasmo. Con las conexiones que ella tenía entre el bello mundo y la capacidad de él para dar órdenes a niños sin siquiera levantar la voz, habían creado un colegio único.

Al año siguiente otros padres ya suplicaban por unas plazas, y las clases subsiguientes fueron más numerosas. Ella ya era una experta en aludir a sus misteriosos métodos orientales para crear caballeros bien educados y de buena conducta.

En realidad, sus métodos no eran misteriosos en absoluto, aunque sí poco convencionales. Cuando conocía a un niño, descubría qué era lo que más deseaba y lo que más detestaba; entonces disponía las cosas para que este tuviera lo que deseaba y no lo obligaran a aguantar lo que encontraba inaguantable.

A cambio, les exigía trabajar arduo en sus estudios y en aprender a jugar el juego de la sociedad. Cuando los alumnos comprendían que podían desempeñar los papeles que se esperaba de ellos sin perder sus almas, lo hacían bien.

Kirkland llenó las copas de todos con clarete y levantó la suya en un brindis:

—Por Adam Darshan Lawford, séptimo duque de Ashton y el mejor amigo que podría tener un hombre.

Los otros levantaron sus copas, solemnemente, y bebieron. A lady Agnes se le llenaron los ojos de lágrimas, y deseó que no se le vieran a la tenue luz. No le convenía arruinar su reputación.

Después del brindis, Kirkland dijo:

—Ahora su primo Hal es el octavo duque. Él fue el que nos comunicó la noticia, en realidad. Nos buscó hasta que nos encontró comiendo en el Brooks, porque sabía que desearíamos saberlo lo más pronto posible.

—Hal es un buen tipo —observó Masterson—. Estaba destrozado por la noticia. Heredar un ducado está muy bien, pero él y Adam eran amigos.

Ella conocía al primo de Adam. Realmente era un hombre decente, aunque convencional. La vida y el título Ashton continuarían. Se le ocurrió si habría alguna damita especial a la que debería informar de la muerte de Adam, pero él nunca había manifestado interés por ninguna mujer en particular. Siempre había sido muy reservado acerca de su vida privada, incluso con ella. Bueno, la noticia no tardaría en hacerse pública.

Cayendo en la cuenta de que aún no le habían explicado el accidente qué causó la muerte de Adam, preguntó:

—¿Cómo ha muerto? ¿Cabalgando?

—No —contestó Randall—, estaba probando su nuevo yate a vapor, el *Enterprise*, cerca de Glasgow. Junto con sus ingenieros hicieron una navegación de prueba por el Clyde. Navegaron una buena distancia. Acababan de virar para devolverse cuando explotó la caldera de vapor. Sobrevivieron seis, entre ingenieros y tripulantes, y los demás perdieron la vida.

—Probablemente Ash estaba en la sala de máquinas observando la maldita caldera cuando explotó —dijo Masterson en tono lúgubre—. Eso... habría sido rápido.

Ella pensó que si Ashton hubiera podido elegir la manera de

morir le habría gustado irse de esa manera. Sin duda era el único duque de Inglaterra que sentía esa pasión por construir aparatos mecánicos. Pero era especial en muchos sentidos.

Interrumpió sus pensamientos para asimilar lo que acababa de oír.

—¿Han encontrado su cadáver?

Los jóvenes se miraron entre sí.

—No, que yo sepa —dijo Randall—. Aunque nuestra información podría ser incompleta.

¡Podría estar vivo! Aunque deseaba angustiosamente creer eso, comprendía que esa idea era pura esperanza, no una probabilidad. Sin embargo...

—Entonces no hay ninguna prueba de que haya muerto.

—Con el incendio y el hundimiento del barco en aguas bravas, es posible que nunca se recupere el cadáver —musitó Masterson.

—Pero podría haber sobrevivido —dijo ella. Ceñuda, consideró las posibilidades—. ¿Y si quedó herido y llegó a la orilla a cierta distancia? En unas de sus cartas me explicaba lo fuertes que son las corrientes en las costas escocesas y de Cumberland. Al menos la corriente podría haber llevado su... su cuerpo tan lejos que no se relacionaría con la explosión de un barco a vapor a muchas millas de distancia.

—Es posible, supongo —dijo Randall, ceñudo.

—¿Por qué estáis aquí, entonces, en lugar de andar buscándolo? —ladró ella.

Todos se tensaron ante su tono duro. Al cabo de un largo silencio, Masterson dejó su copa de vino en la mesa con un golpe.

—Pregunta condenadamente buena. Me conmocionó tanto la noticia que me dejó de funcionar el cerebro. Iré al norte a averiguar lo que ocurrió. Los supervivientes podrán decirnos más. Tal vez, tal vez, haya ocurrido un milagro.

—No hay ni una maldita posibilidad —dijo Randall, apenado.

—Tal vez no, pero por lo menos me enteraré de algo más acerca de su muerte —contestó Masterson.

Soltando maldiciones en voz baja se levantó, y se tambaleó, por la combinación de cansancio y bebida.

—Yo iré contigo —dijo Kirkland rotundamente.

Él y Masterson miraron a Randall.

—¡Será una tentativa de locos! —exclamó éste—. Agarrarnos a una falsa esperanza nos hará más amarga la verdad al final.

—A mí no —replicó Masterson—. Me sentiré mejor por saber que lo he intentado. De acuerdo, es improbable que sobreviviera, pero hay posibilidades de que se encuentre su cuerpo.

Randall lo miró ceñudo.

—Muy bien, iré con vosotros. Ashton se merece que lo intentemos con todas nuestras fuerzas.

—Entonces está decidido, señores —dijo lady Agnes—. Podéis pasar aquí el resto de la noche y coger caballos frescos de mi establo. —Se levantó y, después de mirar a cada uno a los ojos, ordenó con voz acerada—: ¡Y si Adam está vivo, espero que lo traigáis a casa!

Capítulo 2

Cumberland, noroeste de Inglaterra
Dos meses antes

Cuando el recorrido de la casa finalizó en el salón, Mariah Clarke estaba mareada de felicidad. Se dio una vuelta completa con los brazos abiertos y el pelo rubio volando, como si tuviera seis años, y no fuera una mujer adulta.

—¡Es maravillosa!

Charles, su padre, fue a situarse junto a la ventana, para admirar el Mar de Irlanda, que brillaba a lo largo del límite occidental de la propiedad.

—Por fin tenemos casa. Una digna de ti. —La miró afectuoso—. A partir de hoy eres la señorita Clarke de Hartley Manor.

Señorita Clarke de Hartley Manor. Eso lo encontraba bastante amedrentador. Era hora de actuar como una damita. Se enderezó, se recogió el largo pelo y se lo enrolló en un moño flojo, con el fin de tener un aspecto más de acuerdo con sus veinticinco años, de verse más parecida a Sarah. Cuando era pequeña se pasaba bastante tiempo sola, así que se imaginó que tenía una hermana gemela llamada Sarah, que siempre estaba dispuesta a jugar. Siempre leal; la amiga perfecta.

Sarah era también una dama perfecta, ella no. Si Sarah fuera real, estaría vestida impecablemente y no llevaría ni un solo pelo fuera de lugar. A su vestido no le faltarían botones ni estaría manchado por sentarse en la hierba. Siempre cabalgaría en silla de mujer; no escandalizaría jamás a la gente del campo cabalgando a horcajadas. Sería capaz de hechizar a todo el mundo, desde bebés malhumorados a coroneles cascarrabias.

—Tendré que aprender el arte de supervisar una casa grande. ¿Podemos permitirnos tener más criados? Los tres que hay no bastan para una casa de este tamaño.

Él asintió.

—La misma partida de cartas en que gané Hartley Manor produjo también una bonita suma de dinero. Bien administrado, habrá suficiente para proveer convenientemente de personal la propiedad y hacer mejoras. Además, si administramos bien todo esto, producirá respetables ingresos.

Mariah frunció el ceño, desazonada por el recordatorio de cómo adquirió su padre esa propiedad.

—¿Quedó arruinado el caballero que perdió la propiedad?

—George Burke procede de una familia rica, así que no se va a morir de hambre. —Se encogió de hombros—. No debería haberse jugado la propiedad si no podía permitirse perderla.

Aunque ella no podía ser tan desdeñosa como su padre respecto al destino de Burke, no continuó con el tema. De niña había vivido con su bisabuela, que tenía sangre gitana. Y después de la muerte de Nani Rose, su padre se la llevó consigo a todas partes. Aunque lo quería, nunca le gustó esa vida errante, en la que con su encanto y habilidad con las cartas él había creado una vida a veces imprevisible.

Entonces, cuando el billetero de Charles estaba particularmente plano, ella decía la suerte en las ferias de las aldeas, habilidad que había aprendido de su bisabuela. No sabía ver el futuro, pero era buena para calar a las personas, así que las dejaba más felices con la vida y sus perspectivas.

Echar la suerte no era una actividad que la señorita Clarke de Hartley Manor pudiera confesar jamás. Menos mal que ya no tendría que volver a hacerlo.

—Les echaré una mirada a los libros de cuentas de la propiedad para entender mejor nuestras finanzas.

—Mi práctica niñita —dijo él, divertido—. Tendrás este lugar en orden en un santiamén.

—Eso espero, por supuesto. —Quitó la funda de holanda del mueble más cercano, que resultó ser un sillón de orejas tapizado en brocado azul. Como la mayoría de los muebles que quedaban en la casa, estaba raído, pero podía servir. En todas las habitaciones y paredes había espacios vacíos donde habían estado las cosas más valiosas. Qué más daba, los muebles y los cuadros siempre se podían reemplazar—. Con tan pocos criados, ni la casa ni el jardín estaban cuidados como sería de desear.

—Burke prefería gastar su dinero en una vida elegante en Londres —explicó Charles. La miró con el pesar que revelaba que estaba pensando en la madre que ella no recordaba—. Serás una espléndida señora de la propiedad. Pero es mejor que te diga ahora mismo que tan pronto como estemos instalados, tendré que marcharme y estaré fuera unas semanas.

Ella lo miró consternada.

—¿Es necesario eso, papá? Creí que ahora que tenemos un hogar, viviríamos en él.

—Y viviré aquí, Mariah. —Curvó la boca, irónico—. Ya no soy tan joven, y la idea de una casa cómoda es muy atractiva. Pero tengo que ocuparme de... de unos asuntos familiares.

—¡Asuntos familiares! —exclamó ella, sorprendida—. No sabía que tuviéramos familia.

—Tienes un montón. —Desvió la vista y contempló el mar otra vez—. Yo era la oveja negra y mi padre me repudió. Y con justicia, podría añadir. Ahora que me he vuelto respetable, es el momento de mejorar las relaciones.

Familiares. Qué concepto más extraño.

—¿Tienes hermanos? ¿Hermanas? ¿Tal vez yo tengo primos?

—Primos, ciertamente. Aunque yo no conozco a ninguno.

—Exhaló un suspiro—. Yo fui un joven muy alocado, Mariah. Sólo comencé a madurar cuando me responsabilicé de ti.

Ella intentó imaginarse cómo sería tener una familia aparte de su padre.

—Háblame de tu... de nuestra familia.

Él negó con la cabeza.

—No diré nada más. No quiero que te sientas desilusionada si todavía me está vedado entrar en la casa de mi familia. —La miró con expresión triste, sombría—. La verdad es que no tengo ni idea de qué ne encontraré ahí.

—Seguro que por lo menos algunos de tus parientes te darán una buena acogida. —Y añadió, intentando no revelar tristeza en la voz—: ¿Yo podría visitarlos?

—No me cabe duda de que incluso parientes que no me aprueban estarán encantados de conocer a la señorita Clarke de Hartley Manor. —Sonrió de oreja a oreja—. Ahora vamos a visitar la cocina. He descubierto que la señora Beckett es una excelente cocinera.

Ella lo siguió feliz, lista para probar el pan cuyo olor le había llegado cuando se estaba horneando. Valdría la pena añorar a su padre dos o cuatro semanas para por fin tener una familia.

Hartley Manor, varias semanas después

Mariah despertó con una ridícula sonrisa en la cara, lo que ya le ocurría todos las mañanas. Se bajó de la cama, se echó encima una bata y fue hasta la ventana a contemplar la brillante arena que bordeaba el mar. Todavía le costaba creer que esa hermosa propiedad se hubiera convertido en su hogar. De acuerdo, aun quedaba mucho trabajo por hacer, pero cada día había alguna mejora. Cuando regresara, su padre se sentiría sorprendido y complacido por su trabajo.

Una suave lluvia flotaba en el paisaje, tenue y mágica. Personalmente, no habría elegido el rincón más húmedo de Inglaterra para vivir, pero era igual. Puesto que estaba ahí, ya le gustaba cada gota de lluvia y cada giro de la neblina.

Con la esperanza de recibir una carta de su padre ese día, se vistió, procurando arreglarse lo mejor posible para parecerse a su digna hermana imaginaria. Mientras se cepillaba el pelo hizo la lista mental de las tareas de ese día. Después de desayunar iría al pueblo; primero visitaría al párroco, que le había prometido sugerirle hombres que pudieran ser buenos criados de puertas afuera.

El pensamiento se le quedó en el párroco. El señor Williams era soltero y atractivo, y ella había detectado simpatía en su mirada siempre que se encontraban. Si andaba buscando esposa desearía a Sarah, no a ella, pero estaba haciendo progresos en mostrarse respetable.

Después de visitar al señor Williams iría a tomar el té con su nueva amiga, la señora Julia Bancroft. Conocer a una mujer inteligente y entretenida de más o menos su misma edad era en cierto modo mejor que la admiración del párroco.

Viuda, Julia era la partera del pueblo y también sustituía al médico ya que no había ninguno en varias millas a la redonda. Trataba lesiones, heridas y enfermedades de poca importancia y sabía algo de hierbas.

Se conocieron a la salida de un servicio dominical y al instante trabaron amistad. Nani Rose le había enseñado muchísimas cosas acerca de las hierbas, y puesto que ella no era una curandera natural como Julia, la alegraba poder pasar los conocimientos de su bisabuela a una mujer que los valoraba.

Cuando ya no le quedó ningún nudo en el pelo, se lo enrolló en un pulcro moño en la nuca. Sarah lo aprobó. En ese momento entró la joven criada que la servía en todo, trayendo una bandeja con tostadas y una taza de chocolate caliente, y la ayudó a vestirse. Eso la hizo sentir como una gran dama.

Después de terminar su ligero desayuno, se puso los guantes y la capa, cogió su papalina de paja y bajó la escalera silbando alegremente. Antes de llegar a la cocina dejó de silbar; estaba segurísima de que Sarah no sabría silbar.

—Buenos días, señorita —la saludó la cocinera, la señora Beckett.

Hablaba con un acento cumbriano tan marcado que ella casi no le entendía nada, pero daba igual. Era una buena cocinera y había acogido bien a los nuevos propietarios porque vivían en la casa. Durante años había sido alternativamente ama de llaves y cocinera, en las raras ocasiones en que el anterior propietario decidía hacer una visita. Era bueno tener un puesto seguro, le había confiado, pero echaba en falta que hubiera personas en la casa.

—¿Necesita algo de las tiendas? —le preguntó Mariah.

La cocinera negó con la cabeza.

—No se necesita nada, la despensa está llena. Que tenga un agradable paseo, señorita.

Mariah se estaba abrochando la capa cuando entró la criada con los ojos como platos.

—Ha venido a verla el señor George Burke, señorita —dijo a borbotones.

A Mariah se le desvaneció la alegría. ¡Ojalá estuviera su padre! Pero hacía más de una semana que no recibía ninguna carta de él.

—Supongo que debo recibirlo —dijo, de mala gana—. Pídele, por favor, que espere en el salón pequeño. —Cuando salió la criada, dijo—: A estas horas supongo que no debo servirle refrigerios. ¿Qué querrá?

La señora Beckett la miró ceñuda.

—No sé que querrá el señor Burke, esa es la verdad. Oí decir que estaba alojado en la Bull and Anchor.* Esperaba que el granuja se marchara de Hartley sin pasar por aquí. Cuídese de ese hombre, señorita Mariah.

Menos mal que se había vestido para salir, pensó ella. Eso le daría el pretexto para acortar el encuentro.

* Bull and Anchor: Toro y Ancla. (N. de la T.)

—¿Estoy decente?

—Desde luego, señorita.

Evocando la expresión serena de Sarah, se dirigió al salón pequeño. Cuando llegó a la puerta vio que George Burke estaba contemplando una mesita taraceada. De unos treinta y tantos, tenía el pelo
claro y era bien parecido de un modo campechano, masculino.

—¿Señor Burke? —dijo, entrando—. Soy Mariah Clarke.

—Gracias por recibirme —contestó él, pasando las yemas de los
dedos por la madera taraceada, melancólico—. Esta mesa perteneció
a mi abuela.

Era una mesa bonita y a ella le gustaba, pero con su padre habían
acordado que debían permitirle llevarse sus pertenencias y cualquier
cosa que tuviera valor sentimental para él.

—Pues, entonces debería llevársela, señor Burke.

Él no la había mirado cuando entró, pero al oírla levantó la vista.
Y le cambió la expresión. Mariah ya conocía esa expresión; era la de
interés de un hombre que encuentra atractiva a una mujer y que está
pensando cómo podría llevársela a la cama.

—Es usted muy amable —dijo él, entonces—. Lamento que nos
conozcamos en estas circunstancias.

¿Para qué ha venido, entonces?, pensó ella.

—¿Ha venido a Hartley de visita? —le preguntó fríamente.

—Estoy alojado en la posada. —Frunció el ceño—. Esta es una
situación muy violenta. He venido principalmente porque no sabía
si le han comunicado la noticia acerca de su padre.

Ella sintió subir la alarma por el espinazo.

—¿Qué noticia? Si desea hablar con él deberá esperar a que
regrese de Londres.

—O sea, que no lo sabe. Lo suponía. —Desvió la cara para no
mirarla a los ojos—. A su padre lo mató un bandolero justo en las
afueras de Londres, en Hertfordshire. Yo estaba alojado en la posada del pueblo cuando me enteré que habían asesinado a un desconocido, así que pasé a ver el cadáver por si podía identificarlo.

Reconocí inmediatamente a su padre. La cara, la cicatriz en el dorso de la mano izquierda. Era él, indudablemente.

Ella ahogó una exclamación de incredulidad.

—¿Cómo sé que me está diciendo la verdad?

—¡Me insulta, señora! —exclamó él. Hizo una inspiración profunda—. La disculpo porque se debe a su dolor. Si no me cree... ¿cuánto hace que recibió la última carta de él?

Demasiado. Al principio recibía una carta cada dos días.

—Esto... hace más de una semana.

Fue a sentarse en un sillón, todavía sin poder creer que su padre hubiera muerto. Pero los caminos eran peligrosos, y había estado muy nerviosa por la falta de cartas. Su padre le había prometido escribirle con frecuencia, y siempre cumplía su palabra.

—Rescataron esto de su cadáver. —Del bolsillo del chaleco sacó un anillo de oro en el que estaba grabado un retorcido dibujo celta—. No sabía si tenía familia, pero puesto que venía de camino a Hartley, dije que intentaría devolverlo.

Ella cogió el anillo con la mano temblorosa. El anillo estaba bien usado y lo conocía muy bien. Su padre lo llevaba siempre.

Cerró la mano enguantada sobre él y admitió que Burke decía la verdad. Estaba sola en el mundo. En su última carta su padre no le decía que ya había visitado a sus familiares distanciados, así que ellos no sabían nada de su existencia. Ella no tenía la menor idea de dónde vivían, por lo tanto no podía escribirles para presentarse. A todos los efectos prácticos, ellos no existían.

Estaba sola. Ya habían muerto Nani Rose y su padre, y lo único que tenía era Hartley Manor. Aunque claro, eso era muchísimo más de lo que había tenido dos meses antes.

Todavía en medio de la conmoción y la incredulidad, preguntó:

—¿Por qué no me lo comunicó para que pudiera ocuparme de que lo enterraran adecuadamente?

—En ese momento yo no sabía de su existencia. Pero puede tener la seguridad de que lo enterraron decentemente. Puesto que lo conocía, di a las autoridades el dinero para que lo enterraran en el campo-santo del pueblo. También les di el nombre y la dirección del abogado de su padre, al que conocí durante el traspaso de la propiedad. Supongo que va a recibir una carta de él.

—Gracias —dijo ella, aturdida.

—Esto es muy difícil, señorita Clarke —continuó él secamente—, pero debo decirle que su padre hizo trampas el día que ganó esta propiedad. Yo estaba dispuesto a meterle un pleito, pero su muerte complica la situación. Volví a Hartley con la intención de reclamar mi propiedad y entonces me enteré de su existencia. Decidí que sería mejor venir para darle la mala noticia si aún no la sabía.

Esas palabras la sacaron bruscamente del aturdimiento.

—¡Cómo se atreve a hacer esa acusación! ¡Insulta a mi padre, señor!

A pesar de su protesta, en un pequeño y frío recoveco de su mente dudaba de que tal vez esa acusación fuera cierta. En general su padre era un jugador honrado; como él le había dicho más de una vez, el juego era simplemente un buen negocio, y si hacía trampas no tardaría en perder la posibilidad de jugar con caballeros.

Pero Charles Clarke sabía hacer trampas. Le había hecho la demostración de diversos métodos de marcar las cartas al barajarlas y otras técnicas, para que ella las reconociera cuando estuviera jugando. Ella era buena en los juegos de cartas, y había descubierto que hasta las grandes damas hacían trampas por muy antiguos y honorables que fueran sus apellidos. En estos casos también sabía hacer trampas si lo encontraba necesario. Pero ante Burke no podía manifestar sus dudas.

—Mi padre era un hombre honrado. Si estuviera aquí sabría defenderse de esa calumnia.

—Puesto que ya no está con nosotros, no hablaré más de lo que hizo. —Le miró atentamente la cara, y ella vio una expresión calculadora en sus ojos azul claro—. Señorita Clarke, sé que este no es un buen momento, pero se me ha ocurrido una idea. Usted ha quedado huérfana y yo deseo recuperar mi propiedad. Estaba dispuesto a recurrir a la ley para reclamarla, pero los tribunales son lentos y caros. Hay una solución más conveniente para los dos.

Mariah se limitó a mirarlo, sólo medio consciente de sus palabras. No había ninguna solución que le devolviera a su padre.

—Necesito esposa, y usted es una dama delicada que necesita a un hombre que la proteja. Le propongo que nos casemos. No habrá pleito ni nada desagradable. Los dos tendremos un hogar, ingresos y buena posición en la comunidad. Será un matrimonio idóneo. —Paseó la mirada por el salón, aprobador—. Veo que se lleva bien la casa bajo su supervisión, lo que me complace casi tanto como su belleza y elegancia. ¿Me hará el honor de ser mi esposa, señorita Clarke?

A ella le bajó la mandíbula sola, de la impresión. ¿Un absoluto desconocido le pedía que se casara con él porque sería «conveniente»? Ese era el problema de simular ser una dama: era evidente que parecía una idiota indefensa.

La proposición era estrambótica, aun en el caso de que él le gustara, que no le gustaba. De acuerdo, era bien parecido y su proposición tenía una traicionera lógica, pero ella no tenía el menor deseo de unir su vida a la de un jugador. Había visto el infierno que creaban esos hombres a sus familias. Si se casaba con él, estaría a su merced.

Lo absurdo de la proposición la empujó hasta el borde de la risa histérica. Se cubrió la boca con una mano pero no consiguió sofocar la risa.

A él se le tensó la mandíbula.

—¿Encuentra risible la idea? Le aseguro que mi cuna es más que respetable, y yo diría que es evidente que el matrimonio es muy conveniente para los dos. Para ser franco, usted se beneficiará más que yo, dado su turbio origen. Yo en su situación consideraría con mucho detenimiento una proposición de matrimonio honorable.

La señora Beckett la había advertido en contra de Burke, y la expresión de sus ojos le confirmaba que podía ser un hombre peligroso si se lo fastidiaba. Se puso seria y le dirigió su mejor mirada de ojos agrandados.

—Lo siento mucho, señor Burke, me he reído porque estoy abrumada por todo lo que... lo que ha ocurrido.

Le resultaba fácil parecer confundida y apesadumbrada, pero ¿qué excusa podía alegar que lo alejara de una vez por todas?

Entonces se le ocurrió una idea loca. La pensó un instante, bastante consternada por su capacidad para inventar mentiras; pero esa determinada mentira serviría bien a sus fines.

—Me siento honrada por su proposición —dijo, con su expresión más sincera—, pero ya tengo marido.

Capítulo 3

*E*stá casada? —exclamó Burke, mirándole la mano izquierda.

Ella resistió la tentación de ponerse las manos a la espalda. Por suerte llevaba guantes, puesto que estaba a punto de ir al pueblo, así que él no podía verle el dedo anular.

—Pues, sí, señor Burke, así que aunque me honra su proposición de matrimonio, obviamente no puedo aceptarla.

—En el pueblo nadie me ha dicho nada de que usted tenga marido —dijo él, desconfiado—. Y se apellida Clarke, como su padre. De hecho, todo el mundo la llama «señorita» Clarke.

—Mi marido es un primo lejano, apellidado Clarke también. —Se encogió de hombros—. Puesto que se me conoce como señorita y señora Clarke, me es indiferente como me llamen.

Él paseó la mirada por el salón como si esperara que se materializara el marido.

—¿Y dónde está ese misterioso marido?

—Sólo llevo unas semanas en Hartley. Él aún no ha tenido tiempo de reunirse conmigo.

La expresión de Burke se hizo más desconfiada aún.

—¿Qué tipo de hombre no está con su hermosa mujer cuando ésta se muda a otra casa?

Decidiendo que ya estaba harta de aquel petimetre, Mariah se puso bruscamente de pie.

—El tipo de hombre que sirve a su país en la Península en lugar de jugarse su patrimonio en una borrachera. Ya es hora de que se marche, señor Burke. Coja la mesa de su abuela y váyase.

En lugar de perder los estribos, el exasperante hombre le sonrió. Como todos los jugadores, le gustaban los desafíos; le encantaba el riesgo.

—Perdóneme, señorita Clarke. No debería haberle hablado de asuntos personales estando usted todavía asimilando la noticia de la muerte de su padre. —Se inclinó en una venia—. La acompaño en el sentimiento. Otro día volveré a buscar la mesa.

Dicho eso se dirigió a la puerta y salió, cerrándola después suavemente.

Preferiría no verlo nunca más, pero al menos su presencia había sido una distracción. Con las piernas temblorosas, volvió a sentarse y abrió la mano derecha para mirar el anillo de oro de su padre. Estaba muerto; eso todavía no le parecía real. Debía contactar con el abogado de Londres que llevó el trapaso de la escritura de la propiedad y pedirle que investigara más. Tal vez si obtenía más detalles le parecería más real la muerte de Charles Clarke. También se encargaría de que trajeran su cadáver a Hartley para enterrarlo otra vez; a su padre le hacía tanta ilusión vivir ahí.

Cerró los ojos, que le ardían por las lágrimas. Era demasiado joven para morir; demasiado «necesario».

Pero había visto morir repentinamente a mucha gente más de una vez, y sabía que la muerte no hace distingos. Debía vivir lo mejor posible en Hartley; agradeció estar en una situación mucho mejor que en la que había estado casi dos meses atrás. La suerte de su padre con las cartas la dejaba con recursos, y no en una situación desesperada.

Lo único desesperado en esos momentos era la enorme mentira que acababa de decir. Los años viajando con su padre, a veces en situaciones espinosas, la habían hecho muy buena para mentir. Sabía agrandar sus ojos castaños en actitud de inocencia y mentir con la más absoluta convicción cuando era necesario, aunque no le gustaba tener que hacerlo. Pero era una mujer práctica, y cuando se le ocurrió esa determinada mentira estaba dispuesta a decir lo que fuera que persuadiera a Burke de marcharse y dejarla en paz.

¿Le había dicho a alguien del pueblo que era soltera? En realidad, nunca había salido el tema, que recordara. La llamaban señorita Clarke y sin duda todos suponían que era una solterona, pero ella nunca lo había dicho.

Normalmente siempre llevaba guantes en público, como una dama correcta, así que era improbable que alguien hubiera notado la presencia o ausencia de un anillo, a excepción de los criados de la casa y su amiga Julia Bancroft. Debía buscar un anillo y llevarlo por lo menos hasta que Burke se marcharra de Hartley para siempre. Cómo se reiría su padre cuando le contara la escena...

Se le contrajo el cuerpo con la comprensión visceral de que su padre había muerto. Se echó a llorar sin poder controlarse.

Descansa en paz, papá.

Al día siguiente de la visita de Burke, le llegó una carta del abogado de Londres que llevó el traspaso de la escritura de la propiedad; confirmaba la muerte de Charles Clarke y le daba el pésame, todo en el seco estilo de un jurista.

La carta puso fin a su angustiosa esperanza de que Burke hubiera mentido acerca de la muerte de su padre con el fin de coaccionarla a casarse. Además, durante los dolorosos días siguientes éste fue a visitarla con frecuencia. Le llevaba flores y al principio le dejaba amables recados deseándole lo mejor, porque ella no lo recibía. Las criadas y su amiga Julia eran las únicas personas a las que soportaba ver.

Finalmente su conciencia social pudo con ella y bajaba al salón cuando él venía a verla. Se mostraba tan amable y encantador que comenzó a pensar si no lo habría juzgado mal. Aquella primera vez que se vieron los dos estaban alterados y se portaron de modo no muy aceptable.

Supuso que él quería determinar si era cierto que tenía marido.

Se sentía atraído por ella, percibía el deseo que emanaba de él y tal vez él percibía que ella le había mentido. Pero fueran cuales fueran sus pensamientos íntimos, su conducta era irreprochable. Puesto que él actuaba como un caballero, ella actuaba como una dama.

Y cuando comenzó a reconciliarse con su nueva situación, su lado Sarah empezó a susurrarle que tal vez valiera la pena considerar la proposición de Burke. Aunque había estado admirando al párroco, eso era simplemente soñar despierta. Burke le había hecho una verdadera proposición de matrimonio, y estar casada le daría más categoría en la comunidad. Seguro que él pasaría la mayor parte de su tiempo en Londres, dejándola libre para administrar la propiedad. Y era bien parecido, eso no se podía negar. Podía tener peor suerte con un marido, y muchas mujeres la tenían.

Además, se sentía muy sola sabiendo que su padre no volvería nunca más.

Llegada a ese punto en sus pensamientos, le dijo a Sarah que de ninguna manera podía sentirse sola con una hermana imaginaria viviendo en su cabeza. Burke era un jugador y haría de su vida un infierno. Lo más probable es que se volviera a jugar la propiedad y la dejara sin nada. Llevaba tanto tiempo ansiando estabilidad que no podía poner su bienestar en unas manos tan poco fiables. Era mucho mejor que Burke la creyera casada y fuera de su alcance.

Pero aun así, este perseveraba en sus atenciones.

Una noche despertó estremecida por un sueño muy gráfico: se estaba casando con él; cuando los declararon marido y mujer, él le cogió la mano y se la apretó tan fuerte que le dolió, dejándola atrapada con él para siempre. Comprendió por qué había soñado eso; esa tarde había vuelto a visitarla y entre cumplido y cumplido había intercalado insinuaciones de poner un pleito. Estaba apretando el dogal alrededor de su cuello.

Hundiendo la cara entre las manos, susurró:

—Uy, Nani Rose, ¿qué debo hacer? Si Burke sigue viniendo, en un momento de debilidad quizás acabe diciéndole que sí.

Mientras Sarah era un producto de su imaginación, Nani Rose era real, una parte indeleble de sus recuerdos. Morena, tranquila y amorosa, la había criado, le había enseñado a cocinar, a cabalgar y a reír. Aunque ella siempre había esperado ansiosa las visitas de su padre, el centro de su vida era Nani Rose.

En el pequeño pueblo de Appleton había personas que decían que su abuela era una bruja. Eso era una tontería, lógicamente. Nani Rose preparaba pociones de hierbas, leía las manos y daba sabios consejos a niñas y mujeres del pueblo. De vez en cuando realizaba ritos para conseguir algún determinado objetivo, aunque siempre decía que en ellos no había ninguna magia. Lo que hacían los ritos era enfocar la mente en lo que se deseaba, y eso aumentaba la probabilidad de que se consiguiera el objetivo. Era como una oración, pero con hierbas.

Sí, necesitaba un buen rito. Dedicó un momento a recordar lo que hacía su abuela y decidió que lo mejor era un ensalmo formulando un deseo, puesto que podía pedir lo que fuera mejor para resolver sus problemas. Su abuela siempre le aconsejaba que no fuera demasiado explícita al formular sus deseos, porque a veces la mejor solución es una que no se le ocurriría nunca.

Tenía un poco de incienso para la suerte que habían hecho las dos años atrás, y esa noche la luna estaba llena, por lo que sería un buen momento para llevarlo a cabo. Puesto que no podía dormir, bien podía probar con un rito. Al menos hacerlo le reforzaría la resolución de mantener a raya a George Burke.

Se puso una bata sobre el camisón de dormir, metió los pies en los zapatos y se envolvió en un grueso chal. Cogió la caja de lumbre y un sobre con incienso, bajó la escalera, salió de la casa y tomó el sendero hacia el mar. La noche estaba fresca, el cielo despejado y la luz de la luna plateaba los campos y el mar.

En el jardín había un cenador junto a un patio de piedra, y un reloj de sol. Pensando que ese era un buen lugar para el rito, se detuvo, cerró los ojos y pensó en sus seres queridos perdidos hasta que sintió sus amistosas presencias.

Comenzó por poner el incienso sobre la parte superior de latón del reloj de sol. Cuando hizo saltar una chispa y lo encendió, silenciosamente pidió ayuda para esos tiempos difíciles que le tocaba vivir. Pidió curación, protección, fuerza, suerte...

Entonces se imaginó un verdadero marido, no Burke sino un hombre que coincidiera con sus sueños. Implacable, borró la imagen y se concentró en pedir fuerza mental y emocional.

Cuando el fuerte olor del incienso se desvaneció en la brisa, entró en el cenador y se sentó en uno de los bancos de piedra que formaban el círculo interior. Apoyó la espalda, sintiéndose en paz. Se le había deshecho la trenza que se hacía para dormir, y la brisa le movía el pelo alrededor de los hombros, pero sentía tanta pereza que no se la hizo de nuevo.

Cuando era niña tenía pocas compañeras de juego, por eso se inventó a Sarah. Pero contaba con su abuela, y durante años lo hicieron todo juntas. Ella la cuidó en su última enfermedad, y su padre apareció al final para ayudarla. Ambos superaron juntos el duelo y después él la llevó con él en sus incesantes viajes por las Islas Británicas.

Pero ahora ya no estaban ninguno de los dos y se encontraba realmente sola por primera vez en su vida. Por eso George Burke le parecía engañosamente atractivo. Al parecer ella le gustaba, y era muy seductor ser deseada.

Pero no por George Burke. Aunque quería tener marido algún día, deseaba un hombre bueno, amable, fiable, como el párroco del pueblo, al que evitaba desde la muerte de su padre, debido a su complicada situación. No podía coquetear con el párroco ante las narices de Burke mientras le aseguraba que estaba casada.

Cerró los ojos y descansó.

Aguanta, aguanta, aguanta... En el recóndito rincón de su espíritu al que se había retirado, sabía que el fin estaba cerca. Llevaba una eternidad aferrándose a la vida, y pronto el mar lo reclama-

ría, se lo llevaría. Por el momento ya no le importaba si vivía o moría. Casi no le importaba.

El sueño la despertó bruscamente. «Ve a la playa». La voz interior se parecía a la de su abuela y el tono era urgente.

Sin dudarlo un momento, se arrebujó el chal y echó a correr por el sendero, a la velocidad de una jovencita bien entrenada. La luz de la luna llena era luminosa, pero rara, y la recorrió un escalofrío, como si hubiera entrado en un mundo en el que pudiera haber magia de verdad.

Las olas rompían con fuerza en la estrecha playa, que era una mezcla de arena y guijarros. Se detuvo, pensando qué locura la había llevado hasta ahí a esas horas de la noche. Entonces vio un objeto negro flotando no lejos de la orilla, y cada ola lo acercaba más.

Lo miró atentamente, curiosa. Santo cielo, pero ¿si era una cabeza? ¿Tal vez un cadáver?

Sintió náuseas al pensarlo, y deseó huir corriendo. Pero si aquel bulto era un hombre ahogado, su deber como cristiana era sacarlo a tierra firme para que pudieran enterrarlo decentemente. No tardaría en cambiar la marea, y no sabía si... el objeto... no sería llevado mar adentro otra vez.

Se quitó los zapatos y los envolvió en el chal. Dejó el envoltorio en la arena seca alejado de la orilla y entró a luchar con las olas. Una ola la golpeó y casi se cayó; el agua estaba fría, muy fría. Consiguió recuperar el equilibrio antes de hundirse en el agua; de todos modos cuando llegó hasta el objeto flotante, estaba empapada hasta los huesos.

Deseando que la visión no fuera demasiado horrible, miró con más atención y vio que realmente era el cuerpo de un hombre. Tenía los brazos cerrados fuertemente alrededor de un trozo grande de madera, tal vez una viga. Pensando que era posible que aún estuviera vivo, cogió el madero y así los arrastró a ambos hasta la orilla, luchando con el oleaje a cada paso.

Una última ola la ayudó a levantarlo hasta dejarlo sobre la arena. Tenía toda la ropa rota, de una manera un tanto indecente, la camisa y los pantalones hechos jirones. Tiritando se arrodilló junto a él y con sumo cuidado colocó la palma abierta sobre su pecho. Sorprendida sintió un débil latido del corazón. Tenía la piel helada por el agua y laceraciones y otras magulladuras, pero ¡estaba vivo!

A la luz de la luna vio que tenía el pelo negro y la piel morena, así que supuso que era un marinero extranjero. Notó que el agua le lamía los pies, por lo que lo cogió por las axilas y lo arrastró hasta la arena seca y guijarrosa. De pronto él comenzó a toser, violentamente.

Se apresuró a soltarlo, y en ese momento él rodó hasta quedar de costado y comenzó a arrojar agua. Cuando acabó el violento ataque, respiraba en resuellos, pero respiraba, y vivía. Aliviada, pensó en lo que debía hacer. No le convenía ir a buscar ayuda porque lo dejaría solo ahí, pero cuanto antes lo llevara a la casa y lo abrigara, tanto mejor.

Con la esperanza de él fuera capaz de caminar, se inclinó sobre él y le preguntó:

—¿Entiende lo que digo?

Pasado un momento él asintió con la cabeza.

—¿Se cree capaz de caminar hasta mi casa con mi ayuda? No está lejos.

Él volvió a asentir. Aunque tenía los ojos cerrados y tiritaba de frío, al menos tenía cierta conciencia de su situación.

Fue a buscar su chal, se limpió la arena de los pies, se puso los zapatos y volvió a arrodillarse junto a él. Le cogió un brazo y lo pasó por encima de sus hombros.

—Haré todo el esfuerzo posible para levantarme sosteniéndolo, pero no podré sin su ayuda.

Se incorporó y él hizo el intento. Con la ayuda de ella, logró ponerse de pie. Con la mano libre ella le puso el chal sobre los hombros, con la esperanza de que la gruesa lana le disipara un poco el frío.

—Ahora echaremos a andar, el camino no es muy largo.

Él no contestó, pero cuando ella echó a caminar, siguió sus pasos. El avance por la arena fue laborioso y la brisa fría se le filtraba por la ropa mojada.

Mejoraron las cosas cuando llegaron al sendero. Lástima que fuera una pendiente. Pero teniéndola a ella debajo del brazo, sosteniendo la mitad de su peso, el marinero se las arregló para seguir caminando.

Cuando llegaron a la casa, él aprovechó la baranda para darse impulso y subir los peldaños, sostenido por ella por el otro lado. Entraron en el vestíbulo, tambaleantes, ella pensando qué debía hacer. Estaba claro que ese hombre no conseguiría subir el tramo de escalera para llegar a los dormitorios de los huéspedes. Entonces recordó una pequeña habitación en la parte de atrás de la planta baja. En otro tiempo la ocupaba un ama de llaves anciana y achacosa. Estaba algo desvencijada, con pocos muebles, pero había una cama. Eso bastaba.

Guió al marinero por la oscuridad, de tanto en tanto chocando con un mueble; era de esperar que a él no le salieran tantos moretones como le estaban saliendo a ella. Cuando entraron en el pequeño dormitorio, la invadió un enorme alivio. Dado que el ama de llaves era bastante mayor, habían puesto una cama baja. Ya en el límite de su resistencia, lo llevó hasta allí.

—Ahora puede acostarse.

El marinero se inclinó y cayó sobre la cama desmadejado, y al instante cogió una almohada, aferrándola tal como antes había tenido aferrada la viga. Ella le subió las piernas y con su lumbre encendió el pabilo de la lámpara de aceite. Aunque la habitación llevaba años sin usarse, gracias a la eficiencia de la señora Beckett la lámpara tenía aceite y en el pequeño hogar estaba la leña lista para encender. La cama no estaba hecha, pero tenía que haber mantas en el pequeño y maltrecho ropero.

Después de encender el fuego del hogar, fue hasta la cama y tironeó de la almohada.

—Ahora está a salvo. A salvo.

Él aflojó los brazos y ella pudo quitarle la almohada para examinarlo.

Le secó suavemente el cuerpo con una toalla delgada que encontró en el lavabo. Tenía la ropa tan rota que pudo hacerle un examen bastante completo sin quitarle ninguna de las prendas que le quedaban. Había algunas con los bordes chamuscados; tal vez un incendio en el barco lo impulsó a arrojarse al mar.

Tenía incontables magulladuras, moretones, heriditas y rasguños por todo el cuerpo. También vio zonas con ampollas y piel quemada, lo que calzaba con la ropa chamuscada. Afortunadamente las quemaduras no eran graves. Debió llegar rápido al agua.

No le encontró ninguna herida ni lesión importante en las extremidades ni en el tronco. Aunque algunas heridas habían sangrado, el tiempo que había pasado en el agua le había lavado las heridas y ninguna estaba sangrando.

Sacó varias mantas del ropero y lo envolvió en ellas. El fuego estaba calentando el cuarto rápidamente y él ya no estaba tan terriblemente frío.

Cogiendo la lámpara subió a su dormitorio a ponerse ropa seca y después bajó a la cocina. Puso a calentar agua para el té y un poco de caldo. Mientras se calentaban, le llevó a su paciente una jarra con agua y un vaso. Estaba durmiendo. A la tenue luz vio que tenía la piel morena y el pelo negro, de un largo que no estaba de moda. No era experta en barbas, pero tuvo la impresión de que la de ese hombre tenía al menos un par de días. Si había estado en el agua todo ese tiempo tenía que ser fuerte como un buey para haber sobrevivido.

Era difícil calcularle la edad con esa cara tan llena de magulladuras, pero le pareció que rondaba los treinta. Aunque no era de constitución ancha, tenía el cuerpo musculoso de un trabajador, y las manos callosas.

Frunció el ceño al notar que tenía el pelo pegado en el lado izquierdo de la cabeza. Dejando la lámpara en la mesilla, exploró esa parte con las yemas de los dedos y descubrió una herida larga y profunda con rastros de sangre.

Soltando maldiciones en voz baja, le envolvió la cabeza con una toalla limpia. Todo lo que había hecho hasta el momento era de sentido común, pero la herida en la cabeza parecía grave, y no sabía qué hacer. Debía enviar a buscar a Julia Bancroft inmediatamente, sin esperar a mañana.

Le apartó el pelo mojado de la cara, pensando de dónde sería. De algún lugar del Mediterraneo tal vez. Le estaba subiendo las mantas cuando él abrió los párpados y la miró con unos pasmosos ojos verdes.

Capítulo 4

*D*espués de una eternidad en el agua fría, aturdimiento y desesperación, lo arrastraron a tierra firme. La salida del agua lo sacó del trance parecido a la muerte que le había permitido sobrevivir tanto tiempo. Vagamente recordaba haber caminado tambaleante, con ayuda, luego entrado en la oscuridad, y de pronto despertó y... había visto la perfección.

La mujer que estaba inclinada sobre él parecía más un sueño que algo real, pero el calor que emanaba de ella era palpable. Tenía unos cálidos ojos castaños y una nube de cabellos dorados flotaba sobre su cara ovalada y perfecta. Brillaba a la luz de la lámpara. Pensando si no se habría ahogado y estaría en otro mundo, levantó la mano temblorosa y la pasó por esos hermosos hilos de seda; al tacto eran como gasa.

—Ahora está a salvo —dijo ella. Se echó hacia atrás la brillante mata de pelo y se la enrolló en un moño flojo en la nuca. Todos sus movimientos eran elegancia pura—. ¿Habla inglés?

Tuvo que pensar para contestar. Inglés. Idioma. Comprensión. Se mojó los labios resecos y susurró:

—S-sí.

—Estupendo. Eso facilitará las cosas.

Le pasó un brazo por debajo de la espalda y lo levantó lo suficiente para que pudiera beber de un vaso que le colocó junto a los labios. Bebió largamente, pensando en lo raro que era que ansiara beber agua cuando ésta casi lo había ahogado. Y en lo humillante que era estar tan débil que ni siquiera pudiera beber sin ayuda.

Cuando hubo bebido bastante, ella le bajó suavemente la espalda hasta dejarlo acostado. Llevaba una bata sobre el camisón de dormir, y aunque la cubría totalmente, su figura así tan poco vestida era deliciosamente seductora.

—Qué ojos tan verdes tiene —comentó ella—. Son pasmosos en contraste con su piel morena.

¿O sea, que sus ojos eran verdes y el resto de él moreno? Bajó la mirada a su mano derecha y la observó atentamente. Su piel era medio bronceada, unos seis matices más oscuros que la piel marfileña de ella. Cayó en la cuenta de que no tenía ni idea de qué aspecto tenía, aparte de ser moreno y estar lleno de magulladuras y moretones. Ni de cómo debía verse.

—¿Me puede decir su nombre? —preguntó ella.

Él buscó en su mente y no encontró nada. Ni nombre, ni apellido, lugar, ni pasado, ni nada, así como no tenía la menor idea de cómo era su cuerpo. Algo andaba mal. Lo invadió el pánico, más aterrador que el frío mar que casi lo ahogó. No era nada, nadie, arrancado de su pasado y arrojado a un presente desconocido. El terror resonó en todas las fibras de su ser.

—No lo sé —dijo, con la voz ahogada, tratando de dominar el miedo.

Al notar su miedo ella le cogió la mano fría entre las suyas, cálidas.

—Ha pasado por una experiencia terrible. Una vez que descanse y se recupere, seguro que lo recordará todo. —Frunció el ceño, indecisa—. ¿Es posible que hayas olvidado que soy tu esposa, Mariah Clarke?

Él la miró fijamente, incrédulo. ¿Cómo era posible que hubiera olvidado que estaba casado con una mujer como ella? Pero aunque no recordaba haberse casado, le disminuyó el miedo, y le apretó la mano.

—¿Mi esposa? Entonces, soy un hombre muy afortunado.

Ella le sonrió afectuosamente.

—Descansa mientras voy a buscar el té y el caldo. Envié a buscar a alguien que sabrá tratar ese golpe en la cabeza. Con suerte, no tardará en estar aquí. Seguro que mañana lo recordarás todo acerca de ti.

Él levantó la temblorosa mano y se tocó la herida que le bajaba por el lado izquierdo del cráneo. Tenía tantos dolores y magulladuras que no había puesto la atención en ninguna, pero al decirlo ella, sintió que la cabeza le dolía terriblemente.

—El té... se agradece.

—Sólo tardaré unos minutos —dijo ella, y salió a toda prisa.

Entonces él contempló el cielo raso. Tenía esposa. Detestaba no recordar nada de esa hermosa visión que le había salvado la vida, ni sobre estar casado. No le costaba imaginarse besándola, y haciéndole muchas más cosas, pero de recuerdos reales no tenía ninguno. Lo encontraba condenadamente injusto.

Dedicó la ausencia de ella a explorar su memoria, tratando al mismo tiempo de no hacer nudos en la manta por los nervios. Reconocía objetos. Cama, manta, fuego. El color rosado del cielo que veía por la ventana. Eso era... la aurora. Curiosamente en su mente sonaron un conjunto de palabras oscureciendo las primeras. *Palang, kambal, aag*. Estaba muy seguro de que esas palabras significaban lo mismo que las inglesas, así que era muy probable que supiera otro idioma, aunque no tenía ni idea de cuál podía ser.

Pero de sí mismo no tenía ningún recuerdo. Nuevamente procuró dominar el miedo. El miedo era un chillido, un espantoso conocimiento de que estaba solo e impotente y ni siquiera sabía qué podría amenazarlo.

Curiosamente, muy en el fondo, sabía que esa no era la primera vez que se veía arrancado de sí mismo. Tal vez por eso era tan inmenso su miedo. Pero no lograba recordar nada de esa otra situación, la que fuera.

Pero había sobrevivido a esa pérdida anterior. Y esta vez tenía esposa, y le había dijo que estaba a salvo. Sin duda ella cuidaría de él hasta que estuviera lo bastante fuerte para cuidar él de ella.

Por el momento, recordaba lo más fundamental de todo: él era hombre y Mariah Clarke, mujer.

Mariah caminaba a toda prisa hacia la cocina consciente de que tenía la cara roja como un tomate. ¿Cómo diablos se le había ocurrido hacer esa afirmación tan horrorosa? Decirle a ese pobre hombre que ella era su esposa. Las palabras simplemente le habían salido de la boca, casi como si Nani Rose las hubiera dicho en su lugar.

Pero claro, lo había visto tan tremendamente afligido al comprender que no recordaba nada. Aterrado, en realidad. Al pensar en su miedo por estar sola en el mundo, lo comprendió. Era terrible estar sola, sin parientes conocidos ni amistades nuevas, pero por lo menos sabía quién era. Haber perdido la memoria de la propia identidad... Se estremeció al pensarlo.

Entonces le vino una extraña idea. Había hecho un rito de deseo, pidiendo ayuda. Antes de una hora, le había llegado ese insólito hombre, un regalo del mar. Incluso había oído la voz de su abuela instándola a ir a la playa. Y juraría que había sido Nani Rose la que había dicho las palabras de que era su esposa.

La idea de decirle a George Burke que tenía marido se le ocurrió para desalentarlo. ¿Podría ser el marinero, un desconocido del que podía afirmar que era su marido, la respuesta a su deseo? ¿La guiaba Nani Rose o sencillamente estaba loca?

Su parte Sarah lo tenía muy claro: estaba loca. Pero no se sentía loca. Nani Rose no era ni bruja ni vidente, pero sí muy perspicaz y se fiaba de su intuición; si algo le parecía mal o incorrecto, lo más probable era que estuviera mal aun cuando los motivos fueran tan sutiles que costara identificarlos. Ella había tenido un mal presentimiento cuando su padre se marchó a Londres, y su presentimiento fue correcto. Cada día releía la carta del abogado de Londres, con la esperanza de que hubieran cambiado las palabras, pero no lo hacían.

Igualmente cierto era que si algo le parecía bien, correcto, lo más seguro es que lo fuera, si estaba pensando con claridad. La intuición la llevó hasta el marinero, y la intuición le dijo que sería juicioso aprovechar esa oportunidad para adquirir un marido de mentira para librarse de George Burke de una vez por todas. Encontró correcto tranquilizar al marinero diciéndole que no estaba solo en el mundo. En su expresión vio que sus palabras le habían disipado gran parte del miedo.

Por el bien de él, sería mejor que recordara su vida. Pero recordaba a un empajador de tejados del pueblo de su abuela que al caerse de un techo se golpeó la cabeza y olvidó todo lo ocurrido en su vida antes de ese día. El hombre continuó llevando una vida bastante normal y no tardó en reaprender su oficio. Su mujer le confió a Nani Rose que la alegraba que él hubiera olvidado algunas cosas. Tal vez ese marinero acabaría igual.

Si no recuperaba la memoria, finalmente tendría que decirle que no estaban casados, pero por el momento no lo privaría de ese consuelo. Y si la recuperaba, le explicaría que se lo había dicho para que no se sintiera tan solo ni obligado a marcharse para liberarla de cuidar de él. Dos buenos motivos, francamente nobles en realidad.

Ya reconciliada su conciencia, preparó el té y le puso bastante azúcar para que estuviera bien dulce. El caldo de pollo ya estaba caliente también, así que llenó una taza y lo puso todo en una bandeja. Cuando entró en el cuarto, dijo alegremente:

—Ya está. ¿Qué prefieres beber primero, el té o el caldo de pollo?

—Té, por favor.

Tenía buenos modales y hablaba bien, con buena pronunciación; eso indicaba que contaba con una cierta educación. Además, parecía inglés, a pesar de su apariencia extranjera. Le puso dos almohadones en la espalda y le sirvió té en una taza hasta la mitad.

Él bebió un largo trago y después suspiró de placer.

—¿Qué hacíamos antes que se descubriera el té? —comentó.

El resto se lo bebió más lento.

—Sufríamos terriblemente —dijo ella, llenándole la taza—. La infusión de menta es buena, pero no tiene nada que ver.

—Mariah —dijo él vacilante, como si quisiera analizar la sensación del nombre en su boca—, ¿cómo me llamo?

Ella ya había pensado en eso en la cocina.

—Adam —dijo al instante. El nombre del primer hombre. Lo encontraba apropiado para alguien que había salido del mar sin recuerdos de su pasado—. Adam Clarke.

A él se le iluminó la cara, como si reconociera el nombre.

—¡Adam! Claro.

—¿Recuerdas que ese es tu nombre? —le preguntó ella, sorprendida.

—No exactamente —dijo él, pasado un momento—. Pero lo siento correcto.

—¿Recuerdas alguna otra cosa?

Si él recuperaba la memoria pronto podría abandonar la simulación de que estaban casados. En ese caso le pediría que se hiciera pasar por su marido el tiempo que hiciera falta para librarse de Burke. Su Adam parecía ser un hombre bueno y simpático, así que tal vez colaboraría por gratitud.

Él negó con la cabeza, con la expresión sombría.

—No, nada. Aunque me suena el nombre de Adam, lo de Clarke no me recuerda nada. Neutro. —Curvó los labios—. Todos sabrán más de mi vida que yo.

—En realidad, no. He vivido en Hartley sólo un par de meses, y tú acabas de llegar, así que eres desconocido en el vecindario. —Estaba prácticamente desnudo debajo de las mantas, así que intentó no fijarse en el hermoso par de hombros que tenía delante; había visto muy pocos hombres con los hombros desnudos en su vida, y la vista era extraordinariamente atractiva. Desechando ese pensamiento, para ser decorosa, continuó—: Mi padre ganó la propiedad en una partida de cartas, y por eso somos unos desconocidos en la región.

—¿Fue a tu padre al que enviaste a buscar pidiéndole ayuda?

Ella se mordió el labio.

—Ojalá fuera a él, pero lo mataron cerca de Londres hace varias semanas.

—Cuánto lo siento. —Le cogió la mano, compasivo; su fresco contacto fue consolador—. Es desesperante que sienta tu pena por la pérdida pero no tenga ninguna imagen de su cara.

—Lo conociste muy poco. —Recordando lo que le había dicho a Burke, añadió—: Somos primos lejanos, los dos nos apellidamos Clarke.

—Así que por el matrimonio te convertiste en Mariah Clarke Clarke —dijo él, curvando los labios en una leve sonrisa.

Ella sonrió, contenta de que tuviera sentido del humor y de que no lo hubiera perdido por su situación.

—Al menos no tuve que preocuparme de cambiar mi firma —dijo alegremente.

Él le sostuvo la mirada con sus fascinantes ojos verdes.

—Dime algo más de mí.

Ella titubeó, pensando con qué rapidez se estaba complicando la situación.

—Creo que es mejor que empieces a recordarlo tú solo. Hay muchísimas cosas que no sé de tu pasado. No tuvimos demasiado contacto antes de casarnos. —De hecho, fue pasmosamente breve, menos de una hora—. No quiero llenarte la mente con recuerdos que podrían no resultar muy correctos.

Él abrió la boca como para protestar pero simplemente soltó la espiración en un resoplido.

—Eso es sensato, supongo. Tengo la mente tan vacía que será mejor que ponga atención en cómo la lleno.

Seguía con su mano en la de él, y él le acarició suavemente la palma con el pulgar. La sensación fue maravillosa. Demasiado. Entonces la retiró y le pasó la taza con el caldo.

—¿Cuánto tiempo estuviste a la deriva?

—Me pareció... una eternidad. Por lo menos recuerdo dos noches y dos amaneceres. Tal vez más. Todo se mezcla en mi mente. —Bebió un trago de caldo, cauteloso—. Sabiendo que el agua fría es mortal, enlentecí la respiración y me retiré a un rincón tranquilo de mi mente para protegerme.

—¿Enlenteciste la respiración y te retiraste a tu mente? —preguntó ella, perpleja.

Él pareció igual de perplejo.

—¿Tú no lo haces? A mí me pareció muy natural.

—Nunca había oído cosa semejante, pero parece que te dio resultado.

A pesar de su inglés impecable, volvió a pensar que era extranjero. Retirarse a un rincón de la mente para sobrevivir a condiciones peligrosas lo encontraba... bastante extranjero. Pero debió darle resultado, para haber sobrevivido tanto tiempo.

—¿Por qué estaba en el mar? —preguntó él entonces.

Recordando nuevamente las rápidas mentiras que le había dicho a George Burke, contestó:

—Estuviste un tiempo en el Continente y venías de camino a reunirte conmigo aquí. El barco en que viajabas debió naufragar cuando estabas cerca del final del viaje.

La alivió que los interrumpieran antes que él hiciera más preguntas. Entró Julia Bancroft, acompañada por Tom Hayes, el mozo que la llevó hasta allí.

—He venido lo más pronto que he podido, Mariah. ¿Este es el hombre herido?

Dejando el bolso de remedios en el suelo, se acercó a la cama. La ráfaga de energía que había animado a Adam había pasado y se veía absolutamente exhausto.

—Señora Bancroft —dijo Mariah—, te presento a Adam Clarke.

—Mis diculpas por no levantarme a saludarla, señora Bancroft —dijo Adam, con una vocecita débil y rasposa.

Sonriendo, Julia inclinó su morena cabeza sobre él.

—Hay momentos para la galantería, señor Clarke, y este no es uno. —A la luz de la lámpara que sostenía Mariah, le examinó la herida de la cabeza—. Es una herida bastante fea.

—No estoy tan mal herido, señora —protestó Adam—. Mi esposa ha cuidado muy bien de mí.

Julia miró de reojo a Mariah, y esta negó levemente con la cabeza, pidiéndole que dejara para después las preguntas. Julia comprendió y le dijo:

—¿Podrías ir a buscar un camisón de dormir limpio para el señor Clarke? El más abrigado que encuentres.

Mariah asintió y subió al dormitorio que fuera de su padre. Cuando se enteró de su muerte entró en la habitación y tocó todas sus pertenencias, aspirando su olor, lo que le dio seguridad; entonces tuvo que salir, llorando, y no fue capaz de desprenderse de nada de él. Eso la alegraba, porque Adam podría usar su ropa pues tenían una talla y constitución similares. Cogió un camisón de gruesa franela y una bata de lana que ya estaba bastante raída, pero le abrigaría y le sería útil cuando pudiera levantarse.

Cuando volvió al cuarto, Adam estaba durmiendo, con la cara pálida de agotamiento. Julia tenía colocadas las manos sobre su pecho, con la mirada distante y la expresión seria. Al oírla entrar, volvió la atención a la habitación.

—Estaba rezando —dijo simplemente—. Me pareció que no le haría ningún daño.

Mariah asintió, pensando que el hombre del mar necesitaba toda la ayuda posible.

—¿Cómo está?

—Bastante bien —contestó Julia—, tomando todo en cuenta. Ve a la cocina y prepara más té mientras entre el señor Hayes y yo le ponemos el camisón a tu paciente. Ahí hablaremos.

Asintiendo, Mariah salió y se dirigió a la cocina. El cielo estaba clareando y pronto se levantarían la señora Beckett y su ayudante de cocina. Ahogando un bostezo añadió carbón al fuego y colgó la tetera con agua para el té. Encontró una barra de pan, la cortó en rebanadas y las puso a tostar. Cuando llegó Julia, la estaban esperando el té, las tostadas y un pote de mermelada.

—¿Qué le pasó a Tom Hayes? —preguntó Mariah, llenando las tazas para las dos.

Julia le estaba poniendo mermelada a una tostada, con entusiasmo.

—Decidió que prefería dormir otra hora más a tomar el desayuno tan temprano. —Le dio un bocado a la tostada, se lo tragó y bebió un trago de té—. No me gusta hablar cerca de los pacientes, aun cuando parezca que están durmiendo. Podrían oír y entender más de lo que creemos.

Mariah dejó la taza en el platillo, con el corazón acelerado.

—¿Adam está en peligro?

—Es joven y fuerte y creo que se recuperará bien —la tranquilizó Julia—. Pero no soy médico y no he tenido ninguna experiencia con heridas graves en la cabeza.

—¿Debo enviar a alguien a Carlisle a buscar a un médico o cirujano?

—Podrías pero, para ser franca, no creo que un médico pueda hacer mucho más de lo que he hecho yo. Las heridas en la cabeza son misteriosas. Lo único que se puede hacer es esperar para ver cómo curan.

Mariah se inclinaba a pensar lo mismo. Julia ya le había limpiado la herida y puesto ungüento. Seguro que un cirujano haría lo mismo y cobraría más por ese privilegio.

—Me imagino que estás pensando por qué nunca te dije que tenía marido.

—He de reconocer que siento curiosidad. Pero los secretos son mi especialidad. —Sonrió irónica y tomó otro bocado de la tostada—. Yo tengo bastantes.

Dicho con otras palabras, Julia no tenía la menor intención de conversar sobre el desconocido ni sobre su relación con la heredera de Hartley Manor. Pero ella descubrió que sentía un fuerte deseo de desahogarse.

—¿Puedo contarte toda la historia?

Julia asintió, así que le explicó sucintamente lo presionada que se había sentido por George Burke, la impulsiva afirmación que hizo de que tenía marido, y la casual llegada del hombre del mar.

—Espero que recupere pronto la memoria. Y cuando la recupere, colaborará conmigo ayudándome a librarme de Burke de una vez por todas.

—Pero podría ser que no la recuperara, y ya te tiene afecto —señaló Julia—. Creo que la creencia que eres su esposa es lo que lo está ayudando a superar este momento tan terrible. ¿Qué harás si él no recuerda su pasado y desea hacer valer sus derechos conyugales? Los hombres tienden a hacerlo.

Derechos conyugales. De pronto la tostada le supo a cenizas.

—Esto... no había pensado en el futuro próximo. —Se imaginó esos ojos verdes cerca de los suyos, ese cuerpo musculoso apretado al de ella, y se estremeció. Pero no con repugnancia—. Si nos gustamos, lo llevaré a Gretna Green y lo haremos oficial. Por lo que he visto de mi hombre del mar, lo prefiero a él que a George Burke.

Julia arqueó las cejas.

—¿Un absoluto desconocido, de origen y padres desconocidos? ¿Un hombre que podría tener esposa e hijos en otra parte?

Mariah se atragantó con el té.

—¡Eso no se me había ocurrido! ¡Qué horrible para ellos tenerlo que dar por muerto!

—No sabemos que tenga familia más de lo que sabemos que no la tiene. Pero mi suposición es que en alguna parte hay personas que lo echan en falta. Es muy raro que un hombre pueda desaparecer sin que nadie se preocupe. —Sonrió alentadora—. Hay una buena posibilidad de que esta situación se resuelva sola dentro de uno o dos días, cuando tu Adam esté recuperado de la conmoción causada por sus heridas y por casi haberse ahogado. Creo que no podría hablar con tanta sensatez si la herida en su cerebro fuera tan grave como para borrarle permanentemente la memoria de su pasado.

—Eso tiene lógica —dijo Mariah, aliviada—. Esperaré a que se recupere y vuelva a ser él mismo. Y si no se recupera, le diré la verdad.

—No se la digas muy pronto —dijo Julia, y se cubrió la boca para ahogar un bostezo. Afuera los pájaros estaban ocupadísimos parloteando en su coro del amanecer para comenzar el día—. Aunque creo que se recuperará, las heridas en la cabeza son peligrosas y está debilitado. Para él sería un fuerte golpe enterarse de que no tiene ni nombre ni esposa y está a la deriva en un mundo extraño.

Inquieta, Mariah comprendió que eso era cierto. Impulsivamente le había lanzado al desconocido una cuerda salvavidas para sostenerlo. No podía decidir soltarla así de repente.

Capítulo 5

*H*a venido a verla el señor Burke.

Mariah levantó la vista del libro de cuentas en que estaba trabajando en su escritorio. Rescatar al marinero le había significado no dormir esa noche, y el cansancio le inspiró el deseo de decir que no estaba en casa. Pero también deseaba librarse de George Burke para siempre, y ahora se le presentaba esa oportunidad.

—¿Está en el salón?

La criada asintió.

—¿Llevo refrigerios?

—No hará falta. El señor Burke no se quedará mucho rato.

Se levantó, consciente de que no presentaba su mejor aspecto debido a esa noche. Tanto mejor para ahuyentar a Burke.

Tomó la escalera de atrás para bajar y llegó al estrecho corredor que separaba el salón de las dependencias en que estaba la habitación de Adam. Ya hacía una hora que no lo iba a ver, así que se asomó. Estaba durmiendo apaciblemente y se veía más color en su cara. Se movió un poco cuando ella abrió la puerta, pero no se despertó. Julia le había dicho que lo dejara dormir, porque el descanso era el mejor remedio, después de esa terrible experiencia.

Tranquilizada, se dio media vuelta y abrió la puerta de enfrente, que daba a la parte de atrás del salón. Entró y vio que Burke estaba asomado a una ventana, contemplando el paisaje. Vestía con su habitual elegancia de dandi. Un hombre bien parecido, sí, una lástima que no fuera más simpático.

Sintió una repentina oleada de compasión por él. Haberse jugado tontamente la propiedad no le aliviaba la pena de haberla perdido. Más bien lo contrario.

Su compasión se evaporó en el instante en que él se giró, la obsequió con una sonrisa indolente y la miró con insultante descaro. Lo miró ceñuda. Estaba acostumbrada a que los hombres la admiraran, pero los educados por lo menos comenzaban por mirarle la cara.

Su sonrisa insinuaba una intimidad mayor de la que había entre ellos.

—Mariah, qué hermosa estás hoy.

Dadas las profundas ojeras que tenía, supuso que o bien estaba ciego o era un mentiroso.

—Me adula, tengo el aspecto de una mujer que necesita una buena noche de sueño.

Estaba a punto de explicarle que el regreso de su «marido» la había tenido en pie hasta la madrugada cuando él dijo con untuosa solicitud:

—Llevas una carga demasiado grande para una mujer. Admiro tu ánimo y resolución para intentar administrar sola la propiedad, pero necesitas a un hombre que se ocupe de esos asuntos, del trabajo y del negocio.

—No lo necesito —replicó ella—. Soy muy capaz de administrar Hartley sola. Y si necesitara ayuda, tengo a mi marido.

Él sonrió despectivo.

—¿No es hora de que abandones esa simulación? Sé que te inventaste un marido para mantenerme a distancia, porque yo cometí la estupidez de proponerte matrimonio cuando estabas conmocionada por la noticia de la muerte de tu padre. Ha llegado la hora de que haya sinceridad entre nosotros. —Cruzó la distancia que los separaba y le cogió la mano, mirándola con su bella cara muy serio—. Cásate conmigo, Mariah. Podemos ir en coche a Gretna Green y estar casados en un día. —Continuó con voz acariciadora—: Me gustaría llevarte a Londres antes que acabe la temporada. Te mereces una temporada en Londres y, ¿qué mejor que disfrutar de los placeres de la ciudad con un amante marido a tu lado?

Ella sintió deseos de reírse. O más bien de arrojarle algo.

—Dudo de su capacidad de ser un amante marido. Y aunque la tuviera, anoche volvió a casa mi marido. —Intentó retirar la mano de la de él, sin éxito—. Y no le he dado permiso para llamarme por mi nombre de pila. Soy la señora Clarke.

Pasado un momento de sorpresa, él se echó a reír.

—¡Sí que perseveras en tu afirmación! ¿Dónde está ese marido? Me encantaría conocerlo.

Exasperada por su arrogancia, ella logró retirar la mano de un tirón.

—No puede verle en este momento. No se encuentra bien y está descansando de un viaje difícil.

—Y yo soy el jeque de Arabia. —Le cambió la expresión y ella vio el primer sentimiento auténtico que mostraba ese día: deseo—. Te adoro, Mariah. Por ti, creo que podría ser un amante marido.

Antes que ella pudiera protestar, la atrajo a sus brazos y aplastó su boca en la suya. Sabía a coñac. ¡A esa hora de la mañana! No era de extrañar que se portara tan mal. Giró bruscamente la cabeza y gritó:

—¡Suélteme!

—Los dos somos bellos y algo alocados —dijo él con la voz espesa, sin hacer caso de su protesta—. Estamos hechos el uno para el otro, Mariah.

Y volvió a aplastarle la boca con la suya. Ella intentó apartarlo de un empujón, pero lo único que consiguió fue hacerlos perder el equilibrio a los dos. Chocaron con la mesa de la abuela de él, que cayó al suelo con un ruidoso golpe, y ella no consiguió soltarse de su abrazo.

La habían besado caballeros apasionados y algo achispados, pero nunca había sentido verdadero miedo porque siempre había estado su padre cerca. Pero en ese momento se sentía desprotegida y su fuerza no se igualaba a la de Burke. No había ningún criado en la casa, sólo el ama de llaves y dos criadas, y era improbable que estuvieran cerca para oírla.

Furiosa por su impotencia, le dio un puntapié en el tobillo, pero el zapato blando no lo hizo ni siquiera encogerse. Con los dedos doloridos levantó el pie para pisarle el suyo.

Antes que pudiera pisarlo, él la soltó con tanta brusquedad que ella casi se cayó. No, no la había soltado; lo habían apartado bruscamente de ella: Adam.

Su marinero se veía inmenso ante ella, descalzo, con la cabeza vendada y ataviado con la bata que ella le había dejado. En el instante en que lo miraba pasmada, él cogió a su agresor y, girándolo, lo arrojó volando hacia el otro lado del salón; Burke fue a caer sobre el sofá y de ahí al suelo, con la incredulidad marcada en su cara.

Entonces Adam le cogió el codo y la afirmó, mirándola con los ojos oscurecidos por la preocupación.

—¿Cómo te sientes?

—Bastante bien —contestó ella, temblorosa.

—Mi pobrecilla. —Rodeándole los hombros con el brazo izquierdo, se giró a mirar a Burke; aunque no era más alto que él, rezumaba una autoridad capaz de acobardar a un hombre que lo doblara en tamaño—. No vuelvas a tocar a mi esposa —dijo, con una voz dura como el pedernal—. ¿Me he explicado bien?

—Creí... creí que no era cierto que Mariah estuviera casada —tartamudeó Burke.

Adam aumentó la presión de su brazo sobre los hombros de ella.

—No te atrevas a tratar a mi mujer por su nombre de pila —dijo fríamente—. Para ti es la «señora Clarke», y le debes una disculpa. No sólo la has agredido, sino que además dudado de su palabra al negarte a creer la verdad.

Mariah hizo un mal gesto para su coleto. En realidad, Burke no se había equivocado al creer que mentía; pero eso no le daba ningún derecho a agredirla.

Entonces se puso de pie, perdido todo rastro del dandi seguro de sí mismo.

—Creí... pensé que ella representaba una especie de juego. En Hartley todos la creen soltera. La primera vez que dijo que tenía marido me pareció que se sacaba la idea del sombrero. Estaba seguro de que una vez que asimilara la muerte de su padre vería las ventajas de casarse conmigo y aceptar mi proposición.

—Desea recuperar su propiedad —explicó Mariah—. George Burke es el anterior dueño de esta casa, que perdió en una partida de cartas con mi padre. Dios ampare a cualquier mujer que sea tan tonta que le confíe su futuro a él. —Hizo una inspiración profunda—. Pero no creo que intentara hacerme daño hoy. Sólo ha sido... irreflexivo, y se ha dejado llevar.

Burke frunció el entrecejo y la miró con una expresión mezcla de ira y de vergüenza.

—Perdone mi comportamiento, señora Clarke. Mi admiración y mi esperanza me hicieron interpretar mal la situación. —Recogió su sombrero—. Me marcharé de Hartley hoy. No hay nada más que me retenga aquí.

No dijo nada acerca del dichoso pleito; tal vez esa amenaza siempre había sido vana, y ya la había disipado la presencia de un marido vivo, que estaba dispuesto a defenderla a ella y a defender sus derechos.

—Le deseo todo lo bueno en el futuro, señor Burke —dijo, apaciblemente.

Él le agradeció con una brusca inclinación de la cabeza y se marchó.

Ella exhaló un suspiro, algo trémulo.

—Lo compadezco, pero no lo echaré de menos. —Miró a Adam, que, pasada la crisis, se veía agotadísimo—. ¿Nos oíste discutir?

—Las voces elevadas y el estrépito de muebles al caerse tienen una manera de captar la atención.

Notando por el peso de su brazo en los hombros que él comenzaba a flaquear, lo llevó hasta el sofá.

—Siéntate. Me soprende que hayas tenido la fuerza para caminar hasta aquí, y más aún que la hayas tenido para salvarme de George Burke.

Él le sonrió con una dulzura que le quitó el aliento.

—No iba a permitir que ese individuo lastimara a mi mujer.

—Me alegra que hayas venido a investigar. —La avergonzó notar que le temblaba la voz—. ¿Cómo conseguiste lanzar a un bobo tan grande como Burke al otro lado de la sala?

Adam frunció el ceño, nervioso.

—Mmm..., simplemente supe hacerlo. Hay maneras de usar el peso y el tamaño de un hombre en contra suya. No es que haya pensado en eso. Simplemente vi que estabas luchando con él y actué por instinto.

O sea, que fuera cual fuera su pasado, sabía luchar, pensó ella. Eso encajaba con sus manos de trabajador, pero no con su forma culta de hablar. Era un enigma. Y creía totalmente que estaba casado con ella. Que él hubiera defendido su veracidad ante Burke la hacía sentirse mal.

—Cuando puedas caminar te ayudaré a volver a tu habitación. Te estás recuperando espléndidamente, pero a Julia no le gustará que te permita hacer demasiados esfuerzos.

—Me gustaría estar sentado un rato. —Le tironeó la mano para que se sentara a su lado y la rodeó con un brazo, acercándola—. Te he echado de menos.

Consciente de que era imprudente, ella se relajó apoyada en él, agradeciendo su fuerza y su actitud protectora.

—¿Recuerdas haber estado conmigo? —le preguntó, recelosa.

Él apoyó la mejilla sobre su cabeza.

—No. Pero me siento tan bien, encuentro tan correcto tenerte abrazada que sé que debo de haberte echado de menos.

El engaño se estaba volviendo más peligroso por momentos, pero no logró obligarse a apartarse de él. Ella también lo encontraba correcto cuando estaban tocándose.

—Te sientes mejor, colijo.

—Todavía me duele la cabeza y en este momento estoy tan débil que no podría mecer a un gato, pero me siento mucho mejor que cuando estaba agarrado a ese madero en el mar. —Bajó la mano por su brazo acariciándoselo—. Aunque tal vez sea mejor no hablar de mi pasado, ¿podrías hablarme de tu padre? ¿Cómo llegó a ganarle la propiedad al desagradable señor Burke?

—Nos mantenía viajando de una casa de campo a otra en las que había invitados pasando unos días —explicó ella—. Era un huésped encantador, buen deportista, jamás una carga. Era tal su habilidad para jugar a las cartas que con eso nos mantenía bien, con comodidades. El señor Burke no es bueno jugando a las cartas.

—¿Tu padre era de por aquí? —Se interrumpió bruscamente—. ¿Donde estoy, por cierto?

—En Cumberland. El extremo noroccidental de Inglaterra, justo al sur de Escocia. ¿Eso tiene sentido para ti?

Él frunció el ceño y con el índice de la mano libre hizo un dibujo en la tela de la bata sobre su muslo. Ella vio que era un esbozo del contorno de Gran Bretaña. Entonces él puso el dedo en un punto de la costa noroccidental de Inglaterra.

—Aquí está Cumberland, ¿verdad?

—Exactamente. O sea, que recuerdas Gran Bretaña. —Levantó la vista y lo miró—. ¿Sabes si eres británico?

Él volvió a fruncir el ceño.

—En mi mente oigo un sí y un no al mismo tiempo.

—Qué interesante es esa mezcla de cosas que sabes y que no sabes —dijo ella, pensativa—. Seguro que pronto lo recordarás todo.

Y cuanto antes mejor. Se le ocurrió que puesto que Burke se iba a marchar de Hartley podía decirle la verdad a «Adam»: que no se conocían, y que no estaban casados.

Pero no podía hacerle eso. No podía, cuando él la miraba como si fuera el centro de su universo. No soportaría decirle que estaba solo, sin nombre ni amigos ni familia. Su ayuda la había liberado de Burke; ella debía ayudarlo mientras aun fuera vulnerable.

—Háblame de ti —dijo él—. ¿Dónde naciste? ¿De dónde es tu familia? Ahora que tu padre ha muerto, ¿te quedan familiares cercanos?

Ella sonrió tristemente.

—Sé muy poco más de mis raíces familiares que tú de las tuyas. Mi padre y yo estábamos muy unidos. Yo lo conocía mejor que a nadie en mi vida. Pero él nunca quería hablar de su pasado. No sé dónde nació, no sé de qué familia es, si tiene o no hermanos, no sé cómo conoció a mi madre y ni siquiera sé cómo murió ella.

—Así que has tenido dos hombres misteriosos en tu vida —dijo él, curvando los labios—. ¿Por qué tu padre no quería hablar de su pasado?

—Yo creo que nació en una buena familia, y que lo repudiaron debido a su mala conducta. Apenas tenía veinte años cuando nací yo, y perdió a mi madre cuando yo cumplí los dos años. Después de eso viví con mi abuela en Shropshire. Mi padre nos visitaba varias veces al año. Teníamos las fiestas navideñas más preciosas. Pero una vez pasadas, se marchaba a alguna cacería.

Suspiró, recordando lo terrible que era despedirse de él cuando se marchaba.

—¿Su familia era de Shropshire?

—Aunque Nani Rose vivía ahí, nunca había escuchado nada que indicara que estábamos emparentadas con alguien del pueblo. —Su intención era no decir nada más acerca de su abuela, pero cambió de opinión; dado que le había dicho una enorme mentira, le parecía esencial ser sincera en todo lo demás—: Nani Rose era medio gitana. En realidad era mi bisabuela. Era la partera y curandera del pueblo.

Lo observó para ver si se sentía horrorizado al saber que tenía sangre gitana, pero él sólo parecía interesado.

—En tu voz detecto lo especial que era ella para ti. ¿De ella heredaste esos ojos castaños?

Ella asintió.

—Decía que la sangre gitana hacía irresistibles a las mujeres de nuestra familia. Yo creo que a mí me llegó esa sangre ya enrarecida, pero Nani Rose fue hermosa hasta el día en que murió, y su hija era tan hermosa que conquistó el corazón de un caballero.

—No te llegó enrarecida esa sangre —dijo Adam, firmemente.

Su mirada era tan cálida que ella se ruborizó y desvió la cara.

—Yo tenía dieciocho años cuando murió Nani Rose, y después de su muerte acompañé a mi padre en todos sus viajes. —Apretó los labios, estirándolos—. Burke lo acusó de hacer trampas para ganarle Hartley, pero eso es mentira. Mi padre nunca hacía trampas, no necesitaba hacerlas. Burke me amenazó con meterme un pleito para recuperar la propiedad, basándose en que la ganó con malas artes. Pero si aceptaba casarme con él, lo olvidaría todo.

—Es monstruoso que le hablara así a una mujer casada —exclamó Adam—. Debería haberlo arrojado contra la otra pared antes que se marchara.

—Tú no estabas aquí y en realidad yo no había comentado mi situación con nadie. —Se rió—. Parece que no hablar del pasado me viene de mi familia, así que entiendo por qué él no me creyó. Pero me exasperaba que pensara que yo necesitaba a un hombre para que se ocupara de Hartley Manor. Aunque no sé mucho de agricultura, puedo aprender, y me desempeño mucho mejor para llevar los libros de cuentas que él.

—Cuando yo esté algo más fuerte podré asumir la dirección de la granja —le contestó.

Ella lo miró sorprendida por su tranquila suposición de que asumiría la dirección de la propiedad «de ella». Pero claro, creía que era su marido, y según las leyes inglesas, las propiedades de una mujer pertenecían a su marido. Otro inconveniente más para hacerle creer que estaban casados.

Interpretando mal su expresión, él dijo:

—Creo que de verdad tengo experiencia agrícola, aunque no

recuerdo ningún detalle. Simplemete tengo la impresión de que es algo que entiendo —añadió, ceñudo.

—Más misterios —dijo ella, calmándose—. Supongo que pronto lo recordarás todo, pero si no, cuando estés mejor te llevaré a recorrer la propiedad y entonces podremos ver cuánto entiendes.

Él se levantó, y con el esfuerzo se le meció el cuerpo.

—Creo que con tu ayuda puedo caminar hasta el dormitorio. Te prometo revivir si necesitas arrojar a otro señorito revoltoso.

Riendo le pasó el brazo por la cintura para afirmarlo. Le gustaba tocarlo, le gustaba la naturalidad con que él le rodeaba los hombros con el brazo. Llegaron a la habitación y ella le ayudó a quitarse la bata y a meterse en la cama. Cuando le estaba subiendo las mantas, él musitó:

—¿Podría persuadirte de acostarte a mi lado? ¿Sólo hasta que me duerma?

Esa petición era tan escandalosa como atractiva, y si de verdad estuvieran casados no habría sonado tan mal. El factor decisivo fue lo cansado que se le veía.

—Lo encuentro una estupenda idea.

Con sumo cuidado se tendió sobre las mantas a su lado derecho, para que a él no le doliera la cabeza si se ponía de costado hacia el lado de ella. Tomó nota mental de comprobar si sería necesario cambiarle la venda después.

Por el momento, decidió descansar. Aunque ella estaba encima de las mantas y él debajo, de todos modos encontró deliciosamente desmadrado apretar su cuerpo contra el de él a todo lo largo. Podría aficionarse a eso.

A pesar del cansancio, Adam estaba despierto. Había dormido bastante y prefería con mucho saborear el placer de tener en sus brazos a su mujer. Ella se había quedado dormida inmediatamente, con la cabeza apoyada en su hombro, cansada por la larga noche y la difícil entrevista con el imbécil de Burke. Por suerte él había podido reunir la energía necesaria para protegerla.

Tenía la luminosa cabellera rubia recogida en un recatado moño, pero se le escapaban unos cuantos mechones, que sentía sedosos al tacto. El recuerdo de su brillo a la luz de la lámpara cuando él despertó esa noche lo hizo desear tener la suficiente fuerza para comportarse como un marido de verdad.

Sería una gran lástima si no recuperaba la memoria. Deseaba recordar cómo se conocieron, con todos los detalles. El primer beso. La noche de bodas.

Incluso deseaba recordar la pena que había sentido por tener que dejarla. En cuanto a eso, ¿dónde había estado y por qué había tenido que marcharse?

Expulsó el aliento en un largo suspiro. Todo a su tiempo. Inclinó la cabeza y le besó la coronilla. Si no recuperaba nunca la memoria, simplemente tendrían que crear nuevos recuerdos.

Capítulo 6

Glasgow

*R*andall se asomó a la ventanilla del coche de posta cuando iban traqueteando por la densa y ajetreada ciudad.

—No sabía que Glasgow era tan grande.

—No es tan grande como Londres —dijo Kirkland—, pero aquí residen algunos de los comerciantes e industriales más importantes de Gran Bretaña. Y es más ajetreada que una colmena de abejas hambrientas.

—El acento se te va deslizando hacia el escocés —comentó Masterson, con interés.

—Es natural —dijo Kirkland, con el acento aún más marcado—. Pero si crees que hablo como un escocés, espera a oír hablar a los glasglowianos corrientes. Ni siquiera te darás cuenta de que hablan en inglés.

Randall sonrió levemente ante el tono bromista de sus amigos. En general, el trayecto desde Londres había sido silencioso. Habían tomado un coche de posta y hecho el camino a la mayor velocidad posible. Aunque estar encerrado en el coche y con las mínimas paradas había sido terrible para su pierna lesionada, no habían tardado mucho. Pero si no hubiera sido por la lesión hace tiempo que hubiera regresado a la Península y habría tardado semanas en enterarse de la muerte de Ashton.

Había perdido a amigos en campaña, tanto en las batallas como por las despiadadas fiebres, como la que trajo a Inglaterra a Will

Masterson para recuperarse. Pero lo lógico era suponer que los amigos que no habían salido de Gran Bretaña se encontraban seguros, a salvo; no que serían destrozados por la explosión de una maldita caldera de un maldito barco a vapor.

Mientras iban atravesando el Clyde por un ancho y atestado puente, pensó en el alivio que representaba estar ahí por fin, para poder «hacer» algo.

—¿Sabemos dónde está el astillero de Ashton?

—En alguna parte del puerto, al oeste de la ciudad propiamente dicha —contestó Kirkland—. No será difícil encontrarlo. Glasgow tiene su buena cuota de ingenieros, y seguro que en todas las tabernas y cafeterías de la ciudad se comentaría una empresa como la de Ashton.

—Parece que conoces bien Glasgow —dijo Masterson.

Kirkland se encogió de hombros.

—Pasaba bastante tiempo aquí cuando era pequeño. Mi lamentable cariño por mis parientes comerciantes contribuyó a que me sentenciaran a la Academia Westerfield, de lo que estoy eternamente agradecido.

Masterson se echó a reír.

—Me encantaría saber todos los motivos de que los alumnos acabaran en manos de lady Westerfield.

—Las maneras como un niño se puede desviar de los criterios civilizados son muchísimas —dijo Randall, irónico—. Y descubrimos muchas de ellas. ¿Cuánto falta para llegar al puerto de Glasgow?

—Por lo menos una hora —contestó Kirkland, y lo observó detenidamente con los ojos entrecerrados—. Ya debe ser la hora de cenar. Sugiero que busquemos habitaciones en una posada y durmamos bien una noche antes de comenzar a buscar información sobre Ashton y el *Enterprise*.

Randall asintió. Su mente impaciente deseaba comenzar inmediatamente la investigación, pero su maltratado cuerpo necesitaba descanso. No sería una pérdida de tiempo. Si conocía a Kirkland, experto en reunir información, por la mañana ya sabrían por dónde comenzar sus pesquisas.

La suposición de Randall era correcta. Cuando a la mañana siguiente se reunió con sus amigos en el bodegón de la Crown and Sail* para desayunar, Kirkland tenía la dirección del ingeniero jefe del *Enterprise*. Archibald Mactavish vivía en una agradable casa en una calle tranquila, no lejos del atiborrado muelle.

Los hizo pasar a la sala de estar una criada tímida y bajita, que cogió sus tarjetas y se alejó a anunciarle a la señora de la casa la visita de un trío de caballeros.

La señora Mactavish era una mujer de aspecto cansado que entró ahí seguida por un niño que comenzaba a caminar, y no pareció complacida al ver a los tres corpulentos caballeros sentados en su sala.

—No tengo tiempo para atender visitas —dijo francamente—. ¿Habéis venido a ver a mi marido?

—Sí, a ser posible —dijo Kirkland, con su acento escocés muy marcado—. Somos amigos del duque de Ashton y querríamos saber más acerca del accidente que le costó la vida.

—¡No fue por culpa de Mactavish! —exclamó ella, vehemente.

—No es nuestra intención buscar a quien echarle la culpa, señora Mactavish —dijo Masterson, como siempre, diplomático—, sólo queremos comprender qué ocurrió. Los tres fuimos compañeros de Ashton en el colegio y era un amigo muy querido. Nos gustaría saber más, si su marido está lo bastante bien para hablar.

—Muy bien —dijo ella, de mala gana—. Iré a ver si está dispuesto a recibirles.

Salió de la sala con el niño y pasados varios minutos volvió sola.

—Les recibirá. Pero, por favor, no lo cansen mucho. Tuvo suerte de sobrevivir.

Subió delante de ellos y los condujo a una habitación con vistas al Clyde. Mactavish era un hombre delgado en los inicios de la edad madura, pelirrojo con incipiente calvicie, mostraba muchísimos

* Crown and Sail: Corona y Velero. *(N. de la T.)*

moretones y vendas, y tenía una expresión de intenso sufrimiento. Su mujer lo ayudó a sentarse y lo acomodó con almohadones, y luego miró las tarjetas de los visitantes.

—Tus visitas son Kirkland, Masterson y Randall. No sé cuál es cuál.

—Yo soy Kirkland —dijo este, tomando el mando.

Se acercó con la mano extendida para saludarlo, y de pronto se detuvo. El brazo derecho de Mactavish terminaba en un muñón vendado.

El hombre curvó los labios en un gesto de amargura y levantó el muñón.

—Sí, ya no tengo mucho de ingeniero. ¿Qué desean saber?

—Dónde y cómo murió Ashton —dijo Randall pasado un momento, antes que el silencio se hiciera demasiado violento—. Tenemos la esperanza de que si determinamos el lugar donde ocurrió la explosión, quizá podríamos encontrar su cadáver y llevarlo a Londres para enterrarlo.

Se suavizó la expresión de Mactavish.

—Eso es lo que hacen los amigos, aunque es posible que el mar no colabore. Era un buen hombre, Ashton. Uno ni se enteraba de que era un duque.

—Se le echará de menos —dijo Masterson—. ¿Sabe qué causó la explosión? Las turbinas de vapor son bestias complicadas, pero en sus cartas Ashton indicaba que el trabajo iba bien.

—Sí, iba bien —dijo Mactavish dando un furioso puñetazo en la cama con la mano izquierda—. Navegamos un buen trecho y entramos en el Firth of Clyde. La turbina cantaba como un ruiseñor.

—Eso está a bastante distancia —comentó Kirkland, sorprendido.

—Desde luego. Con suficiente combustible podríamos haber llegado hasta Liverpool. Acabábamos de girar para regresar cuando explotó la caldera. Fue como si hubiera caído un rayo.

—¿Quizá fue eso lo que ocurrió? —preguntó Masterson—. Si había tormenta...

El ingeniero negó con la cabeza.

—Había un poco de neblina, pero nada de tormenta.

—¿Dónde estaba Ashton cuando ocurrió la explosión? —preguntó Kirkland—. ¿Se encontraba usted con él?

—Yo estaba en la cubierta intentando calcular cuánto habíamos recorrido. Acababa de decidir que estábamos cerca de la isla de Arran cuando explotó la caldera. El movimiento me arrojó al agua. —Se miró el feo muñón—. Ni siquiera recuerdo cómo se me destrozó la mano. Por suerte para mí, Davy, el piloto, es un nadador experto. Me cogió y me llevó hasta la costa de Arran, que no estaba lejos.

—¿Vio a Ashton en el agua?

—No vi ni rastro de él. Es probable que estuviera abajo, en la sala de máquinas. Se pasaba ahí buena parte del tiempo. —Se tocó la cabeza vendada—. Yo tenía la cabeza revuelta, y no recuerdo haber visto a nadie aparte de Davy. Después me sorprendió saber que dos de los otros habían llegado también a la orilla.

Randall se preparó para hacer la pregunta más difícil:

—¿Ha sabido de alguien al que la corriente haya llevado a la orilla por esa zona, vivo o muerto?

—Son tantas las islas que una persona podría acabar en miles de lugares y que nunca la encontraran. Pero mi suposición más factible es que Ashton se quedó atrapado entre los escombros del barco.

Parecía probable.

—¿Cuántos muertos hubo en total? —preguntó Randall.

—Cuatro, incluido Ashton. Un cadáver fue llevado por la corriente cerca de Troon, la tierra firme frente a Arran. —Exhaló un largo suspiro—. Que yo sepa, los demás continúan desaparecidos.

Y tal vez no los encontrarían jamás, pensó Randall. Volvió la atención a lo que el ingeniero había dicho antes.

—Puesto que el *Enterprise* estaba cerca de la costa, ¿hay alguna posibilidad de recuperar los restos?

Mactavish lo pensó.

—Es posible. Me interesaría muchísimo descubrir por qué explotó la máquina.

—Necesitaríamos un buque de salvamento con una buena grúa y una tripulación experimentada —dijo Masterson—. ¿Conoce a alguien capaz de hacer un trabajo como ese?

—Jamie Bogle de Greenock es el hombre indicado. Posee el mejor equipo de salvamento de Escocia. —Una chispa le iluminó los ojos—. Me gustaría ver el rescate del barco.

—Eso se podría arreglar —dijo Kirkland, observándolo atentamente—. Si va a buscar un nuevo empleo, mi tío Dunlop tiene un astillero y busca ingenieros con experiencia en barcos de vapor.

Mactavish lo miró sorprendido, y su mujer, que estaba sentada a un lado en silencio, hizo una rápida inspiración. Debían estar preocupados por el dinero, puesto que el último trabajo de Mactavish había explotado, dejándolo lisiado.

—¿Es sobrino de George Dunlop? —preguntó. Se miró el muñón que quedaba donde antes había estado su mano derecha—. Ahora... ya no puedo hacer el trabajo que hacía antes.

—Se puede contratar a trabajadores para la obra de mano. A mi tío le interesa la mente y la experiencia de un hombre. Le diré que tal vez podría saber de usted. —Sacó una pequeña libreta del bolsillo interior de la chaqueta—. Ahora dígame los nombres de los otros supervivientes y, si lo sabe, dónde podemos encontrarlos.

Cuando salieron de la habitación, la señora Mactavish ya estaba tan contenta con ellos que antes que se marcharan les sirvió té con pasteles.

Mientras regresaban al coche, Randall le preguntó a Kirkland:

—¿Es cierto que tu tío Dunlop anda buscando ingenieros con experiencia en barcos de vapor?

—Si no lo está, lo estará —contestó Kirkland—. Se ha convertido en uno de los mejores constructores de barcos de Gran Bretaña contratando a buenos hombres. Estará feliz de tener a este.

Randall se acomodó en el asiento. Puede que no estuvieran más cerca de encontrar a Ashton, pero al menos alguien se había beneficiado ese día.

Capítulo 7

Era niño y estaba enzarzado en una pelea con otros niños.

—Fíjate, así es como se arroja a alguien lejos.

Hizo la demostración con un niño rubio, aplicando los métodos que le habían enseñado para arrojar a su contrincante sobre una cama.

El niño rubio lo miró primero espantado y luego riendo:

—¡Enséñame a hacer eso! —gritó.

—¡A mí también! ¡A mí también! —gritaron los otros.

A él le gustó hacer la demostración, comprendiendo que sus habilidades para luchar no sólo eran divertidas y útiles sino que también le ganaban respeto.

Entró una mujer alta y enérgica justo cuando dos de los niños salían volando por la habitación, arrojados por otros dos. Al instante se hizo el silencio, sólo interrumpido por el ruido que hicieron los cuerpos de los niños al caer sobre las camas.

La mujer contempló la escena y él habría jurado que vio diversión en sus ojos.

—Veo que tendré que poneros a competir en juegos de pelota, muchachos, no sea que os matéis mutuamente por exceso de energía. Pero tendréis que jugar con los chicos del pueblo, porque no hay suficientes alumnos para formar dos equipos para jugar al fútbol o al críquet.

—Nosotros seremos mejores —dijo un niño de pelo negro y ojos oscuros—. Mi padre dice que la sangre cuenta.

—No en un campo de deporte —dijo la mujer, nada impresionada—. Os hará bien ser derrotados por chicos que tienen más habilidad que educación. —Miró a cada uno con ojos severos—. Es hora de acostarse para dormir, ¡no de romper muebles!

Todos asintieron solemnemente, y cuando ella ya estaba lejos y no podía oírlos, se echaron a reír. Pero no hubo más lanzamientos sobre las camas. El chico ancho de expresión alegre y ojos castaños, sacó una caja de lata llena de galletas de jengibre, y las compartieron, tendidos en las camas, conversando. Algunos hablaban más que otros.

No recordaba los nombres ni los temas de conversación. Pero sentía la buena voluntad y el afecto que fluían entre ellos.

Amigos. Tenía amigos.

Adam despertó temprano, sonriendo de placer por lo que recordaba del sueño. Un cauteloso estiramiento le confirmó que aún no estaba recuperado del todo de las magulladuras y el dolor muscular, pero, en general, se sentía muy bien. Buscó en su memoria, pensando si el sueño sería un fragmento de su pasado o simplemente un sueño, inspirado por su enfrentamiento con George Burke.

Su primer verdadero recuerdo era el de estar sumergido en el agua, a la deriva, cada vez más cerca de la muerte. De antes de eso no recordaba nada, aunque tenía claro todo lo ocurrido después que Mariah lo arrastrara hasta la orilla.

El recuerdo más claro era el del miedo que sintió cuando la agredió su aspirante a pretendiente. Todavía no sabía de dónde sacó la fuerza para lanzar a Burke hasta el otro lado del salón. Pero sabía que si hubiera sido necesario habría echado abajo la puerta a golpes para llegar hasta ella.

Y el más vivo era el de la paz que sintió cuando él y su mujer se acostaron a descansar después que Burke se marchó. Ella se había levantado al cabo de una o dos horas, y antes de salir le acarició el pelo. ¿Tal vez le había dado un beso? Le gustaría pensar que eso fue lo que hizo.

Después había dormido la mayor parte del día, y durante los ratos en que estaba despierto había comido, bebido y usado el orinal. También recordaba vagamente la visita de la señora Bancroft, que le cambió la venda y declaró que la herida se estaba curando bien.

En ese momento se encontraba totalmente despierto y ya no se sentía como un inválido.

Se bajó de la cama y se puso de pie. Estuvo un momento meciéndose, inestable, pero consiguió llegar hasta el lavabo sin ningún incidente. Hizo un mal gesto al ver su imagen en el pequeño espejo que colgaba encima del lavabo. Parecía un verdadero rufián; tenía el mentón cubierto por una barba oscura y los moretones estaban pasando de morado a desagradables matices de verde y amarillo; además, la venda de la cabeza parecía un gorro echado de lado.

Se pasó la mano por la barba, pensativo, intentando calcular de cuántos días sería; era imposible calcularlo sin saber con qué rapidez le crecía, pero sospechaba que era bastante vigorosa. Después de lavarse la cara buscó una navaja para afeitarse, pero no tuvo éxito. Le pediría una a Mariah.

Sin pensarlo flexionó las rodillas y se sentó en la raída alfombra con las piernas cruzadas. Apoyando las manos en las rodillas, con las palmas hacia arriba, cerró los ojos e hizo una inspiración profunda. Ya había cogido el ritmo de la respiración lenta cuando pensó en lo que estaba haciendo.

Era evidente que sentarse de esa manera en el suelo era algo que hacía habitualmente, pero estaba seguro de que las personas que lo rodeaban lo encontrarían raro. ¿Qué estaba haciendo, entonces?

Meditar. La palabra apareció en su mente. Con la facilidad que da la larga práctica, acalló sus pensamientos y llevó la conciencia hasta el centro de su ser. A pesar de la negra cortina que le ocultaba el pasado, estaba vivo, bien y a salvo. Por el momento, eso le bastaba.

Pasados unos minutos de quietud ya se sentía sereno, enfocado y preparado para lo que fuera que sobreviniera. Supuso que hacía esa meditación todos los días después de lavarse. El agua que se echó en la cara debió activarle un hábito bien establecido. Se puso de pie pensando qué otros hábitos irían surgiendo.

En ausencia de memoria, su mejor guía debía ser su intuición. Ya había habido ocasiones en que un determinado tema le había parecido conocido. Estaba seguro de que sabía algo de agricultura. ¿Qué otras cosas sabía?

Caballos. Estaba muy seguro de que sabía de caballos.

Dispuesto a explorar, abrió el pequeño ropero y encontró diversas prendas, usadas pero útiles. No eran de él, pensó; él hubiera elegido distintas telas y colores. Las prendas estaban bien cortadas y bien confeccionadas, pero denotaban un gusto que no era el suyo. Mariah debió traer la ropa mientras él estaba durmiendo.

A no ser que le hubiera cambiado el gusto a la vez que le desaparecía la memoria. Inquietante idea. Prefería creer que era el mismo hombre que había sido siempre, aun cuando su memoria estuviera inaccesible por un tiempo. Necesitaba creer en algo.

Pensaba que era un hombre afortunado por haber conquistado una esposa como Mariah.

Arropado por ese pensamiento, eligió ropa apropiada para el campo. Ponérsela le confirmó que no era suya. Él era un poco más alto y más delgado de talle, y la chaqueta y las botas se habían amoldado a un cuerpo diferente. Pero en general, las prendas le quedaban bien, se veía decente. Mucho mejor que con la ropa hecha jirones que llevaba cuando lo rescataron.

Supuso que esas prendas debieron ser de su suegro. Intentó visualizar al padre de Mariah y el resultado fue una versión masculina de ella, de pelo rubio y ojos castaños. Un invento, no un recuerdo. Del verdadero Charles Clarke no encontró nada.

Con la curiosidad de explorar una propiedad que no había visto nunca, salió de la habitación. Pronto se levantaría el personal, pero todo estaba silencioso en su camino hacia la puerta. Al salir vio que la casa solariega tenía una hermosa vista al oeste, hacia el Mar de

Irlanda; en la lejanía se veían islotes y parte de la tierra firme, tal vez una península. Las puestas de sol tenían que ser memorables.

Encontró un sendero que llevaba de la casa a la orilla del mar; bajó por él y llegó a la estrecha playa semicircular de arena gruesa. Ese tenía que ser el sendero por el que subió ayudado por Mariah después que ella lo sacara del agua. Encontró corta la distancia; esa noche le pareció interminable.

Se detuvo a menos de una yarda de las olas que lamían la playa e inspiró el salado aire marino. ¿Sería marinero, un hombre del mar? No lo sabía. Conocía bien el mar, le encantaba estar cerca del agua, incluso en ese momento, después de haber estado a punto de perder la vida en esas negras profundidades. Pero no tenía la impresión de que la suya girara en torno al mar, como sería si fuera capitán de barco.

Vaya, ¿por qué había pensado automáticamente en que sería capitán? Sospechó que estaba acostumbrado a dar órdenes.

Mientras iba subiendo el sendero, de vuelta a la casa, empezó a tener dificultades para respirar. De hecho, la respiración le salía en resuellos, y le temblaban las piernas. Aunque tenía la mente alerta, su cuerpo no se había recuperado del todo de la terrible experiencia.

En lugar de entrar en la casa, se dirigió hacia las dependencias exteriores del otro lado de la casa. En un pequeño prado contiguo al establo pacían varios caballos. Uno de ellos, un bayo purasangre de ojos brillantes trotó hacia él entusiasmado.

Sonriendo, apresuró el paso. Los caballos eran decididamente un tema que conocía.

Cuando bajó a tomar el desayuno, Mariah pasó a la habitación de Adam para ver cómo estaba. Después de golpear abrió la puerta, se asomó, y el corazón le dio un vuelco al ver que él no estaba. ¿Y si por la noche hubiera salido a vagar y se hubiera perdido? ¿Y si hubiera ido hasta el mar y la marea lo hubiera arrastrado?

No seas idiota, se dijo. Adam siempre parecía muy cuerdo en los momentos en que estaba despierto, así que lo más probable era que se hubiera levantado temprano y decidido que estaba lo bastante bien para dejar la cama. Una mirada al ropero le dijo que faltaba ropa de su padre.

Con la esperanza de que no hubiera ido más allá de la cocina, se dirigió allí y encontró a la señora Beckett horneando panecillos de avena con pasas. Cogió uno, que estaba tan caliente que le quemó los dedos. Mientras le ponía mantequilla, dijo:

—El señor Clarke se ha levantado y salido de su habitación. ¿Ha venido por aquí?

—Todavía no —dijo la cocinera, y la miró severa—. Nunca me había dicho que tuviera marido.

—Fue tan poco lo que lo vi que no me sentía casada —explicó ella, con la conciencia intranquila; qué horrible que una mentira vaya engendrando más y más mentiras—. Vamos a tener que conocernos de nuevo. —Hincó el diente en el panecillo—. ¡Delicioso!

Suponía que la señora Beckett le haría más preguntas sobre ese matrimonio revelado tan repentinamente, pero la mujer no continuó con el tema.

—¿Qué le gusta comer al señor Clarke? Si se ha levantado y anda por ahí, estará preparado para una buena comida.

—Hoy, lo mejor sería una comida ligera sería lo mejor hoy —dijo Mariah, puesto que no tenía la menor idea acerca de los gustos de Adam—. Tal vez una sopa sustanciosa y pescado. —Cogió otros dos panecillos—. Iré a ver si está fuera.

—Si lo encuentra, le prepararé una rica tortilla de hierbas para el desayuno.

—Yo quiero una también. —Fue a darle un beso en la mejilla y se dirigió a la puerta—. Es usted un tesoro, señora Beckett.

—Ah, pues sí que lo soy —rió la mujer—, y no lo olvide.

Cuando salió de la casa, Mariah escrutó la pendiente que bajaba al mar. Al no ver a Adam, echó a caminar en dirección al establo. Según su experiencia, era raro el hombre que no se sintiera atraído por los caballos, así que esa era su mejor suposición. Hartley Manor tenía los habituales caballos de tiro, para el trabajo, más dos excelentes para cabalgar que había ganado su padre jugando a las cartas.

Justo iba a dar otro bocado a uno de los panecillos cuando por la esquina del establo apareció su padre cabalgando.

Lanzando un chillido se llevó las dos manos a la boca, a punto de desmayarse, y los panecillos cayeron sobre la hierba.

Adam se apeó de un salto y corrió hacia ella, reflejando preocupación en sus bellos ojos verdes.

—Mariah, ¿qué te pasa?

Era Adam, no su padre. Adam.

—Creí... creí que eras mi padre —dijo, temblorosa—. Al ver su ropa, y su caballo, *Grand Turk*. Por un momento pensé que tú eras él.

—Mi pobrecilla —dijo él, dulcemente—. Has tenido unas semanas muy malas. Lamento haberte asustado así.

Ella hundió la cara en su pecho, agradeciendo penosamente su apoyo.

—Todavía no he aceptado del todo que mi padre ya no esté —explicó—. Si lo hubiera visto muerto sería diferente, pero saberlo de oídas no es lo mismo.

Mientras Adam le acariciaba el pelo notó algo desconocido en su manera de abrazarla. El abrazo no era de lujuria, pero sí algo más que el de un amigo que quisiera consolarla. ¿Eso era... relación íntima? Adam creía que era su marido, y actuaba con un ternura protectora que daba por sentado que tenía derecho a abrazarla.

La idea era tan perturbadora como agradable su contacto. Ocupaba el espacio de marido con tanta naturalidad que ella no pudo dejar de pensar si no tendría realmente una esposa en alguna parte. Una esposa que estaba tan desesperada por saber de él como estaba ella por saber de verdad qué le había ocurrido a su padre.

Procurando que en su cara no se reflejaran sus pensamientos, se apartó. Él se agachó a recoger los panecillos, antes que *Turk* diera cuenta de ellos. Le ofreció uno, ella lo cogió y comprobó que todavía estaba caliente.

—¿Cómo te enteraste de la muerte de tu padre? ¿Hay alguna posibilidad de que haya habido un error?

—Me enteré por George Burke. —Al ver la expresión de él, sonrió sin humor—. No, no es una fuente fidedigna, pero tenía el anillo que llevaba siempre mi padre. Eso me convenció.

—Habiendo conocido al hombre, no me soprendería saber que se lo robó —dijo Adam, y tomó un bocado de su panecillo.

—Seguro que es capaz de eso, pero poco después recibí una carta de nuestro abogado de Londres, confirmando la muerte. —Tomó un buen bocado del panecillo, lo masticó pensando, y continuó—: La prueba más convincente es que no he recibido carta de él desde hace demasiado tiempo. Me escribía varias veces a la semana y, de repente, nada. Simplemente no dejaría de escribirme si estuviera bien. —Hizo una inspiración entrecortada—. De verdad creo que murió, sin embargo me pareció de lo más natural verlo venir hacia mí montado en *Turk*.

Adam masticó el último bocado de su panecillo.

—Creo que es natural esperar, contra toda esperanza, que haya habido un error. Creer que la tragedia no puede golpearnos «a nosotros».

—¿Eso lo sabes por experiencia o simplemente eres así de sabio?

Él pareció pensarlo un momento.

—No lo sé, pero no apostaría a que poseo una gran sabiduría natural.

Ella se echó a reír. Si Nani Rose le había enviado ese falso marido, eligió uno con sentido del humor.

—¿Te gusta *Grand Turk*? Mi padre decía que era el mejor caballo que había tenido en su vida. Lo ganó jugando a las cartas, lógicamente.

A Adam se le iluminó la cara.

—Es fabuloso. Bellos pasos, y fogoso sin malicia. La yegua castaña también es muy fina. ¿Otro premio en la mesa de juego?

—Sí. Es mi montura, *Hazelnut*, *Hazel* en diminutivo. —Lo observó atentamente; se veía como un verdadero caballero del campo con la ropa de su padre, pero tenía la cara demacrada—. No me imaginé que te encontraría montado a caballo. ¿Cabalgar no te ha supuesto demasiado esfuerzo?

—Mi fuerza no se ha normalizado todavía —reconoció él—, pero de verdad deseaba estar sobre el lomo de un caballo otra vez. ¿Tal vez hoy podríamos hacer esa cabalgada por la propiedad?

—Más tarde, si de verdad crees que estás preparado, pero ahora la señora Beckett quiere servirnos el desayuno. ¿Estás preparado para una tortilla?

—¡Faltaría más!

Diciendo eso él le cogió el brazo y volvieron a la casa. Le gustaba tocar, acariciar, pensó ella. Nuevamente se le pasó por la cabeza si eso no sería una muestra de la naturalidad de un hombre acostumbrado a tener una mujer a la que podía tocar o acariciar siempre que lo deseara.

Cuanto antes recuperara la memoria su regalo del mar, mejor para todos.

Después de un excelente desayuno Adam se retiró a su dormitorio a descansar. A primera hora de la tarde Mariah entró de puntillas y lo encontró atravesado de espaldas sobre la cama. Se había quitado las botas y la chaqueta, pero seguía con los pantalones y la camisa puestos. Era un hombre de fina estampa que cumplía las condiciones ideales de buena forma y elegancia de un caballero. Sería un caballero de nacimiento? No lo sabía, pero sí se había convertido en uno.

Pensando que debería dejarlo dormir si no se despertaba fácilmente, le susurró:

—¿Adam? ¿Cómo te sientes?

Él se despertó y la obsequió con una sonrisa que la hizo sentirse la mujer más especial del mundo.

—Me siento capaz de hacer esa cabalgada por la propiedad.

Ella lo observó atentamente; sus magulladuras visibles le recordaron las no visibles. La experiencia había sido una paliza.

—Esperemos hasta mañana para hacer el recorrido. Es mejor que no te exijas demasiado.

—Entonces necesito encontrar otro tipo de actividad física. —Le cogió la mano y la tironeó hasta que ella quedó tendida a su lado en la cama. Mirándola con intensidad, dijo—: Ojalá recordara nuestro primer beso. Tendré que comenzar de nuevo.

Antes que ella comprendiera del todo sus intenciones, le bajó la cabeza y la besó. Su boca era firme y cálida, y con la lengua le apartó suavemente los labios.

La sensación la recorrió toda entera como una oleada, haciéndole trizas el juicio, la cordura. La habían besado jóvenes apasionados, y más de una vez había tenido que defenderse de borrachos como Burke, pero jamás en su vida había experimentado un beso como ese. Percibió la maravilla y el placer que sentía él, como si acabaran de enamorarse, pero también percibió su compromiso, y su creencia de que tenían una historia, que se pertenecían mutuamente.

Retuvo el aliento cuando él le bajó las manos por la espalda, acariciándosela, honrando cada curva y hendedura. Cuando se tocaron sus cuerpos se sintió arder; deseó derretirse en él, besarlo hasta que los dos estuvieran inconscientes.

Él metió la mano derecha por debajo de su falda y la deslizó hacia arriba hasta acariciarle el muslo desnudo, de una manera tan escandalosa como seductora. Ella se apartó bruscamente, con el corazón retumbante. En su interior sonó la voz de su parte Sarah diciendo: «Esto es culpa tuya».

No podía negarlo. Si continuaban por ese camino perdería la virginidad y tal vez lo induciría a él a cometer adulterio. Debería huir chillando de esa desesperante situación.

Él le miró la cara sonrojada, con expresión perpleja y algo herida.

—¿Qué te pasa, Mariah?

Ella consideró la posibilidad de confesarlo todo, pero al instante pensó que no podría soportar destrozarle así la poca seguridad que le quedaba. Buscó una respuesta que pusiera más distancia entre ellos y al mismo tiempo fuera sincera.

—Lo siento, Adam —dijo, incorporándose y arrastrándose hasta quedar sentada en el borde de la cama—. Esto es... muy repentino para mí. Hemos estado muy poco tiempo juntos y ahora soy una desconocida para ti.

—Una amada desconocida —dijo él, en tono calmado—. Y supongo que yo no soy un desconocido para ti. ¿O he cambiado mucho?

Ella se estremeció, pensando si esos sentimientos serían por su verdadera esposa y ella era simplemente una sustituta conveniente. Recordando lo que le dijo a la señora Beckett, contestó:

—No es que hayas cambiado, sino que la situación es muy extraña. ¿Podrías cortejarme como si acabáramos de conocernos? Así podremos intimar de nuevo. —Le cogió la mano—. Podrías recuperar la memoria en cualquier momento, claro, y eso lo simplificaría todo. Pero mientras no ocurra eso, ¿podríamos comenzar de nuevo?

Él titubeó, y ella supuso que preferiría conocerla de una manera más bíblica. Pero entonces le sonrió, le levantó la mano y le besó las yemas de los dedos.

—Juiciosa idea —dijo—. Señorita Clarke, es usted la criatura más hermosa que he conocido. ¿Me acompañaría a dar un paseo por el jardín?

—Me gustaría muchísimo, señor Clarke —dijo ella, aliviada—. Podemos admirar los narcisos y admirarnos mutuamente.

Riendo, él se sentó en el borde de la cama y alargó la mano para coger sus botas.

—Espero que te cautiven mis moretones y barba. No sé qué apariencia tengo.

—Eres hermoso todo entero —dijo ella firmemente.

Y esa era la pura, pura verdad.

Capítulo 8

Adam ya estaba en el vestíbulo, listo para salir, con las botas y la chaqueta puestas, cuando reapareció Mariah con una papalina deliciosamente frívola, adornada con rosas de seda, y un viejo chal azul.

—Está encantadora, señorita Clarke —dijo, ofreciéndole el brazo.

Ella agitó ostentosamente las pestañas y le cogió el brazo.

—Qué amable, señor. Si se porta muy, muy bien, podría permitirle que me tutee y me llame por mi nombre de pila.

Sonriendo, él abrió la puerta y la sujetó para que ella saliera primero.

—Si no la hace sentirse disipada, podría llamarme Adam.

—Jamás haría nada disipado, señor Clarke —dijo ella, con firmeza—. Ha de saber que soy una damita criada muy correctamente.

—Nadie podría pensar lo contrario —le aseguró él.

Se había sentido decepcionado, muy decepcionado, cuando ella no le permitió hacerle el amor, pero comprendía que ella tenía razón; necesitaban un tiempo de galanteo, para conocerse de nuevo, para reconstruir los cimientos de afecto y compañerismo. El deseo es estupendo en el matrimonio, pero es necesario algo más, sobre todo para una mujer enfrentada a un marido que no la recuerda.

No sólo se iban a conocer de nuevo, sino que la simulación de un galanteo era un juego delicioso, mejor que lo real, porque el final, la cama de matrimonio, estaba predecretado. Deseaba recordar cómo era su cuerpo elegantemente curvilíneo sin tanta ropa. Era enloquecedor saber que habían tenido relaciones conyugales y no lograr evocar ningún recuerdo exacto de su cuerpo. Ni de su sabor, de su tacto al palparla.

Ya fuera de la casa ella lo llevó hacia la izquierda, hacia el lado opuesto a donde estaba el establo y otras dependencias de la granja. Él saboreó el leve calor de su mano sobre el brazo y el dulce aroma a lavanda que emanaba de su ropa.

—No sé nada de moda, pero su preciosa papalina tiene la apariencia de ser muy elegante.

—Gracias, señor. —Dejando de lado la simulación de exagerado recato, se echó a reír—. La he rehecho una y otra vez, así que no es particularmente elegante. Rara vez había dinero de sobra, así que he adquirido mucha pericia en renovar vestidos y sombreros, con encajes, cintas o flores.

¿Todas las damitas refinadas estaban dispuestas a reconocer escasez de fondos, o su franqueza se debía a que estaban casados? Fuera cual fuera el motivo, esa franqueza era refrescante.

—Me parece que tu chal tiene menos posibilidades de que lo acusen de elegante.

Ella se arrebujó más la desgastada prenda azul.

—Lo tejió Nani Rose para regalármelo una Navidad. Siempre que me lo pongo siento sus brazos rodeándome, así que me lo pongo muchísimo.

Aunque lo dijo en tono alegre, él detectó soledad tras sus palabras. Había llevado una vida extraña, que tenía muy poco que ver con las de la mayoría de las damitas de buena crianza.

—¿Era dura la vida siempre viajando de un lugar a otro, sin tener verdaderas raíces? ¿Cómo te entretenías? Me imagino que en algunas casas a las mujeres las fastidiaba tener ahí a una chica tan hermosa como tú.

Ella hizo un mal gesto.

—Eres muy listo. Todo el mundo disfrutaba con la presencia de mi padre, pues era una excelente compañía. Pero muchas veces las mujeres creían que yo pretendía casarme con sus hijos, y una esposa sin un penique nunca va bien.

Él expresó el pensamiento que lo inquietaba:

—¿Y elegiste un marido sin un penique? ¿Era yo incapaz de darte un hogar?

Ella frunció el ceño y desvió la mirada, como si no supiera qué contestar.

—Tenías inteligencia y perspectivas. No me inquietaba nuestro futuro. Tuviste que marcharte poco después que nos casamos, así que lo lógico era que yo continuara viviendo con mi padre, hasta que tú volvieras. —Hizo un gesto, abarcando la propiedad—. Entonces ocurrió lo de Hartley.

—¿Cuánto tiempo hemos estado separados?

—Me ha parecido una eternidad.

—¿Por qué tuve que marcharme? ¿Cuál era mi ocupación?

—Hacías un trabajo bastante secreto para el Gobierno. Nunca me comentaste nada de ese trabajo. —Decidiendo cambiar de tema, continuó—: Este paseo sería más romántico si el jardín fuera atractivo, pero se ha llenado de malezas y no he tenido el tiempo para pensar qué hacer. Burke nunca gastó ni un penique en la propiedad, si podía evitarlo. La señora Beckett, la cocinera, dice que había un viejo jardinero, pero murió y nunca lo reemplazaron. Ahora el jardín casi parece una selva.

Exageraba, pero no demasiado, pensó él. Los parterres de flores estaban tan llenos de malas hierbas que más parecían laberintos; a los árboles les hacía falta una buena poda, y los bordes de los cuadros de flores estaban agrietados. Aun siendo primavera el jardín se veía descuidado. Llegado el verano, algunas partes serían impenetrables.

—Hace falta mucho trabajo, desde luego —convino, cuando tomaron un tosco sendero de ladrillos—. Pero el diseño es bueno, y las plantas crecen vigorosas. —Apartó una rama para que ella pudiera pasar—. ¿Pondrías objeciones a que yo intentara arreglar el jardín?

Ella le echó una rápida mirada.

—¿También sabes de jardinería?

—Eso parece. —Inconscientemente flexionó los dedos—. Siento un fuerte deseo de trabajar con mis manos. Coger algo y mejorarlo.

—Entonces este es el lugar para empezar. Cualquier cosa que hagas será una mejora. Puedo contratar a personas del pueblo para que te ayuden, si quieres.

—Eso irá bien una vez que decida qué es necesario hacer.

Levantó la mano y entrelazó los dedos con los suyos. Ella retuvo el aliento porque no llevaba guantes y el contacto era directo. Cuando reanudaron la marcha, él comentó:

—Ahora que estoy planeando su destino, veo el jardín de otra manera.

Ella se rió.

—Los arbustos llevan un tiempo anhelando atención. Hay partes del jardín que no he visto nunca. Siempre hay muchas otras cosas que hacer.

—Entonces lo vamos a explorar palmo a palmo. ¿Adónde lleva este sendero?

—No tengo ni idea, pero me gustaría descubrirlo.

Tuvo que acercarse más a él porque los arbustos invadían el sendero.

—Hace falta podarlos, decididamente —dijo él; se miró las manos, en las que sentía comezón por trabajar; entonces pasaron por su cabeza preguntas sobre categoría y clase—: ¿No soy todo un caballero?

—Para mí siempre lo has sido.

Diciendo eso trazó una línea por el medio de su palma. Su reacción a ese contacto pasó por todo él, hormigueante, erótico.

Se recordó que estaban de cortejo y que no debía tumbarla sobre la exuberante hierba para redescubrir su hermoso y blando cuerpo.

Hizo una inspiración profunda para dominar las partes más rebeldes de su anatomía, y reanudó la marcha. El sendero viraba hacia la derecha y acababa en un jardín cercado. Dos muros de piedra levemente erosionados por el tiempo se encontraban en un ángulo recto incrustado en la pendiente de una colina. Los otros dos lados parecían definidos por unos densos matorrales de arbustos. Los narcisos estaban a punto de florecer y las ramas de un frutal subían por un espaldar sobre el muro de cara al sur. El otro muro estaba cubierto por una enredadera que en otoño adquiriría un color rojo vivo, a la sombra de un elegante árbol.

Se detuvo, reteniendo el aliento.

—Esto me parece... conocido.

Ella levantó bruscamente la vista y lo miró.

—¿Has estado aquí antes?

—Noo —dijo él, intentando analizar la imagen que pasó fugazmente por su mente y se desvaneció—. Más bien es la atmósfera la que me resulta familiar.

—¿En qué sentido? —preguntó ella, alentadora.

—En que está cercada y se siente... segura, protegida, apacible. —Cerró los ojos, tratando de recordar ese otro jardín—. Tengo un vago recuerdo de un lugar similar, aunque con muchas más flores. Flores de colores vivos. En un rincón había una fuente con... ¿un elefante en el centro? Creo que era un elefante.

—Ese jardín no podría haber estado en Inglaterra.

—No lo estaba —dijo él, seguro—. Pero no tengo idea de dónde se encontraba.

Abrió los ojos y observó el jardín. El follaje de los arbustos era una agradable mezcla de colores y formas. Los senderos de ladrillo estaban diseñados en forma de espiga, y unas enormes piedras parecían dispuestas para sentarse.

—Pero creo que los dos lugares estaban diseñados para alentar el pensamiento, la oración o la serenidad.

—Hablando de apacible, ahí está la gata de la cocina, *Annabelle*.

La gata estaba dormitando sobre un soleado espacio de hierba debajo del frutal en espaldar. Abrió sus felinos ojos cuando ella se le acercó, y no puso la menor objeción cuando la cogió en los brazos y la arrulló.

Mariah debía de llevar la gata con ella a todas partes, pensó Adam. Estaba irresistible con un rubio mechón de pelo sobre el hombro y la gata de pelo negro y blanco ronroneando en sus brazos. Su tierno afecto la hacía más hermosa aún.

—Supongo que vivir en la cocina explica los generosos contornos de *Annabelle* —comentó.

—Eso es una manera muy educada de decirlo —dijo ella riendo—. Es una minina muy dulce. Algunas noches incluso se digna a domir en mi cama.

Adam se giró lentamente pensando en ese otro jardín. Ya lo veía con más claridad. El agua caía sobre la fuente no de la trompa de un elefante sino de un hombre con la cabeza de elefante. Muy poco inglés. El aire era terriblemente caluroso, y una mujer estaba sentada a la sombra de un enorme árbol. No la veía con claridad, pero sabía que tenía el pelo negro y era hermosa.

Mariah fue a sentarse en la piedra más grande con la gata.

—Veo cómo un entorno como este sería bueno para calmar los nervios.

—Limpiaré bien todo esto y lo convertiré en un verdadero jardín para la meditación; este será mi primer trabajo. —Se sentó en la piedra al lado de ella y acarició el sedoso pelaje de *Annabelle*, pasando los dedos muy cerca de los pechos de ella—. Si estuviera cortejándote, señorita Clarke, aprovecharía que estamos tan solos para robarte un beso.

Se inclinó hacia ella y posó los labios en los de ella con tanta suavidad como si fuera la primera vez. A ella se le escapó un gritito gutural y apretó los labios contra los suyos. El beso que comenzó tan inocente no tardó en pasar a más. Él se acercó más y levantó una mano hasta ahuecarla en un pecho. La gata emitió un chillido de protesta y se bajó de un salto de la falda de ella.

El salto de *Annabelle* la indujo a ahogar una exclamación y a apartarse.

—Le permito robarme un beso pero nada más, porque soy vir... una damita muy virtuosa.

Él apretó las manos en sendos puños. Aunque su cuerpo clamaba por su conocido calor, había aceptado avanzar lentamente. Ella se lo merecía, absolutamente.

—Puesto que no soy un verdadero caballero, pido disculpas por mi mala conducta a la vez que en secreto espero repetirla tan pronto como sea posible.

Emitiendo una risita algo nerviosa, ella se levantó y se alisó la falda.

—Creo que eres más sincero de lo que sería un pretendiente corriente.

Él se levantó, sintiéndose algo marcado.

—Esto no es un cortejo corriente. —Le ofreció el brazo—. ¿Reanudamos nuestra exploración?

—Siempre que no volvamos a entrar en otro jardín tan apartado. Una visita a la huerta nos irá bien. Todas esas verduras son muy poco románticas.

Él sonrió algo vacilante, mientras ella le cogía el brazo. Nuevamente se dijo que ella necesitaba ese tiempo para adaptarse a los cambios de él. Ya no era el hombre que había sido, y el que estuvieran casados no significaba automáticamente que ella lo invitara a compartir su cama otra vez.

Inquieto, pensó si la amnesia bastaría para anular un matrimonio. Esperaba que no.

Capítulo 9

Greenock e isla de Arran, Escocia

La tarde estaba fresca y lluviosa. Entre Randall y Kirkland, Will Masterson estaba apoyado en la baranda del *Annie*, que se mecía sujeto por el ancla.

—¿Qué es ese aparato que tienen en la cubierta de popa? —preguntó Randall.

—Una campana de buzo. Está abierta por debajo, como una campana de iglesia. Debido a su peso, se mantiene derecha cuando se baja al agua y el aire queda atrapado dentro. Los buzos se pueden meter dentro, sumergirse hasta el lugar donde están trabajando y volver a entrar en la campana cuando necesitan respirar.

—Ingenioso —comentó Kirkland—. ¿Qué más se les va a ocurrir inventar?

—Aristóteles ya escribió sobre una antigua campana de buzo, así que no es el invento más nuevo —dijo Will—. Pero las han mejorado muchísimo en los últimos años. Esta tiene una ventanilla para mirar bajo el mar y aire comprimido para que los buzos puedan permanecer abajo más tiempo.

—Espero que sea posible hacer el trabajo —dijo Randall, ceñudo.

—Es probable que Ash estuviera en la sala de máquinas; en ese caso, tendríamos que poder recuperar su cuerpo.

Su voz sonó tranquila, pero sus emociones no lo estaban en absoluto. Mientras no encontraran el cadáver, seguiría aferrado a la débil esperanza de que continuara vivo.

Entre gritos y crujidos de los maderos, el *Annie* zarpó, iniciando la primera etapa de la expedición. Archie Mactavish tenía razón; Jamie Bogle de Greenock tenía un buque de primera clase para operaciones de salvamento y rescate, con todas las últimas novedades en equipo. La campana de buzo tenía incluso un tubo para aire comprimido. Bogle tenía otra cosa más: un motivo personal para ayudar a encontrar el *Enterprise*; su primo Donald era uno de los hombres desaparecidos y se lo suponía muerto.

«A Donald le gustaba trabajar para su duque —le dijo Bogle a Will con voz ronca, cuando lo visitaron para ver si podía encargarse del trabajo—. Decía que era el mejor puesto de trabajo que había tenido en su vida».

«Entonces, tal vez podamos recuperar su cuerpo».

«A la familia le gustaría. ¿Pueden emprender la navegación con la marea de la tarde?».

Podían. Así pues, el buque de salvamento *Annie* y un lanchón de remolque zarparon desde Greenock rumbo al sur llevando a Will, Randall y Kirkland, más otros dos pasajeros: Archibald Mactavish y Davy Collins, dos de los cuatro supervivientes del *Enterprise*. Con sus recuerdos y puntos de referencia en la isla de Arran, les llevó menos de un día localizar el barco de vapor hundido. El mar no era profundo ahí, lo que significaba que la recuperación tendría que ser sencilla.

Bajo amenazantes nubarrones, sumergieron la campana de buceo con dos buzos dentro, uno de ellos el hijo de Bogle, Duncan. El tiempo que los hombres estuvieron bajo el agua pareció interminable, aunque en realidad no debió ser tanto. Las cadenas de la grúa tintinearon y se tensaron cuando las engancharon por debajo de una parte del barco hundido.

Los buzos salieron a la superficie y subieron al barco. Mientras se envolvían en gruesas mantas de lana, Duncan informó:

—Encontramos la popa, en la que está la sala de máquinas. Por suerte el *Enterprise* no era un velero de tamaño descomunal. Creo que, con cuidado, podremos sacarlo.

Su padre asintió y dio la orden a la tripulación de que comenzaran a izar. La cadena chirrió, comenzó a subir la carga y cuando salió a la superficie el agua chorreaba y manaba por todos los recovecos.

Will enterró los dedos en la baranda, pensando si Ash estaría dentro. Le costaba creer que su amigo, con su tranquilo humor, su absoluta lealtad, hubiera muerto. Por eso era tan importante recuperar su cuerpo.

La grúa iba avanzando hacia el lanchón con la carga balanceándose cuando se rompió una cadena, que pareció volar en dirección a Donald Bogle. Rápido como un gato, Randall le cogió el brazo y lo tiró hacia atrás, apartándolo del camino de la cadena; lo consiguió en parte, pues el extremo de esta le golpeó con una fuerza brutal.

El joven gritó de dolor y cayó sobre la cubierta. La parte del barco siniestrado cayó al agua levantando olas de marejada que estremecieron al *Annie*.

Maldiciendo en voz baja, el capitán se inclinó sobre su hijo, que estaba resollando de dolor por el violento impacto de la cadena.

—¿Cómo estás, muchacho?

—Bas... bastante bien —logró contestar el joven—. Creo que si ese inglés no me hubiera tironeado hacia atrás, la maldita cadena me habría partido en dos.

—Aun así, ha estado cerca de hacerlo —dijo Randall, arrodillándose junto a él, pues tenía experiencia en atender heridos en el campo de batalla. Le examinó el pecho y los hombros—. Fractura en un hombro y tal vez fisura en una costilla, me parece. Con un buen vendaje, debería soldarse bien.

—Pero no podrá bucear por un tiempo —dijo Bogle, ceñudo—. Puedo reemplazar las cadenas, pero el buceo es trabajo de dos hombres, y Geordie no puede hacerlo solo. Tendremos que volver a Greenock a buscar otro buzo.

—Yo sé bucear —dijo Will—. De pequeño viví en las Indias Occidentales y aprendí a nadar tan pronto como aprendí a andar.

—¿Está seguro? —preguntó el capitán, dudoso—. Es un trabajo difícil, peligroso, incluso para hombres experimentados con una campana de buzo.

—Tuve experiencia con una campana cuando trabajé en un barco de rescate buscando tesoros españoles en las Indias —contestó Will.

—Eso no lo sabía —dijo Kirkland, que acababa de llegar hasta ellos.

—Todos tenemos nuestros secretos —sonrió Will—. ¿Cuánto tardará en volver a bajar la campana, capitán?

Bogle miró el cielo y luego oteó la superficie del mar.

—Se aproxima una tormenta, así que tendrá que ser lo más pronto posible. Media hora, tal vez.

Fue necesaria una increíble cantidad de maldiciones y palabrotas para reemplazar la cadena. Will deseó entender el dialecto glasgowiano: las feroces palabrotas eran francamente poéticas.

Mientras preparaban la campana, se puso el tosco traje de piel que se usaba para protegerse del frío. El traje era el de Duncan, así que estaba mojado y pegajoso, y le quedaba algo corto, pero le gustaría ir protegido cuando se sumergiera.

Geordie era un musculoso joven tan alto y corpulento como él. El interior de la campana estaba terriblemente frío cuando comenzó a sumergirse en el agua. Sentado en el banco metálico que rodeaba toda la circunferencia del aparato, pensó nostálgico en las transparentes aguas color turquesa de las Indias Occidentales.

Durante el descenso el nivel del agua fue subiendo lentamente, hasta sus pies y luego hasta los tobillos. Comenzaron a dolerle los oídos; había olvidado esa parte.

—Por suerte el barco está a sólo unas brazas de profundidad —dijo Geordie—. Si no, sentiríamos como si nos pincharan los oídos con agujas. —Lo miró ceñudo—. ¿Seguro que sabe lo que hace?

Will comprendió que el escocés no creía que un lord inglés fuera bueno para algo útil; tenía su punto de razón, pero él no siempre había sido un lord inglés.

—Creo que sí —repuso—. Pero usted es el experto. Ya ha observado el lugar.

—No tendría que ser difícil recuperar la popa del barco —dijo Geordie—. Las cadenas se hundieron con ella, así que sólo es cuestión de volver a engancharlas. Estaremos de vuelta en la superficie antes que se dé cuenta.

Will miró por el grueso cristal de la ventanilla. Esas formas oscuras que se veían a través del agua tenían que ser los huesos rotos del *Enterprise*.

Cuando la campana estuvo posicionada, Geordie hizo varias respiraciones, inspirando profundamente. Will también.

—No intente estar demasiado tiempo fuera de la campana —le aconsejó el buzo—. El capitán pagó una fortuna por el equipo de aire comprimido y le gusta que se use.

Diciendo eso se deslizó hacia delante por el banco y se sumergió en el agua, de pie.

Will se sumergió unos segundos después. El agua estaba fría, ¡fría! Nuevamente pensó pesaroso en las Indias. Aun contando con la protección del traje de cuero, tendrían que trabajar rápido, si no querían arriesgarse a enfriarse peligrosamente. Con ágiles y potentes brazadas siguió a Geordie.

Tal como había pronosticado el joven, la operación de rescate fue sencilla. Tuvieron que volver a enganchar los extremos de las cadenas, y luego llevar el gancho de la grúa al punto de unión de las tres cadenas. Fueron necesarios muchos ascensos a la campana, Will con más frecuencia que Geordie. Su aguante sin respirar ya no era tan bueno como cuando nadaba habitualmente.

Cuando las cadenas estuvieron firmemente colocadas y ya se estaban instalando en la campana para subir a la superficie, Will preguntó:

—Cuando bajó con Duncan, ¿miraron el resto del barco por si había cadáveres?

—Sí —dijo Geordie, asintiendo muy serio—. La mayor parte del barco está abierto, así que el agua se habría llevado cualquier cadáver. La parte de la popa está bastante cerrada, por lo que ahí sí que podríamos encontrar a alguien.

Terminaron de instalarse y dieron la señal para que los subieran. Cuando llegaron a la cubierta, inmediatamente los envolvieron en mantas y les pasaron tazas de té muy dulce fortalecido con whisky. Will se la zampó y puso la taza para que se la volvieran a llenar. Y en cuanto se le descongelaron los huesos, bajó a ponerse ropa seca. Conservó la manta.

Una vez de vuelta en la cubierta, vio que estaban posicionando la popa del *Enterprise* sobre el lanchón.

Kirkland ayudó a Archie Mactavish a pasar al lanchón, porque el ingeniero estaba resuelto a comprobar qué había ido mal.

Con almádenas y palancas, dos de los tripulantes abrieron una brecha lo bastante ancha para poder entrar. Todos los demás esperaron fuera en silencio, mientras aumentaba la violencia del viento y comenzaba a llover.

Will se preparó cuando uno de los hombres gritó:

—Hay un cuerpo aquí.

Los dos tripulantes sacaron con mucho respeto al hombre muerto y lo tendieron sobre la cubierta del lanchón. Randall se arrodilló a mirarlo. Pasado un tenso momento, dijo:

—No es Ashton.

—No —dijo el capitán, con la voz ronca—, es mi primo Donald. —Se quitó el sombrero y lo puso sobre su corazón—. Al menos ahora lo sabemos.

Will soltó el aliento en un ronco soplido, contento de no tener la prueba de la muerte de Ash, y lamentando continuar con la incertidumbre.

—Solucionado este misterio, miremos la máquina —dijo.

Un tripulante encendió linternas y entraron Will, Mactavish y el capitán. Mactavish examinó concienzudamente la turbina, las tuberías y demases mientras los otros dos sostenían las linternas. Cuando terminó de examinar la parte delantera y los lados, comentó:

—No veo nada que pudiera haber causado la explosión.

—Venga a la parte de atrás —sugirió Will—. La máquina perdió la mayor parte del montaje, así que se puede ver por este lado.

Mactavish pasó junto a él por el estrecho y oscuro espacio y miró la parte de atrás de la caldera de vapor. Pasado un momento, soltó unas cuantas maldiciones.

—Mire eso —dijo, apuntando con el muñón del brazo derecho hacia un boquete con el borde mellado en la parte curva de la caldera.

Will lo contempló, ceñudo.

—Está claro que por aquí explotó la caldera, pero ¿por qué?

—Mire mejor —gruñó Mactavish.

Will se acercó más y vio que por todo el borde del boquete destellaba una soldadura más brillante.

—¿Un punto frágil de la caldera se reparó con un parche y el parche no resistió?

—La caldera estaba perfecta. Este boquete tuvieron que hacerlo y luego parcharlo mal para que explotara una vez que llevara un tiempo en uso.

—Eso significa, entonces... —comenzó el capitán Bogle, con expresión de incredulidad.

—... que la explosión no fue un accidente —terminó Will, en tono feroz.

Capítulo 10

Un lacayo de librea entreabrió la maciza puerta. Al ver quién era el visitante intentó cerrarla, pero Adam se lo impidió poniendo el pie en la abertura, contento de haberse puesto las botas más gruesas.

—Le veré —dijo, implacable—. ¿Me vas a decir dónde está o tendré que registrar la casa?

—¡Esto es un atropello! —gruñó el lacayo, intentando quitarle el pie de la abertura con un puntapié—. ¡Socorro! —gritó—. ¡Han invadido la casa!

Sin hacerle caso, Adam y sus tres acompañantes empujaron la puerta y la abrieron.

—Tenemos que mantenernos juntos —ordenó Adam—. Debe de estar arriba.

Mientras las criadas chillaban y los lacayos gritaban, corriendo de un lado a otro, subieron a toda prisa la escalera y comenzaron a abrir puertas. En un dormitorio interrumpieron una cita amorosa entre una chillona criada y un criado, pero no encontraron al hombre que buscaban.

—El ático —dijo Adam cuando regresaban por el corredor después de mirar la última habitación.

La escalera era tremendamente estrecha y ese día el calor era sofocante. Les quedó claro que la mayoría de las habitaciones eran de criadas, y no había nadie en ellas.

Encontraron al hombre que buscaban en la estancia más humil-

de, un pequeño desván con el cielo raso en declive y con el suelo cubierto de polvo y moscas muertas. No había ningún mueble aparte de un jergón en el suelo. El olor a infección y a cuerpo sin asear era nauseabundo.

Adam ahogó una exclamación a la vista del cuerpo inmóvil y esquelético, temiendo que su amigo estuviera muerto. En su cara no había señales de vida y su pelo rubio se veía opaco y sucio. Pero abrió los ojos cuando él se arrodilló junto al jergón.

—Ya dudaba de que vinieras —dijo el hombre, intentando sonreír.

—Lamento no haber llegado antes —repuso Adam—. Estaba fuera de la ciudad. —En voz más alta, añadió—: Uno que vaya a buscar agua y una manta a otra habitación.

Pasado sólo un momento ya tenía un descascarado jarro con agua tibia y un vaso trizado.

—¿Te apetece beber? —preguntó, mientras ponía agua en el vaso.

—Buen Dios, sí.

Le levantó la cabeza lo suficiente para que pudiera hacerlo. Observó cómo a su amigo le sobresalían los tendones de la garganta mientras tragaba desesperado.

—Con eso basta —dijo, quitándole el vaso—. Demasiada podría enfermarte.

El hombre rubio dio la impresión de que iba a protestar, pero cambió de opinión.

—Échame el resto en la cabeza.

Adam obedeció, y el hombre exhaló un largo suspiro de alivio.

—Esto es lo más fresco que he estado vete a saber desde cuándo.

Adam se incorporó.

—Envolvámoslo en la manta y saquémoslo de aquí.

Dos de sus acompañantes extendieron la manta en el suelo, sacaron con sumo cuidado al hombre del sucio jergón y lo tendieron en medio de la manta. Él emitió un suave gemido de dolor, pero ese fue el único sonido que hizo, incluso cuando lo bajaron por la escalera estrecha, golpéandose la cabeza y los pies contra las paredes, a pesar del cuidado que ponían los que lo llevaban.

El siguiente tramo era más ancho. Ya habían llegado al vestíbulo de entrada cuando del salón salió un anciano furioso a intentar impedirles salir. Sus ropas caras proclamaban riqueza, pero sus ojos parecían los de un loco furioso y en sus nudosas manos sostenía un arma de fuego.

—Maldito arrogante pedazo de basura —gritó, apuntando el cañón del arma al pecho de Adam—. ¡No tienes ningún derecho a llevártelo de mi casa!

Adam hizo una respiración lenta, calculando de qué tamaño sería el agujero que le haría la bala a esa distancia.

—Y tú no tienes ningún derecho a dejarlo morir por falta de cuidados.

—¡Se merece morir!

Movió el arma hacia el hombre envuelto en la manta y luego volvió a apuntar a Adam.

—Dispara si quieres —le dijo él—, pero si deseas evitar un escándalo, el asesinato no es la mejor manera de conseguirlo.

El anciano movió la pistola y la bajó.

—¡Maldito! —gritó otra vez, con esos ojos de loco—. Maldito tú y todos tus rebeldes amigos.

—Sin duda la maldición llegará a su tiempo —repuso Adam—. Pero hoy no.

Abriendo la puerta, les hizo un gesto a sus acompañantes indicándoles que salieran antes que el anciano disparara, pero lograron llegar al coche y subir al hombre herido sin ningún incidente.

Contemplando la cara demacrada y pálida de su amigo rescatado, pensó si sería posible salvarle la vida o habrían llegado demasiado tarde.

Estaba cerrando la puerta del coche cuando sonó un disparo.

Adam despertó sobresaltado, con el corazón retumbante. Oyó otro sonido fuerte, no de un disparo sino el de un hacha cortando leña.

Con Mariah habían hablado de talar un árbol que estaba enfermo. Era probable que estuvieran haciéndolo esa mañana. Era una mujer eficiente su esposa.

Se levantó y caminó hasta el lavabo, en el que ya había una navaja, así que pudo domar su barba temporalmente. Mientras se lavaba y rasuraba pensó en el sueño. ¿Era todo un invento o un recuerdo de algo que ocurrió realmente? Le había parecido muy real.

Cuando se sentó en el suelo a hacer su meditación, repasó el sueño pensando qué le decía acerca de su vida, si reflejaba un incidente real. ¿Quién era el hombre rubio y qué lo indujo a él a invadir esa mansión?

Logró deducir algunas respuestas. Estaba claro que el anciano furioso odiaba al hombre rubio y lo había dejado abandonado para que muriera de sus heridas o graves lesiones. Él se enteró de la situación y acudió a rescatar a su amigo. El anciano lo odiaba a él también. Era muy posible que odiara a todo el mundo.

¿Oyó algún nombre en el sueño? No recordaba ninguno. Habría sido conveniente que el anciano hubiera sido más concreto en sus insultos.

¿Qué otras cosas sugería el sueño? Que él alternaba con personas de elevada posición, aunque su posición no quedaba clara. Que sí estaba acostumbrado a dar órdenes.

Y que tenía amigos.

Cuando Mariah se asomó a la habitación de Adam a ver cómo estaba, nuevamente vio que ya no estaba ahí. Por lo visto era madrugador. También estaba tan sano que ya no era necesario que ella fuera a verlo con tanta frecuencia.

Lo encontró en la sala de desayuno atacando un plato de huevos, jamón y tostadas.

—Te veo bien esta mañana —dijo, indicándole con un gesto a la criada que le trajera el desayuno. Después de servirse té, se sentó frente a él—. ¿Sientes algún dolor o malestar por todo lo que hiciste ayer?

Él negó con la cabeza.

—Algunos músculos doloridos y otras molestias —se tocó la venda de la cabeza—, pero me siento lo bastante bien para cabalgar por la propiedad.

—Muy bien, después que desayunemos ordenaré que traigan los caballos.

Bebió unos tragos de té pensando en lo mucho que le gustaba mirarlo. Sus movimientos denotaban una tranquila eficiencia, y tenía un aire de sentirse a gusto dentro de su piel, aun cuando no recordaba su pasado.

¿Se sentiría tan relajado si no tuviera la falsa identidad de Adam Clarke a la que agarrarse?, pensó. Su vida sería mucho más fácil si pudiera confesarle la verdad. Cuanto más tiempo mantuviera la mentira, más furioso se sentiría él cuando descubriera la verdad. Encontrarlo atractivo lo hacía todo más complicado.

—¿Te ha venido algún recuerdo hoy? —le preguntó esperanzada.

Él frunció el ceño.

—Tuve un sueño tan nítido que me pareció un recuerdo, pero de todos modos no me dijo nada acerca de mí mismo. No recuerdo ningún nombre ni lugar, aunque creo que era Londres.

—O sea, que no te ha servido de nada —dijo ella, decepcionada. La criada le puso delante el plato con los huevos y las tostadas. Volviendo la atención al desayuno, añadió—: Me hace ilusión descubrir cuánto sabes de agricultura.

Él sonrió de oreja a oreja.

—A mí también.

Tres horas después detuvieron los caballos en la cima de una colina que les daba una vista espectacular de la propiedad, el mar y las pronunciadas colinas. Ella ya tenía la respuesta. Adam cabalgaba con inconsciente destreza, y hablaba de agricultura como hablaría el administrador de la propiedad de un duque.

—Eres un hombre de muchas facetas, Adam —dijo, eligiendo esmeradamente las palabras—. Hasta ahora nunca te había oído hablar de agricultura, pero es evidente que sabes muchísimo del tema.

—No sabía que tenía tantas opiniones sobre el ganado y los cultivos. Qué raza de cerdos engorda más rápido, qué vacas dan la mejor leche. —Suspiró—. Es enloquecedor recordar vacas y cerdos pero nada de mi vida.

—Eso llegará.

—Eso espero. —Azuzó al caballo para bajar la colina—. Tenías toda la razón al decir que Burke descuidaba vergonzosamente este lugar. La propiedad tiene muchísimo terreno cultivable, para ser de esta parte de Inglaterra, pero hace falta una sembradora y una segadora-trilladora, y mejores semillas. Con una buena inversión y una buena administración los ingresos de la propiedad podrían duplicarse en cinco años.

—Eso sería estupendo, sin duda.

Necesitaba contratar un buen administrador para llevar la propiedad. Adam sería maravilloso, pero no era probable que estuviera ahí mucho tiempo más. Lo miró de reojo, admirando su postura en la silla del caballo. Aunque si no recuperaba la memoria...

Su vago sueño chocó de plano con el conocimiento de que podría tener una esposa esperando con creciente miedo el regreso de su marido. Si él fuera su marido, ella no dudaría en comenzar a investigar su desaparición. Horror de los horrores, ¿y si tenía una esposa que estaba haciendo exactamente eso y se presentaba en Hartley Manor a exigir que le devolviera a su marido?

Se estremeció, pensando que tenía demasiada imaginación. La alegró que Adam apuntara hacia la torre de la iglesia, que se veía por encima de una colina.

—¿Y ese es el pueblo? ¿Podríamos visitarlo?

Ella se mordió el labio, inquieta. Preferiría no tener que presentar a Adam a la gente del pueblo como «su marido». Pero eso tendría que ocurrir tarde o temprano.

—Supongo que sí, si te sientes lo bastante fuerte. ¿Estás seguro de que no prefieres volver a casa a descansar?

—Estoy seguro —dijo él, obsequiándola con una sonrisa radiante que seguro era falsa.

Probablemente quería exigirse al máximo para recuperar sus fuerzas. Masculino hasta los huesos.

—Muy bien, al pueblo entonces. Poco más allá hay una bifurcación. Si tomamos el camino de la derecha, nos llevará a la calle principal.

Al cabo de unos minutos llegaron a la bifurcación y tomaron el camino, que estaba tan hundido por el uso de generaciones y generaciones que casi parecía un túnel.

—Cuando llueve el agua debe de pasar por aquí como una riada —comentó Adam.

Mariah observó las empinadas pendientes que bordeaban el camino, pensando que no le gustaría nada trepar por ahí para salir del camino si había una tormenta.

—Supongo que tienes razón, pero yo nunca lo he visto. Normalmente no tomo esta ruta.

Ya estaban cerca del pueblo cuando oyeron los ladridos desesperados de un perro. Frunciendo el ceño, Adam puso a su caballo al trote y Mariah lo siguió. Al dar la vuelta al recodo vieron a tres niños arrojando piedras a un perro que tan sólo era un cachorro. Con el fin de escapar el animalito venía corriendo en dirección a ellos, pero cojeaba de una pata y no era capaz de subir por la empinada pendiente del borde del camino.

Horrorizada vio que la piedra arrojada por el niño más grande lo golpeó; el animalito aulló de dolor, mientras los niños gritaban encantados. Adam llegó hasta ellos, al galope.

—¡Alto! —Desmontó de un salto y ladró—: ¿Cómo podéis maltratar a un animalito indefenso? ¿Dónde están vuestros padres?

—Esa perra no es de nadie —protestó el niño mayor—. Mi pa dijo que la echáramos de la casa.

—Así que decidisteis torturarla —dijo Adam en un tono como para morder hasta los huesos—. La vida es preciosa, y no hay que ponerle fin porque sí. Vuestra conducta es una vergüenza. ¿Os gustaría que os mataran a pedradas cuando sólo queréis escapar?

Los niños daban la impresión de querer huir, pero no lo tenían más fácil que el perro para subir la pendiente.

—No queríamos matar a esa fea perra —explicó uno de los niños más pequeños—, sino sólo alejarla.

Mariah desmontó y cogió en los brazos a la jadeante cachorrita. Bajo la sangre y la suciedad se veían sus grandes orejas lacias de color marrón con manchas de una mezcla de negro y blanco. Tal vez un antepasado suyo fuese un perro cazador y luego véte a saber cuántos cruces hubo.

La perrita intentó soltarse, pero ella la sujetó firme, acariciándola y hablándole en tono tranquizador:

—Pobre cachorrita, no te preocupes, ahora estás a salvo.

Cansada de tanto correr, el animalito se acomodó en sus brazos.

Mientras tanto ella se había perdido parte del sermón de Adam, pero cuando levantó la vista vio que estos parecían a punto de echarse a llorar.

—¿Tengo vuestra palabra de honor de que no volveréis a actuar con tanta crueldad nunca más? —estaba diciendo Adam.

Todos asintieron en silencio.

—Procurad cumplirla.

Los niños se dieron media vuelta y echaron a correr. Cuando habían desaparecido tras un recodo, Mariah dijo:

—¿Crees que se van a portar mejor en el futuro?

—Un sermón no los va a reformar del todo, pero tal vez se lo pensarán dos veces antes de atormentar a otro animalito.

Se giró y cogió suavemente a la perrita de los brazos de ella. El animal, que ya estaba algo recuperado, apartó la cabeza y comenzó a lamerle el mentón. Él se rió.

—Esta tiene una extraordinaria disposición a perdonar. ¿Nos la quedamos?

A Mariah siempre le habían gustado los animales, pero su vida errante no le había permitido tener ninguno. Ahora que tenía un verdadero hogar, era hora de que adquiriera algunos animales de compañía.

—Si nadie del pueblo la reclama, bien podríamos, ya que no parece hecha para nada que no sean seres humanos encantadores y sensibles. —Le acarició la cabeza a la perrita, y esta la apoyó feliz en su mano—. ¿Cómo la llamaremos?

—*Bhanu* —dijo él al instante.

Ella frunció el ceño.

—Nunca he oído ese nombre. ¿Qué significa?

Él pareció desconcertado.

—No tengo ni idea, pero en mi mente es un nombre de perro.

—Otro trozo del pasado que llega sin explicación alguna —comentó ella irónica, pensando en lo atractivo que hacía a un hombre mostrarse amable con los animales—. *Bhanu*, entonces. Mira el tamaño de estas patas. Va a ser grande.

—Ya es grande. Yo la llevaré a casa. Espero que esa pata no esté rota.

Dejó a *Bhanu* en el suelo para ayudarla a ella a montar, después le pasó la perra, montó y volvió a cogerla. La perra se instaló feliz atravesada en su regazo.

Cabalgando al paso continuaron por el camino y entraron en el pueblo. Después de un desvío para mirar el pequeño muelle, al que estaban amarradas varias barcas de pesca, entraron en la calle principal.

—Hartley me parece conocido —dijo Adam, pensativo—. No es que haya estado aquí, sino que se parece a muchos otros pueblos ingleses.

—Puede que sea típico, pero es muy bonito —dijo Mariah, algo a la defensiva.

—Muy bonito, desde luego —dijo él, sonriéndole.

Ella se ruborizó y desvió la cara. No la sorprendió ver exactamente lo que había temido: personas asomadas a las ventanas y algunas incluso pretextando algún motivo para salir de sus casitas. Siendo la dueña de la propiedad más grande del lugar, sus actividades eran de muchísimo interés en Hartley. En especial la adquisición de un marido inesperado.

La primera que les interceptó el paso fue la señora Glessing, a la que ella había conocido en la iglesia. La mujer era la cotilla del pueblo, siempre ansiosa por ser la primera en saber la noticia de algo.

—Señora Clarke, qué alegría verla. —Se plantó en medio del camino para que ellos tuvieran que detenerse a saludarla—. Y este hombre tan apuesto debe de ser su marido ¿no? Supe que llegó a la casa, y qué historia es esa de que fue rescatado del mar.

Mariah ya sabía que una historia tan buena como esa se habría propagado por el pueblo al instante.

—Así fue.

Hizo las presentaciones procurando que fueran lo más breves posible.

La señora Glessing frunció el ceño al ver a la perra.

—¿Ese animalito les ha causado problemas? Ha andado escondiéndose por el pueblo.

—No tiene dueño, así que nos la llevaremos a casa —dijo Adam.

Adam se mostraba amable, pero Mariah vio en él una reserva que no había visto nunca antes. También resultó ser un experto en evadir respuestas cuando la señora Glessing intentó obtener información acerca de su origen. Al despedirse, de hecho no sabía más que cuando les interceptó el paso.

Por suerte nadie más tuvo la osadía de detenerlos en la calle, aunque un buen número de personas a las que había conocido en la iglesia o en las tiendas, la saludaron agitando la mano. Ella les sonreía y saludaba con la cabeza, pero no se detuvo. Y al pasar ante la posada, la Bull and Anchor, pensó si George Burke se habría marchado. Eso esperaba, desde luego.

—¿No encuentras espléndida la iglesia? —comentó cuando se acercaban—. Y mira, ahí está Julia Bancroft, viene acompañada del párroco, el señor Williams. Vive cerca y ayuda en la iglesia con frecuencia.

Frunció el entrecejo al ver juntos a su amiga y al cura. Había admirado al señor Williams desde que le conoció. Era amable, culto, estaba consagrado a su iglesia y sus parroquianos, y era bastante apuesto también. Le había parecido que él la miraba con especial simpatía, e incluso había soñado despierta con cómo sería ser la esposa de un párroco.

Pero él no era para ella. Era el tipo de caballero que estaría bien con una mujer como su hermana imaginaria, Sarah. O como Julia, que se estaba riendo de algo que acababa de decir él. Se le ocurrió si no estaría formándose una discreta relación romántica entre ellos. Sin duda Julia sería una esposa de párroco ejemplar.

Sintiendo una suave punzada de pena, desechó sus sueños con el señor Williams. Aunque era una persona admirable, una buena parte de su interés por él se debió a que era el hombre más atractivo y el mejor partido de la localidad. Prefería con mucho a Adam, aun cuando no sabía nada de su pasado. Podía ser o no un caballero, pero eso no importaba. Ya era él con quien soñaba.

Adam, que igual tenía una esposa esperando ansiosa su regreso.

Julia levantó la vista y los vio.

—Mariah, cuánto me alegra verte. Señor Clarke, no debería montar a caballo aún.

Pero dijo eso con la ironía de una mujer que acepta que los pacientes no siempre se comportan.

Mariah agradeció que Julia hiciera las presentaciones, porque eso la libró de mentirle al párroco. El señor Williams sonrió amablemente y le tendió la mano a Adam:

—Supe de su rescate, señor Clarke. Sin duda fue la mano de la Providencia la que le salvó la vida y lo trajo a casa y a su esposa.

—Eso lo sé muy bien —contestó Adam, estrechándole la mano—. Desmontaría, pero perturbaría a la perra, y ya ha tenido un día difícil.

Williams se rió y le rascó las flexibles orejas a *Bhanu*.

—Está extraviada y ha estado vagando por el pueblo. Lo más probable es que la hayan echado de una de las granjas. Ahora se ve feliz.

—Julia —dijo Mariah—, ¿podrías hacerle un rápido examen a *Bhanu*, en la pata trasera izquierda? Unos chicos le estaban arrojando piedras, y cojeaba cuando Adam la rescató.

—Pobre animal —dijo Julia, explorando suavemente la pata.

Bhanu emitió un ladrido e intentó retirar la pata, pero aparte de eso no opuso resistencia.

—Creo que no está fracturada —les explicó Julia después del examen—. Sólo es una magulladura. Ha tenido mucha suerte. —Sacó un pañuelo y se limpió las manos—. Eso sí, sugiero un baño tan pronto como la tengáis en casa.

—Sí, señora —contestó Adam, sonriendo de oreja a oreja—. Señor Williams, ha sido un placer conocerle. Hasta el domingo en la iglesia.

Cuando reanudaron la marcha en sus monturas, en dirección a casa, Mariah pensó que los dos se estaban convirtiendo en personas muy hogareñas.

No sabía si eso era bueno o malo.

Capítulo 11

*S*e encontraba en una habitación tan espaciosa que hacía eco, y el aire estaba perfumado con aromas intensos que le resultaban conocidos.

La oscuridad era impresionante, tan densa que parecía posible cogerla entre las manos. Entonces las lámparas de bronce iluminaron lentamente la periferia de la sala. Las parpadeantes luces de las lámparas de aceite dejaron a la vista las paredes y el cielo raso profusamente decorado.

Se giró, tratando de orientarse, y lo sobresaltó una inmensa diosa dorada, gigantesca ante él. La diosa tenía una vaga expresión de benevolencia, y parecía observarlo atentamente. Sus cuatro graciosos brazos parecían ser absolutamente naturales. Después de dirigirle una larga mirada, la diosa le dio la espalda, como si él fuera un ser sin ninguna importancia. Desesperado por captar nuevamente su atención, corrió detrás de ella, pero ella desapareció en la oscuridad.

Un relámpago de luz le captó la atención, y al girarse hacia la luz se encontró ante otra inmensa figura. Era un dios, bailando en medio de un círculo de llamas, y los movimientos de sus muchos brazos eran un equilibrio atemporal de poder y serenidad. Él intentó acercársele, pero el dios levantó los brazos y desapareció, consumido por las ardientes llamas.

Él era pequeñísimo comparado con esos seres, como un ratón ante gigantes. Cuando se le estaba formando ese pensamiento, vio a otro inmenso dios dorado; este tenía un cuerpo humano, con la cabeza de un elefante de ojos sabios y ancianos. A ese ser lo había visto antes, aunque no recordaba dónde.

Con el corazón retumbante ante todo eso tan extraño, se arrodilló para presentar sus respetos al dios, pero la brillante presencia dorada también desapareció, dejando un vacío.

Se incorporó, apenado por esa pérdida y medio sofocado por el incienso que impregnaba el aire. Otro movimiento le captó la atención. Se giró y vio a una mujer de verdad, de estatura normal, de cuerpo y extremidades normales. Ella se arrodilló ante un grupo de lámparas y masas de coloridas flores, y cuando él recuperó el aliento, se levantó y lo miró. Tenía el pelo negro y vestía vaporosos velos de colores vivos y un cinturón bordado que realzaban su belleza. Al verlo, ella sonrió y le tendió las manos.

Con el corazón acelerado por la felicidad él corrió hacia ella, consciente de que le llenaría el vacío de su corazón. Pero justo antes de que llegara hasta a ella, alguien lo cogió con fuerza y se lo llevó lejos. Desesperado se debatió, pataleando y mordiendo para escapar, pero fue inútil, se sintió impotente.

Impotente. Los dioses dorados se habían desvanecido, junto con los intensos aromas, todo convertido en polvo... Y la mujer de pelo negro desapareció para siempre.

Adam despertó angustiado. Al sentir una áspera lengua lamiéndole la mejilla, alargó el brazo y rodeó con él a *Bhanu*, agradeciendo tener en la cama su cálido y amoroso cuerpo. La perra debió percibir su angustia.

¿Por qué ese sueño le había hecho sentir tanta desesperación? Tal vez porque los otros sueños parecían reflejar experiencias reales, mientras que este venía del mundo de las visiones y las alucinaciones. Intentó visualizar las figuras de esos dioses dorados, sus movimientos lentos, sinuosos, al compás de un ritmo de vida diferente, pero no logró recordar los detalles. Le resultaban conocidos pero no recordaba por qué.

Ya había visto antes al ser con cabeza de elefante, cuando recordó el jardín de tanto tiempo atrás. Y la hermosa mujer de pelo negro era la que estaba en el jardín, y era real, estaba seguro. Pero ¿qué relación tenía con él? Era de su edad o algo más joven. Y había desaparecido para siempre. Tal vez por eso el sueño lo quemaba con una sensación de pérdida tan profunda que había configurado hasta su misma alma.

¿Podría ser su amnesia una manera de ocultarse esa pérdida porque recordarla sería insoportable? Mariah era el áncora que lo afirmaba ante los fuertes vientos, pero sabía sorprendentemente poco acerca de la vida de él. Ella decía que eso se debía a que habían estado tan poco tiempo juntos que no habían alcanzado a enterarse de muchas cosas el uno del otro, pero él sospechaba que el verdadero problema era que él le había dicho muy poco.

¿Habría cometido un delito muy grave? ¿O sufrido una tragedia indecible? En ese caso, el golpe en la cabeza podría haberle dado una bendita liberación de un pasado insoportable.

Sintiéndose enfermo, se sentó en la cama. Era de noche, todo estaba oscuro, oscuro, pero dudaba de poder volver a conciliar el sueño. Aunque cerró los ojos tratando de encontrar paz, tenía la mente tan caótica que le sería imposible hacer su meditación.

Dejó de intentarlo cuando *Bhanu* cayó de un salto sobre su abdomen haciendo sonidos de respiración agitada. Le rascó la cabeza. Aunque no estaba más bonita que cuando la encontraron, ya estaba considerablemente más limpia.

—¿Quién te dijo que podías dormir en la cama? Creo que hablamos de tu lugar para dormir y decidimos que sería la alfombra de delante del hogar.

Bhanu lo miró con adoración, sin hacer caso de esa tontería. La tenue luz que entraba por la ventana daba un aspecto cómico a su cara blanca y negra. No pudo dejar de sonreír. Si bien preferiría la compañía de su cálida y hermosa esposa, la perra era mucho mejor que nada.

—¿Quieres ir a la biblioteca?

La perra levantó las orejas.

—Estás pensando en un paseo y en comida. No será un paseo, pero después te buscaré algo para comer.

Se bajó de la cama, se puso la abrigada bata y las zapatillas que le quedaban grandes, encendió una lámpara y salió en dirección a la biblioteca de la casa solariega. Tal vez encontraría un libro que le dijera lo que necesitaba saber.

En armonía con el resto de la propiedad, la biblioteca indicaba poco esmero o cuidados. Había sólo unos pocos estantes con libros y era probable que los compraran de segunda mano para aparentar cultura. La mitad eran colecciones encuadernadas de sermones o revistas sin ningún interés. Pero justamente esa caprichosa manera de elegir los libros significaba que quizás hubiera uno que le sirviera para descubrir los secretos de su mente. Levantando la lámpara comenzó a leer los títulos.

Mariah iba en dirección a la cocina en busca de algo para comer a esa hora ya avanzada de la noche cuando oyó un ruido procedente del pequeño cuarto al que llamaban grandilocuentemente biblioteca. Pensando que *Bhanu* estaría explorando la casa o deseando que la dejaran salir, tomó esa dirección y encontró a Adam revisando metódicamente los estantes a la luz de una lámpara.

—¿Adam? —preguntó, levantando la suya—. ¿Buscas algo en particular?

Al verla, *Bhanu* fue corriendo hasta ella a saludarla alegremente saltando y poniéndole las patas encima. Adam simplemente se giró a mirarla, con la cara demacrada.

—He tenido otro sueño, esta vez con seres y símbolos extraños. Me resultan conocidos, como si formaran parte de mi pasado, pero no logro recordarlos. —Le cambió la expresión—. No logro recordar. Me digo que pronto recordaré, que las piezas comenzarán a ocupar su lugar. Durante el día, lo creo así, pero por la noche... bueno, es más difícil. ¿Y si no recuerdo nunca mi pasado? ¿Y si estoy condenado a estar siempre solo en mi mente?

Hasta ese momento él se había mostrado tan sereno respecto a su situación que la impresionó ver el terrible sufrimiento en su cara. Aparte de unos cuantos moretones que ya se estaban desvaneciendo, no se veía lesionado; ni siquiera llevaba la venda en la cabeza, porque la herida estaba cicatrizando bien. Pero su espíritu estaba vulnerable, y se le veía tremendamente desanimado.

Dejando la lámpara sobre la mesa se le acercó y le cogió las manos.

—Puede que no recuerdes nunca —le dijo, muy seria—, pero eso no significa que tengas que estar solo. Piensa en los recuerdos que hemos creado estos últimos días.

Se le relajó la expresión.

—No sé qué haría sin ti, Mariah. Es aterrador imaginar cómo habría sido si el mar me hubiera arrastrado hasta la orilla en un lugar lleno de absolutos desconocidos, sin nadie que me dijera mi nombre ni le importara si vivía o moría.

Sus palabras fueron para ella un cuchillo y una cadena. Aunque su repugnancia ante aquella farsa empeoraba día a día, no podía decirle que en realidad había llegado a la orilla entre desconocidos. Él necesitaba creer en ella.

¿Y si nunca recordaba su verdadera identidad? Si no recuperaba la memoria y la deseaba, bueno, entonces, por Dios, sería su esposa. Si tenía esposa en otra parte, finalmente esa mujer aceptaría la viudez y tal vez encontraría a otro marido.

Si Adam estaba condenado a ser un hombre sin pasado, era «de ella». Había conocido a un buen número de hombres, tanto bien como mal cotizados, y Adam era el único al que ella deseaba. Amable, entretenido, agradable, inteligente, justo lo que ella deseaba en un marido. Si no recordaba nunca su identidad, bueno, pues podría encontrar otra ahí.

Juntos llevarían Hartley Manor en paz y prosperidad, aunque organizaría las cosas para una ceremonia de bodas. Le diría a Adam que puesto que en cierto modo era un hombre nuevo, necesitaban renovar las promesas de matrimonio.

Nuevamente avergonzada por lo bien que se le daba inventar y decir mentiras, dijo:

—El pasado nos configura, pero lo que importa es el presente y el futuro. Esos los tienes y serán como tú quieras.

—Eres tan sabia como hermosa.

Mirándola a los ojos, le cogió la cara entre las manos y la besó, con labios anhelantes. Ella le correspondió con intensidad; la casi oscuridad le hacía más fácil expresar sus sentimientos. Su hombre del mar le era muy querido, tan bueno, tan fascinante y masculino. Normalmente lo consideraba de altura y corpulencia corriente, pero al estar en sus brazos le parecía muy alto, muy fuerte.

Atolondrada, cayó en la cuenta de que tenía la espalda apoyada en una estantería mientras él la exploraba sin inhibición con sus manos. Después de desatarle el cinturón de la bata, ahuecó las palmas en sus pechos. Sin la armadura del corsé, sintió escandalosa y excitante esa íntima caricia.

Abrió la boca y se encontraron sus lenguas. Apretó las caderas a su cuerpo; la dureza de su cuerpo era alarmante, pero tan seductora como un canto de sirena.

Se atrevió a deslizar las manos por debajo de su bata. Acariciándole la espalda bellamente musculosa sintió el calor de su cuerpo a través del camisón de dormir. La habían besado más de una vez, y a veces lo había encontrado grato, pero nunca el deseo había amenazado con descontrolarla. Hasta ese beso. Deseó introducirlo en ella, fusionarse con él en una sola carne.

—Te deseo tanto, tanto, mi exquisita esposa —susurró él, besándole el cuello.

Ella emitió un gemido, enterrándole las uñas; cuando él metió la mano por debajo de su camisón y la subió hasta el muslo, casi se derritió ahí mismo. Nunca la había afectado así el abrazo de un hombre, nunca.

Si él la tumbaba sobre la fría y sucia alfombra, lo acogería alegremente. Pero antes que pudiera ocurrir eso, *Bhanu* apoyó las patas delanteras en ellos, gimiendo, reclamando atención. Ahogó una exclamación y se apartó, al recordar todos los motivos por los que no debían intimar así, y no el menos importante que tendría que explicar por qué era virgen.

—Lo... lo siento —susurró—. No puedo hacer esto. No ahora.

Adam alargó las manos para abrazarla otra vez, y entonces retrocedió, con las manos cerradas en puños.

—¿Me tienes miedo, Mariah? ¿O es que no me deseas?

Ella se atragantó con una risa histérica.

—¡Después de esto no puedes creer que no te deseo! ¿Cómo podría tenerte miedo cuando has sido tan amable y comprensivo? Pero... sigue pareciéndome demasiado pronto. Tal vez cuando me conozcas mejor no me desees.

—Imposible. —Le acarició el pelo y bajó la mano por su cuerpo, dejándole una estela de fuego—. Creo que en el fondo de mi alma te conozco, aunque... no tan bien en el aquí y ahora. —Dejó caer la mano y la miró con una sonrisa sesgada—. Cuando se me enfríe la sangre sin duda estaré de acuerdo en que tienes razón. Pero en este momento me cuesta ser sensato.

No era él el único al que se había calentado la sangre, pensó ella. Se ató el cinturón de la bata.

—Un poco de comida nos irá bien. Estoy segura de que eso es lo que quiere *Bhanu*, y yo iba hacia la cocina cuando te oí aquí. ¿Vamos a ver qué encontramos en la despensa? La señora Beckett la tiene bien aprovisionada.

Él se rió y le rodeó los hombros con un brazo.

—Espléndida idea. Si no se puede satisfacer un apetito, satisfacer otro es un buen remedio.

Ella se ruborizó, pero le encantó sentir el peso de su brazo sobre los hombros mientras caminaban hacia la cocina, con *Bhanu* corriendo delante.

—¿Qué buscabas en la biblioteca?

—Tenía la esperanza de que hubiera algún libro con imágenes de los seres que vi en el sueño. Era un palo de ciego, pero valía la pena intentarlo, puesto que no podía dormir.

—Para lo único que he encontrado útiles los libros de la biblioteca es para prensar flores. La sopa caliente de la olla que queda a fuego suave en el quemador te irá bien para conciliar el sueño.

—Me parece estupendo —dijo él, y la miró de reojo—. Me iría mejor aún si tú compartieras mi cama.

Ella se detuvo, recelosa.

—Creí que habíamos acordado en que todavía no es el momento.

—No quiero decir dormir juntos como amantes —dijo él dulcemente—, pero nada me gustaría más que reposar contigo en mis brazos.

Ella se imaginó envuelta por su cálido y duro cuerpo y sonrió. Su dulce hermana Sarah diría que no, pero ella sencillamente no era tan virtuosa.

—A mí también me gustaría.

Le gustaría «muchísimo».

Capítulo 12

*R*eír con Mariah mientras comían pan, sopa y queso no le enfrió exactamente la sangre a Adam, pero al menos el hervor se suavizó. Después subieron la escalera hasta la habitación de ella, que aún no había visto. Como en el resto de la casa, la decoración y los muebles del dormitorio eran desiguales en calidad y estado de conservación, pero la habitación era acogedora, toda de colores luminosos e impregnada con el agradable aroma a lavanda.

Ella se quitó tímidamente la bata y se metió en la cama. Él captó que seguía siendo un desconocido para ella; pero ella no era una desconocida para él. Curioso, tomando en cuenta que era él el que había perdido la memoria.

Subió a la cama por el otro lado, intentando no hacer nada que la alarmara. Ella se incorporó un poco, acercó la cara y le dio un suave beso en la mejilla.

—Buenas noches, que duermas bien.

Acto seguido volvió a acostarse y se puso de costado con la espalda hacia él; no era la posición más acogedora.

Pero eso tenía fácil arreglo. Él también se puso de costado y la atrajo hacia sí, hasta quedar los dos acoplados como dos cucharillas. Encontraba una rectitud conocida en la forma como ella calzaba en sus brazos.

—Sabes a cielo —musitó.

Ella se había tensado cuando él le pasó el brazo por la cintura, pero sus palabras la relajaron.

—Tú también.

Le encantó sentir su pelo en la mejilla. Algún día, pronto, deseaba ver esos cabellos dorados en toda su gloria esparcidos por la cama, estando ella debajo de él, con la cara sonrojada de deseo. Por el momento, le bastaba con tenerla acurrucada contra su pecho. Para no estar solo.

Bajó la mano por su cuerpo, acariciándola; el camisón era de algodón, viejo y desgastado, tan deliciosamente suave como ella.

—Será mejor que vuelvas a tu cama —dijo ella en un resuello cuando él le pasó la mano por el abdomen—. Lo que me estás haciendo es muy tentador, y no sé si tendré la fuerza de voluntad para resistirme.

Dejó la mano quieta en la suave curva de su abdomen. Ella decía en serio lo de no volver a consumar el matrimonio, y en la parte de su mente que seguía siendo racional, lo comprendía y estaba de acuerdo. Pero no soportó la idea de volver a su cama a dormir solo.

—Si te doy mi palabra de honor de que no me uniré contigo esta noche, ¿me permitirás recordarte los placeres que hemos compartido en el pasado?

Ella retuvo el aliento.

—¿Tienes recuerdos de que tuvimos relaciones conyugales?

—No —repuso él, pesaroso—, pero sé lo que tendríamos que haber hecho y deseo volverlo a hacer. Tanto por el placer de acariciarte como por la egoísta esperanza de que pronto decidas que estás dispuesta a ser verdaderamente mi mujer.

Subió la mano hasta un pecho y le acarició suavemente el pezón con el pulgar. Se endureció al instante.

—Uy, caramba —exclamó ella. Hizo una respiración profunda—. ¿Tu palabra de que no te vas a descontrolar?

—Lo juro, y no faltaría a mi palabra porque entonces no volverías a confiar en mí nunca más —dijo él francamente. Le lamió la blanca y delicada piel del cuello bajo la oreja, y disfrutó de su suspiro de placer—. Y con razón. Pero será un placer para mí recordarte lo que pueden hacer un hombre y su mujer sin llegar al acto. ¿Me permites que te haga una desmostración?

Ella emitió una risita nerviosa.

—Si fuera una mujer mejor y más sensata, diría que no y me iría a dormir a otra parte para alejarme de la tentación. Pero no soy ni buena ni sensata, así que, adelante con tu demostración. Sólo recuerda tu promesa.

—Eres buena de verdad, Mariah, y en esto tal vez ninguno de los dos es sensato. —Apretó las caderas a su hermoso y redondo trasero hasta que quedaron amoldados—. Pero a veces la sensatez no es verdadera sabiduría.

Ella se tensó al sentir la dureza de su miembro excitado, pero no se apartó. Él decidió continuar en esa posición porque así era más probable que no olvidara su promesa. Igual tenía al alcance todos los lugares más dulces de su cuerpo elegantemente curvilíneo.

Sus pechos, ah, sus pechos, hermosos y redondos, calzaban a la perfección en sus palmas. Justo del tamaño correcto; ni demasiado grandes ni demasiado pequeños. Aunque suponía que fueran del tamaño que fueran él los encontraría perfectos.

Habiendo dejado de preocuparse de en qué acabarían esas caricias íntimas, ella estaba maravillosamente sensible a sus suaves besos en la oreja y cuello, y a su lenta exploración de sus pechos. No protestó cuando él deslizó la mano hacia su cintura, aunque volvió a tensarse cuando sus dedos llegaron a la entrepierna.

—¡No! —exclamó cuando él le levantó el camisón para poder acariciarle esa tierna parte íntima—. ¡Lo prometiste!

—No lo he olvidado —dijo él en tono tranquilizador, aunque estaba loco de deseo. Concentrarse en ella le serviría para que no se le desmoronara el autodominio. Aunque estaba el peligro de fracasar—. Pararé ahora si quieres.

—N-no quiero que pares.

Su confianza era tan dulce, tan preciosa, que no podía traicionarla. Deslizó los dedos por entre los mojados pliegues. Su cuerpo recordaba eso, aun cuando su mente recelaba.

Fue acelerando el ritmo de las caricias a medida que percibía la excitación de ella. De repente ella sofocó un grito, se le estremeció y contrajo todo el cuerpo, embistiendo enérgicamente con las caderas, hacia la mano de él. Ante su sorpresa, el orgasmo de ella le activó una violenta eyaculación. La apretó a él mientras el fuego pasaba feroz por los dos, fusionándolos, en cuerpo y alma.

Continuaron así apretados un tiempo interminable, con las respiraciones agitadas. Cuando cayó en la cuenta de que la tenía abrazada con tanta fuerza como para romperle las costillas, aflojó los brazos. Le levantó el pelo y le besó la nuca.

—Cuando te elegí, elegí mejor de lo que creía.

—Esta demostración ha sido mucho más de lo que esperaba —dijo ella, con una vocecita débil.

—Y más de lo que yo tenía pensado —dijo él, riendo con voz temblorosa.

Se bajó de la cama, atravesó el frío suelo y cogió dos toallas del lavabo.

Sus pisadas provocaron un esperanzado gemido y arañazos en la puerta. Pensando que les vendría bien tener una distracción, le abrió la puerta a *Bhanu*; la perra entró saltando y jadeando feliz. Después de rascarle las orejas, volvió a la cama y le pasó una de las toallas a Mariah. Mientras se limpiaba, dijo:

—Podríamos tener compañía pronto. Depende de si *Bhanu* consigue saltar a la cama.

La perra subió al arcón de nogal del pie de la cama de cuatro postes, y de ahí dio el salto y hundió la cama; se dio varias vueltas en círculo y se instaló entre los pies de ellos, aportando su calor canino.

Mariah se echó a reír.

—Lista, *Bhanu*. Por suerte la cama es lo bastante grande para tres.

—Todos los seres solitarios acuden a ti en busca de consuelo —dijo él muy serio.

Ella volvió a acomodarse, acurrucándose más, con la espalda hacia él.

—No creo que *Bhanu* sea muy selectiva. Cualquier cama con un cuerpo caliente le sirve.

—Pero a mí no me serviría. —Le besó el cuello por el lado—. Sólo tú. Sólo mi esposa.

Ella retuvo el aliento y le apretó la mano que tenía apoyada en su cadera, pero no dijo nada más. Muy pronto él oyó la respiración lenta y pareja del sueño.

Después de ese sueño de pesadilla, de pérdida, había creído que no podría volver a dormirse esa noche, y en ese momento deseaba continuar despierto para saborear a gusto la maravilla de tener a Mariah en sus brazos, para recordar su embelesada reacción a sus caricias.

Pero, ante su sorpresa, bostezó y no tardó en deslizarse hacia el mundo de los sueños. Sueños, no pesadillas.

El tiempo estaba asqueroso, con agua nieve como para congelar, que unida al fuerte viento, caía casi horizontal sobre el camino. Muy complicado para un coche, que se habría quedado empantanado en un instante. Por eso decidió cabalgar, montando su caballo más resistente y fiable.

Normalmente la salida a caballo de la ciudad le habría llevado no mucho más de una hora, pero la tormenta lo había obligado a ir al paso. Más de una vez temió haberse salido del camino; cuando ya tenía el cuerpo entumecido pensó si no debería haberse hecho acompañar, pero no deseaba compañía, y mucho menos en un trayecto como ese.

Finalmente llegó a la hermosa casa con vistas al Támesis. Fue directo al establo, y tanto él como el caballo agradecieron guarecerse

del cortante viento. No estaba el mozo, porque fue precisamente él el que le llevó el mensaje a Londres; y luego deseó regresar, pero él no se lo permitió, porque el hombre ya parecía medio muerto después de haber realizado el trayecto a la ciudad.

Así pues, él mismo desensilló al cansado castaño y, pese a su impaciencia por entrar en la casa, lo almohazó y le puso heno y agua. Otra ráfaga de hielo y lluvia lo golpeó cuando cruzó el camino hasta la casa y golpeó la puerta.

Ya se le estaba haciendo demasiado larga la espera con ese horrible tiempo cuando por fin un lacayo abrió la puerta.

—¡Señor! —exclamó el lacayo—. Gracias a Dios ha llegado. Creí que no podría hacer el viaje hasta que hubiera pasado la tormenta.

—No era el tipo de mensaje al que se le pueda no hacer caso. —Se quitó la chaqueta, que estaba tan empapada que parecía que llevara piedras en los bolsillos—. ¿Dónde está?

—Arriba, en su habitación. No quiere salir, para no dejarla sola.

Adam le pasó la chaqueta y el sombrero empapados y se dirigió a la escalera. Había estado muchas veces en esa casa en tiempos más felices. En esos momentos el sufrimiento lo impregnaba todo, hasta el aire.

Encontró a su amigo en la habitación que compartía con su joven esposa. Sólo la parpadeante luz del fuego del hogar iluminaba la estancia. Sobre la cama, el cuerpo menudo de la joven se destacaba apenas bajo la manta que la cubría.

Su amigo, alto, de hombros anchos y potentes brazos y piernas, estaba sentado en un sillón junto a la cama, con la cara apoyada en las manos. Levantó la vista cuando se abrió la puerta, y no se sorprendió al ver a su visitante. Su cara demacrada se veía muy joven a la luz del hogar.

—Ha muerto.

—Lo sé —dijo Adam, acercándose y poniéndole una mano en el hombro—. ¿Y el bebé?

—Era... demasiado pequeño para sobrevivir. —Puso la mano

encima de la de él e hizo una inspiración entrecortada—. ¿Cómo voy a continuar viviendo sin ella?

—Resistirás —dijo Adam dulcemente—. La llorarás, sufrirás, y las cicatrices quedarán en tu alma para siempre. Pero finalmente continuarás con tu vida. Ella habría deseado eso para ti, nada inferior.

—Tienes razón, supongo —dijo su corpulento amigo, secamente—. Pero es detestable.

—Detestable, sí.

Al ver un decantador de coñac en una mesa lateral, sirvió dos copas. Los dos necesitaban el fuego del coñac, aunque por diferentes motivos.

Su amigo se bebió la mitad del fuerte licor, se atragantó, y después bebió el resto. Cuando recuperó el aliento, dijo:

—No sé qué hacer ahora.

—Necesitas otra casa y una nueva ocupación. Algo que te mantenga ocupado. —Bebió lentamente unos tragos de coñac—. Antes de casarte pensabas entrar en el ejército. Tal vez ese es un trabajo que te vendría bien ahora.

El joven hizo girar distraídamente su copa.

—Tal vez. Servir a mi país y quizás encontrar una bala en un campo de batalla en el extranjero. Las dos cosas son perspectivas decentes.

—¡No te atrevas a ir a dejarte matar! —ladró Adam—. Te lo prohíbo.

La respuesta de su amigo fue una casi risa...

Y entonces cambió el sueño y pasó a otra escena.

Mariah estaba disfrutando del sueño más feliz que había tenido en su vida; se sentía calentita, segura y amada. Hasta que cayó en la cuenta de que no era un sueño, sino realidad. La alarma pasó por toda ella, pinchándola como agujas, al recordar lo ocurrido entre ella y Adam esa noche. Estaba loca de permitirle que la acariciara y tocara de esa manera. Pero no podía desear no haber experimentado ese placer. Era una lujuriosa, tal como le decía Sarah.

Recelosa, abrió los ojos y comprobó que estaba de espaldas, con el brazo de Adam atravesado sobre ella, y sus ojos verdes la estaban mirando con entrañable cariño. Sin duda era el hombre más increíblemente apuesto que había visto en su vida, con un toque exótico en su estructura ósea. Un purista podría decir que necesitaba un buen corte de pelo, pero a ella le gustaba así, largo. Alargó la mano y le acarició los brillantes mechones negros.

—Buenos días.

—Buenos días —repuso él—. ¿Has dormido bien?

Su sonrisa le disipó la preocupación por despertarse por primera vez con un hombre en la cama. Eso era el matrimonio, comprendió: un círculo de intimidad que los unía a los dos en su paraíso privado. Peligrosamente atractivo.

El placer se le desvaneció al pensar que tal vez otra mujer lo había conocido así; una mujer que no había sido una amante pasajera sino una amada esposa.

Se le formó un nudo en el estómago. Por primera vez deseó que él no recuperara nunca la memoria; que continuara viviendo ahí y fuera su marido hasta que la muerte los separara.

Horrorizada por el malvado egoísmo de ese deseo, se sentó y se las arregló para esbozar una sonrisa.

—Maravillosamente bien. ¿Y tú?

Él pareció pensativo.

—Suponía que no dormiría, pero dormí. Y soñé, aunque no fue como la pesadilla que tuve antes.

Al pie de la cama *Bhanu* levantó la cabeza, se incorporó y fue a meterse entre ellos. Estupendo. Cuanto más separados estuvieran, mejor. Le acarició las flexibles orejas y fue recompensada con un suspiro de dicha canina.

—¿Qué has soñado?

—Me he visto cabalgando para ir a ver a un amigo que acababa de perder a su esposa. Fue muy triste, pero no una pesadilla. Después soñé que estaba jugando con dos niños, un niño y una niña. Él tenía más o menos mi edad, y ella era menor, creo. Los dos tenían los ojos verdes. ¿Tendría un hermano y una hermana?

—Si los tenías —dijo ella, para evitar más mentiras—, nunca te he oído hablar de ellos.

—¿Habrán muerto? Noté una sensación de pérdida en el sueño. —Moviendo la cabeza, se bajó de la cama—. Me siento como si tuviera un puñado de piezas de un rompecabezas tan grande que no lo veré nunca completo.

—Dale tiempo —dijo ella—. Julia Bancroft dice que la mente es la parte más complicada del cuerpo.

Observándolo mientras él se ponía la bata y las zapatillas, llegó a la conclusión de que el mejor resultado posible era que recuperara la memoria, fuera soltero y estuviera dispuesto a perdonarle el engaño. Entonces podrían tener un futuro, pero las posibilidades parecían estar irremediablemente en contra suya.

Por el momento, bien podía disfrutar del tiempo que estuvieran juntos.

—¿Te apetecería salir a cabalgar esta mañana?

—Me gustaría muchísimo. —Sonrió de oreja a oreja—. Y después, milady, comenzaré a hacerte un jardín.

Capítulo *13*

Greenock, Escocia

Después de otro largo día de realizar investigaciones por separado, los tres amigos se reunieron en el salón privado de la posada, que se había convertido en su cuartel general.

Entró Kirkland, dejó su chaqueta húmeda sobre una silla y fue a poner sobre la mesa el largo tubo de piel protector.

Sus amigos ya estaban ahí. Randall se levantó a añadir una palada de carbón al fuego.

—Más del maldito tiempo frío de Escocia —dijo lúgubremente, cojeando de vuelta al sillón junto al hogar; la búsqueda se había cobrado su precio en su pierna lesionada.

Kirkland sonrió de oreja a oreja.

—Es fortalecedor. Sólo se quejarían los ingleses de sangre delgada. ¿Alguien ha pedido la comida?

—Está en camino —repuso Will—. ¿Te has enterado de algo?

—Una posibilidad —dijo Kirkland—. Débil. ¿Y vosotros?

Cogió la copa de clarete que le pasó Will, se dejó caer en otro sillón junto al hogar y estiró las cansadas piernas.

—Los otros ingenieros que invité a examinar la máquina de vapor coinciden con Mactavish —explicó Will—. El boquete parchado de la caldera se hizo con la intención de destruir el barco. Ningún verdadero ingeniero repararía así una caldera porque sería garantizar que explotara. Pero ninguno de nosotros encontró ningún indicio que sugiriera quién pudo haber hecho esa maldad.

—Tuvo que ser un hombre que tiene experiencia en ingeniería —dijo Kirkland—. Y tuvo que elegir el momento oportuno para hacer el daño, de forma que no lo sorprendieran.

Will asintió.

—Nuestra mejor suposición es que subió a bordo una noche cuando la caldera estaba colocada en su lugar pero todavía no atornillada. Puesto que este proyecto se comentaba en la mitad de las tabernas a lo largo del Clyde, un hombre listo fácilmente podría haberse enterado de los detalles para saber en qué momento podía hacerlo. Si se descubría el parche, se evitaría el accidente pero no sería fácil coger al vándalo que había hecho el daño, así que corría pocos riesgos al intentarlo. Randall, ¿has averiguado algo sobre los hombres que trabajaron en la construcción del *Enterprise*?

—He entrevistado a la mayoría. Son hombres de por aquí, muy respetados, de buena reputación, que no tienen ningún motivo para destruir el barco de otro hombre. Ya conocéis a Ash: nunca ponía reparos en pagar buen dinero para contratar a los mejores. Sus empleados son del tipo que cree que todos los que trabajan en Clydeside se benefician por las innovaciones en ingeniería.

—¿A la mayoría? —preguntó Kirkland, volviendo a llenar su copa de clarete—. ¿Te pareció que alguno de los hombres pudiera ser menos recto?

—Uno de los hombres desaparecidos cuando se hundió el barco era recién llegado a la zona —contestó Randall—. Se apellida Shipley. Las opiniones varían en cuanto a si era irlandés o londinense, pero era bastante callado. Nadie sabía mucho acerca de él, aparte de que era una mala compañía, pero competente como ayudante de ingeniero. Llevaba tatuajes.

—¿Se ha encontrado su cadáver?

—Todavía no.

—Si murió en la explosión, probablemente no la causó —terció

Kirkland—. Claro que pudo haber dejado lista la trampa y abandonado el barco antes de la explosión. Pero en ese caso habrían notado su ausencia, creo yo, y ninguno de los supervivientes ha dicho nada de eso.

—Le escribí a lady Agnes contándole lo que hemos ido averiguando, y también para preguntarle si conoce a alguien que pudiera desear ver muerto a Ash —dijo Will.

Se hizo un largo silencio, todos elucubrando.

—No podemos estar seguros de que el objetivo de dañar el barco fuera matar a Ash —dijo Kirkland al fin.

—No, pero es la explicación más probable —observó Will—. Ningún otro de los que estaban a bordo podría ser el objetivo de una conspiración de asesinato, y hay tantos otros barcos de vapor en construcción que es improbable que alguien hubiera elegido el *Enterprise* para destruirlo. —Y añadió francamente—: Mientras que Ash era un duque que en ciertos ambientes era detestado simplemente por existir.

—Si alguien deseaba ver muerto a Ash, no le habría resultado difícil matarlo con un puñal o con una bala —dijo Randall—. Si la explosión fue un intento de asesinato dirigido a Ash, necesitó bastante planificación y trabajo para hacer parecer accidental su muerte.

—Un accidente es una manera arriesgada de matar a un hombre —repuso Will—. Fácilmente podría haber sobrevivido. La mitad de los hombres que estaban en el *Enterprise* sobrevivieron.

—Si hubiera sobrevivido podrían tratar de hacer otro intento —observó Kirkland—. Tuvimos suerte al encontrar tan rápido el barco y rescatar la máquina. Si el barco se hubiera hundido en aguas más profundas, tal vez no lo habríamos recuperado y no habríamos tenido ninguna sospecha.

—Ahora que hemos dado nuestros informes —dijo Will, mirando el tubo de piel que estaba sobre la mesa—, ¿has descubierto algo, Kirkland?

Kirkland fue hasta la mesa, abrió el tubo y sacó un mapa enrollado.

—Después de nuestra operación de recuperación del barco,

seguían desaparecidos tres hombres, Ashton, Shipley y un marinero apellidado O'Reilly. Esta mañana supe que se encontró el cadáver de uno arrastrado por el agua en un punto de la costa bastante al sur.

Randall se tensó.

—¿Ash?

—O'Reilly. Llevaba uno de esos jerseys irlandeses con complicados dibujos, que sirven para identificar los cadáveres de hombres ahogados. Por lo tanto, los únicos que siguen desaparecidos son Ash y Shipley. —Extendió el mapa sobre la mesa y afirmó las esquinas con pesos para que los otros dos pudieran ver la zona costera desde un poco más al norte de Glasgow hasta Lancashire—. Me pasé la tarde en un pub de pescadores invitando a bebidas y haciendo preguntas sobre las corrientes marinas. Concretamente, hasta dónde puede ser arrastrado el cuerpo de un hombre si cae al agua junto a la isla de Arran, y dónde podría acabar.

—Suponiendo que se encuentre —dijo Randall en tono lúgubre. Fue a situarse junto a Kirkland para examinar el mapa—. ¿Dónde acabó O'Reilly?

Kirkland dio unos golpecitos en el mapa con el dedo.

—Cerca de este pueblo, Southerness.

Randall emitió un suave silbido.

—¿Tan lejos? Justo frente al Solway Firth de Inglaterra.

—Son muchos los factores que influyen: los vientos, el tiempo atmosférico y las mareas —explicó Kirkland—. Deberíamos hacer averiguaciones en Irlanda. Esa parte de la costa está más cerca de Arran que Southerness. —Suspiró—. Nadie arrastrado tan lejos podría haber sobrevivido, con el agua tan fría. Si Ashton hubiera llegado vivo a la orilla, ya estaría de regreso en Glasgow, o al menos habría enviado un mensaje a su personal de aquí.

—Quizás esté herido o lesionado de tanta gravedad que no pueda hacerlo —dijo Will, tozudo.

Kirkland comprendió que Will no soportaba abandonar la esperanza, por pequeña que fuera.

—Es posible —concedió—, pero no muy probable. Ha pasado demasiado tiempo desde el accidente. Una lesión tan grave... tal vez no haya podido sobrevivir a ella.

Randall tocó con el dedo unas cruces dibujadas a lo largo de la costa.

—¿Qué son estas marcas?

—Los lugares más probables de que aparezca un cadáver, basándonos en las corrientes habituales —explicó Kirkland—. Creo que deberíamos separarnos y visitar otros lugares de la costa alrededor de Southerness para ver si han encontrado a algún hombre ahogado. En algunos pueblos, aldeas o casas de labranza ante un hallazgo así los habitantes simplemente rezarían una oración y enterrarían el cadáver sin identificar.

—¿Cómo nos dividimos el territorio? —preguntó Will.

Rápidamente se asignaron las partes más probables de la costa, de modo de no coincidir en los mismos lugares. Una vez decidido eso, Randall dijo sombríamente:

—Esto es lo único que nos queda por hacer. Después tendremos que volver a nuestra vida normal.

Will exhaló un suspiro.

—No me hace ninguna ilusión decirle a lady Agnes que fracasamos.

—Su principal interés ha sido siempre que hiciéramos todo lo que pudiéramos —dijo Kirkland—. Se valora el éxito, pero no es esencial.

En ese momento entraron dos camareras trayendo fuentes de carne, patatas y pan. Kirkland cayó en la cuenta de que estaba muerto de hambre y era hora de poner fin a la conversación sobre planes. Miró el mapa buscando la cruz marcada más al sur.

—Cuando hayamos terminado, nos reuniremos en este pequeño pueblo del lado inglés del Solway Firth, puesto que está más o menos al frente de Southerness y se ve lo bastante grande como para que tenga una posada. —Dio un golpecito con el dedo sobre el punto—. Hartley.

Capítulo 14

Mariah no tardó en descubrir que Adam no dijo en broma lo de hacerle un jardín. Contrató a seis hombres del pueblo y en los días siguientes se dedicaron a limpiar de malezas y arreglar los descuidados cuadros de flores, arbustos y árboles. Ya estaban en primavera, la estación en que todo florecía, así que era imperioso poner orden en los jardines.

Ese trabajo lo hacía durante el día; por la noche continuaban compartiendo la cama, aunque él respetaba los límites físicos impuestos por ella. Una noche él se levantó, soltando maldiciones en voz baja, y se fue a dormir a su habitación, no fuera a descontrolarse.

A ella la alegró ese autodominio, pero la apenó verlo marcharse. Le encantaba tenerlo cerca, le encantaba el placer que estaba aprendiendo a recibir de él, y también estaba aprendiendo, tímidamente, a darle placer, así que después de esa noche él ya no tuvo que marcharse a su habitación.

¿En qué acabaría todo aquello? ¿Él recuperaría la memoria y la dejaría, o se harían amantes? O ambas cosas, aunque no necesariamente en ese orden.

Se había vuelto fatalista. Disfrutaría de él mientras pudiera, y trataría de no hacer nada que le estropeara el futuro.

El equipo de hombres contratados por Adam trabajaba en el jardín más grande, y él lo hacía solo en el jardín cerrado. Su meta era crear un verdadero jardín para la meditación que produjera serenidad en toda persona que entrara en él. Podar las enredaderas y eliminar las malas hierbas le producía una inmensa satisfacción, aunque al final del día su apariencia, todo él embarrado, contestaba bastante bien la pregunta de si era o no un caballero. No lo era.

Mariah estaba impaciente por ver el jardín de meditación, pero él no se lo permitiría hasta que estuviera listo. Una vez al día ella salía de su despacho a tomar aire fresco y a tratar de entrar en el jardín. Él se lo impedía. Era un juego del que disfrutaban los dos.

Acababa de limpiar la fuente de piedra erosionada que había descubierto adosada a la pared cuando oyó acercarse a *Bhanu*, lo que significaba que también venía Mariah. Se incorporó al instante, se limpió las manos en una maltrecha toalla vieja y fue a interceptarle el paso antes que llegara a la puerta.

Ella lo obsequió con una mimosa y traviesa sonrisa. Estaba encantadora con su sencillo vestido azul de mañana.

—¿Ya terminaste? Estoy muerta de curiosidad.

Él negó con la cabeza, con los ojos bailando de travesura.

—Todavía no. Claro que un jardín nunca está verdaderamente terminado, pero quiero que esté perfecto cuando lo veas.

—Prohibir la entrada es la mejor manera de hacerme sentir desesperada por visitarlo.

Se movió rápido para pasar por su lado, pero él la cogió, riendo.

—Por algunas cosas vale la pena esperar.

Se inclinó y la besó. Sólo le tocó los labios, porque no quería mancharle de barro el vestido. Su boca era un festín, y siempre tenía hambre de ella.

—Sólo intentas distraerme —dijo ella resollante, cuando acabó el beso.

—¿Y lo consigo?

—Creo que sí. —Lo miró con una expresión de exagerada confusión—. ¿Por qué he tomado este sendero?

Él le puso la mano bajo el mentón, en una caricia.

—Querías preguntarme cuando estaría listo el jardín para verlo, y ofrecerte a decirle a la señora Beckett que nos preparara una cesta con merienda para comerla aquí ese día.

Ella se echó a reír.

—¿Esa era mi misión? Muy bien, ¿cuándo será el espectáculo?

—Dentro de dos días, si continúa el buen tiempo. —Miró hacia el cielo—. Lo que nunca es seguro en esta parte del mundo.

—Esperaré con ilusión. La señora Beckett estará encantada de colaborar. Le encanta tu buen apetito.

Intentó pasar discretamente por su lado, pero él la sujetó firme y volvió a besarla.

—Hasta luego, en la cena podremos intercambiar novedades sobre nuestras consecuciones.

—Muy bien —dijo ella. Miró a *Bhanu*, que estaba feliz oliscando interesantes olores—. *Bhanu*, ¿vienes conmigo o te quedas con Adam?

La perra la miró y reanudó el olisqueo.

—Creo que tú y tu jardín se han ganado su lealtad por el momento.

—Es una perra veleidosa, y no tardará en ir a buscarte. —Contempló a la perra—. ¿Cómo es posible que un animalito sea a la vez tan adorable y tan feo?

—Es una perra de talento excepcional.

Dirigiéndole una última cautivadora mirada, se dio media vuelta y echó a andar de vuelta a la casa.

Adam sintió que su corazón la seguía por el sendero. Era un hombre muy afortunado. Aparte de sus inciertos sueños, no tenía el menor recuerdo de su pasado, pero Mariah tenía razón cuando le dijo que importan más el presente y el futuro. Mientras la tuviera a ella tal vez el pasado no importaría en realidad.

El tiempo continuó bueno, lo que Mariah agradecía muchísimo. Envidiaba a Adam por trabajar al aire libre. Ella se pasaba gran parte de la jornada en su despacho, ideando planes para mejorar la propiedad con los modestos fondos de que disponía. Adam había sido una inmensa ayuda. Mejor aún, el párroco le había presentado a Horace Cochrane.

El señor Cochrane había sido administrador de un conde de Northumberland. Dado que se estaba haciendo mayor, hacía poco se había jubilado y vuelto a Hartley, su pueblo natal; un mes de ocio le sirvió para convencerse de que prefería trabajar. Pasados sólo unos pocos días de estar él de administrador ya se notaban las mejoras en Hartley Manor.

Finalmente, llegó el día en que le tocaba visitar el jardín de Adam, y le resultó difícil centrar la atención en sus cuentas. Fue un alivio cuando llegó el mediodía y pudo dejar de lado el trabajo. Durante el desayuno él había declarado que deseaba vendarle los ojos antes que entrara en el jardín, para que se llevara una sorpresa. Eso le había dado la idea de sorprenderlo ella también. Con los ojos bailando de travesura, fue a la cocina a buscar la cesta con la merienda que había preparado la señora Beckett.

Como siempre, él la oyó acercarse por el serpentino sendero y salió a recibirla. El trabajo al aire libre le sentaba a las mil maravillas. Le habían desaparecido los moretones de la cara y estaba sano y en forma. No llevaba sombrero, y todo el verdor que lo rodeaba realzaba el color negro de su pelo despeinado y el vivo verde de sus ojos. Con la camisa blanca y los pantalones azul oscuro, se veía francamente gallardo.

Lo saludó con una sonrisa.

—El hermoso y soleado día de primavera que encargaste ha resultado según lo previsto.

—Lo que me alegra muchísimo. Las órdenes de que haga un tiempo perfecto suelen extraviarse.

La besó, produciéndole un placer que le enroscó los dedos de los pies. Los últimos días habían sido tan maravillosos que tenía la impresión de que estaban pasando una luna de miel.

—¿Debo usar uno de estos enormes y delicados pañuelos para vendarte los ojos? —preguntó él, cogiendo la cesta.

Ella asintió.

—Se me ocurrió que atar estos pañuelos en el asa le daría un aire festivo a la cesta. Al fin y al cabo esta es una ocasión especial.

Él miró hacia el sendero.

—¿Dónde está *Bhanu*?

—Parecía interesada en venir conmigo pero no quiso marcharse de la cocina. La señora Beckett está preparando un asado para la cena. —Sonrió de oreja a oreja—. Además, se ha hecho muy amiga de *Annabelle*. El otro día las vi echadas juntas ante el hogar.

—Cachorra desleal.

Dejando la cesta en el suelo, desató el pañuelo azul, elegido esmeradamente por ella para que hiciera juego con su vestido.

Cuando se lo ató por detrás de la cabeza, dejándole totalmente cubiertos los ojos, ella dijo:

—Esto es muy tonto, ¿sabes? Estoy segura de que me va a encantar lo que has hecho, aun cuando no haya ninguna sorpresa.

—Eso espero. —Cogió la cesta y puso la mano de ella en la curva de su codo—. Pero la verdadera finalidad de vendarte los ojos es que primero experimentes el jardín con los otros sentidos. La vista es tan potente que domina a todos los demás.

—Interesante idea —comentó ella. Cuando ya había avanzado unos diez pasos, continuó—: Tienes razón. Percibo más el contacto de las piedras en las plantas de los pies. Pequeñas irregularidades, las matitas de hierba que crecen entre las piedras, cuando una piedra está levantada o hundida. —Le cogió con más fuerza el brazo al pisar una piedra particularmente hundida—. Es raro tener que depender de otra persona para algo tan sencillo como caminar.

—No te llevaré por mal camino —dijo él, con la voz ronca, convincente, irresistible.

Intensamente consciente de esa exquisita voz, le preguntó:

—¿Me has vendado los ojos como... a modo de metáfora por la forma como te he guiado dado que no logras ver tu pasado?

—No lo había considerado así —dijo él, sorprendido—, pero es cierto. —Le besó la frente—. No me has llevado por el mal camino.

La confianza que detectó en su voz la hizo encogerse por dentro. Después de otros cuantos pasos, preguntó:

—¿Acabamos de pasar bajo el arco que lleva al jardín? He sentido el aire más... más comprimido un momento.

—Eres muy perceptiva. —La guió otros diez o doce pasos más y se detuvo. Le quitó la mano de su brazo—. Hemos llegado. ¿Qué captas? ¿Qué percibes?

—Para empezar, acabo de oírte dejar la cesta en el suelo. Las baldosas que estoy pisando tienen un tacto diferente del de las losas del sendero que trae hasta aquí. Menos duras y más llanas. —Se dio una vuelta completa—. El aire está muy quieto, las paredes nos protegen de la brisa. También captan el sol. En tu jardín hace considerablemente más calor que fuera de él.

—¿Qué oyes?

Ella retuvo el aliento.

—¡Correr el agua! El sonido total está formado por varios sonidos más pequeños que son notas diferentes, altas y bajas. ¿Has instalado una fuente?

—Restauré la que ya existía y estaba tapada por la enredadera. ¿Qué más?

—Cantos de pájaros. Siempre se oyen por todo el campo, pero normalmente yo no los capto mucho. Hay bisbitas aquí, ¿verdad?, dentro del jardín. Y oigo... trinos de gorriones y pardillos, me parece. Más lejos. Capas y capas de preciosos sonidos. ¡Y los olores! Los narcisos están florecidos, creo; los huelo. Siempre me hacen pensar en la mantequilla. Pero hay otros olores también. Olores de diferentes plantas. Y creo que el frutal de la espaldera está comenzando a florecer. ¿Es un manzano?

Él se echó a reír.

—Lo has hecho muy bien. Has usado el olfato, el oído y el tacto. Todo menos el gusto. ¿Te apetece mordisquear una flor?

—Tengo algo mejor. —Guiándose por la voz de él se le acercó, le cogió los brazos y, empinándose un poco, le besó el cuello.

—Mmm, salado. Muy agradable. —Le apretó los brazos—. Fuertes, pero flexibles. Una agradable sensación de solidez.

Él se rió y la abrazó. Ella sintió con intensidad el contacto a todo lo largo de su cuerpo con el de él; tomó conciencia de la estimulante presión de sus pechos contra el suyo, el pulso de la sangre haciéndole vibrar sus partes más secretas, el efecto de estar tan apretada a él.

De repente volvió a ver, porque él le sacó la venda de los ojos. Casi lamentó ser arrancada del mundo de sus sentidos, aunque la alegró ver su hermosa cara morena tan cerca de la suya.

—Te has graduado con sobresalientes —dijo él—. Creo que cuando era niño me llevaron a un jardín con los ojos vendados. Claro que no lo recuerdo, pero tengo la impresión de que experimenté esto mismo hace mucho tiempo. Por eso deseaba que lo probaras.

—¿Fue una visita a ese otro jardín que recordaste? —preguntó ella, apartándose.

Él frunció el ceño, pensativo, y luego negó con la cabeza.

—Tal vez, pero en realidad no lo sé.

Deseando borrarle la expresión sombría de la cara, ella paseó la mirada por el jardín. Era hermoso antes, en su estado agreste, pero el esmerado trabajo de él había creado una armonía palpable, que se percibía hasta en el fondo del alma. Bajo el árbol había colocado un viejo banco de madera, que invitaba a sentarse, y lo que antes era una espesura de maleza casi tapada por el follaje, estaba convertido en una grata extensión de hierba.

Lo mejor de todo era la fuente. Atravesó el jardín para mirarla más de cerca.

—Me encanta cómo sale el agua de la boca del león de arriba y cae en chorritos en esas tazas de distintos tamaños, produciendo diferentes sonidos. —Tocó la cabeza del león, la piedra gris por el liquen ,y después movió los dedos por el agua cristalina de una de las tazas—. ¿Has dicho que la fuente estaba aquí cuando podaste la enredadera?

—Estaba completamente tapada. Yo tenía pensado instalar una, así que fue una gran suerte descubrir esta. Ha habido que limpiar la tubería y las tazas, pero eso fue todo.

Ella dio una vuelta por el jardín, observando, tocando.

—Has hecho un trabajo maravilloso. Incluso respirar el aire es relajador.

—Me alegra que te guste. —Lo miró todo con satisfacción—. Aún queda mucho por hacer, pero estoy contento de que se esté convirtiendo en lo que deseaba.

—Es hora de celebrar tu creación —dijo ella.

Levantó la tapa de la cesta justo lo suficiente para sacar una vieja manta de viaje. La extendió sobre la hierba, colocó la cesta en el centro y se sentó airosamente a un lado. Al menos esperaba que su movimiento hubiera sido airoso.

—Tú me tenías una sorpresa. Ahora yo tengo una para ti. —Le sonrió pícara—. Vamos a hacer una merienda a oscuras.

Capítulo 15

Al oírla, Adam miró el cielo azul por el que sólo discurrían unas pocas nubes algodonosas.

—Espero que eso no signifique que debo esperar hasta la noche para comer.

—Comeremos ahora, pero con los ojos vendados. Una vez que mi padre fue a París, acudió a una casa de juego en la que servían una *souper noir*, una cena negra. El comedor estaba totalmente a oscuras, y los camareros eran ciegos, expertos en trabajar en la oscuridad. Ofrecían una gran variedad de platos. Mi padre lo encontró interesante, aunque algo desconcertante. —Sonrió—. También dijo que la cena era en esencia el preludio de una orgía.

—¿Tu padre te contaba esas cosas siendo tú tan joven? —preguntó Adam, escandalizado.

—Empleó palabras más delicadas, pero sí, esa era la idea general. —Volvió a sentir el sofocante dolor de la pérdida. Aunque no había sido tan terrible desde la llegada de Adam. Casi había abandonado la esperanza de que le llegara una carta de él con noticias felices y pidiéndole disculpas por haber dejado pasar tanto tiempo sin escribirle. Se obligó a continuar—: Opinaba que yo debía conocer las costumbres del mundo, puesto que lo acompañaba a todas esas casas de campo en que había invitados pasando unos días. La historia de la cena negra sólo fue para divertirme, ya que había ocurrido muchos años atrás. Creo que fue cuando era un muchacho e hizo el Grand Tour.

—¿Hizo el Grand Tour? Fue afortunado de tener esa oportunidad. —Se sentó sobre la manta—. Desde que comenzó la Revolución Francesa los jóvenes caballeros ingleses no han tenido la oportunidad de hacer el ridículo en las grandes capitales de Europa. ¿Tu padre era de una familia rica?

Ella hizo un gesto de pena.

—Nunca hablaba de esas cosas. Yo tuve la impresión de que viajó como acompañante del hijo de un gran lord. Es alarmante la idea de que a mi padre lo hubieran considerado el responsable.

Adam se rió.

—Fueran cuales fueran sus defectos, crió a una hija excelente.

Ella desató el otro pañuelo del asa de la cesta.

—No tengo más idea que tú de lo que hay aquí. Le expliqué lo de la merienda negra a la señora Beckett, diciéndole que usara su imaginación. La entusiasmó bastante la idea, así que, prepárate.

Se incorporó hasta quedar de rodillas y le cubrió los ojos con el pañuelo.

—¿Ves algo?

—Pasa un poco de luz a través de la tela, pero no veo nada. Es una sensación extraña —dijo, pensativo—. Es diferente de la oscuridad de la noche. Más... vulnerable. Ahora tú. ¿Puedes vendarte los ojos sola? ¡Que nadie haga trampas!

—Eso le quitaría toda la diversión. Yo me lo pondré sobre los ojos, pero ¿podrías atármelo tú por detrás? —Se puso el pañuelo de forma que le cubriera totalmente los ojos, tal como lo había hecho con él—. Me voy a inclinar por encima de la cesta para que puedas atármelo.

Oyó los suaves sonidos que hizo él al cambiar de posición. Entonces sintió sus manos palpándole la nuca, buscando los extremos del pañuelo. Por toda ella pasaron sensaciones eróticas que la hicieron retener el aliento.

—Ese es mi cuello —dijo, con la voz nada firme—. El pañuelo está unas cuantas pulgadas más cerca de ti.

—Lo siento.

Movió las manos hasta llegar al lugar donde ella sostenía los extremos del pañuelo. Mientras él le ataba diestramente el pañuelo, descubrió, maravillada, que cada contacto entre ellos parecía más íntimo al tener los ojos vendados. Incluso el roce de las yemas de sus dedos en el pelo era cautivador.

Cuando tuvo el pañuelo atado, volvió a sentarse y abrió la tapa de la cesta.

—Ahora a descubrir qué tenemos aquí. Ah, cuatro servilletas, para que podamos cubrirnos el regazo y ahorrarnos tener que limpiar de manchas la ropa. Coje las tuyas, están justo en el centro de la cesta.

—Es una mujer sabia —dijo él, buscando con la mano hasta localizar las servilletas—. Las manchas serán inevitables. Pero es divertido.

—Me imagino que será más fácil si comemos una a una las cosas que hay, porque cualquier cosa que dejemos en el suelo podría perderse. —Extendió una de las servilletas sobre su regazo y volvió a hurgar en la cesta—. Comencemos por la bebida. La señora Beckett dijo que puso dos botellas de algo apropiado, pero no dijo qué. Esta es la tuya.

Él buscó con la mano y tardó un rato en tocar la base de la botella, y luego la pasó por encima de los dedos de ella, acariciándoselos con la palma.

Ella se mojó los labios, deseando inclinarse hacia él y mordisquearlo. Se sentía tremendamente consciente de su presencia, en cierto modo más que si lo viera. Su calor corporal; el movimiento del aire cuando él alargaba la mano hacia ella; los suaves sonidos que hacía incluso estando sentado quieto; su particular olor, que hasta el momento no había notado conscientemente. Era... interesante, masculino.

Deseó frotar la cara contra la suya.

Se ruborizó al comprender que esa conciencia de él no podría ser más aguda si estuvieran sentados en la manta desnudos. Por suerte él no veía sus reacciones.

Adam cerró la mano sobre la botella, rozándole la suya.

—Ya la tengo, así que puedes soltarla. El corcho no está totalmente hundido. —Se oyó un plop, seguido por un ruido sibilante—. ¡Champán! La señora Beckett ha entendido a la perfección el sentido de todo esto, sin duda. Veamos si la otra contiene lo mismo.

Ella le pasó la otra y él la abrió. Más ruidos sibilantes.

—Champán para cada uno. Coje la tuya.

Ella la cogió y la levantó para beber. El vino le bajó burbujeante por la garganta, haciéndola sentirse igualmente burbujeante.

—¡Delicioso! El orgullo de la bodega de Burke, supongo.

—Riquísimo —convino él—. ¿Qué más hay?

Se oyó el burbujeo del champán al beber él. Ella se imaginó sus labios cerrándose alrededor de la boca de cristal y se estremeció ante la sugerente imagen. Para mantener la botella en posición vertical y fácil de encontrar, se la colocó entre las rodillas, agradeciendo otra vez que él no pudiera ver su conducta tan impropia de una dama.

—Elige tú.

Él hizo suaves sonidos al explorar el contenido de la cesta.

—Hay todo tipo de interesantes formas. Le echaré una mirada a este objeto envuelto en estopilla. —Se rió, pesaroso—. Lo siento, las palabras mirar y ver son tan importantes en el lenguaje que es difícil no emplearlas.

Ella sonrió con él.

—¿Qué tacto y olor tiene tu premio?

Tenues sonidos de movimiento de tela. Y el sonido que hizo él al oler.

—El paquete contiene dos esferas de unas... tres pulgadas de diámetro. Son blandas y están calientes. Compactas y un poco grasas. Algún tipo de carne frita, me parece. —Guardó silencio un momento—. Hay lugares en que se comen como exquisitez especial partes esenciales del equipo reproductor de un toro. ¿Crees que...?

—Seguro que la señora Beckett no nos haría eso, ni siquiera suponiendo que se vendieran esos ingredientes. —También guardó silencio un momento, desconcertada—. ¿O sí? ¿Quién de los dos lo prueba primero?

—Yo, porque soy un marido valiente que protege a su mujer de lo desagradable. —Su mordisco fue cauteloso—. Hay carne, pero por dentro es liso, suave, y escurridizo. No creo que sea eso que hemos dicho. Coge el otro. Tal vez tú sepas identificarlo.

Después de un placentero enredo de dedos, ella cogió la caliente esfera. Un bocado le confirmó su suposición.

—¡Un huevo a la escocesa! Debería haberlo adivinado, pero siempre los identifico por la vista. —Regó el bocado con un generoso trago de champán; comenzaba a sentir una especie de suave zumbido de contento, por el alcohol, sin duda. Si estuvieran en un baile, bailaría toda la noche—. Un huevo duro y pelado se envuelve en carne de salchicha picada, se pasa por huevo y pan rallado y se fríe. Es muy sabroso cuando uno sabe qué es.

—Sabe mucho mejor ahora que lo sé —dijo él, y ella detectó una sonrisa en su voz. Cuando terminaron de comer el huevo a la escocesa, añadió—: Ahora te toca a ti.

Ella hurgó dentro de la cesta.

—He encontrado dos tazones de loza con tapas de corcho. Calientes. —Sacó uno y lo ladeó—. Sopa, me parece. La señora Beckett prepara unas sopas exquisitas. ¿Te apetece?

Él cogió el tazón y le quitó el corcho. Salió un aroma exótico, penetrante.

—¡Buen Dios, curry! —exclamó.

Mariah abrió su tazón y aspiró.

—Es muy distintivo, ¿verdad? De vez en cuando he comido platos al curry. Es evidente que tú también.

—El olor es muy evocador —dijo él, pasado un momento—. Creo que lo he comido con frecuencia, pero no recuerdo ninguna ocasión real.

—Tal vez tomar la sopa te refresque la memoria. Tendría que haber cucharas en la cesta. Ah, ten, coge la tuya.

Ya habían adquirido cierta habilidad para pasarse cosas, siempre por el mismo lugar encima de la cesta. Cuando la mano de él tocó la de ella, le acarició la muñeca, deslizando los dedos por su pulso.

—Mmm, blando, no es una cuchara.

A ella se le cerró involuntariamente la mano sobre la cuchara metálica. Tuvo que hacer un esfuerzo para hablar con voz calmada:

—Tu cuchara, señor.

Él la cogió y probó la sopa.

—Cremosa. Creo que tiene cebolla y zanahoria picadas, pero no distingo bien de qué son los trozos de carne. ¿Pollo, tal vez?

—O conejo. Es difícil saberlo, porque ninguno destaca particularmente. Pero está buena.

Cuando terminaron ella colocó los tazones vacíos dentro de la cesta.

—El curry es incitante, pero no me ha provocado ningún recuerdo.

Ella captó frustración en su voz.

—Le pediré a la señora Beckett que prepare platos con curry hasta que tomen forma tus recuerdos. Ahora te toca a ti elegir.

Adam hurgó en la cesta.

—Hay otra cosa blanda envuelta en estopilla. Veamos... Dos rodajas de una sustancia blanda con los bordes de pasta. Coge la tuya.

Ella la cogió y sintió un intenso aroma, conocido pero tremendamente elusivo.

—No es queso. Es algo con carne. —Tomó un bocado y lo dejó disolverse en la boca para captar todos sus sabores—. Paté.

—Con champiñones —añadió él—. La señora Beckett sabe preparar una gama impresionante de exquisiteces.

Ella terminó de comer su rodaja y la regó con champán. Todo sabía mejor seguido por champán.

—Estoy quedando bastante llena, pero todavía no está vacía la cesta. Veré si logro encontrar un final dulce para la comida.

Explorando encontró una especie de fuente con tapa, de loza, ovalada, y caliente al tacto.

—Hay un cacharro no muy hondo ni grande, que podría contener algún tipo de pudín dulce. Veamos. —Quitó la tapa y metió un dedo. Lo sacó al instante—. ¡Uy, es asqueroso! Parece una pasta de gusanos troceados.

—Seguro que no —dijo él. Alargó la mano buscando la fuente y le tocó los dedos; le hizo una suave caricia y luego cogió la fuente y metió el dedo—. Decididamente... raro —concedió—. Pero huele bien y tengo fe en la señora Beckett. Lo probaré.

Ella lo oyó saborear y tragar.

—Macarrones con queso —declaró él entonces—. Y una versión muy buena. Nunca me había dado cuenta de lo alarmante que es el queso rallado al tacto si uno no lo puede identificar con la vista.

Era un plato que a ella le gustaba.

—Tendremos que compartirlo porque sólo hay una fuente. Coge el tenedor. Podemos sostener la fuente en el medio y así comer los dos.

Los macarrones estaban tan sabrosos que muy pronto empezaron a reírse cada vez que chocaban sus tenedores.

—Tendré que explorar con los dedos para descubrir si queda algo. Ah, aquí hay un poco. Tienes que comértelo tú, ya que te atreviste a probar los gusanos cortados. ¿Puedes coger este último poco que tengo en los dedos?

—¿Para demostrar que me tienes comiendo en la palma de tu mano? —preguntó él, y se oyó una sonrisa en su voz—. Con mucho gusto.

Ella se estremeció de placer cuando él encontró los pocos macarrones y los cogió con los labios. Y luego continuó lamiéndole suavemente los dedos, hasta las puntas.

Le provocó un hormigueo por todo el cuerpo, e hizo una inspiración temblorosa.

—Los dedos no son... no están en el menú.

—¿No?

Le pasó la lengua por el centro de la palma, tan exquisitamente sensible. A ella se le escapó un gemido ahogado.

Adam retuvo el aliento y apoyó la mejilla en su palma, y la dejó ahí un momento.

—Eres más dulce que el plato más exquisito que se ha creado —musitó.

Empujando la cesta hacia un lado, la tumbó sobre la manta. Su boca encontró la de ella y sus lenguas se acoplaron con feroz sensualidad.

Atolondrada por el champán y las sensaciones eróticas, ella ansiaba sus caricias con todas las fibras de su ser. Con las exploraciones mutuas de las últimas noches, había aprendido algo de los placeres de la pasión. En ese momento lo deseaba, a todo él. Las vendas en los ojos los retiraba del mundo normal llevándolos a un dominio de placer puro. Tenía activados todos los sentidos. Le encantaba su sabor, su aroma, su voz.

Por encima de todo, le encantaron las sensaciones que él le producía con las manos y los labios mientras le subía las faldas. Ahogó una exclamación cuando sintió deslizarse sus dedos por la entrepierna, sus dedos tan hábiles en las caricias íntimas como su maravillosa boca.

—Hermosa —musitó él—. Eres hermosa en todos los aspectos, en cuerpo y alma.

Mareada por el deseo y el champán, se desentendió de la moralidad y de las posibles consecuencias futuras. La pasión había ido aumentando desde la noche en que se conocieron y no le importaba nada aparte de unirse a él de la manera más primordial.

Gimió con la boca en su cuello cuando él le introdujo los dedos en su lugar más íntimo. Era toda calentura, humedad y ardiente deseo. Encontró demasiado largo el momento que él tardó en desabotonarse la bragueta para liberar el miembro. Le mordió el hombro, deseando devorarlo.

—Creo que no puedo ir poco a poco —dijo él con la voz áspera cuando se apretó a ella.

Ella lo rodeó con los brazos y lo atrajo con fuerza.

—¡No me importa!

Se unieron con una rapidez que no dejó lugar para pensarlo dos veces. Ya estaba dentro de ella, excitado y duro, asombroso, sobrecogedor y necesario. La breve punzada de dolor no le apagó el deseo, sólo le intensificó el anhelo de ser una sola con él. Se movió y arqueó, sintiendo cada movimiento de su potente y delgado cuerpo.

No tardaron en encontrar un ritmo que intensificaba el arrollador placer con cada embestida. Era un muelle que se iba enroscando más y más, insoportablemente, hasta que él deslizó la mano por entre ellos y la acarició ahí con pericia.

Se hizo añicos, ya sin saber dónde terminaba ella y comenzaba él. Sólo estaba la unión íntima y el impío placer que superaba todo lo que había soñado en su vida. Oooh, oooh, oooh.

Cuando le tenía enterradas las uñas en la espalda él emitió un grito ahogado y se puso rígido. Ella lo rodeó con los brazos y las piernas, afirmándolo mientras él se derramaba en ella.

Aplacada la pasión, volvió la conciencia normal. Hizo una inspiración resollante al caer en la cuenta de que estaban unidos sobre una áspera manta y los pájaros cantaban como si debajo de ellos dos seres humanos no hubieran realizado un acto que cambiaba irrevocablemete su relación. Sintió girar la cabeza, mareada por el champán y la conmoción.

—Mariah, mi amor —musitó él.

Rodó hasta quedar de costado, manteniéndola abrazada. Ella oyó el frufrú de la tela cuando él se quitó el pañuelo que le tapaba los ojos. Después se lo quitó a ella. Pestañeó, deslumbrada por la luz, y él le besó la comisura del ojo con conmovedora ternura. Qué auténtico, qué sincero y veraz era. Y ella, no.

—Agradezco el día en que te convertiste en mi esposa, pero —su voz sonó indecisa, vacilante—. Tal vez me equivoco, pero... ¿no consumamos el matrimonio después de la boda?

Incluso en ese momento seguía confiando en ella, dándole el

beneficio de la duda, cuando los hechos no se correspondían con lo que ella le había dicho. Pasó por toda ella el sentimiento de culpa por su cadena de mentiras. Se incorporó y se puso de pie, con los ojos llenos de lágrimas de angustia y aversión a sí misma.

—Lo siento —resolló—. Lo siento mucho.

Deseosa de escapar antes de derrumbarse totalmente, se giró para salir corriendo del jardín, pero él fue más rápido. La cogió por detrás y le rodeó la cintura con los brazos apretándola a su cuerpo.

—Perdona, Mariah —dijo, con la confusión patente en la voz—. Creí que deseabas acostarte conmigo.

—Lo deseaba —dijo ella, con la voz ahogada.

—¿Te he hecho daño? Eso es lo último que desearía hacer.

Teniéndola sujeta con un brazo alrededor de la cintura, con la otra mano le acarició el hombro y la bajó por su brazo, como si fuera un poni nervioso.

—Nada de importancia —repuso ella, en un susurro.

—¿Qué te pasa, entonces, Mariah? Yo te quiero y deseo ser un buen marido. ¿Tan diferente soy de lo que era antes?

Aunque deseaba que se abriera la tierra y se la tragara, debía decirle la verdad. Haciendo una inspiración profunda, se liberó de su brazo y se giró a mirarlo.

—No sé cómo eras antes —dijo apenada—. No somos marido y mujer. No te había visto nunca en mi vida antes de la noche en que te saqué del mar.

Capítulo 16

*A*dam se quedó sin aliento, como si un gigante le hubiera golpeado el vientre. A Mariah el brillante pelo rubio le caía alrededor de los hombros, suelto y sensual, tal como él había deseado verlo; ansiaba cogerla en sus brazos, pero ella acababa de decirle que no eran el uno del otro. Se sentía aturdido, atontado sin poder creer que ella no fuera de él.

—¿No estamos casados? ¿No eres mi esposa?

Ella cogió uno de los pañuelos para limpiarse las lágrimas. Incluso con los ojos hinchados y la nariz roja estaba hermosa.

—No, lo siento. Te mentí y... y después se me escapó de las manos.

—¿Por qué dijiste que estábamos casados?

Ella arrugó el mojado pañuelo hasta dejarlo convertido en una bola.

—Me sentía muy sola, y George Burke me estaba cortejando —dijo, a trompicones—. En el fondo de mí sabía que sería un error terrible casarme con él, pero normalmente él se mostraba encantador y sensato. Me di cuenta de que me iba inclinando a decirle que sí. De esa manera me libraría del pleito, tendría un marido con raíces en Hartley, y todo sería más fácil. Comprendí que en un momento de debilidad podría aceptarlo. Así que... así que le dije que tenía marido, que no estaba conmigo porque te encontrabas en la Península.

—¿Combatiendo con los franceses? —Por su mente pasaron

imágenes de soldados, de calurosas llanuras y de sangrientas batallas. ¿Habría experimentado eso? Tal vez sólo lo había leído en los diarios, ya que a las imágenes les faltaba la claridad que tenían las de sus sueños—. Entonces aparecí yo sin saber quién era. Conveniente material para un marido que no existía.

Ella fue a sentarse en un extremo del banco.

—Hay más. Conozco algunos ritos; los aprendí de Nani Rose. Maneras sencillas de concentrar la mente en lo que uno desea o necesita. Una noche me desperté desesperada, así que decidí realizar un rito de deseo, pidiendo una solución a mi problema con Burke. —Sonrió irónica—. Nani Rose decía que sus ritos eran oraciones con hierbas añadidas.

—Así que pediste un marido.

—No quise ser tan concreta. Pero cuando encendí el incienso en el cenador, me sorprendí anhelando... al marido de mis sueños. Un hombre que no fuera como Burke. Después del rito me sentí en paz y me quedé dormida sentada ahí, y de pronto desperté al oír en mi cabeza una voz urgente que me pareció igual a la de Nani Rose. La voz me dijo que debía bajar a la playa. —Levantó la vista y lo miró—. Entonces fue cuando te encontré.

—Me cuesta creer que yo pareciera el marido soñado de alguien en ese momento —dijo él.

Se sentó en el otro extremo del banco, lo más lejos posible de ella. Su sentido de identidad se había hecho trizas, quedando en un desastroso caos. No era Adam Clarke. No era «nadie».

Había supuesto que amaba a Mariah porque era su esposa, por lo que era lógico que la amara. Creerlo le resultó fácil, dada su belleza y amabilidad. Pero todo lo que había entre ellos se basaba en una mentira. Eran unos desconocidos, y ya no sabía qué sentía por ella.

—Al principio no te relacioné con el rito de deseo —continuó ella—. Sólo deseaba sacarte del mar y ponerte a salvo. —Guardó silencio durante unos doce latidos—. Cuando te pregunté si recordabas que yo era tu esposa, casi fue como si Nani Rose hablara por mi boca. Pero no puedo echarle la culpa a ella. Yo dije las palabras y después no las retiré.

De una extraña manera, él entendía cómo las circunstancias pueden hacer parecer correcto y lógico algo aunque no lo sea. Pero ella había mentido acerca de un hecho esencial que se convirtió en su sostén, su asidero. Y ahora, ese asidero ya no estaba.

—Mi aparición debió parecer predestinada, pero ¿por qué no me dijiste la verdad después que Burke se marchó?

—Quise decírtelo, pero tú parecías muy feliz creyendo que yo era tu mujer. Me precupó la reacción que te causaría saber que estabas solo, sin memoria, sin ningún recuerdo de tu identidad.

Y tuvo razón en preocuparse, pensó él, pero creía que le habría sido más fácil aceptar que no se conocían al comienzo. Desde el instante en que despertó, todavía con los jirones de ropa mojados, había aceptado la afirmación de ella de que estaban casados. Y no tardó en pensar que no necesitaba saber nada más.

Ahora le encontraba la lógica a muchas de las cosas que le habían parecido misteriosas. No era de extrañar que ella fuera tan ignorante acerca de su pasado, de su familia y de su ocupación. Tal vez el golpe en la cabeza es lo que le había hecho aceptar con tanta facilidad las explicaciones de ella. Mirado en retrospectiva, lo sorprendía que no le hubiera hecho más preguntas.

—¿Por qué dijiste que me llamaba Adam?

—Es el nombre del primer hombre y vi que te sentías cómodo con él. —Suspiró—. Vivía deseando que recuperaras la memoria para poder confesarte la verdad. Si sólo hubiera sido un día o dos, no habría importado tanto que yo hubiera mentido. Podría haber inventado un motivo que pareciera creíble. Pero cuanto más tiempo continuaba mi engaño más difícil se me fue haciendo decirte la verdad.

O sea, que era un desconocido sin nombre que estaba viviendo de la caridad de una mujer que se había visto en la necesidad de protegerse de un sinvergüenza. Se miró las manos callosas. No eran las manos de un caballero. Saber que podría ser un jardinero o un marinero no le pareció tan terrible; no saber quién era, sí.

—Me marcharé mañana, aunque tendré que pedirte ropa prestada, ya que no tengo nada.

Le salió una risa dura, más parecida a un ladrido. No tenía nada, no sabía nada, no era nada.

—¡No! —exclamó ella, mirándolo horrorizada—. Con mucho gusto te daría ropa y dinero, pero, ¿adónde irías? ¿Qué harías?

—No tengo ni idea —dijo él, tristemente—. Pero que me cuelguen antes de seguir como un mendigo sentado a tu mesa.

—¡No eres un mendigo! Eres mi... mi amigo. Siempre serás bienvenido aquí

—Tu «amigo». —El adormecimiento que le había comenzado en el vientre se le iba extendiendo por todo el cuerpo, haciéndole desaparecer la fuerza y la felicidad que había conocido con ella—. Creía que era mucho más. Pero ahora entiendo por qué evitabas mi cama.

—Sólo... sólo intentaba ser juiciosa —musitó ella.

Él le observó atentamente la cara.

—¿Y por qué hoy has cambiado de opinión? Fuiste imprudente al entregarle tu virginidad a un desconocido.

—Ya no eres un desconocido. —Se ruborizó intensamente—. Y hoy te deseaba tanto que no me han importado las consecuencias.

Esas palabras lo halagaron, pero de todos modos le produjeron un escalofrío.

—¿Y si una de las consecuencias es un bebé?

Ella palideció.

—No... no pensé en nada más allá de lo mucho que te deseaba.

—Los bebés son una consecuencia normal del acto sexual. En realidad, son la finalidad. —Contempló su jardín, que ya no era de él—. Si estás embarazada y yo me he marchado, diles a los vecinos que he muerto. Eso te convertirá en una viuda respetable. Prometo no volver a complicarte la vida.

—¡No quiero que te marches! —exclamó ella, con brillantes lágrimas en los ojos.

Él volvió a observarle la cara. Tal vez debería sentirse ofendido por sus mentiras, pero lo que más sentía era una profunda tristeza. Comprendía cómo ella comenzó con una mentira, que fue generando otras y otras, ya sin control. En ese momento su cara reflejaba una sinceridad transparente; su pasión había sido real, ciertamente. Sin embargo, él la había creído sin poner nada en duda, y esa simple fe ya no era posible.

Pero seguía deseándola. Le cogió la mano izquierda y ella cerró sus fríos dedos con fuerza sobre la suya.

—Si deseas que me quede, podríamos convertir en verdad la mentira. Gretna Green no está lejos.

Ella se mordió el labio.

—Nada me gustaría más, pero ¿y si ya tienes esposa?

Adam se sintió como si le hubieran asestado un golpe mortal. ¿Podría estar casado con otra mujer?

—No he pensado en eso.

—Te adaptaste con tanta naturalidad al papel de marido que yo pensé si no estarías casado. —Curvó los labios—. Eso es más probable que el que seas soltero. Eres tan apuesto y amable que tiene que haber habido chicas intentando conquistarte. Si estás casado con una rubia bajita como yo, es posible incluso que te hayas sentido en tu ambiente.

Más halagos, pero él no podía ir más allá de la comprensión de que, a efectos prácticos, no tenía ni un solo penique, ni una camisa con la que cubrirse. Se frotó las sienes, que le vibraban; los vasos sanguíneos parecían a punto de reventar.

—La idea de otra esposa es más de lo que soy capaz de asimilar —dijo.

Mariah apretó el pañuelo que tenía en la mano libre.

—No paro de imaginarme a una esposa esperando desesperada tu regreso. Y tal vez hijos. ¿Cómo podría casarme contigo sabiendo que otra mujer podría estar sufriendo terriblemente por tu ausencia? No sólo sería bigamia, sino algo «malo».

Él se sintió casi enfermo. Los hijos eran otro tema que no había considerado. Sin embargo, no era insensato pensar que podría tenerlos.

—Si tengo hijos, no podría abandonarlos, por supuesto. Pero ¿y si nunca vuelvo a recordar quién soy? ¿Debo vivir mi vida solo?

—He pensado muchísimo en eso. —Sonrió, con los labios trémulos—. No ha pasado mucho tiempo desde tu accidente. El que hayas tenido sueños que podrían ser recuerdos da a entender que pronto podrás rescordar quién eres.

Él pensó en esos sueños. En alguna parte de su mente debía seguir existiendo la verdad sobre su identidad. Lo único que tenía que hacer era encontrarla.

—¿Cuánto tiempo debo esperar para poder continuar con mi vida sin que haya riesgos?

—Creo que un hombre debe estar desaparecido siete años para que se lo dé por muerto —dijo ella, vacilante—. Si pasado ese tiempo sigues sin saber quién eres ni de dónde eres, no hay riesgo en suponer que tu nueva vida es la única que tendrás.

—Siete años —dijo él en tono apagado—. Eso es muchísimo tiempo. Pueden ocurrir muchas cosas en siete años.

—¿Crees que alguna vez podrías aprender a confiar en mí otra vez? —preguntó ella en un susurro—. O, si no confiar, ¿al menos perdonarme?

—Eso espero. —Contempló sus delicados rasgos y su figura sensual de proporciones perfectas, deseando haber podido verla desvestida. Tal vez no significaba mucho que un amnésico pensara que ella era la mujer más hermosa que había visto, pero más que hermosa, ella... le era muy querida. La confianza y el deseo no tienen mucho que ver entre sí—. Pero es demasiado pronto.

Ella asintió, sin sorprenderse.

—Ojalá hubiera algo que yo pudiera hacer para ayudarte a recordar. Tú ya me ayudaste muchísimo librándome de George Burke.

Ahora que él cree que tengo un hombre que me protege, no se ha molestado en pleitear conmigo.

—Habría sido mejor que no hubieras llegado tan lejos. Pero me alegra que Burke haya dejado de molestarte. —Suspiró, mirando el agua que brotaba de la fuente—. Si estás embarazada, tendrás que casarte conmigo. Entonces, si una mañana despierto recordando que tengo una familia en otra parte, me marcharé y tu podrás hacer duelo por mi inoportuna muerte. Así por lo menos el hijo no llevará el estigma público de la ilegitimidad.

—Eso lo encuentro... sensato —dijo ella, con la voz ahogada.

Aunque no podía fiarse de ella, no soportaba verla apenada. Se deslizó por el banco y la estrechó fuertemente en sus brazos, pensando con qué rapidez había pasado de la dicha apasionada a la aflicción apasionada.

Ella se aferró a él, al principio temblando, pero poco a poco se fue relajando. Él le acarició los lustrosos cabellos, deslizando los dedos por entre la mata dorada. Deseó tumbarla en la mullida hierba y hacerle el amor otra vez. En esta ocasión, sería lento y sensual, totalmente desvestidos, para poder estar en contacto.

Pero sabiendo ya que no estaban casados, la pasión no lo dominaba. Si no habían engendrado un hijo ya, no debían arriesgarse a engendrarlo, habiendo tantas incertidumbres.

Hundió la cara en su pelo, pensando qué les ocurriría.

Esa noche cada uno durmió solo; o tal vez no durmió.

Capítulo 17

Hartley, Norte de Inglaterra

*L*os días se iban alargando a medida que la primavera avanzaba hacia el verano. Eso fue motivo de alegría para Will Masterson, porque si no, iría cabalgando por la oscuridad, y no era prudente viajar sin luz por caminos desconocidos en lugares inhóspitos.

Empezaba a caer el crepúsculo sobre las aguas del Mar de Irlanda cuando entró en el patio de la Bull and Anchor, la única posada de Hartley. La posada era pequeña pero se veía bien mantenida. Ojalá encontrara habitación, pensó, aunque con el cansancio que llevaba encima aceptaría dormir sobre la paja del henil del establo si estaba pasablemente limpia.

Tuvo suerte. De las cinco habitaciones de la posada, tres estaban libres, así que si Randall y Kirkland llegaban al día siguiente, tendrían alojamiento.

Pero le vendría bien estar solo esa noche. En el bodegón le sirvieron un decente plato de carne hervida y cerveza. Consideró la posibilidad de preguntarle al posadero si habían encontrado algún cadáver arrastrado a la orilla en las semanas pasadas, pero decidió esperar a que llegaran sus amigos. No le hacían falta más malas noticias. Así pues, comió en silencio, consciente de que Hartley era el final de la búsqueda.

Cuando terminó de comer, aprovechó la larga luz crepuscular

del norte para llegarse al muelle del pueblo. Seis barcas de pesca estaban amarradas a los pequeños embarcaderos. El sonido de las olas rompientes y los lastimeros chillidos de las gaviotas eran sedantes.

Aunque sus amigos lo consideraban un optimista incurable, sabía que no eran muchas las posibilidades de encontrar vivo a Ashton, pero de todos modos había esperado hallar su cadáver para llevarlo con ellos. Ash se merecía la dignidad de un funeral decente. Aunque tenía enemigos debido a su posición, también contaba con muchísimos amigos, por ser el hombre que era.

Ya eran poquísimas las posibilidades de celebrar ese funeral decente. Era improbable que después de todo ese tiempo el mar entregara a sus víctimas. Mirando al cielo ya sin sol aceptó ese conocimiento. A Ash le encantaba el mar, y el mar no era un mal lugar para el descanso eterno.

De todas formas, quedaba el asunto de cómo murió. Él había perdido a muchos amigos en la batalla, por enfermedad y por accidentes, y a un idiota que no fue capaz de mantener abotonada la bragueta al que mató de un disparo un marido español celoso.

Pero nunca había perdido a un amigo por un asesinato a sangre fría. Había terminado la búsqueda del cadáver de Ashton, pero la búsqueda de su asesino no acabaría hasta que encontraran a ese cabrón.

A la mañana siguiente a Will le agradó enterarse de que en la posada servían un desayudo muy decente. La bonita y joven hija del posadero, Ellie, llegó con una enorme bandeja que contenía una taza humeante, una panera con pan recién horneado y un plato de salchichas, huevos, y patatas y cebolla fritas.

Mientras ponía las cosas sobre la mesa, la chica le preguntó:

—¿Le apetecería alguna otra cosa, señor Masterson?

—Esto tendría que ser más que suficiente. —Después de tomar un bocado y un trago de té, decidió que era el momento de hacer preguntas—. Un amigo mío desapareció cuando se hundió su barco al norte de aquí. Dos amigos y yo hemos recorrido la costa para averiguar si ha aparecido su cadáver en algún lugar. ¿Sabe si han encontrado a un hombre ahogado por esta región las últimas semanas?

Ella negó con la cabeza.

—El marido de la señora Clarke fue arrastrado hasta aquí por el oleaje cuando regresaba para reunirse con ella, pero está vivo. No se ha encontrado ningún cadáver, gracias a Dios.

Sobresaltado, Will preguntó:

—Y este señor Clarke, supongo que es bien conocido en el pueblo. ¿Tuvo un accidente en un barco?

—Tiene razón en lo del accidente, pero es nuevo aquí en Hartley. Su esposa acaba de heredar Hartley Manor, y él venía a reunirse con ella cuando el barco se hundió, o algo así. —Frunció el ceño—. Nadie de aquí sabe qué ocurrió exactamente.

Era evidente que la falta de información la irritaba.

—¿Ha visto al señor Clarke? —preguntó Will, que ya tenía dificultades para respirar. La chica asintió, así que continuó—: ¿Cómo es?

—Ah, es un hombre muy apuesto, y todo un caballero —dijo ella, en tono efusivo—. Le he visto varias veces pasar por el pueblo a caballo. No es un hombre tremendamente alto, pero sí de muy buena figura. Tiene la piel morena, aunque sus ojos son de un extraordinario color verde. Hay que agradecer que no se ahogara.

Soltando una palabrota en voz baja, Will se levantó de un salto, y antes que la chica terminara de hablar, ya había salido en dirección al establo.

Capítulo 18

M ariah pasó una mala noche, inquieta pensando si el abatimiento de Adam se convertiría en ira. El sufrimiento que vio en su cara cuando le confesó la verdad, la hizo sentirse muy mal. Y a pesar de su sentimiento de culpa, echaba en falta tenerlo en su cama. Aunque sólo durmieron juntos unas cuantas noches y sólo habían hecho el amor una vez, su ausencia le dolía como una amputación. No soportaba la idea de que nunca más pudieran estar unidos físicamente.

Cuando despertó le sirvió de consuelo encontrarse a *Annabelle* de pie sobre su arcón, iluminado por la tenue luz el pelaje blanco y negro de su seria cara. Normalmente la gata se quedaba en la cocina junto al fogón, pero tal vez percibió su aflicción. Fuera cual fuera el motivo, la alegró tener cerca ese felino cuerpo de pelaje blanco y negro.

Se levantó y bajó a desayunar hecha un atado de nervios. Adam no estaba en la sala de desayuno. Al instante se lo imaginó haciendo un hatillo a medianoche y huyendo a caballo para alejarse de ella, una mujer mentirosa, indigna de confianza. Su hermana Sarah no se encontraría en esa situación.

Él apareció cuando ella estaba sirviendo té en su taza, y le dirigió una leve sonrisa al coger la taza servida que ella le ofreció.

—¿Has dormido bien?

—¿Sinceramente? No. —Sonrió, pesarosa—. *Annabelle* me hizo compañía.

—Y *Bhanu* me hizo compañía a mí. —Comenzó a poner mantequilla en una tostada—. No fue... mejor respecto a lo que había llegado a esperar.

Se miraron, compartiendo una sonrisa irónica. Ella casi se deshizo de alivio. Podía ser imposible que estuvieran juntos en el futuro, pero le importaba inmensamente que él no la odiara.

Al sentir un peligroso deseo de besarlo, se dijo severamente que en cualquier momento él podría recordar una vida en que no había lugar para ella.

—Prueba la mermelada de moras. La hace la hija de la señora Beckett.

—Gracias —dijo él sacando una cucharada, a rebosar—. Creo que es mejor que continuemos actuando como antes. Hasta cierto punto.

Ella sabía muy bien cuál era ese punto. Él no la había tocado desde ese último y desesperado abrazo en el jardín. Era un hombre juicioso. Más juicioso que ella.

—De acuerdo. Prefiero con mucho continuar en una relación de amistad contigo.

—Y yo contigo —dijo él dulcemente.

Estaban charlando amistosamente, casi igual que antes de que ella le dijera la verdad, cuando entró la camarera de abajo con los ojos como platos.

—Ha venido un caballero a ver al señor Clarke. Un tal señor Masterson. Está esperando en el salón.

Nani Rose tenía a veces relámpagos de certeza que, según decía, eran como si le arrojaran un chorro de agua fría. Por primera vez en su vida, Mariah experimentó esa escalofriante sensación.

Adam se levantó.

—Debe de ser alguien del pueblo que busca empleo. Debería haber ido a hablar con Cochrane, pero es posible que no sepa que lo hemos contratado de administrador. Hablaré con él. Me gusta calar a los hombres que empl... que tú podrías emplear.

Mariah también se levantó, con el corazón retumbante.

—Te acompañaré. Tal vez lo reconozca de haberlo visto en la iglesia.

Caminando al lado de él, sintió el deseo de cogerle la mano y echar a correr, pero en el fondo sabía que fuera cual fuera el destino que los aguardaba, no podían evitarlo.

Cuando entraron en el salón, comprendió al instante por qué la criada dijo «caballero». El hombre alto y desconocido, Masterson, estaba junto a la ventana, con todo el corpulento cuerpo tenso; tenía el pelo castaño y los ojos grises, y llevaba el poder y la autoridad con la misma naturalidad con que llevaba su bien confeccionada ropa. Era más o menos de la misma edad de Adam y, aunque no tan apuesto, su cara de pómulos anchos parecía hecha para reír.

En el instante en que entraron, él clavó la mirada en Adam, fascinado.

—¡Ash! —exclamó.

Mariah sintió pasar una punzada de dolor por toda ella; había llegado el desastre.

Masterson corrió hacia Adam y le cogió la mano derecha entre las dos de él. Ni siquiera la vio a ella.

—¡Buen Dios, estás vivo! Estábamos seguros de que te habías ahogado.

Ella percibió la conmoción que pasó por Adam; conmoción, pero también entusiasmo.

—¿Me conoces? —preguntó él.

—Desde hace veinte años —repuso Masterson y, frunciendo el ceño, le soltó la mano, al caer en la cuenta de que algo no estaba bien—. ¿No me recuerdas?

Adam cerró la puerta.

—Lo siento, pero no. Tenemos que hablar. ¿Por qué pensasteis que había muerto?

Diciendo eso le cogió la mano a ella, apretándosela con tanta fuerza que casi se le adormeció, y la llevó hasta el sofá. Masterson se sentó en un sillón frente a él.

—La caldera de tu barco de vapor explotó durante una navegación de prueba, al salir de Glasgow. Desapareciste y se supuso que habías muerto. Cuando nos enteramos, Randall, Kirkland y yo viajamos a Glasgow y desde entonces hemos andado buscando tu cadáver. —Miró atentamente la cara impasible de Adam—. ¿Cómo acabaste saliendo a la orilla tan al sur?

—Recibí un golpe en la cabeza que me afectó el cerebro —dijo Adam, tocándose sin pensar la cicatriz de la herida en la cabeza—. No recuerdo el accidente, pero sí recuerdo vagamente que estuve aferrado a un madero durante mucho tiempo. Días. Finalmente llegué a tierra firme aquí, sin memoria, sin recordar ni mi nombre ni nada de mi pasado. —Lo miró fijamente, ceñudo—. Sin embargo, he visto tu cara en un sueño. Una noche muy fría cerca de Londres, y a una mujer muerta.

Masterson palideció.

—Eso ocurrió. ¿No recuerdas nada de antes que cayeras al agua?

—Sólo sueños, que podrían ser de hechos reales. ¿De qué te conozco? —preguntó, con intenso interés.

—Seis de nosotros nos conocimos en el primer curso de la Academia Westerfield cuando teníamos diez u once años. Desde entonces hemos sido íntimos amigos. —Sonrió levemente—. Era un colegio para niños con problemas. Yo soy Will Masterson. Mi problema era tozudez grave. —Sólo entonces pareció verla a ella, y su mirada adquirió una incómoda agudeza—. ¿Me haces el favor de presentarme a esta dama?

—Es la señorita Mariah Clarke, la mujer que me salvó la vida sacándome del agua y acogiéndome en su casa. —Volvió a apretarle la mano—. Mi novia.

Ella se sorprendió casi tanto como Masterson, al que le bajó la mandíbula. Al parecer, Adam deseaba mantener la ilusión de que eran pareja. Temiendo lo peor, preguntó:

—¿No está casado?

Masterson recobró los modales.

—No. Perdone mi grosería, simplemente me sorprendió. Es un placer conocerla, señorita Clarke. Especialmente dado que le salvó la vida a Ash.

Mariah casi se deshizo de alivio. Menos mal que no existían la amante esposa y los amorosos hijos de su imaginación. No entendía por qué Adam aseguraba que era su novia, pero supuso que ella era una especie de escudo de protección ante esa nueva incertidumbre.

—Me alegra saber que no he olvidado a una familia —dijo Adam—, pero aún no me has dicho quién soy.

Masterson sonrió como pidiendo disculpas.

—Perdona, no estoy pensando con claridad. Todavía estoy pasmado por haberte encontrado vivo. Te llamas Adam Darshan Lawford.

—¿Adam? —repitió él, y la miró a ella, sorprendido.

—Elegí el nombre al azar —le dijo ella en voz baja.

—Eso explica por qué lo encontré adecuado. —A Masterson le dijo—: Así que me llamo Adam Lawford. ¿Dónde vivo? ¿Cuál es mi ocupación? ¿Tengo ocupación?

—Tienes varias casas. Una en Londres, por supuesto —dijo Masterson, como si tener una casa en Londres fuera lo más natural del mundo—. Aunque posees un buen número de propiedades, tu sede principal es Ralston Abbey, en Wiltshire.

Mientras Mariah se mordía el labio ante la idea de tanta riqueza, Adam dijo, receloso:

—Parece que soy... próspero.

—Bastante más que próspero —contestó Masterson, divertido—. Y te mantienes bastante ocupado también. Eres el séptimo duque de Ashton.

Se desvaneció el alivio de Mariah por la soltería de Adam. Estaba más lejos de ella que nunca. Y tal vez más aún.

—¿Adam es «duque»? —susurró.

Adam la oyó; su conmoción igualaba a la de él. Estaba rotundamente harto de conmociones.

—Duque. Si no recuerdo mal, ese es un rango muy elevado, ¿verdad?

—El más elevado, después de la familia real —repuso Masterson.

Duque, pensó él. Lo detestó. Sólo de pensarlo se sentía ahogado.

—Parece improbable que yo sea duque.

—Improbable, pero cierto —dijo Masterson, pacientemente.

Debía ser extraño para él estar hablando con un viejo amigo que no lo reconocía, pensó Adam, aunque no tan extraño como ser ese viejo amigo. Recordó el sueño en que estaba con un Masterson más joven que acababa de perder a su amada esposa. La amistad entre ellos era palpable en el sueño. Sin embargo, no tenía ningún recuerdo de las miles de interacciones que formaron esa amistad. Pero sí conservaba una confianza interior; no le cabía duda de que Will Masterson decía la verdad.

Él se había imaginado que se sentiría encantado cuando redescubriera su pasado, pero había supuesto que los recuerdos le llegarían solos. Encontraba extrañísimo que le tuvieran que explicar su vida.

—Me alegra que no haya esposa ni hijos haciendo duelo por mí —dijo, y volvió a apretarle la mano a Mariah. Pese a lo violenta que era la situación entre ellos, ella le era conocida—. ¿Tengo otros familiares? ¿Madre, hermanos, hermanas?

—No tienes muchos parientes cercanos —contestó Masterson. Frunció el ceño—. Será mejor que comience por el principio. Naciste en India. Tu padre tenía allí el puesto de Residente Británico en una corte real, no recuerdo cuál. Era primo del duque de Ashton, pero no estaba muy próximo en la línea de sucesión. Creo que había cuatro o cinco antes que él. Así que cuando se enamoró de una hermosa chica india de alta alcurnia, no vio ningún motivo para no casarse con ella. Muchos otros oficiales británicos en servicio en India hicieron lo mismo.

Adam se miró la mano que no tenía cogida la de Mariah. Así que ese era el motivo de su piel morena, no inglesa. Recordó el sabor del curry, que encontró conocido, y el exótico jardín florido. Principalmente pensó en la hermosa mujer de pelo negro.

—Supongo que los otros murieron, luego murió mi padre y el título Ashton pasó a un mestizo nada inglés.

—Exactamente. Creo que tu padre acababa de enterarse de que era el sexto duque, y estaba haciendo planes para volver a Inglaterra cuando lo atacó una fiebre y murió. —Naturalmente —continuó en tono sarcástico—, intervinieron las autoridades y te enviaron a Londres con una familia que regresaba, para que pudieran educarte como un correcto caballero inglés.

Con qué despreocupación «las autoridades» lo arrancaron de todo lo que conocía.

—¿Y mi madre? —preguntó. Recordó el sueño en que estaba jugando con un chico y una chica de ojos verdes—. ¿Tengo hermanos o hermanas menores?

Masterson abrió la boca para contestar y titubeó.

—Ahora que lo pienso, no conozco las circunstancias de la muerte de tu madre. Tú no hablabas mucho de tu pasado. Tal vez murió antes que tu padre heredara. No había hijos menores, porque si los hubiera habido los habrían traído también.

—¿Qué delito fue la causa de que me enviaran a un colegio para niños con problemas? ¿Ser extranjero? —añadió en tono algo crispado.

Masterson pareció azorado.

—Creo que eso fue gran parte del motivo. Eras difícil y tus tutores fideicomisarios no sabían qué hacer contigo. Pero que te enviaran a la Academia Westerfield fue para mejor. Lady Agnes Westerfield es la fundadora y directora de la academia, y una mujer extraordinaria. Ha viajado por el mundo, visitando lugares salvajes y peligrosos. Cuando nos portábamos bien nos contaba historias de sus aventuras. En realidad, tú fuiste su primer alumno. Quiere de verdad a los niños y eso hace de la academia un lugar estupendo para vivir. —Añadió en voz más baja—: Se convirtió en la madre que ninguno de nosotros tuvo.

Adam volvió a mirarse las manos morenas, con sus callos.

—De ninguna manera podía yo ser la idea que se tiene de un duque. ¿No tengo otros familiares?

—Pasabas las vacaciones de verano y los asuetos en la casa del primo de primer grado de tu padre. Él y su familia no estaban en Inglaterra cuando llegaste, si no, podrían haberte enviado a vivir con ellos, y no a Westerfield. Los llamabas tío Henry y tía Georgiana. Él murió hace unos años, pero ella y sus dos hijos, Hal y Janey, siguen vivos.

Contento por tener algunos parientes, Adam preguntó:

—¿Mis primos tienen los ojos verdes?

Masterson lo pensó.

—Pues sí, sus ojos se parecen mucho a los tuyos. Que yo sepa, te llevas bien con los dos. Hal es un buen tipo, y Janey es francamente encantadora.

A Adam le vino un pensamiento.

—Este primo Hal... Sería mi heredero, supongo. Podría no hacerle mucha gracia saber que estoy vivo.

—Puede que no —repuso Masterson; le cambió la expresión como si acabara de ocurrírsele algo desagradable—. Es posible que se sienta algo desencantado porque no será el octavo duque, eso es natural, humano. Pero creo que se sentirá más feliz que triste por verte vivo.

Esa afirmación de Masterson le pareció a Adam algo indecisa. Su primo podía tenerle mucho cariño, pero eso no quería decir que no lo decepcionara que le arrebataran un gran premio que creía haber heredado. Qué lástima que no lo hubieran dejado en India, y su primo hubiera sido el duque. Seguro que le habría gustado más que a él tener ese título.

Miró de reojo a Mariah, que estaba calladita y triste, sus dedos entrelazados con los de él. Con su belleza rubia y expresión grave parecía una *madonna* sufriente. Si él se hubiera quedado en India no la habría conocido, por lo tanto debía estar agradecido por esa herencia, a pesar de sus confusos sentimientos por ella.

—¿Qué más deseas saber? —preguntó Masterson, extendiendo

las manos abiertas—. No sé por dónde empezar. Eres muy respetado y tienes muchísimos amigos. Te gusta trabajar con las manos, ya sea construyendo una máquina de vapor o haciendo hoyos en tu jardín. —Se le desvió la mirada hacia Mariah—. Y desde que entraste en la sociedad se te ha considerado uno de los mejores partidos en el mercado del matrimonio.

Adam hizo un mal gesto.

—Creo que habría preferido no saber eso. —Le martilleaba la cabeza con el peor dolor que había experimentado desde que Mariah lo sacó del mar, y en ese momento, a pesar de todo, deseaba estar a solas con ella—. Creo que ya he oído todo lo que soy capaz de asimilar por el momento.

Captando la indirecta, Masterson se levantó.

Kirkland y Randall deberían llegar hoy a Hartley, si no ha surgido ningún imprevisto. Desearán ver con sus propios ojos que estás vivo. ¿Cuándo sería un buen momento para venir?

Poniéndose de pie junto con Adam, Mariah dijo:

—Pueden venir a cenar esta tarde con nosotros, si eso te va bien a ti, Adam.

Eso le daría el resto del día para recuperarse de la conmoción, pensó él. Asintió.

—Entonces será hasta esta tarde, Masterson.

—Siempre me has llamado Will —dijo Masterson—. Todo el mundo me llama Will. —En el camino hacia la puerta, se detuvo ante Adam—. Saldré solo. Y... agradezco a Dios que estés vivo.

Dicho eso se apresuró a salir, como si lo azorara haber mostrado una emoción tan desnuda.

Tan pronto como salió Masterson, Adam se volvió hacia Mariah y la cogió en sus brazos.

—Creía que me alegraría saber quién soy —dijo, entre dientes—. Ahora deseo que Masterson no me hubiera encontrado.

Ella hundió la cara en su hombro, abrazándolo con la misma fuerza.

—Creo que siempre es mejor saber. Pero este conocimiento es... inmenso.

—Demasiado inmenso —dijo él, lúgubremente, y puso fin al abrazo—. Salgamos. Necesito paz.

Juntos salieron a la luz del día algo opacada por nubes dispersas, y tomaron el sendero hacia el jardín de meditación.

—Una noche soñé con unos enormes seres dorados con muchos brazos —comentó él—. Entonces no lo entendí, pero creo que eran dioses hindúes.

—Debes de haber visto estatuas en India cuando eras niño —dijo ella, y levantó la vista para mirarlo—. El jardín que recordaste, ¿estaba en India también?

—Debe de haber sido de allá. Las flores y las formas no eran europeas. —Evocó nuevamente el jardín—. Varias veces he soñado con una hermosa mujer de pelo negro ataviada con vaporosos vestidos de seda. Me imagino que es mi madre.

Ella le apretó la mano.

—Qué pena que la perdieras cuando eras tan pequeño.

—Por lo menos la tuve el tiempo suficiente para tener algunos recuerdos. Tú no tienes ni siquiera eso, me parece.

Había en vínculo triste entre ellos. Continuaron en silencio el camino hacia el jardín.

Cuando entraron en ese espacio cerrado, a él se le evaporó la tensión. Los suaves sonidos del agua de la fuente eran inmensamente calmantes.

—He estado pensando si alguna vez me gustó ser duque. La idea no tiene ningún atractivo para mí ahora. Se me antoja que es como... una jaula con barrotes de oro.

—A mí tampoco me gusta la idea —dijo ella. Exhaló un suspiro—. Ahora caigo en la cuenta de que había conservado una pequeña esperanza de que tal vez algún día podríamos vivir juntos, pero se ha desvanecido. Eres demasiado superior a mí.

—¡No digas eso! —exclamó él, en tono severo.

178

—Pero es cierto. Un hombre de enormes riqueza y poder tiene muchísimas responsabilidades y son muchas las cosas que reclaman su atención. Normalmente se casa con una mujer de clase similar, de forma que ella sepa llevar sus casas, ser anfitriona de sus invitados y darle honor a su apellido. No se casa con la hija de un jugador escasamente respetable.

—Masterson no sabe quién fue tu padre.

—No, simplemente sospecha que soy una oportunista que te pescó cuando estabas vulnerable y confuso. —Se le escapó una risita—. Pero puedes asegurar que soy tu novia todo el tiempo que necesites protegerte de doncellas ambiciosas y de sus madres. Cuando te sientas seguro en tu posición, yo pondré fin educadamente al compromiso, y no habrá escándalo para ninguno de los dos. Tienes mi palabra. —Le cambió la expresión al caer en la cuenta de que él tenía motivos para dudar de su palabra—. Juro sobre la tumba de Nani Rose que no te exigiré atenerte a un compromiso indeseado.

Él la creyó. Siempre la creía; ese era el problema.

—Acepto tu promesa. Reconozco que me alegra tener un motivo para tenerte cerca de mí mientras redescubro quién soy de una manera tan difícil.

—Decir que soy tu novia podría acabar causando más problemas de los que soluciona —le advirtió ella—. Siempre he vivido en los márgenes de la sociedad, y los de buena crianza saben ser crueles con aquellos que consideran inferiores. Incluso Masterson, que parece ser un hombre acomodadizo, no se mostró complacido cuando dijiste que estamos comprometidos.

Adam le levantó la mano y le besó la palma. Ella se estremeció ante el contacto de sus labios. Él volvió a entrelazar los dedos con los suyos.

—No me había dado cuenta de lo simple que era la vida antes que llegara Masterson. De lo único que tenía que preocuparme era de no tener memoria. Ahora me siento como si estuviera al borde de un abismo.

—Yo sólo puedo imaginarme lo perturbadora que es tu situación. —Le apretó los dedos—. No sabes cuánto lamento haber tomado parte en empeorártela.

—Dijiste que somos amigos, Mariah. Sólo te pido que continúes siendo mi amiga. Me cae bien Masterson, pero de momento te conozco mejor a ti que a cualquier otra persona.

La conocía sexualmente; conocía la dulzura de su cuerpo, la alegría de su risa. Se apresuró a refrenar su imaginación, no fuera que cediera al deseo e hiciera algo que haría aún más desastrosa la situación.

—Lo que sea que desees intentaré dártelo —dijo ella simplemente—. Al menos, te debo eso.

Él hizo una ronca espiración.

—Si fuera un hombre más fuerte rechazaría la ayuda motivada por la obligación, pero por ahora te necesito cerca de mí.

—Eres fuerte, Adam. Muchísimos hombres estarían balbuceando como un lunático después de todo lo que has soportado. —Se interrumpió bruscamente—. ¿Debo llamarte Ashton? ¿O excelencia?

Él hizo un mal gesto.

—Adam va muy bien. Me cuesta muchísimo asimilar lo del ducado.

—La verdad, yo no tengo la menor dificultad en imaginarte como duque —dijo ella, sorprendiéndolo—. Tienes conocimiento de muchas cosas. Tienes un aplomo que dice que te sientes cómodo en cualquier parte, aún cuando en estos momentos estés algo perturbado. Y tienes un aire de autoridad que dice que estás acostumbrado a ser oído y obedecido.

—Yo también he pensado en eso. Pero mi idea iba más por la línea de ser capitán de barco.

Sería largo el camino que tendría que recorrer hasta lograr considerarse un duque.

Capítulo 19

*P*reocupado, Will pasó varias horas cabalgando por el accidentado campo antes de volver a Hartley. Ya era pasado el mediodía cuando entró en el patio de la Bull and Anchor. En el establo estaban los caballos de Kirkland y Randall, así que podrían ir los tres a Hartley Manor a cenar.

Después de ocuparse de su montura, fue directamente al salón privado. Tal como suponía, sus amigos estaban sentados a la mesa almorzando, carnes fiambres y quesos.

Kirkland llenó un vaso de cerveza, de un jarro, y se lo pasó.

—Supongo que desearás comer algo. El posadero dijo que llegaste anoche y esta mañana saliste.

—Si vas a preguntar si tenemos alguna noticia —añadió Randall—, la respuesta es no.

Will bebió un trago de cerveza y se sentó en una de las sillas.

—A diferencia de vosotros, yo sí tengo una noticia. Es buena, aunque no del todo.

Kirkland retuvo el aliento.

—¿Encontraron el cadáver de Ash cerca de aquí?

—Algo mejor. Lo encontraron vivo, y sano en general, pero recibió un golpe en la cabeza y con la lesión no recuerda nada de antes del hundimiento del *Enterprise*. —Bebió otro poco de cerveza—. Eso nos incluye a nosotros. No me ha reconocido. Soy un auténtico desconocido para él.

—¡Dios mío! —exclamó Randall, levantándose tan rápido que volcó la silla—. ¿Dónde está? ¿Por qué no lo has traído aquí?

A Kirkland se le iluminó la cara.

—No creía posible que pudiera estar vivo. Pero la amnesia... —Pasado un momento, preguntó—: ¿Estás totalmente seguro de que es él?

—Es Ash, indudablemente, hasta la cicatriz en la mano que se hizo cuando separó a dos perros que se estaban peleando. En cuanto a por qué no lo he traído... —Frunció el ceño—. Está alojado en la casa de una mujer. La hija del posadero, que fue la que me dijo que habían encontrado a un hombre que a mí me pareció que era Ash, dijo que se llamaba señor Clarke y que estaba casado con esa mujer, Mariah Clarke. Él dice que es su novia. Ella ejerce un firme dominio sobre él, y no lo va a soltar.

Randall recogió su silla y volvió a sentarse.

—O sea, que una arpía cazadora de fortunas ha enterrado sus garras en Ash. Eso lo podemos arreglar. Lo importante es que está vivo.

—No creo que sea una cazadora de fortunas. Se sorprendió cuando se enteró de que es duque.

—Igual simplemente es buena actriz —dijo Randall, escéptico—. Tal vez lo vio en alguna ocasión en Londres y lo reconoció cuando apareció aquí, indefenso y confuso.

Will cortó dos rebanadas del pan.

—Tal vez, pero no es probable. Ash también se sorprendió cuando le dije quién es, y no me pareció en absoluto complacido.

—Es tal vez el duque más concienzudo de Inglaterra —observó Kirkland—. Pero su verdadero placer está en trabajar en barcos de vapor, hacer de jardinero y sus otras actividades.

—Tal vez le gusta no ser duque —dijo Will, extendiendo una gruesa capa de salsa picante en una rebanada y formando un bocadillo con lonjas de jamón y queso—. Tiene que ser tremendamente desconcertante no conocer la propia identidad, pero también entraña una cierta libertad. La señorita Clarke le salvó la vida a Ash, es una auténtica beldad y la dueña de Hartley Manor. Puede que las circunstancias sean extrañas, pero no es una trepadora social sin un penique.

—No es de extrañar que él esté agradecido —dijo Kirkland—, pero la gratitud no exige matrimonio.

—Ashton no está de ninguna manera en condiciones de elegir esposa, con esa lesión tan grave en la cabeza —añadió Randall.

—Tal vez se enamoraron a primera vista y esto es un fabuloso romance —dijo Will; es lo mismo que sintió cuando conoció a Ellen. Hincó el diente en el bocadillo—. Es una joven agradable y, para ser franco, me alegra ver a Ash tan enamorado. A veces he llegado a dudar de que le gusten las mujeres; es un experto en mantenerlas a distancia.

—Mantiene a distancia a todo el mundo —observó Kirkland—. Incluso a nosotros. Siempre ha sido el mejor de los amigos, pero, ¿con qué frecuencia revela algo de sí mismo o pide ayuda? Nos criamos con él, pero en muchos sentidos es un misterio.

—A veces he pensado —dijo Randall pasado un momento—, si no habrá en él algo tan extranjero que es imposible conocerlo.

—Yo he tenido pensamientos similares —reconoció Will—, pero me inclino a creer que su reserva es su forma de defenderse de una sociedad que no siempre ha sido acogedora.

Fuera cual fuera su carácter, Mariah Clarke parecía haber penetrado en el carácter reservado de Ash, pensó. O tal vez no saber su identidad le había permitido revelarse a ella de una manera que le era imposible siendo el duque de Ashton. Interesante idea.

—¿Está lo bastante bien para volver a Londres? —preguntó Randall—. Podríamos partir por la mañana. En realidad no hay ningún motivo para que continúe aquí en el fin del mundo.

Will se estaba preparando otro bocadillo, esta vez con tajadas de carne.

—Él podría preferir continuar aquí. No podemos secuestrarlo.

Randall se encogió de hombros.

—Estoy dispuesto a hacer lo que sea necesario para arrancarlo de las garras de esa muchacha. Dado que está herido, tenemos el derecho a actuar por su bien.

—«Por su bien» es una frase insalubre —masculló Kirkland—. Es lo que decían de todos nosotros cuando éramos niños y no hacíamos lo que los adultos pensaban que era mejor.

Randall hizo un mal gesto.

—Un punto para el escocés.

—Lady Agnes nunca nos dijo que actuaba por nuestro bien —dijo Will—. Nos preguntaba qué deseábamos, nos explicaba lo que costaría lograrlo, hasta que lo entendíamos, y luego nos ayudaba a conseguirlo si seguíamos deseándolo. Hablando de lady Agnes, debo escribirles a ella y a Hal Lawford, para comunicarles que hemos encontrado a Ash.

Se hizo el silencio, todos pensando, hasta que Randall dijo:

—Va a ser una conmoción para Hal. Él y Ash siempre han sido amigos, pero si andamos buscando a alguien que tuviera un motivo para matarlo, bueno, sin duda Hal es el que más se beneficiaría de ello.

Kirkland negó con la cabeza.

—Conozco bastante bien a Hal, y no me parece que matar sea algo que él haría. Le gustaría ser duque de Ashton, pero ¿asesinar? Creo que no.

—¿Cuánto sabe uno del corazón de otro hombre? —preguntó Will en voz baja.

Randall se encogió de hombros.

—Como no soy filósofo, consideraré sospechoso a Lawford. También deseo conocer a la muchacha que se ha pegado a Ashton.

Will se sirvió más cerveza.

—Pronto tendrás la oportunidad. La muchacha nos ha invitado a todos a cenar con ellos esta noche en Hartley Manor.

Capítulo 20

*M*ariah puso especial esmero en elegir su atuendo para la inesperada cena con invitados. Ninguno de sus vestidos era nuevo. En sus viajes con su padre a veces la señora de la casa le regalaba alguna prenda. Alterando esas prendas había aprendido a coser muy bien. Era buena costurera. Su mejor vestido de noche fue un regalo de una mujer alegre que decididamente no era una dama, pero que le dio valiosas informacionnes sobre asuntos mundanos.

Para esa noche eligió un vestido azul sencillo pero elegante con una recatada pañoleta de encaje que la hacía verse inocente y joven, no como la cazadora de fortunas que debían pensar que era los amigos de Adam.

Su enfoque de la comida fue igualmente pragmático. La señora Beckett no era un chef francés, pero sí una excelente cocinera rural inglesa. Según su experiencia, la mayoría de los hombres se sienten felices si se les sirve un asado bien preparado y abundante, y Hartley Manor podía dar eso. Los invitados tampoco encontrarían defecto en un plato de pescado fresco capturado esa tarde y preparado en una delicada salsa de vino. Por Adam, añadiría pollo al curry. Con un buen surtido de platos secundarios para acompañar, nadie tendría ningún motivo para quejarse.

En cuanto al duque de Ashton, seguro que en alguna parte tenía roperos llenos de ropa de impecable corte y confección, pero esa noche tendría que conformarse con ponerse el mejor traje de su padre. Se pasó varias horas adaptando la chaqueta. Al verla, Adam protestó:

«No tienes por qué tomarte todo ese trabajo. Por lo que dijo Masterson, conozco a estos hombres desde hace veinte años, así que no hay ninguna necesidad de impresionarlos».

«Tú no tienes necesidad de impresionarlos, pero yo sí. Aunque no estemos verdaderamente comprometidos, quiero que piensen que por lo menos cuido bien de ti.»

«Yo responderé de eso.»

La afabilidad que reflejaban sus ojos la hizo bajar la vista ruborizada, pero él no volvió a protestar.

Cuando llegó la hora de esperar a los invitados, se sentaron en el sofá, con las manos cogidas, sin conversar, aunque ella lo observaba por el rabillo del ojo. Estaba particularmente apuesto esa noche, su semblante de facciones regulares sereno y reservado. Había estado muy callado desde la visita de Masterson. Debía tener los nervios tirantes como la cuerda de un arco ante la perspectiva de encontrarse con tres hombres que sabían muchísimo acerca de él mientras que él no sabía prácticamente nada de ellos. Aunque, naturalmente, él no admitiría nada de eso.

Pegó un salto que casi la hizo salir de su piel cuando la pesada aldaba golpeó la puerta, y el golpe resonó en el vestíbulo y las salas contiguas. Adam se puso de pie sonriendo.

—Venga, milady, esta debería ser una velada educativa.

—Eres experto en quedarte corto —dijo ella.

Se dio ánimo, agradeciendo el contacto de la mano de él en la cintura. Enfrentar a esos desconocidos los unía.

La criada hizo pasar a los invitados.

—Lord Masterson, lord Kirkland, y el comandante Randall —anunció, con los ojos como platos, y acto seguido desapareció en dirección a la cocina, donde ayudaría a servir la comida.

Santo cielo, ¿Masterson y Kirkland también eran nobles? Por lo menos Masterson le sonrió, tal vez porque ya se conocían.

Los otros dos se dirigieron hacia Adam, aunque con prisa controlada. Randall era rubio, parecía tenso y tenía un aspecto peligroso; caminaba en actitud de oficial y cojeba.

El de pelo moreno, Kirkland, parecía más moderado; normalmente sería más difícil evaluarlo, supuso, pero por el momento, tanto Randall como él se veían felices.

—¡Buen Dios, Ash! —exclamó Kirkland, cogiéndole la mano derecha entre las suyas—. Medio pensé que Masterson había perdido la chaveta, pero eres tú, de verdad.

Randall le dio un golpe en el hombro con bastante fuerza.

—¡No vuelvas a hacerte matar así nunca más! Las semanas que hemos estado buscando tu cadáver han significado demasiada mala cocina escocesa para mi gusto.

Adam le estrechó la mano a Randall. Mariah pensó si ellos se darían cuenta de lo incómodo que se sentía con esos saludos tan efusivos de hombres que le eran desconocidos.

—¿Masterson os dijo lo de mi amnesia? —preguntó él.

Kirkland asintió.

—Debe de ser una sensación tremendamente rara. Tengo la esperanza de que cuando terminemos de hablarte de ti lo recuerdes todo tú solo. Como cebar una bomba.

Adam miró a Randall ceñudo.

—Tuve un sueño con Masterson, y también contigo. Estabas enfermo y yo... te saqué por la fuerza de la casa donde estabas viviendo.

Randall hizo un gesto de pena.

—De todas las malditas cosas, justo tenías que recordar eso. —Recobrando sus modales, se volvió hacia Mariah—. Perdone mi lenguaje, señorita Clarke, y mi negligencia al no saludarla debidamente.

Ella notó hostilidad en su mirada. Masterson era acomodadizo y se inclinaba a darle el beneficio de la duda, por Adam. Aunque Kirkland se reservaba el juicio, sería justo, suponía. Pero Randall la consideraba un peligro para su amigo y no la aceptaría fácilmente, si llegaba a aceptarla.

—Por supuesto —dijo mansamente—. Está emocionado al ver a su amigo perdido. Si yo perdiera a Adam, sin duda estaría feliz de encontrarlo. ¿Les apetecería un jerez, señores?

Todos dijeron que sí, así que ella se dedicó a la tarea de servir las copas.

—Me parece que no he soñado contigo —dijo Adam a Kirkland—. A no ser... tal vez cuando éramos niños. Soñé que estaba en una habitación con varias camas y varios diablillos saltando. Entró una mujer a hacernos callar. Dijo que nos pondría a competir con los chicos del pueblo para que agotáramos nuestra enegía.

—¡Lady Agnes! —exclamó Kirkland, sonriendo—. Tenía que hacernos callar con bastante frecuencia.

Con la copa de jerez en la mano, Adam llevó a Mariah a sentarse en el sofá.

—Habladme de ese colegio.

Los tres amigos obedecieron felices, buscando por su cuenta los lugares donde instalarse en el salón con sus copas de jerez. Mientras describían la Academia Westerfield, Mariah comprendió que Masterson no bromeaba cuando dijo que ninguno de los alumnos había tenido una madre decente.

En su lugar tuvieron a la magníficamente excéntrica lady Agnes, hija de un duque con un buen corazón y la capacidad de manejar a unos niños furiosos. En sus descripciones fueron surgiendo claramente su ayudante, la señorita Emily, el general y el idílico campo verde de Kent.

Pero aunque Adam escuchaba todo con mucho interés, no le vino ningún recuerdo. Y cuando ya iban caminando en dirección al comedor, dijo:

—Me parece un colegio excelente, si bien algo raro. ¿Cuánto tiempo estuve ahí?

—Ocho años —repuso Kirkland—, hasta que entraste en Oxford. Tomaste dos asignaturas principales, con honores. Normalmente las vacaciones las pasabas con tus primos. ¿No recuerdas nada de eso?

—No, aunque lo que me describís lo encuentro... no desconocido. —Los miró uno a uno—. ¿Los cuatro estuvimos en el primer curso?

Mientras ocupaban sus puestos en la mesa, Kirkland contestó:

—Hay otros dos. Ballard ha estado principalmente en Portugal desde que dejó el colegio, llevando la empresa de oporto de la familia. Cada uno o dos años viene a Inglaterra. De Wyndham, no sabemos nada. Puede que esté vivo... o no. Estaba en Francia cuando terminó la Paz de Amiens y los franceses encerraron en prisión a todos los hombres británicos que estaban en el país. Desde entonces no hemos sabido nada de él.

—De vez en cuando los prisioneros consiguen hacer llegar cartas a Inglaterra —añadió Masterson—. Nunca se ha mencionado el nombre de Wyndham en esas cartas, pero eso no significa que no siga vivo. —Levantó su copa mirando a Adam—. Al fin y al cabo tú has regresado de entre los muertos.

Los otros dos alzaron sus copas uniéndose a ese brindis informal.

Mariah bebió un trago de su vino, pensativa. Esos amigos ya habían vivido con la incertidumbre de no saber si uno de ellos estaba vivo o muerto. Eso explicaba con qué empeño habían buscado a Adam.

Masterson la miró.

—Lamento que la hayamos aburrido con nuestras historias del colegio, señorita Clarke. Cuéntenos algo más de usted. En la posada me dijeron que no hacía mucho había heredado esta propiedad.

Ella ya había decidido que no pretendería ser lo que no era.

—Mi padre le ganó esta propiedad a su anterior dueño, George Burke. Llegamos aquí hace más o menos dos meses y medio. Unas semanas después de nuestra llegada, mi padre viajó a Londres y... y murió a manos de un bandolero. Así que ahora soy la propietaria de Hartley Manor.

Nuevamente pensó que debía volver a escribirle al abogado.

Todavía no había recibido respuesta de él, aunque había formalidades que cumplir respecto a su herencia. Tal vez estuviera retrasando la respuesta hasta saber algo más sobre la muerte de su padre.

—Lamento su pérdida —musitó Masterson.

Menos amable, Randall preguntó con la voz crispada:

—¿Su padre era George Clarke?

—Sí —contestó ella, poniéndose a la defensiva—. ¿Le conocía?

—No personalmente, pero he oído hablar de él. Tenía fama de ser un capitán Sharp, nada honrado en su juego.

—Le han informado mal —dijo ella, fríamente—. Era un jugador experto, no necesitaba hacer trampas. Sus contrincantes, que normalmente estaban borrachos o eran incompetentes, o ambas cosas, solían impugnar su honradez en lugar de reconocer su falta de habilidad.

—Ha dicho que su padre ganó esta propiedad —ladró él—. Despojar a un hombre de su heredad no es la marca de un caballero.

Ella apretó fuertemente el tenedor que tenía en la mano, diciéndose que Sarah jamás atacaría a un invitado a su mesa. Al diablo con Sarah.

—No toleraré que hable de mi padre de esa manera en mi casa —dijo secamente—. Pida disculpas o deberé pedirle que se marche.

Oyó un ruido que sugería que Masterson le había dado un puntapié a Randall en el tobillo.

—Perdone —dijo el hombre rubio, con la voz tensa—. Mi comentario estaba fuera de lugar, sobre todo dado que no conocí a su padre.

—Acepto su disculpa —dijo ella.

Se encontraron sus miradas; ninguno de los dos parecía muy inclinado a perdonar. Era una suerte que los buenos modales apaciguaran una situación difícil.

—Su cocinera es excelente, señorita Clarke —dijo Masterson, sin duda para relajar la atmósfera—. ¿Cree que estaría dispuesta a darnos la receta del *fricasé* de champiñones? Es el mejor que he probado en mi vida.

—Se lo preguntaré. Creo que es posible persuadirla. Le gusta que se aprecie su comida.

Y si el consumo de grandes cantidades significaba aprecio, los amigos de Adam habían sido muy elogiosos.

Cuando la comida estaba llegando a su fin, Kirkland dijo:

—Supongo que estarás deseando volver a Londres, Ash. Podemos viajar juntos.

Adam se tensó.

—No siento el menor deseo de volver a Londres.

Sus amigos mostraron diversos grados de consternación. Mariah pensó si alguno de ellos se daría cuenta de lo difícil, incluso aterrador, que sería para él volver a un mundo complicado en que se encontraba en esa enorme desventaja. Las personas le harían preguntao, esperarían que él fuera el mismo de antes, y él no sabría de quién fiarse. Los hombres de su posición siempre se atraían personas indignas de confianza.

—Tienes muchas responsabilidades —dijo Kirkland—. No puedes desentenderte de ellas eternamente. Como mínimo, es necesario que soluciones la confusión causada por la noticia de tu muerte.

—Dado que no recuerdo ninguna de esas responsabilidades, dudo que pueda cumplirlas —dijo Adam, irónico—. ¿No empleaba a personas competentes para que se ocuparan de mi propiedad en mi ausencia? Seguro que se las pueden arreglar.

—Tienes excelentes empleados —concedió Masterson—, pero aunque no puedas trabajar de la manera habitual, estar en un entorno conocido podría estimular tu memoria.

Adam frunció el entrecejo.

—Puede que tengas razón. Aunque es estupendo que me hayáis encontrado e identificado, sería mucho mejor que yo recordara quién soy.

Con el corazón oprimido, Mariah aceptó que iba a perderlo. Una vez que él volviera a su vida habitual, ella se iría desvaneciendo hasta ser un recuerdo querido y ambivalente. Se apretó las manos que tenía entrelazadas bajo la mesa. Ciertamente eso era lo mejor, puesto que dudaba que pudiera encajar en su mundo, aun cuando él la deseara. Pero no se había imaginado que lo perdería tan pronto.

Él la miró, sus ojos verdes serios, resueltos.

—Si voy a Londres, Mariah debe ir conmigo.

Ella oyó los movimientos inquietos de sus amigos. Aliviada por el deseo de él de llevarla, pero dudosa, dijo:

—Aunque sea tu novia, no puedo viajar contigo y otros tres hombres. Una persona de tu posición es observada con mucha atención. Mi presencia sería un escándalo.

—Entonces podemos casarnos antes de partir. Gretna Green no está lejos.

Mariah hizo una honda inspiración, con el corazón oprimido.

—Por mucho que desee casarme contigo, es demasiado pronto. Necesitas tiempo para redescubrir tu vida.

Su comentario reflejaba lo que pensaban los amigos. Masterson dijo:

—Una boda en Gretna sería un escándalo y perjudicaría la reputación de la señorita Clarke. Se supondría que ella te sedujo, induciéndote a casarte cuando estabas debilitado.

Randall arqueó las cejas en un gesto irónico que decía que eso era exactamente lo que había ocurrido, pero no lo dijo con palabras.

Adam frunció el ceño.

—No deseo perjudicar la reputación de Mariah de ninguna manera, pero no iré a Londres sin ella.

—No habría ningún escándalo si la señorita Clarke llevase carabina —dijo Kirkland—. ¿Tiene alguna amiga que pueda viajar con nosotros, señorita Clarke? Si no, yo podría cabalgar hasta Glasgow a buscar a una tía o prima, aunque no puedo garantizar que encuentre alguna que sea una buena compañía.

Adam estuvo un momento pensativo.

—¿Crees que la señora Bancroft accedería a venir con nosotros, Mariah? Es viuda, sensata, y además amiga tuya.

Mariah lo pensó. Deseaba angustiosamente acompañar a Adam, y casi con igual intensidad deseaba ir a Londres para averiguar algo más acerca de la muerte de su padre.

—No sé si Julia aceptará, pero puedo pedírselo. Aun cuando esté dispuesta a acompañarme como carabina, dudo que desee alternar con la sociedad londinense. Detesta todo eso.

—No habrá escasez de carabinas respetables en Londres —dijo Masterson—, comenzando por la tía Georgiana de Ash y su prima Janey. Lo que necesitamos es una acompañante para hacer el viaje sin provocar un escándalo.

—¿Tenemos un plan aceptable para todos? —preguntó Adam. Al oír los murmullos de asentimiento, añadió—: Iremos a Londres, entonces.

Su tono no fue entusiasta, pero no había manera de evitarlo. No podía eludir Londres mucho tiempo, y estaba claro que necesitaba la seguridad de la presencia de Mariah.

Entraron dos criadas a despejar la mesa. Trotando detrás entró *Bhanu*, que se había escapado de la cocina. Adam chasqueó los dedos y la perra saltó sobre él, agitando las largas orejas.

Randall esbozó una excepcional sonrisa.

—Tienes talento para encontrar perros feos, Ashton.

Adam se echó a reír, por primera vez esa noche.

—*Bhanu* no es fea. Simplemente es bella de una manera que no has visto antes.

Masterson hizo una brusca inspiración.

—En el colegio tenías un perro llamado *Bhanu*. Era increíblemente feo, y el favorito de todos. Fue indirectamente responsable de que acabaras en la Academia Westerfield. Lady Agnes nos contó la historia.

—¿Sí? —dijo Adam, rascándole la cabeza a la perra—. ¿Qué significa *Bhanu*?

—El sol —repuso Kirkland—, en hindustaní.

Adam sonrió.

—Está claro que los dos *Bhanu* son hermosos a la manera india.

Los tres amigos se rieron, y en ese momento Mariah tuvo la absoluta seguridad de que Adam recuperaría la memoria. Cosas pequeñas, como el nombre de la perra y sus sueños demostraban que el pasado estaba cerca, simplemente esperando para surgir en el presente.

Entonces él ya no la necesitaría.

Capítulo 21

*E*ntró una criada trayendo un decantador de oporto y cuatro copas. A Adam no le extrañó ver a Mariah levantarse con indecorosa rapidez.

—Les dejaré, señores, para que disfrutéis del oporto —dijo alegremente.

Mientras Adam llenaba una copa, Kirkland preguntó:

—¿Es oporto Ballard? Sería de la empresa que lleva el amigo del colegio de que hablamos. Es muy bueno, además.

—La verdad es que no lo sé —contestó ella, dirigiéndose a la puerta—. Otra persona llenó el decantador.

—Sin duda nos arreglaremos —dijo Adam, moviendo el decantador hacia Kirkland. Miró a Mariah intentando transmitirle que entendía muy bien su deseo de escapar de los invitados—. Hasta luego, entonces, en el salón.

Por desgracia, Masterson también se levantó.

—La luz dura muchísimo aquí en el norte. Me gustaría ver el terreno, si está dispuesta a guiarme, señorita Clarke.

Ella no pareció embelesada, pero la educación le impedía rehusar.

—Será un placer enseñarle parte de la propiedad —dijo—. Sólo le pido que me permita ir a buscar un chal.

Volvió envuelta en el chal que le regaló su abuela, a pesar de lo viejo y raído que estaba. Debió sentir la necesidad del apoyo de Nani Rose, pensó Adam.

Masterson le abrió la puerta y salieron, seguidos por *Bhanu* pisándoles los talones.

Adam deseó que Masterson fuera tan benévolo como parecía. Mariah ya había soportado bastante con la invasión de esos desconocidos. Él mismo no sabía bien qué pensar de ellos. Todos eran hombres honrados, inteligentes, incluso Randall, a pesar de su evidente desconfianza de Mariah. Pero él no sentía ningún lazo especial con ellos. Se frotó la sien, que le dolía, pensando que su antigua vida le causaba dolores de cabeza periódicos. Cuando se cerró la puerta dijo:

—En Hartley la gente cree que Mariah y yo estamos casados. Nos pareció una buena manera de evitar el escándalo por estar yo viviendo bajo su techo. Os pido que mantengáis el engaño mientras estéis aquí.

—Muy bien —dijo Kirkland—, eso tiene la virtud de la simplicidad. —Frunció el ceño—. Hay una cosa que debemos hablar contigo, Ash, y prefiero no hablarlo delante de la señorita Clarke.

—Espero que no vayáis a intentar convencerme de que ella no es conveniente para ser mi esposa —contestó Adam, en tono crispado.

Él podía no estar seguro de si podía fiarse de ella, pero que lo colgaran si permitía que la criticaran hombres que escasamente acababan de conocerla.

—Nada de eso —dijo Kirkland—. Es una joven atractiva e inteligente, y parece que hay cariño mutuo entre vosotros, lo que es un buen cimiento para el matrimonio. Se trata de un asunto muy diferente. —Intercambió una mirada con Randall—. ¿Recuerdas algo del accidente que te dejó lesionado y naufragando en el mar?

Adam frunció el entrecejo pensando en sus primeros y vagos recuerdos.

—Recuerdo vagamente haber estado aferrado a una viga y flotando en el agua fría mucho tiempo, que me pareció una eternidad. Pero no tengo ningún recuerdo del accidente. ¿Por qué importa eso?

—Porque comenzamos tu búsqueda recuperando tu barco naufragado, el *Enterprise* —contestó Randall—. Descubrimos que la caldera había sido dañada adrede, con un boquete que fue mal parchado, de manera que garantizara una explosión. Al parecer, alguien trató de asesinarte.

—¿Asesinarme? —exclamó Adam, pasmado—. ¿Qué he hecho para ganarme un enemigo así?

—Nada —repuso Kirkland—, pero hay quienes desaprueban que un mestizo, medio indio, medio inglés, sea duque. Has sido objeto de calumniosas viñetas y de obras satíricas. Aunque no tiene nada que ver contigo personalmente, hay personas que te tienen aversión por principio.

—Entiendo que se me desprecie por mi sangre —dijo Adam—, pero ¿una rabia tan grande como para hacer explotar un barco escocés con un buen número de tripulantes británicos? Me parece una manera complicada de matar cuando bien lo puede hacer una bala directamente disparada al corazón. ¿No querría el villano destruir el barco? ¿Tal vez una empresa constructora rival deseaba arruinar a la competencia?

Kirkland hizo un gesto de pesar.

—Cualquier cosa es posible. No tenemos ninguna prueba de nada. Pero no hay ningún historial de rivalidad entre los ingenieros y constructores de barcos escoceses.

—Y si yo era el objetivo, podría haber otro intento —dijo Adam, intentando asimilar la realidad de que alguien podría querer matarlo—. Si llevo a Mariah a Londres, podría resultar herida si alguien intenta matarme a mí.

Aunque la expresión de Randall indicaba que ese era un buen pretexto para no llevarla, Kirkland dijo:

—De verdad espero que estés a salvo con nosotros, y tú personalmente eres más que formidable. Pero es necesario que sepas que alguien está deseando que desparezcas.

—¿Yo soy formidable? —repitió Adam, sorprendido—. No tenía ni idea.

A Randall le brillaron los ojos.

—El día que lo tienes bueno eres capaz de disparar tan bien como yo.

—Y cualquier día nos puedes derrotar a Masterson, a Randall y a mí en una lucha cuerpo a cuerpo —añadió Kirkland—. Aprendiste unas impías técnicas de lucha en India, cuando eras niño, y puesto que necesitabas contrincantes, nos enseñaste las técnicas a tus compañeros de clase. Pero ninguno de nosotros ha logrado ser tan bueno como tú.

—Siempre sospeché que no nos enseñaste tus mejores movimientos, y eras tan rápido que nunca logré descubrirlos —dijo Randall, con la mirada perdida en la distancia—. Pero de todos modos, aprendí lo suficiente para haber salvado la vida más de una vez en la batalla.

—O sea, que soy duque y un maestro en artes marciales —dijo Adam, irónico—. No lo sabía. Pero sé que todo sería más sencillo si no me hubierais encontrado.

—¿Habrías preferido eso? —preguntó Kirkland, en voz baja.

Adam volvió a friccionarse la dolorida cabeza, pensando. La vida que había dejado atrás le parecía abrumadora y no particularmente atractiva. Cumberland era un lugar mucho más pacífico y ahí él tendría tiempo para resolver sus complicados sentimientos respecto a Mariah. Pero mientras no recuperara su memoria siempre se preguntaría qué se había perdido.

—Supongo que es mejor saber la verdad.

Pero pese a sus palabras, no estaba seguro.

Al salir de la casa con su invitado, Mariah dijo:

—Adam ha estado trabajando en los jardines, lord Masterson. Podemos ir a verlos, o igual podríamos bajar a la playa, donde lo encontré. No está lejos.

—Llámeme Will —dijo Masterson adaptándose a su paso—. Todo el mundo me tutea. Me gustaría ver el lugar donde encontró a Ash. Tal vez mañana él pueda enseñarnos los jardines. Siempre le ha interesado la arquitectura paisajista. Los jardines de Ralston Abbey son de los más bellos de Inglaterra. El jardín de la casa Ashton es mucho más pequeño, pero muy hermoso. Cuando camine por ahí le costará creer que está en el corazón de Londres.

Dentro de dos semanas ella estaría en Londres como huésped de un duque. La visita sería muy diferente de las que había hecho con su padre, cuando se alojaban en habitaciones alquiladas que eran modestas en el mejor de los casos. Echaba de menos el tiempo en que su padre estaba vivo y eran compañeros constantes, pero ese tiempo no volvería. Mientras ella y Adam estuvieran juntos, existía la posibilidad, por pequeña que fuera, de tener un futuro.

Bajaron por el sendero hasta la pequeña playa. A ella la alegró que Masterson no intentara entablar conversación. Él tenía razón en cuanto a los días más largos en el norte; aunque ya hacía bastante rato que había pasado la hora de la cena, el sol continuaba sobre el horizonte. Cuando llegara el pleno verano, no habría mucha noche.

La playa estaba ventosa, el mar agitado y las olas rompían con fuerza sobre la arena guijarrosa. *Bhanu* trotó hasta la orilla y emitió un ladrido de cachorrita cuando una ola le mojó la nariz.

—¿Así de agitado estaba el mar cuando le rescató? —preguntó Masterson.

—Peor. Era tarde, cerca de medianoche. —Apuntó hacia el lugar donde vio a Adam—. La luna estaba llena e iluminaba bastante, gracias a eso vi algo oscuro flotando. —Hizo un mal gesto—. Pensé que era un hombre ahogado. Sentí la tentación de huir a esconderme, pero comenzaba a cambiar la marea y pensé que el cuerpo podría ser arrastrado otra vez mar adentro, así que entré vadeando y encontré a Adam. No estaba muerto, pero casi. No creo que hubiera durado mucho más.

—¿Qué la trajo a la playa a medianoche? —preguntó él, curioso.

Si le decía la verdad sobre el rito de Nani Rose, decididamente la consideraría rara para Adam.

—Estaba inquieta y no podía dormir. Burke, el anterior dueño de la propiedad, intentaba persuadirme de casarme con él y yo temía que en un momento de debilidad aceptara y luego lo lamentara todo el resto de mi vida. Así que decidí salir a caminar para cansarme.

Él asintió como si eso le pareciera de lo más normal y sensato. Mirando hacia el mar, comentó:

—Me sorprende que Ash haya sido arrastrado hasta tan al sur y que sobreviviera al agua tan fría. Su barco se hundió cerca de la costa de la isla de Arran, no cerca de Glasgow, pero de todos modos, debe de haber estado a la deriva durante días. Es un milagro que esté vivo.

—No tanto —dijo ella, intentando recordar las palabras exactas—. Una de las primeras cosas que me dijo fue que enlenteció la respiración y se retiró a un rincón de su mente para protegerse. Yo nunca había oído algo así, pero tal vez eso lo mantuvo vivo.

Masterson pareció interesado.

—Eso me parece algo de su magia hindú.

—¿Magia? —repitió ella, recelosa.

No era que negara que existía la magia. Nani Rose la había hecho tomar conciencia de que hay muchas cosas que la humanidad no entiende.

—No magia exactamente, pero como tal vez ya sabe, Ash conserva ciertas disciplinas hindúes. Como su meditación diaria, por ejemplo.

Mariah se hizo la tonta.

—No sabía que hiciera eso.

Masterson frunció el ceño.

—Es posible que lo haya olvidado. Por la mañana hacía meditación en silencio después de lavarse. Si todavía lo hace, usted no tiene por qué saberlo necesariamente. Durante su vida en Inglaterra ha sido objeto de desprecio e insultos debido a su sangre mixta. Como reacción se comporta como un perfecto caballero inglés y oculta su legado indio.

—Al día siguiente —dijo ella, pensativa—, cuando estaba en la cama comenzando a recuperarse, al oír que yo tenía dificultades con George Burke se levantó y lo arrojó hasta el otro lado del salón. No entiendo cómo lo hizo. Sus movimientos no tenían ninguna similitud con los del boxeo. ¿Más prácticas indias?

Masterson asintió.

—Se llama *kalarippayattu*, y es una técnica de lucha de Kerala, del sur de India. Adam es del norte, y aprendió el kalarippayattu con los hijos de nobles de la corte real, a los que enseñaban todas las artes guerreras. Él nos lo enseñó a nosotros, principalmente tarde por la noche. —Sonrió, evocador—. Los niños pequeños pueden ser monstruos. Ash se ganó muchísimo respeto debido a sus técnicas de lucha.

—¿Por qué me explica estas cosas? —preguntó ella—. Esto no es una conversación fortuita.

Él sonrió pesaroso.

—Pensé que lo notaría. Le explico lo del pasado de Ash porque usted es importante para él, y por ahora es la persona que está más cercana a él. Cuanto más lo entienda, mejor para los dos.

Ella arqueó las cejas.

—¿Quiere decir que no desaprueba que la novia de Adam sea hija de un jugador?

—¿Es jugadora usted?

—Noo. No me gusta la incertidumbre que entraña eso. —Sonrió levemente—. Para mí el dinero es algo que hay que apreciar y usar con prudencia, no tirarlo.

—Juiciosa actitud. ¿Tiene algún vicio de otro tipo?

Ella se rió.

—¿Me está entrevistando para el puesto de esposa de Adam?

Él se rió también.

—Tal vez. Cuando las personas se conocen en la sociedad, normalmente están informadas del pasado de la otra persona, o pueden averiguarlo fácilmente. Eso no ocurre en este caso. Pero me parece que usted es buena y sensata y quiere a Adam. Creo que podría encajar muy bien en el papel de esposa.

Ella se giró a mirar hacia el mar, pensando en lo improbable que era que se convirtiera en la duquesa de Ashton. No deseaba explicarle que Adam no se fiaba de ella ni por qué, pero podía decir parte de la verdad.

—Para ser sincera, supongo que cuando Adam vuelva a su antigua vida y recupere la memoria acabará nuestro compromiso. En cuanto él recuerde a sus amigos ya no me necesitará como me necesita ahora.

—Yo deseo muchísimo que recuerde a sus amigos —dijo él. Estuvo un momento con expresión sombría y luego la miró interrogante—. Se toma con extraordinaria calma la perspectiva de perderlo. Pensé que estaba... muy encariñada.

Ella exhaló un suspiro. Qué tacto el de él al no preguntarle francamente si estaba enamorada de Adam. No era algo de lo que deseara hablar.

—Siempre he tenido que ser práctica. Las ilusiones románticas suelen acabar en sufrimiento. —Se arrebujó más el chal, deseando sentir cerca a Nani Rose—. Aunque Adam no está casado, he pensado que podría tener un amor, una chica a la que estuviera cortejando discretamente. Si existe esa mujer, sin duda vendrá corriendo cuando se entere de que está vivo.

Él pareció sorprendido.

—No conozco ninguna mujer de la que haya estado enamorado.

Llegó *Bhanu* hasta ellos y puso las patas embarradas en el mejor vestido de Mariah. Ella se agachó a agitarle las largas orejas.

—¿Puede estar seguro de que no hay ninguna?

—No —reconoció él—. Como he dicho, Ash es muy reservado y estos últimos años yo no he estado mucho en Londres. Pero si no existiera esa mujer y él continuara deseando casarse con usted, ¿se casaría con él? ¿O sólo está representando el papel de novia porque él ha estado tan solo?

Masterson era extraordinariamente perceptivo para ser hombre.

—Estaría feliz de casarme con él, pero dudo que él sepa qué desea en el futuro próximo. Si finalmente no me desea —se encogió de hombros como si fuera algo de muy poca importancia—, no le exigiré que se case en contra de su voluntad, y no echaré en falta ser duquesa. Creo que ese rango significaría ser siempre observada, evaluada y juzgada.

—Sobre todo una duquesa joven y hermosa —concedió él—. Pero de usted dependería la vida pública que quisiera llevar. Ashton alterna en la sociedad periódicamente, pero de ninguna manera es adicto a las rondas sociales. Seguro que sería muy feliz de tener un motivo para quedarse en casa con usted.

Eso no parecía muy terrible.

—Me ha preguntado si tengo vicios, Will. Tengo demasiada imaginación y a veces eso me mete en problemas. —Pensó en la muy recatada y mítica Sarah—. Pero intento controlarla.

—Hay cosas peores que la imaginación —dijo él. Observó que el sol se estaba poniendo, formando manchas doradas y carmesíes sobre el mar. Se dio media vuelta—. Está refrescando. Es hora de volver a la casa.

Ella se volvió a arrebujar el chal y echó a andar a su lado, mientras *Bhanu* corría de un lado a otro delante de ellos, con las patas y las orejas chorreando.

Le caía muy bien ese amigo de Adam. Era bueno tener un aliado.

Una vez que Mariah y Masterson volvieron a la casa, se sirvió el té en el salón. Poco después se puso fin a la reunión. Sus amigos ya habían hecho la mayor parte de los planes necesarios para viajar al sur. Él había aceptado de buena gana sus ideas, puesto que no se le ocurrieron otras mejores.

Junto a Mariah acompañó a sus invitados hasta la puerta, y los dos suspiraron aliviados al verlos alejarse. Cuando cerraron la puerta y se volvieron hacia el vestíbulo, él deseó abrazarla, estrecharla en sus brazos, pero dominó el impulso. Sería muy fácil volver a la relación íntima, lo que no sería justo para ninguno de los dos, estando él tan inseguro de sus sentimientos.

—La cena fue todo lo bien que se podía esperar —comentó ella—. ¿Has tenido algún recuerdo mientras hablabas con tus amigos?

Él se friccionó la cabeza.

—No, aunque comprendo por qué nos hicimos amigos. Me siento cómodo, a gusto, con todos ellos, aun cuando no los recuerde.

Ella frunció el ceño al ver su gesto.

—¿Te duele la cabeza?

Él bajó la mano.

—Un poco. Ellos no paraban de mirarme esperanzados, esperando que yo exclamara «¡Ahora lo recuerdo todo!». —Suspiró—. Ojalá pudiera complacerlos. La forma como me duele la cabeza... es casi como si tuviera toda la información encerrada en la mente, esperando para salir. Pero eso no ha ocurrido aún.

—Ocurrirá —dijo ella, consolándolo—. Cuando estés de vuelta en tu casa, igual despiertas una mañana y descubres que te ha vuelto todo.

—Tal vez —dijo él.

Preferiría despertar por la mañana y encontrarla a ella a su lado. Apretó las manos en sendos puños para impedirse tocarla.

—Buenas noches. Gracias por atender tan bien a mis viejos amigos.

Ella continuó donde estaba, como si esperara un beso de buenas noches. Luego se le alisó la cara al aceptar que él no se lo daría.

—Que duermas bien, Adam.

Él se quedó mirándola alejarse, con su andar airoso y meneando las caderas. Deseo, sí, era un fuego en su sangre. Pero tenía menos seguridad acerca de qué había más allá del deseo.

Esa noche durmió mal, sus sueños plagados de dioses furiosos y asesinos desconocidos. Si todo eso eran recuerdos, prefería no conocer ni un trocito de ellos.

Capítulo 22

A la mañana siguiente Mariah fue a pie al pueblo a visitar a Julia Bancroft. Su amiga abrió la puerta y sonrió:

—¡Cuánto me alegra verte! No hemos hablado desde que Adam se recuperó lo bastante para no necesitar mis servicios. ¿Me acompañas a tomar el té?

Mariah se quitó el sombrero y la siguió hacia la cocina, que estaba en la parte de atrás de la pequeña casa.

—¿Tanto tiempo hace? Lo siento, he estado distraída.

Julia le sirvió una taza de té y le acercó un plato con tajadas de tarta de jengibre.

—Locos rumores han circulado por el pueblo desde la llegada de esos impresionantes caballeros a la Bull and Anchor. Dicen que cenaron en tu casa anoche.

Mariah exhaló un suspiro.

—Así es.

—Esperaba oír la verdad de ti. —Se echó a reír—. Y si eso no es una indirecta muy directa, tendré que aprender a vivir con la curiosidad.

Mariah mordisqueó el trozo de tarta, pensando por dónde comenzar.

—Los caballeros son amigos de Adam, que, por cierto, se llama Adam, curiosamente. Lo han andado buscando o, mejor dicho, buscando su cadáver, desde que se hundió su barco de vapor cerca de la isla de Arran. Ya lo han encontrado, pero hasta el momento, Adam no ha recuperado ningún recuerdo.

—Dado lo bien que visten esos amigos, supongo que Adam no era un grumete. ¿Es el dueño del barco?

Mariah torció la boca en un rictus.

—Peor, mucho peor. Es el duque de Ashton.

—Buen Dios. ¿Es duque?

—O lo es o sus amigos son unos mentirosos. —Comenzó a deshacer el trozo de tarta entre los dedos—. Desean llevarlo a su casa de Londres. Entre él y yo hay... mucho cariño, pero creo que lo he perdido, Julia. Antes que llegaran sus amigos le dije que era mentira lo de que estábamos casados. Él se ofendió, lógicamente, y ahora no sabe qué pensar de mí. No me odia, pero tampoco se fía. Creo que cuando vuelva a su antigua vida no habrá lugar para mí en ella.

—Cuánto lo siento —dijo Julia dulcemente—. Las circunstancias han conspirado para uniros muy rápido. Comprendo por qué afirmaste que estabais casados, pero también comprendo por qué él está ofendido. Tal vez con el tiempo te perdone.

—Tal vez, pero no estoy segura. —Sonrió sin humor—. Pero desea que vaya a Londres con él. Creo que necesita tener una cara conocida cerca. Eso acabará cuando vuelva a sentirse cómodo con su vida anterior. De todos modos, deseo ir, aunque sólo sea para poder hablar con el abogado acerca de la muerte de mi padre.

—¿Todavía no has recibido carta de él? Igual el abogado está enfermo.

—O lo está o no ve la necesidad de tomarse el trabajo por una clienta. Si es así, podría tener que buscar otro abogado.

No le hacía ninguna ilusión tratar con un abogado lento, pero tendría que aprender. Tal vez Masterson estaría dispuesto a ayudarla a encontrar un abogado mejor si era necesario.

—Si vas a Londres con un grupo de jóvenes apuestos, necesitarás una doncella. Mejor aún, una carabina.

—Ese es uno de los motivos de que haya venido a verte. —Le

sonrió mimosa—. ¿Te apetecería un viaje a Londres con todos los gastos pagados?

Julia dejó la taza en el platillo haciéndolos tintinear.

—¿Quieres que te acompañe yo? No puedo, de ninguna manera. ¿Y mis pacientes?

Mariah ya sabía que su amiga se resistiría. Julia no era de Cumberland; su pronunciación indicaba que tenía educación, tal vez era la hija de un médico o de un párroco. Tenía la sospecha de que se había ido a vivir a ese remoto rincón de Inglaterra para huir de su pasado. Pero en su cara veía el anhelo de ir a Londres.

—Me contaste que tu aprendiza está adquiriendo mucha pericia. Si hubiera una verdadera urgencia, Jenny o la paciente podrían llamar a otra partera

Julia sentía la tentación pero no se convencía.

—No tengo ropa adecuada. Aunque estén cubiertos los gastos de transporte y alojamiento, necesitaría dinero de bolsillo. —Sonrió—. Gran parte de mis ingresos son simples trueques, y no creo que en Londres acepten un pollo como moneda.

Mariah se rió.

—Supongo que no. Pero tenemos casi la misma talla y podríamos compartir la ropa. Mi guardarropa no está a la altura de los criterios londinenses, pero en los viajes me han regalado algunas prendas bonitas las damas que he ido conociendo. También soy muy buena para coser. Podríamos comprar algunos vestidos de segunda mano y arreglarlos. —Cambiando de táctica, añadió—: ¿No te gustaría estar lejos un tiempo? Podríamos visitar juntas los lugares de interés turístico de Londres.

—De verdad no puedo —dijo Julia.

Pero sus ojos reflejaban el deseo de ir.

—No tienes por qué alternar en sociedad, si no quieres.

Julia sonrió pesarosa.

—¿Cómo sabes que deseo evitar la sociedad?

—Simple suposición. —Arrugó la nariz—. A mí no me gusta la

idea tampoco, pero debo descubrir si soy capaz de nadar en esas aguas por si hay alguna posibilidad de casarme con Adam. Con mi padre nunca alternamos con los círculos elevados, pero constantemente yo tenía que adaptarme a situaciones nuevas, así que debería ser capaz.

La indecisión de Julia se convirtió en resolución:

—Sé que no debería, pero sí, iré contigo. Yo también tengo que atender unos asuntos en Londres. —Se levantó—. Y en cuanto a la ropa, espérame aquí un momento.

El momento se fue alargando, alargando, hasta que la gata de Julia saltó a su falda y se acomodó. Ya se había bebido otra taza de té y comido otro trozo de tarta cuando su amiga volvió con un montón de vestidos, todos de día y de exquisita calidad, no a la última moda, pero confeccionados con telas finas y bellos colores.

Hizo una inspiración tan brusca que la gata, sobresaltada, se bajó de un salto de su falda.

—¿Dónde...?

—No preguntes —dijo Julia, poniendo los vestidos sobre una silla—, por favor.

Mariah asintió, suponiendo que esos vestidos eran del tiempo en que estuvo casada. Julia debía ser muy joven cuando murió su marido, porque no era mucho mayor que ella y llevaba varios años viviendo en Hartley.

Levantó la orilla del vestido que estaba más arriba y examinó las puntadas del dobladillo.

—Está muy bien hecho. Están algo pasados de moda, pero se pueden arreglar para dejarlos más elegantes.

—No deseo más elegancia —dijo Julia firmemente—. Sencillos y cómodos; irán bien.

Eso iba con el estilo actual de Julia, pero la ropa le confirmó la sospecha de que su pasado había sido más glamuroso.

—Como quieras. No llevará mucho tiempo hacer los arreglos. Cambiar algunos adornos y tal vez añadirle pañoletas a los que son demasiado escotados.

Julia sacó un vestido rosa de los que estaban más abajo.

—Me gustaría darte este. Este color te sienta mucho mejor que a mí.

Mariah pasó la mano por la manga, con placer.

—¿Estás segura? Este satén es precioso. Se podría desarmar y combinarlo con partes de colores que le vengan bien a tu pelo moreno.

—Prefiero que te lo quedes tú —dijo Julia y le apareció una arruguita en el entrecejo, como si el vestido le trajera malos recuerdos.

Mariah sacó un bonito vestido verde de paseo.

—Ponte este y decidiremos qué hay que hacerle.

Se iluminó la cara habitualmente seria de Julia.

—Voy a disfrutar esto enormemente, Mariah. Mientras evite a la alta sociedad, lo pasaré fabulosamente.

Mariah ya había desayunado y salido cuando Adam se levantó esa mañana, cansado por la noche de pesadillas y mal dormir. Estaba a la mitad del silencioso desayuno cuando entró Randall, delante de la camarera que lo hizo pasar.

—Buenos días, Ash. Se me ocurrió llevarte a algún lugar a hacer prácticas de tiro.

Adam pestañeó.

—¿Debo empezar a asesinar animalitos indefensos antes de terminar de desayunar?

Randall sonrió de oreja a oreja.

—Eso es la prueba más convincente de que sigues siendo tú. ¿Te importa si me sirvo un poco de jamón? —Sin esperar la respuesta fue hasta el aparador y se sirvió jamón y tostadas en un plato, luego una taza de té y se sentó frente a Adam—. La verdad es que no sé si alguna vez has ido de caza, pero como te dije anoche, eres un tirador de primera. Se me ocurrió que podríamos disparar contra algún blanco. Para ver si continúas siendo bueno.

—Interesante pregunta —dijo Adam, pensativo—: La pericia para disparar ¿reside en el cerebro o en el cuerpo? No sabría por dónde comenzar para manejar un arma.

—¡Estupendo! —Comenzó a comer otra tostada—. Si el golpe en la cabeza te estropeó la puntería, debería poder superarte hoy.

—¿Tú y los demás os vais a turnar en pasar un tiempo conmigo para ver qué recuerdos me podéis sacar? —preguntó Adam, en tono algo sarcástico.

Randall tragó un bocado de jamón.

—No te ha llevado mucho tiempo deducirlo. La cocinera de la señorita Clarke es excelente. No me extraña que no quieras marcharte.

—¿Estáis compitiendo para ver cuál de vosotros me estimula mejor a recordar?

—Todavía no, pero es una idea. —Se pulió lo que le quedaba en el plato y miró el plato vacío de Adam—. ¿Preparado para poner a prueba tu puntería?

—Parece que no tengo alternativa. —Se levantó, reconociendo para su coleto que sentía curiosidad por saber si había conservado esa habilidad—. ¿Supongo que tú proporcionas el arma?

—Las armas son mi especialidad.

Salieron al vestíbulo y Randall fue a recoger una larga caja de armas de piel que había dejado en un rincón.

Ya se había disipado la neblina y la llovizna de la mañana, así que salieron a la blanca luz de primavera. Adam iba pensando dónde estaría Mariah; se sentía más feliz cuando sabía que estaba cerca. Supuso que habría ido al pueblo a visitar a Julia Bancroft.

—Más allá del jardín hay un claro en el que podríamos situar a buena distancia los blancos. Hay unos pocos árboles sin mucho matorral y detrás un cerro, así que las balas perdidas caerán a tierra en lugar de seguir adelante.

—Así que recuerdas algo, aunque no sepas que lo recuerdas —comentó Randall, pensativo.

—Tal vez, o tal vez es simple sentido común —dijo Adam,

observándolo. Alto, rubio y delgado, Randall era la imagen de un inglés, aunque su tensión era menos típica—. Estás de mucho mejor humor que anoche. Parecías a punto de morder. ¿Cuál es tu humor más habitual?

—Morder, creo. Hoy estoy de buen humor porque por fin he asimilado que de verdad estás vivo. No tengo tantos amigos como para perder uno. Perder amigos en el ejército es algo que se supone, pero no a hombres que están repantigados en Inglaterra en la falda del lujo.

—Perdona que casi te fallara —repuso Adam, cayendo en la cuenta de que se iban deslizando al tipo de chanzas que eran de suponer entre viejos amigos; interesante—. El sueño que tuve, aquel en que te sacaba de una casa de Londres cuando estabas muy enfermo. ¿Ocurrió de verdad?

A Randall se le tensó la cara.

—Soy sobrino de un hombre que no me quiere. No podía matarme abiertamente, pero cuando volví de la Península herido, estaba dispuesto a dejarme morir por falta de cuidados.

Adam hizo un gesto de pena.

—Me alegra haber actuado. ¿Hubo alguna consecuencia de tipo judicial?

Randall negó con la cabeza.

—No podía presentar cargos en mi contra sin reconocer lo que había hecho, así que el asunto se olvidó. Me recuperé estupendamente en la casa Ashton. Eso ocurrió el verano pasado. Me salvaste la vida. Eso es una deuda considerable.

—Dada mi amnesia, yo diría que no hay ninguna necesidad de preocuparse por las deudas. —Salieron de la parte de atrás del jardín normal y entraron en un amplio claro limitado por un cerro—. Este es el lugar en que pensé que podríamos practicar.

—Perfecto.

Había un montículo rocoso en forma de mesa y allí colocó Randall la caja y la abrió. En el interior aparecieron dos elegantes rifles y un par de pistolas, además de pólvora y balas.

Adam miró atentamente las armas.

—¿Siempre viajas armado así?

—En un viaje largo por el país, sin duda llevo un rifle y una pistola. Y una daga, lógicamente.

—Lógicamente —repitió Adam, irónico—. Un caballero y un arsenal.

Randall dio unos golpecitos en uno de los rifles.

—Este es el mío y el otro de Masterson. Kirkland aportó una de las pistolas. ¿Quieres ver cuánto recuerdas?

Rápidamente, para no poder pensar mucho, Adam cogió el rifle de Masterson y lo sopesó para comprobar el equilibrio. Observó su estado de limpieza y no lo sorprendió encontrarlo inmaculado. En unos pocos y eficientes movimientos cargó la pólvora, accionó el cerrojo y puso la bala, y al instante miró en busca de un blanco.

—Veamos qué precisión tiene este rifle. La flor de más arriba de esa mata de aulaga. —Guiándose sólo por el instinto, levantó el arma y disparó; la flor amarilla voló en trocitos—. Bastante preciso, aunque creo que se desvía un pelo a la izquierda. —Bajó el rifle—. Descubrí que también recuerdo cómo cabalgar. Al parecer los músculos tienen una memoria diferente de la del cerebro.

—Eso parecería. Está claro no has perdido tu pericia para tirar. No sé si debería alegrarme o sentirme decepcionado.

—Alégrate. Sonreír nos hace sentirnos mejor. Si no recuerdo mal la conversación de anoche, deberías igualar eso. Demuéstramelo.

Randall cargó su rifle. Pasó volando un grajo y él levantó el rifle.

—Un blanco móvil es más difícil.

Adam levantó la mano.

—No tires. Ese animalito no te ha hecho nada.

Randall bajó el arma, con expresión maravillada en la cara.

—De verdad no has cambiado nada por dentro. Muy bien, tiraré a la flor de la izquierda de la misma aulaga.

Apuntó rápidamente y disparó.

Cuando la flor se desintegró, Adam dijo:

—Necesitamos otro arbusto como blanco. Este ya ha sacrificado bastante a nuestra causa.

Randall se echó a reír.

—Eso también es característico de ti. Bienvenido de vuelta a casa, Adam. ¿Probamos las pistolas ahora?

Capítulo 23

*D*urante los tres días que transcurrieron antes del viaje a Londres, Mariah se encontró muy pocas veces con Adam. Él pasaba la mayor parte del tiempo con sus amigos, y ella el suyo en casa de Julia, las dos trabajando en sus ropas. Se sentía más tranquila y descansada con su amiga que con Adam.

Se veían el tiempo suficiente para intercambiar información. Sí, Julia había aceptado acompañarla a Londres. Sí, Kirkland había alquilado dos coches de posta en Carlisle que vendrían a recogerlos el martes a primera hora de la mañana. No, no habría ningún problema en que Cochrane se ocupara de la propiedad mientras ella estuviera ausente, y sabía que debía escribirle a la casa Ashton si algo importante requería su atención. El administrador se había mostrado muy impresionado cuando supo que ella sería huésped de un duque.

Suponía que Adam se lo diría si hubiera alguna noticia respecto a su memoria, pero él no decía nada. Aunque sus amigos le estaban explicando todo acerca de su vida, eso no había provocado ninguna riada de recuerdos hasta el momento.

El último atardecer lo pasó en la biblioteca, que usaba como oficina y cuarto de trabajo. Estaba pegando un ribete de adorno a una manga cuando sonó un suave golpe en la puerta y apareció Adam, con aspecto sereno y reservado, y condenadamente apuesto.

—Perdona que te interrumpa —dijo, detenido en la puerta, como si temiera acercarse mucho—. Quería preguntarte si tienes todo listo para partir por la mañana. ¿Necesitas que yo haga algo?

—No. Estaré lista en el momento en que termine este arreglo y guarde el vestido en el baúl. —Remató la costura y cortó el hilo con los dientes—. Julia también lo tiene todo listo. Le hace muchísima ilusión el viaje.

—Estupendo. —Se friccionó la cabeza. El pelo ya le había crecido lo bastante para cubrirle la cicatriz, pero era evidente que ésta seguía molestándolo—. En ningún momento te he preguntado si deseas acompañarme a Londres. Yo deseaba tenerte ahí para no sentirme tan solo. Pero si prefieres no ir, no es demasiado tarde para que cambies de decisión.

Sí que había esperado mucho para decirle eso. Enhebró la aguja.

—Sea cual sea la situación entre nosotros, deseo ir a Londres. Necesito hablar con mi abogado, el señor Granger, para saber por qué no ha contestado a mis preguntas. Es posible que no tenga ninguna información sobre la muerte de mi padre, pero de todos modos debería haberme escrito con respecto a mi herencia.

—Por supuesto. Tal vez yo te pueda servir de ayuda en eso. Parece el tipo de situación en que es útil ser duque.

Pasó el peso de un pie al otro, desasosegado, pero no dispuesto a marcharse aún. Irradiaba deseo, en oleadas, y, Dios la amparara, ella también lo sentía.

Había un buen motivo para que los hombres y las mujeres solteros se mantuvieran alejados. Estando los dos solos ahí era fácil que les pasaran pensamientos impíos por la cabeza. Pensó cómo reaccionaría él si ella atravesara la sala, se abrazara a su musculoso cuerpo y lo besara.

Seguro que olvidaría todas sus dudas y le haría el amor ahí mismo, sobre la alfombra, contando con toda la colaboración de ella. Cerró los ojos, avasallada por los sensuales recuerdos de esa vez en que lo hicieron.

¡No!

Abrió los ojos al recordar que debía darle una noticia.

—Puedes estar tranquilo al menos en un punto. Hoy me he enterado de que no estoy embarazada.

—Gracias a Dios —musitó él, con expresión de alivio.

Cuánto lo alegraba librarse de ella. Enterró la aguja en el dobladillo con tanta fuerza que se pinchó el dedo.

—No hay ninguna necesidad de que me lleves a Londres. Tus amigos cuidarán de ti, y ya los conoces bien, así que no te sentirás tan solo. Yo viajaré a Londres por mi cuenta.

—Qué tonterías dices. Irás mucho más segura con nuestro grupo. Más cómoda también. —La obsequió con una sonrisa sesgada que le disipó la irritación—. Y de verdad deseo tenerte cerca. Por lo menos te debo hospitalidad y... y muchísimo más.

—Muy bien. Me ahorraré una buena cantidad de dinero viajando contigo.

—Detesto depender de mis amigos. Primero de ti y ahora de los otros. Kirkland va a pagar los coches de posta, y Randall y Masterson están decidiendo la forma de repartirse los gastos de alojamiento y comida. Yo pienso pagarles todo, pero de momento ni siquiera tengo ropa mía.

—Tengo la impresión de que en el pasado has hecho mucho por tus amigos, y están felices de poder ayudarte ahora. —Hizo otra diminuta puntada—. Aceptar cortésmente le hará bien a tu alma.

Él sonrió, más relajado.

—Excelente consejo. Haré lo posible.

Ella dio otra puntada.

—¿Deseas continuar con la ilusión del compromiso?

—Sí. —Exhaló un suspiro—. Ten paciencia conmigo, Mariah, por favor. No he dejado de quererte, ni un poquito. Pero... necesito entender primero la vida que voy a llevar para saber qué puedo cambiar y qué debo aceptar.

Ella pensó si sus amigos estarían tan dispuestos a reconocer su propia vulnerabilidad. Masterson, posiblemente. Kirkland, no sabría decirlo. En cuanto a Randall, seguro que preferiría que lo descuartizaran unos caballos salvajes antes que reconocer debilidad.

—Haces bien en proceder con cautela. Yo trato de imaginarme cómo me las arreglaría con todo lo que te ha caído encima, pero sólo puedo hacer suposiciones. —Le sonrió—. Lo estás haciendo admirablemente, ¿sabes?

Él arqueó las cejas.

—Me siento torpe e incompetente. Me alegra que no lo veas así.

Ella apoyó las dos manos en el vestido que tenía sobre la falda.

—Perder la memoria es tanto un regalo como un desastre. Tienes la oportunidad de ser la persona que estás destinado a ser, sin las restricciones de la educación que te dieron ni de lo que esperan de ti los demás. ¿Tus amigos te encuentran diferente de antes?

—Masterson hoy ha hecho un comentario sobre eso —dijo él, algo sorprendido—. Dijo que me encuentra algo menos reservado. Menos... menos «ducal».

—Sin duda eso no es malo, dado que lo ducal te lo impusieron por la fuerza cuando aún eras un niño. —Frunció el ceño, pensativa—. Me gustaría saber qué habría pensado de ti si te hubiera conocido antes de tu accidente. He tenido muy poco contacto con el bello mundo. Seguro que te habría encontrado demasiado imponente para atreverme a hablarte. Ahora eres muy accesible.

Él se rió.

—Accesible está muy bien, pero, como la mayoría de los hombres, preferiría que una mujer hermosa me considerara gallardo o apuesto o interesante.

—Todo eso también —dijo ella dulcemente.

Se miraron a los ojos y él cerró la mano sobre el pomo de la puerta. ¡Santo cielo, cómo deseaba correr hacia él!

—Me voy —dijo entonces con la voz tensa—, no sea que haga algo que después lamentemos los dos.

Girándose bruscamente salió al corredor y cerró la puerta, fuerte.

Mariah se mordió los nudillos de la mano derecha, por pura frustración. En unos pocos minutos de conversación se le había calentado la sangre al punto de ebullición. Una verdadera dama no siente ese... ¡esa lujuria! Sarah no la sentiría. Ella era más parecida a una campesina lasciva.

Su único consuelo era que él había sentido lo mismo.

Adam cayó en la cuenta de que fue un error ir a hablar con Mariah antes de acostarse; verla lo había excitado y estaba anheloso. Se veía tan inocente y candorosa, sincera, además de hechiceramente bella. Pero claro, desde el instante en que abrió los ojos le había parecido sincera, cuando estaba inclinada sobre su cama. Ya era incapaz de juzgar las cosas. Tal vez podía fiarse de ella. Lo que tenía más claro era que no podía fiarse de sí mismo.

Cuando por fin concilió el sueño, lo asaltaron sueños más perturbadores aún, comenzando por uno en que era un niño pequeño chillando porque lo sacaban de su casa. El lugar era India, evidentemente, y el sufrimiento comprensible. Ese era un recuerdo que le habría gustado no recuperar.

A ese le siguió uno muy perturbador, en que tenía abrazada a una hermosa jovencita. Él le decía algo y ella levantó la cara hacia él, radiante. Era rubia, de ojos verdes e inglesa; no era su madre. Aunque no tenía esposa, ¿podría ser que tuviera una chica que lo amara? Mariah había elucubrado sobre si ella se parecería a otra mujer de su vida, y podría tener razón.

El peor fue el sueño en que entraba en un salón de baile lleno de personas bellas exquisitamente vestidas, y descubría que estaba desnudo, expuesta a todos la piel morena de todo su cuerpo. Despertó sudoroso, con el corazón retumbante y la cabeza zumbando.

Inspira, espira, inspira. Cuando se calmó le encontró humor a la situación. Estaba seguro de que ese incidente no había ocurrido nunca. El sueño debió causarlo su miedo a reencontrarse con la sociedad londinense sintiéndose tan mal preparado. Se sentiría desnudo y vulnerable vistiera lo que vistiera.

Menos mal que tenía a sus amigos, era de agradecer. Aunque los frustraba que no los recordara, no lo iban a abandonar; estaría bien defendido.

También debía dar las gracias por Mariah. Su mentira al decir que estaban casados le producía un dolor muy profundo que no deseaba contemplar, pero seguía siendo su persona favorita. Más que nadie, lo veía tal como era ahora. Se sentía mejor cuando estaban juntos.

Por desgracia, ni siquiera podía hablar con ella sin que se le nublara de deseo el cerebro, y cuanto menos la veía, más intenso era el anhelo. Ese era otro motivo de su dificultad para dormir.

Al menos había descubierto la manera de aliviar su desmadrado deseo, aunque era menos satisfactoria que estar con ella. Mientras se aliviaba pensó si en la sociedad inglesa estaría prohibido hacer eso. Esa era una información que no necesitaba.

Después de esos tres días de trabajo en preparativos, Mariah encontró un inmenso alivio al aceptar la mano que le tendió Adam para ayudarla a subir al «saltón amarillo», como llamaban a los coches de posta. El vivo color amarillo con que estaban pintados hacían inconfundibles a los coches alquilados. Ese tenía asientos para cuatro pasajeros, y lo tiraban cuatro caballos. El que recogería a los amigos de Adam en Hartley sería igual.

Cambiando los caballos varias veces al día tardarían una semana o algo así en llegar a Londres. Una diligencia correo era más rápida, pero ese coche sería más rápido que muchos otros medios de transporte. Su padre y ella normalmente viajaban en la diligencia normal, que era más lenta y menos cómoda, así que un coche de posta era un lujo.

Se acomodó en el asiento de piel apoyando la espalda, relajada, y ahogó un bostezo. Esa noche había dormido poco, preocupada por si se llevaba todo lo que necesitaría, y pensando en Adam. Esa mañana *Annabelle* se bajó de su cama de un salto y, mirándola ofendida, salió en dirección a la cocina. Esperaba que la gata le hubiera perdonado la ausencia cuando volviera a Hartley. Pero tanto el animal como la propiedad estarían en buenas manos con la señora Beckett y el señor Cochrane.

Adam estaba a punto de subir cuando *Bhanu* lo hizo de un salto, entusiasmada. Parecía dispuesta a instalarse y viajar a Londres. Ella se agachó a rascarle la cabeza.

—Lo siento, tendrás que quedarte aquí. Piensa cómo te echaría de menos *Annabelle*.

Adam cogió a la perra en los brazos.

—Creo que tendré que dejarla encerrada en la casa, si no, podría seguirnos. La llevaré a la cocina y ni se dará cuenta de que nos vamos.

Sólo tardó un rato en llevar a *Bhanu* a la casa. Cuando volvió y subió, el cochero puso en marcha el coche. Adam mantuvo la mirada fija en la casa mientras se alejaban.

—¿Estás pensado que tal vez no volverás nunca? —le preguntó ella, tratando de que la voz le saliera tranquila.

Él pareció sentirse incómodo.

—Espero volver, por supuesto, pero... pero no lo sé. —En ese instante el coche viró para tomar el camino que llevaba a la carretera, y la casa quedó fuera de su vista. La miró a ella—. Han ocurrido muchas cosas aquí.

—Se me ha ocurrido la posibilidad —dijo ella, pensativa— de que si ocurriera algo que te devolviera los recuerdos de tu vida anterior desaparecería este tiempo transcurrido desde el accidente. Una vez conocí a un médico que había tratado a muchas personas con lesiones en la cabeza, y al parecer cualquier cosa es posible.

Él la miró intensamente.

—No me imagino olvidándote.

Ella se movió inquieta ante esa mirada en el instante en que el coche daba un salto al pasar por un surco del camino. Se rozaron sus rodillas. Él retuvo el aliento.

—Creo que debo viajar en el otro coche la mayor parte del tiempo. No es por rechazar tu compañía. Es más bien... lo contrario.

—Muy juicioso —convino ella—. Claro que Julia va a viajar conmigo, pero si no, siempre estaría el peligro de que ocurriera «esto».

Se deslizó por el asiento, le cogió los hombros y lo besó, intentando decirle en el beso todo lo que no podía expresar con palabras: que lo amaba, lo deseaba, lamentaba haberle mentido... Si no le hubiera dicho que eran marido y mujer, ¿habrían intimado tanto? Ya no tenía sentido hacerse esa pregunta.

Haciendo una brusca inspiración, él le rodeó la cintura, correspondiéndole el beso, devorándole la boca.

—Esto es peligroso —dijo, con la voz ronca.

—No hay espacio para hacer nada indecoroso en un coche —dijo ella, con una risa ahogada.

—¿Que no?

Cogiéndola firmemente por la cintura, la levantó y la montó a horcajadas sobre sus muslos.

Ella se sobresaltó al comprobar lo apretados que estaban. La sobresaltó y excitó. Entonces él le deslizó las manos por la espalda, acariciándola, y ella se derritió; las caderas comenzaron a movérsele solas, siguiendo un ritmo.

—Sería fácil... —musitó.

Los movimientos del coche se sumaban a los de ella; era embriagador. Deslizó la mano por entre ellos.

Él le cogió la mano antes que la bajara más.

—Fácil pero no prudente —resolló—. Por suerte el trayecto a Hartley es corto.

—¡Santo cielo! —exclamó ella, recobrando la razón, y trató de apartarse.

Él la retuvo y continuó acariciándola.

—Todavía tenemos unos minutos.

Pero muy pocos, se dijo ella, pensando si ese sería su último beso. Durante el viaje habría pocas oportunidades de estar solos, y cuando llegaran a Londres, rápidamente las circunstancias se interpondrían entre ellos. Apoyó la cabeza en su hombro, y pensó en los días que los aguardaban.

—¿Estás preparado para Londres?

—Todo lo preparado que puedo estar. —Le rodeó los hombros con un brazo—. Les he pedido a mis amigos que no hablen de mi amnesia. Mis amigos íntimos y mis familiares tienen que saberlo, pero prefiero que mi debilidad no se comente en todos los salones de Londres.

—No es debilidad, es una lesión.

—Yo lo siento como una debilidad cuando todo el mundo sabe más de mi vida que yo.

—Eres duque. Míralos a todos con desdén, hasta que bajen los ojos.

Él se rió, sorprendido.

—Eres una diablilla descarada. —Aumentó la presión de sus brazos—. ¿Cómo puede ser incorrecto algo que se siente tan correcto?

—Ah, es que lo calculas con dos baremos distintos. —Lo acarició bajando la mano por su pecho—. Los sentimientos son sentimientos. Gusto, tacto, emoción, excitación, asuntos del corazón. Lo correcto y lo incorrecto son un asunto distinto. Entrañan moralidad, sabiduría, justicia, asuntos de la mente. —Suspiró—. Con mucha frecuencia no van a la una.

—Sabiduría es algo que tienes en gran cantidad. En Londres espero matar a los dragones de mi mente. Entonces... veremos que ocurre después.

Le acarició tiernamente la mejilla con el dorso de la mano y luego la levantó, nada fácil puesto que estaba sentado, y la dejó instalada en su asiento.

—Te ves engañosamente recatada.

Ella juntó las manos enguantadas sobre la falda, recatadamente.

—Es mi especialidad.

Pasados unos minutos, el coche se detuvo delante de la Bull and Anchor. El otro coche estaba ahí, pero los amigos de Adam aún no habían subido, para aprovechar que se encontraban al aire libre hasta el último momento. Entonces subieron y los dos coches emprendieron la marcha en dirección a la casa de Julia, que estaba a la salida del pueblo.

Cuando llegaron, Mariah bajó, Adam también, y se dirigieron a la puerta de la casita. Julia la abrió, con la papalina puesta, lista para partir. Tal como el de Mariah, su equipaje consistía en un baúl pequeño y una sombrerera. Adam cogió el baúl.

—Yo llevaré esto.

Julia lo miró desconcertada.

—No sabía que los duques acarreaban equipaje.

—Seguro que iré creciendo en arrogancia a medida que me acerque a Londres —dijo él, solemnemente—, pero por ahora prefiero ser útil.

Se dio media vuelta y echó a andar hacia los coches.

Mariah esperó mientras Julia cerraba con llave la puerta.

—¿Tienes tus dudas?

Caminaron hacia los coches.

—Miles —dijo Julia, irónica—, pero... estoy contenta de ir. Hay una persona a la que debo ver antes que sea demasiado tarde.

—Nos tendremos mutuamente para apoyarnos. Y lo necesitaremos, suspongo.

Cuando llegaron a los coches, Adam presentó a Julia a sus amigos, que se habían bajado para conocerla. Masterson la saludó con su afabilidad habitual, Kirkland con impecable educación, pero Randall frunció el ceño y le dirigió una mirada que le congelaría los bigotes a un tejón.

—Es un placer conocerla, señora Bancroft —dijo glacialmente.

—El placer es mío —dijo Julia sin mover una ceja.

Aceptó la mano que le ofrecía Adam para ayudarla a subir al coche, y después subió Mariah. A ella Adam le dio un apretón especial, pero enseguida se volvió a sus amigos a decirles que sería mucho egoísmo por su parte tener dos hermosas damas por compañía en el viaje y les preguntó a cual de ellos le gustaría tener la oportunidad de viajar con ellas en la primera etapa.

Mientras ellos decidían el asunto, Mariah le preguntó a Julia en un susurro:

—¿De qué iba eso? ¿Conoces a Randall?

Julia negó con la cabeza.

—No nos habíamos visto nunca. Es evidente que me ha tomado una aversión instantánea.

Mariah emitió un bufido muy propio de una dama.

—Randall no tiene una opinión muy elevada de las mujeres. Está convencido de que yo soy una cazadora de fortunas que ha atrapado a Adam en un compromiso de matrimonio.

—Pero si tú no tenías ni idea de quién era él cuando lo encontraste.

—Randall no es un hombre que permita que la realidad le obstaculice un buen gruñido.

Intercambiaron una sonrisa. Masterson abrió la puerta y subió al coche.

—Yo soy el afortunado que se ha ganado la compañía de dos hermosas damas.

Mariah se rió.

—Deberíamos haber permitido que viniera *Bhanu*, para equilibrar la belleza. Aunque, para ser franca, la encuentro hermosa.

—Si es capaz de querer tanto a una perra para encontrarla hermosa, no debería desperdiciarse casándose con un hombre apuesto como Adam —repuso Masterson al instante—. Sería mejor que se aliara con un hombre como yo, que necesita su don de ignorar la realidad.

Ella creyó ver algo en su mirada que la hizo pensar que por lo menos hablaba medio en serio, pero lo pasó por alto.

—Cuando lleguemos a Londres todos estaremos absolutamente cansados de mirarnos mutuamente —dijo.

—Y magullados, acalambrados y hartos de viajar —añadió Julia.

—Pero al menos estaremos incómodos avanzando a toda velocidad, y no lentamente —señaló Masterson.

Los tres se rieron. Fue un buen comienzo para un largo viaje.

Capítulo 24

*A*dam había supuesto que la casa Ashton era una casa de ciudad de cierta envergadura, y no una mansión en Maifair independiente, sin casas adosadas, rodeada de jardines y un alto muro de piedra coronado por formidables rejas terminadas en púas.

—Buen Dios —exclamó, cuando el coche se detuvo ante las altas puertas de hierro—. Esto es mucho más de lo que esperaba.

—¿Ninguno de nosotros te dijo que es la casa particular más grande de Londres? —preguntó Kirkland, que iba sentado frente a él—. Es bastante simpática en realidad. Hay muchísimas habitaciones para tus amigos, así que muchas veces parece un hotel excepcionalmente bueno.

—Yo siempre me alojo en la casa Ashton cuando estoy en Londres —terció Randall—. Me has dado mis propios aposentos. ¿Eso sigue en pie?

—Por supuesto —dijo Adam, contemplando la inmensa mansión—. Es tan grande que podría pasar días sin verte.

El viaje había ido todo lo bien que se podía esperar, con interminables cambios de caballos y sólo una ocasión en que se quedaron atascados en el barro durante una lluvia torrencial. Se habían alojado en buenas posadas, optando normalmente por tres habitaciones, una para las mujeres y las otras dos para ellos. Pero los días dentro del coche daban mucho tiempo para pensar.

Sin duda sabría arreglárselas con Londres y sus exigencias, aunque la probabilidad de que alguien hubiera intentado matarlo le causaba demasiado nerviosismo. Si bien nunca se hablaba del tema, notaba que sus amigos estaban siempre muy vigilantes. Dado que Masterson había escrito al personal de la casa y a sus primos anunciando su regreso, no era imposible que un asesino resuelto lograra deducir la ruta que tomarían. Ese era otro buen motivo para no viajar en el coche en que iba Mariah. Si le disparaban, al menos ella estaría a salvo.

Pero eso significó que casi no se habían visto. Su ausencia le había dolido como si le hubieran arrancado una muela. Las únicas veces que la vio fueron cuando cenaban los seis en los salones privados de las diversas posadas. Y por largo que fuera el día, Mariah siempre estaba tranquila, imperturbable.

Julia Bancroft había resultado ser una viajera igualmente buena. Aunque era callada, su presencia resultaba calmante. A todos le caía bien, excepto a Randall, que se ponía rígido siempre que estaba ella cerca; de hecho, nunca compartió el coche de ellas. Teniendo a Masterson y a Kirkland para llevar la conversación, las cenas habían sido agradables.

Después de cenar, las damas se retiraban a su dormitorio. Él no había estado a solas con Mariah desde el trayecto de Hartley Manor al pueblo. Era de suponer que en ese enorme caserón tendrían oportunidades de encontrarse a solas. No era que deseara hacerle el amor, bueno, sí lo deseaba aunque no lo haría, pero le encantaría sentarse a tomar el té con ella, y tal vez cogerle la mano; relajarse con ella como no podía relajarse con ninguna otra persona.

De la portería salió un portero de librea, mayor pero de vista aguda, a inspeccionar los dos coches embarrados. El cochero del coche en que iba él anunció solemnemente:

—El duque de Ashton y amigos.

Al portero tenían que haberlo informado de que él no había muerto, pero de todos modos gesticuló con la cara al observar el interior del coche para comprobar la identidad del pasajero.

—Bienvenido a casa, excelencia —dijo, e inclinándose en una profunda venia, abrió las puertas.

Cuando el coche iba traqueteando por el magnífico camino circular de entrada, Randall comentó:

—Estamos de vuelta en el territorio de los quisquillosos criados y las obligaciones sociales.

—Quéjate si quieres —replicó Kirkland—, pero yo estaré feliz de tener ropa limpia y a mi ayuda de cámara para vestirme. —Se miró la chaqueta verde oscuro y los pantalones beis, que se veían bien usados—. Le diré a Jones que queme esta ropa. Pero viajar sin comodidades le hace a uno apreciar la civilización.

—Viajar sin comodidades fue la retirada a La Coruña —dijo Randall, sarcástico—. Un viaje a Escocia es simplemente cansado. Aunque he de reconocer que compartir aposentos contigo y Masterson durante semanas ha sido a su manera un castigo.

Mientras Adam y Kirkland se reían, el coche se detuvo bajo una amplia puerta cochera. Salió corriendo un lacayo joven, con la cara sonriente de entusiasmo. En cuanto se abrió la puerta y bajó los peldaños, Adam comentó:

—Me gustaría saber de qué tamaño será el comité de bienvenida.

Randall hizo un mal gesto.

—Grande. Aunque nadie sabía la hora exacta de tu llegada, al terminar la tarde lo sabrá todo el mundo elegante de Londres y la mitad vendrán a visitarte, para ver con sus propios ojos que estás vivo.

—Y eso sin contar con el personal que está esperando dentro —añadió Kirkland.

El otro coche se detuvo detrás del de ellos y Julia y Mariah bajaron ayudadas por el lacayo, seguidas por Masterson. Adam fue a ofrecerle el brazo a Mariah.

—¿Entramos en la guarida del león?

Ella dobló la mano en su antebrazo sonriéndole con los ojos para inspirarle seguridad en sí mismo.

—Adelante, excelencia.

Era la primera vez que se tocaban desde el corto trayecto en Hartley. El efecto era... energético.

A pesar de su miedo de hacer el viaje, descubrió que estaba impaciente por sumergirse en su vida. Seguro que ahí recuperaría lo que había perdido.

Todos entraron en el inmenso vestíbulo de tres plantas de altura. Estaba lleno de criados. Había montones.

Cuando aparecieron él y Mariah se produjo una ola de movimiento, las criadas haciendo sus reverencias y los criados sus venias. Dondequiera que mirara veía caras sonrientes. Esas personas a las que no reconocía estaban verdaderamente contentas de verlo vivo. Observó que había varias criadas bonitas; era de esperar que hubiera sido lo bastante caballero para no abusar de ellas.

Tres criados de rango superior avanzaron hacia ellos. La mujer de edad madura tenía que ser el ama de llaves; llevaba ropa inmaculada e irradiaba seguridad en sí misma. El hombre que venía a su derecha era un mayordomo igualmente inmaculado. Sus amigos lo habían informado acerca del personal superior, así que sabía que la pareja eran el señor y la señora Holmes. Curioso que recordara cómo se lleva una casa grande, pero no su vida.

El otro hombre era... muy diferente. Aunque bien vestido, tenía el cuerpo fornido y la cara llena de cicatrices de un luchador callejero.

—El de la derecha es Wharf, tu ayuda de cámara —le sususrró Randall—. Debería haberte dicho más acerca de él.

Demasiado tarde. El trío ya estaba ante él.

—Bienvenido a casa, excelencia —dijeron los tres al unísono.

¿Lo habrían ensayado?

—Me alegra estar de vuelta aquí —dijo—. Creo que conocéis a mis amigos, pero no a la señorita Clarke ni a la señora Bancroft. Se alojarán aquí. Atendedlas bien.

—Por supuesto, excelencia —dijo la señora Holmes, y las miró pensativa—. La suite azul tiene dos dormitorios conectados por una sala de estar. ¿Sería satisfactorio eso?

—Por supuesto —musitó Mariah.

Julia asintió.

Las dos tenían caras de tranquila aceptación, como si se alojaran en residencias ducales con frecuencia. Eso lo divirtió, pero no le gustó el recordartorio de lo buena actriz que era Mariah.

—Señor Randall —dijo el ama de llaves, mirándolo—, sus aposentos habituales están preparados. —Miró a Adam—. Si le va bien a su excelencia, el almuerzo se servirá dentro de una hora. Así habrá tiempo para que usted y sus invitados se refresquen.

Habiendo desayunado al alba, él tenía hambre y supuso que sus amigos también. Masterson y Kirkland ponsaban irse a sus respectivas casas en Londres, pero él les debía por lo menos una comida ahora que volvía a tener recursos.

—Eso irá muy bien, señora Holmes. Masterson, Kirkland, ¿os quedaréis a almorzar?

—A mí me encantaría pasar esa hora en tu biblioteca con un montón de diarios y una copa de jerez —dijo Kirkland—. ¡Sin moverme!

—Yo te haré compañía ahí —dijo Masterson, riendo.

Los criados rompieron filas y se dispersaron. A sus amigos los llevaron en diferentes direcciones. Volviéndose hacia su ayuda de cámara, Adam dijo:

—Necesito cambiarme de ropa. ¿Me haces el favor de guiarme hasta mis aposentos?

—Por supuesto, señor.

Hasta el momento, todo bien. Siguió a Wharf por la escalera pensando qué le traería la tarde.

Dejando a una criada deshaciendo su equipaje, Mariah abrió la puerta que daba a la sala de estar. Julia ya estaba ahí, habiendo dejado a otra criada ocupándose de sus ropas.

Tras cerrar la puerta para poder hablar en privado, Mariah exclamó:

—¡Habías visto una casa como esta, Julia! Uno supone que los duques tienen riqueza, pero, ¡esta mansión dejaría en ridículo a Carlton House!

—Carlton House es más grandiosa, pero menos acogedora, al menos por lo que yo he visto.

Diciendo eso fue a asomarse a una de las ventanas que daban al jardín.

—¿Has estado en Carlton House? —preguntó Mariah, sorprendida.

—Hace muchos años —repuso Julia—. Pero no es un privilegio excepcional —añadió sonriendo—. Por cada aristócrata que es un invitado del príncipe regente, hay muchos criados, trabajadores y lavanderas.

Mariah dudaba que Julia hubiera visitado la residencia real en calidad de lavandera, pero no insistió en el tema.

—Me hace ilusión visitar contigo los lugares de interés turístico. Pero antes debo localizar a mi abogado y visitarlo.

Julia fue a instalarse en uno de los sillones tapizados en seda.

—Las dos tenemos tareas que hacer, pero seguro que habrá tiempo para hacer turismo.

Mariah notó crispación en la cara de su amiga.

—A juzgar por tu expresión, me parece que será difícil el asunto que debes atender —dijo amablemente—. Te acompañaré encantada si eso te sirve de algo.

Julia negó con la cabeza, pero se le relajó la expresión.

—No será necesario. Estoy triste, pero es un tipo de pena muy común. Voy a ir a visitar a mi abuela. Está vieja y frágil, y esta visita será mi última oportunidad de verla. Su vida ha sido larga, y ha vivido bien, lo que hace más fácil aceptar que pronto ya no estará. Pero deseo verla, y eso no sería posible si no me hubieras persuadido de venir a Londres. Gracias.

—El beneficio es mutuo.

Se sentó en el elegante sofá frente a Julia y se puso a contemplar las complicadas molduras en forma de coronas del cielo raso y los hermosos cuadros que adornaban las paredes. Esa sala de estar y su dormitorio eran las habitaciones más bellas en que había estado en su vida.

Ver la casa Ashton la hacía comprender el inmenso abismo que había entre ella y Adam.

Una distancia insalvable.

Capítulo 25

Wharf abrió una de las puertas de los aposentos ducales y entraron en una espaciosa sala de estar con varias puertas.

—¿Te han dicho que la lesión que sufrí en la cabeza me ha afectado la memoria? —le preguntó Adam. Al verlo asentir, continuó—: Recuerdo muy poco de mi vida anterior. Eso te incluye a ti. —Le brillaron de travesura los ojos—. Este sería un momento ideal para que me dijeras que te prometí un aumento de salario.

—¡No, señor! —exclamó el ayuda de cámara, con expresión horrorizada, cerrando la puerta—. Ya me paga un salario muy generoso.

El hombre era tan honrado que lo sorprendía la idea de que pudiera aprovecharse de la discapacidad de su amo. Eso hablaba bien de él.

—Espero que con el tiempo me vuelva la memoria, pero por ahora preferiría que no circularan historias acerca de mi debilidad. Será imposible mantener totalmente en secreto algo así, pero cuanto menos se diga, mejor. Puesto que eres una fuente principal de información, debo esperar que seas discreto.

Wharf pareció más horrorizado aún.

—Nunca jamás hablo de los asuntos personales de su excelencia. Y mucho menos lo haría ahora.

Mejor que mejor.

—No encajas en la imagen habitual de un ayuda de cámara. ¿Cómo llegaste a ocupar este empleo? ¿Cuáles son tus credenciales?

La expresión de Wharf se tornó recelosa.

—Nací en el East End. Mi pa era estibador y murió cuando le cayó encima un barril grande de jerez. Mi madre era lavandera y no podía mantenernos a todos, así que me alisté en el ejército tan pronto como aparenté la edad. Le daba el sueldo a ella para ayudarla a cuidar de mis hermanos pequeños.

Eso explicaba su pronunciación en el dialecto londinense, pensó Adam. Atravesó la sala hasta una de las puertas, la abrió y se encontró ante un dormitorio en que había una enorme cama con dosel y cortinas de brocado en azul y plata.

—¿Cuál era tu auténtica edad?

—Trece, pero era grande para mi edad. Algunos de los que entran son muy flacos, así que yo me veía lo bastante bien para que me aceptaran.

Adam atravesó el dormitorio, seguido por Wharf, y abrió otra puerta. Esta daba a un inmenso vestidor lleno de camisas, pantalones, calzas y chaquetas colgados en armazones especialmente diseñados. Botas, zapatos, sombreros y otras prendas masculinas estaban muy ordenaditos en estantes.

—Buen Dios, ¿de veras me pongo toda esta ropa?

—Su excelencia tiene fama de ir impecablemente vestido, ni demasiado llamativo ni demasiado moderado —contestó Wharf, en tono algo pomposo.

—Supongo que mucha de esa fama te la debo a ti.

Pasó la mano por una camisa de fino algodón, una de las muchas que colgaban de colgadores de madera del ancho de los hombros de un hombre. Frente a la puerta de su dormitorio había otra puerta que comunicaba con el muy ordenado dormitorio de Wharf, que tenía puerta propia hacia el corredor.

—¿Cómo llegaste a ser mi ayuda de cámara?

—Quedé incapacitado para continuar en el ejército a causa de una herida que se infectó y me produjo una fiebre pestilente. A mi compañero Reg y a mí nos enviaron de vuelta aquí para ver si podíamos recuperarnos. Cuando ya estábamos en Londres, nos atacó un grupo de bandidos. Nos estaban dando una tremenda paliza, cuando apareció el comandante Randall y los echó.

—¿Él solo? ¿Cuántos eran?

—Entre Reg y yo abatimos a cuatro, pero quedaban otros cuatro. —Wharf miró hacia el espacio, pensativo—. Si hubiéramos estado en forma para pelear, los habríamos derrotado, pero no en el estado en que nos encontrábamos. De todos modos, fue un regalo especial ver al comandante en acción. Pensó que los ex soldados no debían morirse de hambre en la calle así que nos trajo a los dos aquí y le preguntó a usted si podía darnos trabajo. Yo habría estado encantado fregando el suelo de la cocina como una fregona, mientras tuviera comida y continuara en Inglaterra, pero usted nos dio algo mejor. Puso a Reg en el establo porque es bueno para tratar a los caballos. A mí me dijo que necesitaba un ayuda de cámara y me preguntó si me interesaría aprender el oficio. Yo le dije que sí, y usted contrató a un ayuda de cámara de una agencia para que me enseñara los trucos para mantener el guardarropa de un caballero.

Tal vez en ese tiempo él ya pensaba que era bueno valorar la lealtad por encima de las credenciales.

—Tienes que haberme caído bien, si te puse a aprender el oficio.

—Eso y que a pesar de que estaba medio muerto de hambre y tenía el cuerpo de un boxeador profesional, mi ropa siempre se veía bien —dijo Wharf, irónico—. No estoy hecho para ser elegante, así que ha sido algo extraordinario ser su ayuda de cámara. —Le miró la ropa—. Lo que lleva no está mal, pero no está a la altura de su forma de vestir normal.

Adam se giró a mirarlo a los ojos.

—¿Qué tipo de relación teníamos? No te llevé conmigo a Escocia. ¿Por qué?

A Wharf se le tensó la cara.

—Mi madre se estaba muriendo y usted me dijo que me quedara

en Londres con ella. Murió justo antes que nos llegara la noticia de su accidente.

—Mis condolencias —dijo Adam, afablemente—. Habría sido un bruto si te hubiera exigido abandonarla en esas circunstancias.

—Muchos señores no habrían pensado más allá de su comodidad —dijo Wharf francamente—. En el momento le agradecí que decidiera no llevarme, pero si hubiera estado con usted en el *Enterprise*, no habría resultado tan mal herido.

—O podrías haber muerto —dijo Adam—. No tiene sentido apurarse por el pasado. —Le miró atentamente la cara marcada por las cicatrices—. Da la impresión de que tenemos una relación... menos formal de la que es habitual entre un caballero y su ayuda de cámara.

—Siempre me he mantenido en mi lugar, señor —dijo Wharf, como si eligiera con mucho esmero las palabras—. Y espero no haberme sobrepasado nunca. Usted es el mejor caballero de Londres, y no lo digo porque trabajo para usted. Pero... los dos somos algo diferentes del resto. Creo que tal vez eso influye en la manera de tratarnos.

—Supongo que mi diferencia es mi sangre india —dijo Adam, observando la hilera de chaquetas bellamente confeccionadas, cuyos colores formaban un exquisito arco iris oscuro—. ¿Cuál es tu diferencia? ¿Que no fuiste educado para servir?

La cara de Wharf se tornó roja, roja como un tomate.

—En parte es eso, pero también... debo decírselo yo primero, antes que alguien le lleve a un lado y nos acuse a mí y a Reg de tener... de tener una relación antinatural.

¿Una relación antinatural? Eso debía significar sexual. De algún recóndito recoveco de la mente le vino el recuerdo de que ese tipo de relación se castigaba con la pena capital. No era de extrañar que el hombre se sintiera tan mal por tener que tocar el tema.

—¿Y la tenéis?

—Sí, señor —contestó Wharf, apenas en un susurro—. Podemos marcharnos si no le gusta.

Tener una «relación antinatural» podría explicar por qué Wharf y su compañero fueron atacados por un grupo de hombres furiosos. ¿Qué podrían hacer juntos?, pensó, pero ese no era el momento de preguntarlo.

—¿Yo ya sabía esto antes?

Wharf asintió.

—¿Y saberlo no me molestó, supongo?

Wharf negó con la cabeza.

—Entonces no veo por qué habría de molestarme ahora. —Volvió la atención a la ropa—. ¿Me haces el favor de elegirme la vestimenta apropiada para un almuerzo? Me siento abrumado por las opciones. —Se miró—. Esta ropa que llevo es prestada. Es necesario limpiarla y repararla para devolverla.

—Muy bien, excelencia —dijo Wharf, con la voz vibrante de alivio.

Adam volvió a la sala de estar y probó otra puerta. Estaba cerrada con llave. Frunció el ceño.

—¿Por qué no puedo entrar aquí?

—Esa habitación es... un despacho personal suyo. Por eso la tiene cerrada con llave.

—¿Sabes dónde está la llave?

Wharf asintió.

—La limpio de vez en cuando porque usted no quiere que entren allí las criadas. —Fue hasta un elegante y complicado escritorio, abrió uno de los cajones, movió la madera del fondo y sacó una llave—. Aquí se guarda la llave.

Adam examinó atentamente el bien construido compartimiento secreto.

—Al parecer me tomo en serio lo de no permitir que entre nadie.

—Muy en serio —dijo Wharf, pasándole la llave—. Le preparé la ropa para cambiarse mientras usted entra.

Contento de que el ayuda de cámara lo dejara solo, Adam giró la llave y abrió la puerta, pensando qué tendría tan en secreto su antiguo ser. Entró, y se encontró en un templo hindú. El aire estaba impregnado de olor a incienso, y por unas ventanas altas entraba la luz que iluminaba altares que sostenían estatuas de deidades exquisitamente talladas. Telas de vivos colores bajaban en onda desde el centro del cielo raso hasta las paredes y de ahí caían como cortinas, lo que daba a la sala la apariencia de una exótica tienda. Las lámparas de aceite de bronce eran iguales a las que había visto en el sueño.

Frente a la puerta estaba el dios con cabeza de elefante, Ganesha. Ya recordaba los nombres de los dioses y sus atributos. Ganesha era el dios popular, eliminador de obstáculos, señor de los comienzos; patrono de las artes, las ciencias y la sabiduría. En su altar había un ramo de flores tan secas que ya no se podían identificar.

Cogió el ramo y los pétalos cayeron al suelo. Si Wharf entraba ahí solamente para limpiar, él debió dejar esas flores a modo de ofrenda antes de viajar a Escocia. ¿Qué habría pedido? ¿Éxito para su barco de vapor o algo menos obvio?

Ese era un lugar de profunda calma, parecido a un jardín de meditación, pero más aún. Se giró hacia la derecha y reconoció a Lakshmi, la esposa de Vishnú y diosa de la belleza, el amor y la prosperidad, semejante a Afrodita o Venus. Lakshmi era la esencia de la feminidad, que se celebraba durante el festival de las luces, Diwali. Mariah no se parecía nada a esa deidad de pelo moreno, sin embargo poseía intensamente la esencia femenina.

También había altares a Shiva el Destructor, el dios bailarín de la aniquilación y el renacimiento, y a Vishnú, el ser supremo superior a todos los demás. Los dioses de su sueño. Con una sensación de estar de vuelta en el hogar más potente de la que sintió cuando entró en la casa, dio una vuelta en círculo, sus pasos acallados por la mullida alfombra.

Esa sala representaba su parte india secreta. Cuando lo alejaron por la fuerza de su madre y lo trajeron a Inglaterra con el fin de educarlo para que fuera duque, instintivamente comprendió que para no perder la cordura debía parecer inglés. No podía cambiar su piel morena, pero sí hablar y vestirse como un noble y realizar las actividades propias de un señor. De ahí esas hermosas vestimentas que colgaban en el vestidor.

¿Habría entrado alguien en su templo secreto aparte de Wharf? No. Al instante supo que ni siquiera los amigos que lo dejaron todo para viajar a Escocia a buscar su cadáver sabían de la existencia de ese santuario oculto. No le había revelado a nadie esa parte suya a excepción de su ayuda de cámara, que tenía sus propios motivos para callar la boca.

Tratando de ordenar pensamientos que no lograba aclarar del todo, pasó las yemas de los dedos por la rueda de bronce, que representaba el fuego, en cuyo interior estaba el bailarín Shiva. Comprendió que había una profunda y complicada relación entre su amnesia y la ocultación de una parte enorme de su naturaleza más íntima. Pero no sabía qué podía hacer para volver a estar entero, integrando esas partes.

Recordó las ocasiones en que asistió al servicio religioso con Mariah en Hartley. Había encontrado natural y estimulante el servicio, bastante parecido a esa sala. Salió de su templo y cerró la puerta con llave. Encontró a Wharf en el vestidor cepillando una chaqueta azul oscuro que no necesitaba en absoluto esa limpieza.

—Wharf, ¿yo me consideraba cristiano?

El ayuda de cámara lo miró a los ojos, francamente.

—Una vez me dijo que era cristiano e hindú al mismo tiempo, pero que creía que la mayoría de las personas no entenderían eso.

Adam se rió, soprendido.

—Posiblemente no. Será mejor que continúe guardando eso en secreto. ¿Tú eres la única persona que sabe lo de mi... templo particular?

—Creo que sí, señor.

Sostuvieron la mirada un momento y luego Adam desvió la vista. Cada uno de ellos tenía su secreto y respetaba el del otro.

—¿Esa es la chaqueta que me voy a poner para bajar a reunirme con mis huéspedes, supongo?

—Sí, señor. Las demás prendas están preparadas. Pensé que sería mejor un traje de mañana, puesto que sus amigos no han tenido la oportunidad de cambiarse su ropa de viaje.

En unos pocos minutos Adam quedó vestido como el duque de Ashton, con calzas, chaleco y chaqueta de corte impecable. Tuvo que reconocer que era impresionante el efecto de la soberbia confección de la ropa. Sus botas altas relucían, y descubrió que sus manos no habían olvidado la manera de anudarse la corbata a la moda. Pensando que se conocía mejor que cuando llegó, preguntó:

—¿Cómo encuentro a mis huéspedes?

—Yo le enseñaré el camino, señor. La distribución de la casa exige un cierto aprendizaje.

Guiado por Wharf llegó al comedor pequeño al mismo tiempo que los demás. Mariah se estaba riendo de algo que le dijo Julia, y se veía tan hermosa y encantadora que se le oprimió el corazón como si se lo estuvieran apretando en un puño.

Lo había ofendido la mentira de ella al decir que estaban casados, pero su templo hindú oculto demostraba que él no había sido muy veraz en su vida. Aún era muy pronto para hacer oficial el compromiso, aún le faltaba redescubrir muchas piezas de sí mismo, pero estaba dispuesto a aceptar que deseaba estar siempre con ella. Dirigiéndole una sonrisa sólo para ella, le cogió el brazo.

—¿Veamos que nos ofrece la cocina de la casa Ashton?

—Seguro que la comida será muy buena —musitó ella, con los ojos iluminados al ver la expresión de él.

—La comida será mejor que buena —dijo Kirkland, ofreciéndole el brazo a Julia—. Tienes el mejor chef de Londres, Ash. Nuestra recompensa por todas esas cenas a lo largo del camino.

Holmes el mayordomo captó la mirada de Adam y movió los ojos hacia una de las cabeceras de la mesa, para indicarle dónde debía sentarse. Adam se dirigió a ese puesto y retiró la silla de la derecha invitando a Mariah a sentarse en ella, al tiempo que le decía en voz baja:

—Después tenemos que hablar. Hay una cosa que deseo enseñarte.

Le enseñaría su templo oculto, porque si iban a tener un futuro ella debía entender y aceptar esa parte de él que había ocultado. Pero no creía que hubiera problemas; Mariah era tan tolerante como hermosa. Se miraron a los ojos un momento y con su sonrisa ella le dijo que entendía que él no podía explicar nada más en público.

Adam estaba a punto de sentarse cuando entraron tres personas en el comedor. Una era el lacayo que les había abierto la puerta en cuanto llegaron. Detrás venían un hombre de pelo claro y bien vestido, que tendría más o menos su misma edad, y una guapa mujer de edad madura. Miró los ojos verdes del joven; no eran de un verde tan vivo como los suyos, pero decididamente verdes. ¿Podría ser él...?

—Señora Lawford, señor Lawford —anunció el lacayo.

Su primo y su tía, los parientes más cercanos que tenía. En la cara del joven apareció una ancha sonrisa.

—¡Ashton, de verdad eres tú! —avanzó rápidamente y le cogió la mano. En voz baja le dijo—: Soy tu primo Hal, ¿sabes?

—No estaba seguro, gracias por confirmármelo —dijo Adam, también en voz baja, y le estrechó la mano, pensando que parecía verdaderamente feliz por verlo vivo. Claro que Hal ya había recibido la noticia y tenido tiempo para preparar su reacción. Si mentía mostrándose contento, era buen actor. A modo de prueba, le preguntó—: ¿No estás fastidiado por no heredar?

La expresión de Hal se tornó pesarosa.

—Me gustaría tener el título, lógicamente, pero aún es demasiado pronto. Prefiero tener varias décadas de libertad y despreocupación antes de heredar debido a que sólo has tenido hijas. —Le apretó la mano con fuerza—. Eso es mucho más agradable.

La madre de Hal era alta, iba muy bien vestida, y en su pelo rubio se veían toques plateados.

—¡Mi querido niño! No te imaginas qué maravillosa sorpresa fue saber que estabas vivo. —Le puso la mejilla para que se la besara, aunque sus ojos azul claro no reflejaban mucho cariño—. Hal insistió en que viniéramos en el instante en que nos enteramos que estabas de vuelta en casa.

Agradeciendo que le hubieran dicho su nombre, Adam dijo:

—Me alegra estar en casa, tía Georgiana. Espero que nos acompañéis en el almuerzo. —Al verla asentir, ordenó al lacayo que añadiera dos puestos a la mesa. Cuando este salió y sólo quedaron presentes esos familiares y sus amigos, añadió—: Te habrás enterado de que sufro de problemas de memoria. No recordaba lo hermosa que es mi tía.

A ella se le suavizó la expresión por el cumplido.

—Me alegra verte tan bien después de esa horrible experiencia. Tenemos una deuda considerable con tus amigos, por encontrarte.

—Han hecho muchísimo más de lo que les habría exigido el deber —dijo Adam, y puso la mano en el hombro de Mariah—. Permíteme que te presente a mis dos nuevas amigas, la señora Bancroft —hizo un gesto hacia Julia— y la señorita Clarke, que han viajado con nosotros desde el norte. —Aumentó la presión de la mano sobre el hombro de ella—. La señorita Clarke y yo estamos comprometidos.

A Georgiana le bajó bruscamente la mandíbula, horrorizada.

—Ashton, ¡eso es imposible! ¡Estás comprometido con mi hija, Janey!

Capítulo 26

Comprometido con Janey». Mariah sintió hundirse los dedos de Adam en el hombro cuando esas palabras le golpearon el corazón como un martillazo. El afecto que vio en su expresión cuando se encontraron fuera del comedor le había dado la esperanza de que podrían solucionar sus problemas. Esa esperanza había desaparecido.

Adam y Janey habían crecido juntos; Janey lo conocía de maneras que ella no lo conocería nunca. Habían decidido casarse y un caballero no rompe un compromiso. Jamás.

—¿Por qué nadie me lo había dicho? —preguntó Adam, con la voz tensa.

Confuso, aunque no sorprendido, Hal arqueó las cejas.

—Durante años y medio he esperado un compromiso, aunque mi traviesa hermana debería habérmelo dicho cuando ocurrió. Siempre habéis sido uña y carne. Creía que esperarías a que ella cumpliera los veintiún años para proponerle matrimonio. Ya sólo faltan unas semanas. —Sonrió de oreja a oreja—. ¡Felicitaciones! No podría esperar un cuñado mejor.

—Al principio tenías la intención de esperar, Ashton —dijo Georgiana—. Pero cuando me visitaste para pedir mi bendición dijiste que dado que te marchabas a Escocia deseabas proponerle matrimonio antes de emprender al viaje. —Sonrió afectuosa—. No querías que ella se enamorara de otro durante la temporada.

—Comprendo —dijo Adam pasado un momento. Mariah notó lo mucho que le costaba aceptar que estaba comprometido con una mujer a la que no lograba recordar—. ¿Dónde está Janey ahora? ¿Por qué no ha venido con vosotros?

—Se sentía en la gloria después que le hiciste la proposición —explicó Georgiana—. Habiendo tenido ya dos temporadas no le apetecía participar en esta sin ti, así que decidió ir a la casa de mi hermana en Lincolnshire y esperar ahí tu regreso. Yo estaba haciendo los planes para un grandioso baile para celebrar su cumpleaños y anunciar vuestro compromiso, cuando nos llegó la terrible noticia de tu accidente. —Su expresión se tornó grave—. Se sintió destrozada el día que le escribí acerca de tu aparente muerte, y decidió quedarse en Lincolnshire a hacer el luto en privado, en lugar de volver a Londres.

—¿Sabe que sobreviví?

—Le escribí tan pronto como recibí la carta de Masterson, así que ya tiene que saberlo. Querrá volver a toda prisa a saludarte, pero ha estado enferma, así que el viaje se retrasará.

—Nada grave, espero —dijo Adam, en tono envarado.

—Cayó con la fiebre intermitente —contestó Georgiana—, creo que a causa de la aflicción, combinada con la humedad de los pantanos. A mí me preocupaba la humedad cuando decidió hacer la visita, pero ella deseaba ver a su tía y a sus primos. Mi hermana no le permitirá regresar a Londres mientras no esté bien para viajar, así que podrían pasar varias semanas.

—Le deseo una recuperación rápida —dijo Masterson.

Georgiana miró a Mariah, fríamente. La alegraba que su hija fuera a ser duquesa, y su expresión dejaba claro que no permitiría que ninguna mujer del campo obstaculizara ese arreglo perfecto.

—Como ve, señorita Clarke, es absolutamente imposible que esté comprometida con Ashton.

Mariah hizo acopio de toda la dignidad que pudo y contestó:

—Tanto Ashton como yo sabíamos que era posible que hubiera

una relación que aún no se hubiera hecho pública. Sabes que tienes mis mejores deseos, Ash.

Le pareció que se las había arreglado para hablar en tono tranquilo, aunque vio que Masterson y Julia la estaban mirando preocupados.

—Gracias —dijo él en un susurro, y bajó la mano de su hombro.

Se hizo un silencio de hielo, que rompieron los criados al entrar a disponer dos puestos en la mesa. Los dos invitados se sentaron. Entraron los criados con el primer plato, una abundante cantidad de fuentes. Masterson y Kirkland se encargaron de llevar la conversación, con la colaboración de Hal Lawford. Las tres mujeres guardaban silencio, Randall miraba ceñudo su plato, y Adam parecía aturdido.

Aunque la comida era deliciosa, a Mariah le sentó como gravilla en el estómago.

El almuerzo se prolongó tanto que a ella le pareció una eternidad. Tan pronto como pudo, sin faltar a la educación, se disculpó diciendo que estaba agotada por el viaje y deseaba descansar. En cuanto salió, notó que Adam la seguía con una sufriente mirada. Si fuera más egoísta la alegraría que él se sintiera tan desgraciado como ella.

Pero estaba muy orgullosa de sí misma. Consiguió contener las lágrimas hasta que se encontró a salvo en su dormitorio.

Poco después que salió Mariah, los comensales comenzaron a levantarse y algunos a prepararse para marcharse. Aprovechando el ajetreo, Adam llevó hacia un lado a Will Masterson.

—Este compromiso con Janey Lawford... ¿es creíble que yo le pidiera que se casara conmigo?

—Nunca hiciste ni la más leve insinuación de que podrías pedírselo, pero sí, tiene lógica —contestó Will, ceñudo—. Siempre le has tenido mucho cariño. Yo creía que la querías más como a una hermana pequeña, pero los sentimientos cambian, y ella ya no es aquella niña traviesa; se ha convertido en una hermosa jovencita.

Adam pensó en el sueño en que tenía abrazada a la joven beldad de ojos verdes. ¿Sería un recuerdo de cuando le propuso matrimonio?

—Me pareció que nadie se sorprendió al oír lo del compromiso.

—Tú te sentías más relajado con Janey que con cualquier otra mujer de la alta sociedad —dijo Will—, pero siendo su tutor legal, tal vez considerabas incorrecto declararle tus sentimientos antes que fuera mayor de edad. —Guardó silencio un momento, pensativo—. Si estabas esperando discretamente que cumpliera los veintiuno, eso explicaría por qué no manifestabas interés en ninguna otra mujer.

Adam sintió cerrarse los barrotes de la prisión. Estaba comprometido con una mujer a la que no lograba recordar. Temiendo la respuesta, preguntó:

—Si no recuerdo mal, es inaceptable que un hombre rompa un compromiso.

—Absolutamente. Eso sencillamente no lo hace ningún hombre de honor. —Lo miró compasivo—. Cuando te vuelvas a encontrar con Janey recordarás por qué deseabas casarte con ella. Es una jovencita afable, encantadora, inteligente. —Pensó un momento—. Si hubieras conocido a la señorita Clarke antes de proponerle matrimonio a Janey, sería diferente. La señorita Clarke es igualmente encantadora e inteligente, y además posee una madurez que Janey no ha tenido oportunidad de desarrollar. Pero la conociste demasiado tarde.

Demasiado tarde. Condenación, debería haber insistido en que Mariah fuera a Gretna con él.

No pudo continuar la conversación porque se le acercó un caballero de edad madura, vestido sobriamente.

—Excelencia, soy George Formby, su secretario. Si tiene tiempo esta tarde, hay unos asuntos urgentes que requieren su atención.

Bueno, fin de la posibilidad de ir a buscar a Mariah. Lo llamaba el deber, y al parecer el duque de Ashton siempre cumplía con él.

El muy organizado Formby le tenía una montaña de documentos que debía someter a consideración. Firmó los que eran simples, urgentes y no requerían pensar mucho para decidir. Los asuntos más complejos los fue apartando para estudiarlos mejor. Formby le fue explicando todo pacientemente. Todos esos asuntos de administración o negocios le producían una vaga sensación de familiaridad, pero sin el secretario no habría sabido qué hacer.

Fue una sesión agotadora para los dos. Ya estaba bien avanzada la tarde cuando decidió parar.

—He asimilado todo lo que soy capaz en un día —dijo—. ¿Hay algún asunto que deba considerar inmediatamente?

Formby alargó la mano hacia unos papeles, pero detuvo el movimiento.

—Nada es tan urgente que no pueda esperar. Ya ha hecho bastante trabajo para su primer día en casa. —Cogió los papeles que Adam había firmado—. En nombre de todo el personal, excelencia, estamos felices de que haya sobrevivido.

Adam se frotó la dolorida sien.

—Gracias, Formby. Y gracias por tu paciencia con mis fallos.

El secretario hizo una venia y se retiró.

Adam continuó sentado en el sillón ante su escritorio, sintiéndose cansadísimo. Ese despacho en la planta baja era una sala magnífica, amplia, las paredes revestidas con madera oscura, espléndidas alfombras orientales, muchísimos libros y muebles cómodos. Una buena cueva para esconderse.

No se le ocurría qué más hacer. Durante el viaje había tenido la esperanza de que volver a su verdadera vida le devolvería la memoria y la sensación de estar en su casa. Pero se sentía más como un desconocido que visita su vida a regañadientes.

Sonó un golpe en la puerta y dio el permiso para entrar. El corazón le dio un vuelco al ver aparecer a Mariah. Se levantó y la miró intensamente, observándola. Su expresión era casi normal, pero se había quedado con la espalda apoyada en la puerta, como si estuviera a punto de salir huyendo.

—Vengo a solicitar permiso para pedirle a un lacayo que me acompañe al despacho de mi abogado mañana por la mañana —dijo ella, en tono exquisitamente natural—. Tengo que darme prisa en ocuparme de mis asuntos para poder volver a casa.

—No hay ninguna necesidad de que te des prisa en marcharte de Londres —dijo él, con la garganta oprimida—. Siempre eres bienvenida en mi casa.

—Es absolutamente necesario que me dé prisa en marcharme. Aquí no hay lugar para mí.

Era juiciosa. Más juiciosa que él, que no deseaba nada tanto como tenerla cerca. Pero decirlo estaría mal, y empeoraría aún más la situación.

—Por supuesto que puedes contar con los servicios de un lacayo —dijo, obligándose a hablar en tono sosegado—, pero ¿por qué no comienzas por enviarle una nota? Así podrás concertar una cita en lugar de ir a su despacho y encontrarte con que no está. —Sonrió—. Usa el papel de cartas de la casa Ashton. Eso captará su atención.

Ella hizo una mueca.

—Detesto depender de tu apellido y título, pero eso iría muy bien. El señor Granger ha sido negligente. No ha contestado a ninguna de mis cartas. Aunque es posible que esté enfermo y no pueda.

—Eres generosa al darle el beneficio de la duda, pero lo más probable es que sea un incompetente. Un hombre capaz tendría un secretario que le lleve los asuntos cuando está enfermo. ¿Quieres que te acompañe yo? Lo haría con mucho gusto.

Ella lo pensó y asintió.

—Es posible que a una mujer sola no la tomen en serio. Cuando lo conozca sabré si necesito buscar otro abogado.

—Será un placer para mí ayudarte, y ayudar a la señora Bancroft también. —Sonrió irónico—. Bien podría aprovechar mi exaltada posición.

Ella le correspondió la sonrisa, igualmente irónica.

—Si algo he aprendido en mi vida tan poco ortodoxa es a ser práctica. No me cabe duda de que alarmarás al abogado, y si George Burke vuelve a amenazarme con un pleito alguna vez, me encantará verle aterrorizarlo. Gracias, excelencia.

Él hizo una honda inspiración.

—No me llames así, por favor. Prefiero Adam, o Ash, o Ashton, pero encuentro muy ridículo que me llames «excelencia».

—Muy bien, Ash.

Diciendo eso se giró y alargó la mano hacia el pomo de la puerta.

Él deseaba que lo llamara Adam, pero ese era un trato demasiado íntimo. Sintiendo la necesidad de hablar de la situación entre ellos, dijo, vacilante:

—Cuando elucubraste que era posible que yo estuviera comprometido con una mujer a la que no recordaba, yo no lo consideré probable, pero tenías razón. Lo siento... muchísimo.

A ella se le entristeció la expresión, pero negó con la cabeza.

—Yo también lo siento, pero cuando tu tía reveló el compromiso comprendí que fuimos juiciosos al esperar y no hacer nada imprudente.

Fueron imprudentes esa tarde en el jardín, y él no lo lamentaba.

—Eres mejor persona que yo. Mi primer pensamiento fue lamentar que no hubiéramos ido a Gretna Green. No se habría podido hacer nada si hubiéramos llegado a Londres casados.

—Ahora dices eso porque no recuerdas a Janey, pero piensa en lo que habría significado eso para ella. Te ha conocido la mayor parte de su vida, y tal vez te ha amado todo ese tiempo. Se habría sentido destrozada si hubieras vuelto aquí casado. —Se le contrajo la cara—. Y podría ser una esposa mejor para ti. Se ha criado en tu círculo;

conoce a tus amigos y sabe todo lo que hay que saber para ser una duquesa.

—Puede que tengas razón —suspiró él—, pero es difícil tener sentimientos por una desconocida. Tú eres la que conozco y deseo.

Ella entrecerró los ojos.

—Cuando nos encontramos fuera del comedor me miraste con una expresión diferente.

—En cuanto regresé a mis aposentos me di cuenta de que no había sido muy sincero en mi vida y comprendí que había exagerado la importancia de la mentira que me dijiste. Estaba a punto de pedirte que me perdonaras, con la esperanza de que pudiéramos reanudar la relación a partir de donde la dejamos.

—No hay nada que perdonar. —Desvió los ojos porque ya no se sentía capaz de sostenerle la mirada—. Me alegra que nos hayamos conocido, aun cuando no vuelva a verte nunca más después que me marche de Londres.

Esas palabras le dolieron, pero eran irrefutables. Si estaba atado a otra mujer sería tonto e injusto ver a Mariah otra vez.

Pero aunque no podría pasar su vida con ella, deseaba que conociera su parte oculta.

—¿Me acompañas a mis aposentos? Hay una cosa que quiero que veas. —Sonrió irónico—. Sé que no es decoroso llevarte ahí, pero mis motivos no son deshonrosos, y creo que lo encontrarás... interesante.

—Mi curiosidad siempre ha sido más fuerte que mi juicio —dijo ella correspondiéndole la sonrisa con una que casi lo hizo olvidar sus honrosas intenciones—. Adelante, excelencia, Ash.

Salieron del despacho y se dirigieron a la escalera.

—¿Es cómoda tu habitación? —preguntó él cuando ya iban subiendo.

—Es la mejor que he tenido en mi vida, y lo digo habiendo sido huésped en muchísimas casas señoriales de campo. —Lo miró curiosa—. ¿Cómo te sientes en esta casa? ¿Te resulta conocida?

—Un poco. Pero había esperado que el regreso a mi casa me devolviera el pasado. —Llegaron al rellano y le indicó que tomarían a la derecha—. En lugar de eso, sólo me he sentido más frustrado. Hasta el momento sólo hay un lugar que realmente me habla. Allí te llevo.

Abrió la puerta de su sala de estar, fue hasta el escritorio y sacó la llave de su escondite. No hizo nada por ocultar el lugar. Eso sólo era un acto de confianza insignificante, comparado con revelar su ser interior.

Abrió la puerta y con un gesto la invitó a entrar.

—Entra en mi refugio secreto.

Ella agrandó los ojos y se dio una vuelta completa mirando las estatuas, fascinada.

—Creo que esto es oración, no arte.

Él asintió.

—Lo has dicho mejor de lo que podría decirlo yo.

Ella tocó las flores secas caídas delante de Lakshmi.

—Has mantenido la fe de tu infancia en tu corazón.

—¿Te horrorizan mis hábitos paganos? No soy un correcto caballero inglés cristiano.

—Sabes las oraciones y respuestas anglicanas tan bien como yo —dijo ella, pensativa—. Creo que te has convertido en un inglés más que normal, no menos.

Él exhaló un suspiro de alivio.

—No sabía cómo reaccionarías ante esto. Tal vez no debería importarme lo que pienses de mi naturaleza india, pero... pero me importa. No quería que sintieras rechazo.

—Nani Rose decía que hace mucho, mucho tiempo, los rom, así se llaman los gitanos, vinieron de India. —Hizo un gesto hacia la imagen de Lakshmi—. Tal vez somos primos muy, muy lejanos. Tú no te horrorizaste cuando te dije lo de mi sangre gitana. Los dos podemos ser tolerantes.

—Gracias por tu aceptación —dijo él, en voz baja—. ¿Te gustaría saber más acerca de los diferentes dioses?

Ella sonrió encantada.

—Por favor.

Hablar de las diferentes deidades le sirvió para dominar el deseo que hervía en él a fuego lento.

—Recuerdas muchas cosas acerca de los dioses —comentó ella mientras iban saliendo de la sala—. Me parece que funciona esa parte de tu memoria.

—Pues, sí —dijo él, sorprendido—. Espero que eso sea buena señal. Creo que reconocer mi lado indio es esencial para recuperar mi pasado. —Cerró la puerta con llave—. Me gustaría saber si Janey aceptará esa parte de mí o se sentirá horrorizada.

—No creo que le hubieras propuesto matrimonio si no hubieras tenido fe en su aceptación. En realidad, es posible que ya la hayas traído aquí.

—Interesante idea. Siempre vas un paso por delante mío. —Frunció el entrecejo intentando visualizarse acompañado por Janey en ese refugio—. Tengo la impresión de que eso no ha ocurrido, pero no puedo fiarme de eso, puesto que escasamente recuerdo cómo es.

—¿La recuerdas?

—Creo que sí —repuso él, de mala gana—. Tengo una imagen de ella abrazándome y mirándome con una sonrisa radiante. Tal vez fue cuando le propuse matrimonio.

—Muy probable —dijo ella, dirigiéndose a la puerta que daba al corredor, desaparecida de su cara toda la animación—. Gracias por revelarme una parte tan importante de ti.

Él sintió como un puñal en el corazón la expresión de ella. Se iba alejando y pronto desaparecería totalmente de su vida. Ese pensamiento era insoportable. Le dio alcance antes de que llegara a la puerta.

—Mariah...

Ella se giró a mirarlo con la cara angustiada. Se abrazaron como empujados por una tormenta de fuego, besándose y acariciándose con desenfreno. El sabor de su boca era embriagador como el vino y su cálido cuerpo se amoldaba al de él a la perfección. Olvidando las barreras que los separaban, la acarició, saboreó e inspiró su esencia. Mariah, su salvadora y su placer, el centro de su vida. Deseaba protegerla eternamente, y hacerle el amor durante una eternidad también.

—Intento hacer lo correcto, Adam —musitó ella, con la voz rota—, pero es terrible desearte tanto sin poder tenerte.

Estaban apoyados en la puerta, apretados sus cuerpos y moviendo las caderas en un instintivo deseo de unirse. Ardiendo de deseo y ternura, él le besó el cuello.

—¿Como puede no ser correcto esto?

Ella hizo una brusca inspiración, enterrándole los dedos en la espalda. Entonces se apartó, jadeante, tratando de dominarse.

—Lo que estamos haciendo es deshonroso. No debemos continuar, por irresistible que sea el deseo.

Él deseó volver a cogerla en sus brazos. Más aún, deseó llevarla a su cama. Pero en el recoveco de su mente que todavía era capaz de razonar sabía que ella tenía razón.

—Lo que siento por ti es mucho más que deseo. Pero... el honor importa.

—No podemos volver a estar solos —dijo ella. Sonrió con los labios trémulos echándose hacia atrás el pelo. ¿En qué momento se le soltó esa ondulante cabellera dorada?—. Ninguno de los dos tiene la fuerza de voluntad para eso.

—No podemos estar a solas, pero sí podemos estar juntos en público el poco tiempo que nos queda —dijo él. Necesitaba almacenar recuerdos para los negros años en que no la tendría—. ¿Saldrías a cabalgar conmigo por la mañana? Montados a caballo y en un parque, seguidos por un mozo, seguro que podremos vencer la tentación.

Ella sonrió tristemente.

—Si tuviera una pizca de sensatez, diría que no, pero he demostrado que no la tengo. Muy bien, mañana por la mañana iremos a cabalgar. Pero esta noche cenaré en mi habitación. No me siento capaz de estar sentada a la misma mesa contigo después de este momento.

Con la promesa de una cabalgada, él podía dejarla marchar con cierta apariencia de tranquilidad.

—Deja que mire primero el corredor. Es mejor que no te vean salir de mis aposentos.

Ella se alisó el pelo y adoptó una expresión de serena indiferencia.

—Faltaría más, mantengamos las apariencias, ya que es demasiado tarde para la buena conducta.

Él abrió la puerta y se asomó. Nadie a la vista. Retrocedió y con un gesto le indicó que podía salir.

Pero cuando ella salió, le tocó el brillante pelo y después cerró la mano sobre el sedoso recuerdo.

Capítulo 27

*T*an pronto como entró en su habitación, Mariah fue a arrojarse sobre la cama, temblando. ¿Sería mejor la situación si Adam no le hubiera perdonado la mentira? Era terrible el sufrimiento de saber que él la deseaba y que una costumbre social inquebrantable se interponía entre ellos.

Por la cabeza le pasó el mal pensamiento, muy impropio de Sarah, de que podría seducirlo, obligándolo a casarse con ella; su amnesia significaba que el código de honor de caballero era más débil de lo que sería si no sufriera de amnesia. La idea era tentadora, muy tentadora. Pero la vida de Adam era muy inestable, estaba sujeta a muchos cambios. Sería una tonta si lo manipulaba para que hiciera algo que después podría lamentar toda su vida.

Pero la idea seguía siendo... dolorosamente tentadora.

A la mañana siguiente a primera hora Mariah desayunó con Julia en la sala de estar que compartían, té con tostadas. Después Julia la ayudó a ponerse el traje de montar marrón oscuro con adornos plateados con el que Adam no la había visto nunca.

Una vez que Julia se marchó, se miró atentamente en el espejo. Así vestida, no avergonzaría a un duque. Aunque el traje se lo había dado una mujer mayor hacía varios años, con su pericia para coser había eliminado la parte desgastada de la tela, dejándolo como nuevo, y elegante.

Implacable, se recordó la procedencia del traje para acentuar la distancia que la separaba de Adam: él era un duque y ella, una señorita escasamente respetable, que usaba ropa de segunda mano. Y él estaba comprometido; vivían en mundos diferentes.

Con sumo esmero se metió un mechón rebelde bajo el sombrero estilo chacó. Su apariencia estaba perfectamente controlada; era capaz de arreglárselas bien para cabalgar por el parque con un hombre al que no podía tener.

Salió de la habitación y se dirigió a la escalera principal para bajar al vestíbulo de entrada. Cuando comenzó a bajar la escalera vio que Adam la estaba esperando, y la miró con expresión admirativa al saludarla.

Se quedó inmóvil en un peldaño, al caer en la cuenta de que si bien era capaz de controlar su apariencia, no así sus ojos. Rogó que estos no delataran tantas cosas como lo hacían los de Adam.

Continuó bajando.

—Hermosa mañana para cabalgar —dijo.

—Desde luego, y me gustan los caballos que nos ha elegido el mozo —contestó él, con la misma aparente despreocupación.

Continuaron conversando de trivialidades al salir de la casa y dirigirse al establo. Y no se miraron.

Los caballos eran realmente hermosos. Se dirigió al castaño elegido para ella y decidió subir por los peldaños de uno de los bloques para instalarse en la silla de mujer. Eso era mejor que permitir que la ayudara Adam. Su intensa conciencia de él la hizo comprender que debería haber declinado la invitación. Pero ansiaba un buen galope para quemar la energía que la desasosegaba casi tanto como deseaba estar en compañía de él.

Guiados por Murphy, el mozo irlandés delgado con apariencia de matón, se dirigieron al parque pasando por las calles de Mayfair, lo que les exigía ir atentos incluso a esa hora del día. Cuando llegaron a Hyde Park comenzó a relajarse. Por la tarde, a la hora del paseo de los elegantes, Rotten Row estaría atiborrado de coches, pero en esos momentos no se veía casi a nadie.

—Te echo una carrera hasta el final de Rotten Row —le gritó a Adam.

Sin esperar respuesta lanzó el caballo al galope por el ancho y arenoso camino. Qué glorioso sentir la brisa en la cara, como si pudiera escapar de todos sus problemas. Oyó la risa de Adam, que ya le había dado alcance e iba galopando a su lado. Juntos galoparon a todo lo largo de Rotten Row.

Cuando iban llegando al final, ella aminoró la marcha del caballo hasta ponerlo al paso. Adam la imitó. Y al dar la vuelta para volver, ella le dio unas palmaditas en el cuello al castaño.

—Tu establo es francamente excelente, Ash.

—Estoy impresionado por mi capacidad para juzgar en lo que a caballos se refiere, aunque tal vez es a Murphy al que debo dar las gracias. La miró de arriba abajo, admirado.

—Te ves particularmente bien con ese traje de montar. No a todas las rubias les sienta bien el marrón oscuro.

—Parece que te está volviendo la memoria respecto a las modas —dijo ella, pasando por alto la admiración—. ¿Has recordado otras cosas?

—Me parece que recuerdo más cosas que a personas. —Exhaló un suspiro—. Tenía la esperanza de que algo me desencadenara los recuerdos en una inmensa riada, de forma que lo recordara todo de una vez, pero eso me parece cada vez más improbable.

—Tal vez cuando vuelva Janey, todo ocupe su lugar —dijo ella, en tono esmeradamente neutro.

Él se encogió de hombros.

—Tal vez. Cuando volvamos a la casa, ya debería haber vuelto el lacayo con noticias de tu abogado. Supongo que siendo la única heredera de tu padre lo recibirás todo, aun cuando él no haya hecho un testamento formal.

—Es muy probable, pero eso no facilitará el papeleo. Sé que tenía la intención de hacer redactar uno, pero no sé si tuvo tiempo antes de... antes de morir.

¿Cuándo podría referirse a su muerte sin encogerse?

—Nada puede reemplazar a un progenitor perdido, pero por lo menos te dejó bien situada —dijo él, dulcemente.

—Pura suerte —contestó ella, ya recuperada su sonrisa—. Y lo agradezco como es debido. Soy la señorita Clarke de Hartley, y eso hace maravillas en mi seguridad en mí misma.

Iban a paso lento por Rotten Row, como si ninguno de los dos deseara que terminara la cabalgada. Murphy los seguía a varios discretos largos de caballo, más atrás. Adam tenía razón: ir acompañados por un mozo sí servía para dominar los impulsos rebeldes. De todos modos, sentía intensamente que él se encontraba a sólo unos palmos de distancia y que el tiempo se estaba acabando.

Ya se veían más jinetes. Un caballero con aspecto de militar venía a medio galope en dirección a ellos sobre un hermoso bayo, y más allá varios hombres trotaban a paso tranquilo. Costaba creer que el parque estuviera en el corazón de Londres. A la derecha varias hileras de árboles formaban una cortina que lo separaba de las calles, y a la izquierda se peleaban los patos en las tranquilas aguas del Serpentine.

De repente se oyó el grito de Murphy:

—¡Señor, hay un fusilero entre los árboles! ¡Huya!

Ella miró a la derecha y vio el brillo del sol sobre un largo cañón de rifle apuntado hacia ellos. Adam espoleó a su caballo para ponerlo entre ella y el hombre al tiempo que hacía restallar su fusta en el anca del castaño de ella.

—¡Corre!

El castaño salió disparado como un zorro asustado y en el mismo instante el ruido de un disparo rompió la paz de la mañana. Mientras ella trataba de no caerse de la silla, el caballo de Adam pasó como un celaje por su lado.

Una vez recuperado el equilibrio, miró atrás por encima del hombro y vio a Murphy galopando en dirección a los árboles con una pistola en la mano. El caballero de aspecto militar también iba galopando en esa dirección.

Sonó otro disparo. Sintió pasar la bala cerca de ella y de Adam, los dos inclinados sobre los cuellos de sus caballos que corrían a galope tendido. Ya iban por la mitad de Rotten Row cuando Adam aminoró la marcha y continuó al paso.

—Ya estamos fuera de su alcance —dijo.

Al ver su entrecejo ella comprendió que no le gustaba huir mientras otros perseguían al fusilero. Había antepuesto la seguridad de ella a su deseo de perseguirlo también.

—¿Qué tipo de loco le dispararía a unos desconocidos en un parque?

—No lo sé —dijo él.

Se tocó el hombro derecho y los dedos le quedaron rojos.

—¡Adam! —exclamó ella, al ver que la mancha roja se le iba extendiendo por la camisa blanca—. ¡Estás sangrando!

Él se miró los dedos ensangrentados, perplejo.

—Sólo lo he notado cuando lo has dicho. Me escuece el hombro, pero no me siento herido.

Ella se apeó de un salto, pensando, aterrada, que él estaba mal herido y en estado de choque.

—Baja del caballo para que te examine.

Él se apeó, haciendo un gesto de dolor. Ella lo ayudó a sacar el brazo derecho de la manga de la chaqueta. La camisa tenía un agujero en el hombro, y mucha más sangre. Rompió la tela y vio que la bala del rifle le había rozado el hombro.

—Me parece que la herida no es peligrosa a no ser que se te infecte. Con una buena limpieza y ungüento de basilicón tendría que curar muy rápido.

Él se miró el hombro.

—Pero es sucia. No me gusta ver mi sangre.

—No puedo decir que a mí sí me guste ver tu sangre —dijo ella. Formó una compresa con su pañuelo y le desató y sacó la corbata a él—. Es una suerte que las corbatas sean lo bastante largas para servir de vendas.

—¿Quién habría pensado que la moda podría ser práctica? —dijo él en tono alegre, pero se encogió cuando ella le aplicó la compresa a la herida—. A Wharf no le va a gustar ver cómo ha quedado esta chaqueta.

Ella terminó el vendaje haciendo el nudo por el lado del pecho y le puso la chaqueta en el hombro para ocultar la herida y la sangre.

—Estará tan contento de que estés vivo que no le va a importar. Unas pulgadas más abajo y estarías muerto.

Llegaron hasta ellos Murphy y el hombre con aspecto militar.

—No pudimos coger a ese demonio, señor —dijo el mozo desmontando—. Eligió ese lugar cerca de la orilla del parque para poder desaparecer en las calles inmediatamente. —Se le ensombreció la expresión al ver la venda—. ¿Le ha herido, señor?

—Sólo es un rasguño, Murphy. Gracias por perseguir al villano.

—Wharf me dijo que cuidara de usted, señor.

Adam asintió, como si eso le confirmara una idea.

—Eres su amigo que sirvió con él en el ejército.

—Sí, señor —contestó el mozo, algo receloso.

—Os agradezco que veléis por mi salud y seguridad.

—El arma era un rifle Baker —dijo el hombre de aspecto militar—. Reconocí el sonido.

Murphy asintió manifestando su acuerdo.

—Arma de infantería, y el cabrón tiene una maldita buena puntería. —Recordando la presencia de Mariah se dio un tirón en el sombrero—. Le ruego que perdone mi lenguaje, señorita.

—No podría estar más de acuerdo con su evaluación —dijo ella, y miró hacia el lugar donde se había escondido el hombre—. Creo que es hora de volver a casa para llamar a un médico.

—De acuerdo. —Adam metió el brazo en la manga de la chaqueta, y casi logró no hacer un gesto de dolor. Después miró al desconocido militar—. Soy Ashton y ella es la señorita Clarke. Gracias por ahuyentar al villano antes que hiciera más daño.

El hombre lo miró atentamente con unos penetrantes ojos grises casi hundidos en su cara curtida por el sol.

—¿Será el duque de Ashton? —preguntó—. Hace poco que volví a Inglaterra después de prestar servicios en India. Le conozco de nombre, pero cuando llegamos a Londres se decía que acababa de morir en un accidente al hundirse su barco de vapor en Escocia.

—Quedé herido y lesionado pero sobreviví. Acabo de volver a Londres, ayer.

—Me alegra verle vivo —dijo el hombre mayor, con expresión inescrutable—: Soy John Stillwell.

—¿El general Stillwell de Mysore, señor? —exclamó Murphy.

Stillwell asintió.

—Me han llamado así. Me he retirado del ejército.

Sus modestas palabras ocultaban que en realidad era un héroe militar, por lo que Mariah había leído en los diarios a lo largo de los años. No era de extrañar que hubiera perseguido al peligroso tirador. Pero por interesante que fuera eso, dijo firmemente:

—Ha sido afortunado que estuvieran los dos aquí, pero es hora de que volvamos a casa. Murphy, ¿me haría el favor de ayudarme a montar?

Murphy se acercó al castaño, que no se había alejado, y entrelazando los dedos formó un peldaño para que ella subiera. Adam montó solo, consiguiendo no hacer un gesto por el dolor que le produjo el movimiento.

—General Stillwell, le agradecería que guardara en secreto este incidente. No tengo el menor deseo de convertirme en objeto de cotilleos. Ya es bastante espectacular haber vuelto de entre los muertos.

—Por supuesto —contestó Stillwell montando en su caballo—. Con su permiso, ¿podría visitarle? Conocí a su padre en India.

Adam sonrió.

—Será muy bienvenido, señor. ¿Sabe la dirección de la casa Ashton?

—¿No la sabe todo el mundo? —dijo el general, con un asomo de humor—. Me hace ilusión volver a verle, Ashton.

Con expresión pensativa, hizo virar su caballo y reanudó su cabalgada en dirección al otro extremo de Rotten Row.

—Tomemos una ruta diferente para volver —sugirió Mariah—. Por si acaso.

Murphy lo aprobó asintiendo.

Ni Adam ni Murphy parecían demasiado sorprendidos por ese ataque que podría haber sido letal, pensó ella.

Ocurría algo, algo que tenía toda la intención de descubrir.

En el camino de vuelta a la casa Ashton, acompañado por Mariah y Murphy, Adam observó que el mozo iba vigilante, escrutando el entorno continuamente, por si veía algún posible peligro; como un soldado o un guardaespaldas. Si el hombre no hubiera estado alerta, el fusilero podría haber tenido éxito en su misión.

Hasta ese momento la idea de que un enemigo secreto hubiera maquinado la explosión de su barco había sido algo remota, pero el escozor que sentía en el hombro era muy real. Era necesario localizar y detener a ese enemigo, porque que lo colgaran si tenía que pasarse el resto de su vida escondido en su casa.

Mariah le había disimulado tan bien la herida, que no salió un montón de criados precupados a recibirlo cuando hicieron su entrada en la casa, pero cuando estuvieron en el vestíbulo ella le dijo en voz baja:

—Adam, he visto que ni a ti ni a Murphy os ha sorprendido mucho que intentaran matarte en medio de Londres. ¿Hay algo que no me hayas dicho?

Ella tenía derecho a saberlo.

—Mis amigos creen que alguien desea matarme —contestó—. Yo dudaba de eso antes, pero después de lo ocurrido hoy me inclino a creer que tienen razón.

Ella palideció.

—¿Por qué alguien querría matarte?

—Interesante pregunta. Ojalá pudiera contestarla. Tal vez debido a que mi sangre pagana es considerada una deshonra para la aristocracia británica. Nadie tiene una teoría mejor. —Miró al mayordomo, que acababa de llegar hasta ellos—. Holmes, ¿podrías llamar a un médico? He tenido un pequeño accidente en el parque.

Holmes agrandó los ojos al ver las manchas de sangre que la chaqueta no ocultaba del todo.

Inmediatamente, excelencia.

Cuando se alejó el mayordomo, Adam dijo:

—Dado que me he convertido en un objetivo, cuanto antes vuelvas al norte, mejor. Hoy podrías haber resultado herida, o muerta. —Sintió un escalofrío al pensarlo—. Si ocurriera eso, no podría soportarlo.

—No creo que sea capaz de soportar irme a casa a esperar la noticia de que han asesinado al duque de Ashton —dijo ella, con voz crispada, los ojos agrandados.

—Eso no ocurrirá —dijo él, con más seguridad de la que sentía—. Ahora que está confirmado que tengo un enemigo, centraré mis poderes ducales en encontrar al villano. —Para evitar explicar cómo haría eso, puesto que no tenía idea, le echó una mirada a las cartas y mensajes que esperaban sobre la reluciente mesa lateral. Sacó una—. Esta es la respuesta de tu abogado.

Se la pasó. Ella rompió el sello y leyó las seis líneas.

—Es de su secretario. El señor Granger ha estado fuera de la ciudad, pero se espera que llegue hoy en algún momento, y el secretario me ha concertado una cita para mañana. Supongo que la ausencia del señor Granger explica por qué no me ha contestado hasta ahora.

—Me gustará oír lo que dice cuando vamos a visitarlo. —Al ver que ella lo miraba ceñuda, añadió—: Iremos en un coche sencillo sin blasones. Así no seré un blanco fácil.

—Eso tendrá que servir —dijo ella, aunque su cara continuaba preocupada.

La comprendía. Él también lo estaba. Pero no se pasaría el resto de su vida escondido.

Volvió a mirar las cartas y vio una escrita con una letra que le resultaba muy conocida. Rompió el sello de lacre, la abrió y miró la firma. Era de lady Agnes Westerfield.

Mi queridísimo Adam:

No tengo palabras para expresar la alegría que sentí cuando recibí el mensaje de Masterson diciendo que habías sobrevivido. Nunca hay tantos hombres buenos en el mundo que se pueda considerar que uno sobra.

Me dice que las lesiones que sufriste te han afectado la memoria. He intentado imaginarme lo raro que debe ser no reconocer la propia vida, pero he tenido poco éxito.

Hablé con el señor Richards, el médico que ha parchado a tantos de mis alumnos, entre ellos tú. Tiene cierta experiencia con lesiones en la cabeza, y dice que es imposible saber si te volverá o no la memoria, lo que da que pensar.

Si no vuelves a recordar tus años anteriores a la lesión, eso quiere decir que comenzarás una nueva vida, y eso no es del todo malo. Son pocas las personas que no tienen experiencias que preferirían olvidar. Aunque no tendrás las ventajas de un bebé, que cuenta con unos padres para criarloe y protegerlo, tienes muchos amigos que harán cualquier cosa por ti. Puedes contarme entre ellos.

Aunque fue inmensa la tentación de ir inmediatamente a la ciudad a verte, uno de mis muchachos nuevos está pasando por un periodo difícil y no debo abandonarlo. Pero estaré en Londres lo más pronto que me sea posible. Eso puedes tomarlo como una promesa o una amenaza.

De niño soportaste enormes cambios en tu vida y te adaptaste magníficamente. Volverás a hacerlo.

Con mi cariño y mejores deseos

Lady Agnes Westerfield

Mientras leía, oía una voz femenina en la cabeza, y comenzaron a pasar por ella vivas imágenes. La primera fue la de él mirando a una mujer alta y guapa que actuaba como si fuera de lo más natural hablar con un niño subido a un árbol con un sucio chucho en los brazos. Contempló mentalmente al perro y vio que sus amigos tenían razón: el primer *Bhanu* era tal vez el perro más feo de la faz de la Tierra, pero también el más amoroso. Y lady Agnes lo entendió.

Otros recuerdos de ella comenzaron a pasar girando por su cabeza: enseñando, disciplinando, consolando. Sintió sus brazos rodeándolo cuando lloró al leer la carta de los abogados de Ashton diciéndole que su madre había muerto. Lady Agnes le dio la simpatía y compasión que necesitaba tan angustiosamente, y no le reveló a nadie que fue tan débil que lloró. Los recuerdos se empujaban entre ellos dolorosamente.

Mariah le cogió firmemente el brazo y lo llevó hacia una puerta cercana.

—Esperemos al médico en el salón pequeño.

Cuando ya estaban solos lo llevó hasta un sofá y lo sentó a su lado.

—¿Qué te pasa? —le preguntó, preocupada—. Después de leer esa carta te has quedado como si te hubieran golpeado.

Cayendo en la cuenta de que se estaba friccionando la cabeza, bajó la mano.

—Es una carta muy amable de lady Agnes Westerfield, y me ha desencadenado una gran cantidad de recuerdos de mi tiempo en el colegio. Una especie de golpe, pero en un buen sentido.

—Qué maravilloso. —Le cogió la mano, y su contacto fue muy

consolador—. ¿Recuerdas alguna otra cosa, por ejemplo, tu ida a Escocia a probar tu barco a vapor?

Él lo pensó, y negó con la cabeza.

—¿Y de tu infancia en India?

Él intentó llegar a esa época pero no encontró nada nuevo. De todos modos sus preguntas le sirvieron para centrar la atención en los recuerdos que acababa de recuperar.

—Principalmente recuerdo el colegio y a mis amigos. Cómo nos conocimos, cómo se desarrolló nuestra amistad.

—¿Recuerdas ese tiempo en el colegio con un cierto orden?

—Veamos. —Frunciendo el ceño comenzó a ordenar los desordenados recuerdos—. Recuerdo cuándo conocí a lady Agnes, cuándo viajé a su casa en Kent, y cuándo conocí a los otros chicos a medida que llegaban. Las clases, los estudios. Las travesuras. Los veranos y días festivos con mis primos. —Ya tenía claros recuerdos de Janey, que de verdad era una niña adorable; sintiéndose desleal por el pensamiento, continuó—: Parece que sólo me ha vuelto la memoria de ese tiempo en el colegio, pero los recuerdos son bastante completos.

Sonrió al recordar cómo se fue formando cada amistad a lo largo de los años, como mosaicos de alegrías, preocupaciones, penas y conflictos compartidos. Lo había sorprendido que Masterson, Kirkland y Randall hubieran hecho todo el camino hasta Escocia para buscar su cadáver. En ese momento comprendía que él habría hecho lo mismo por cualquiera de ellos. Eran más hermanos que amigos.

Recordaba claramente el día que arrojó a Randall hasta el otro lado de la habitación durante una de las clases de kalarippayattu que les daba a los otros chicos. Randall se fracturó un brazo, pero a pesar del dolor se rió y le exigió que después le enseñara el truco. El médico del pueblo, el doctor Richards, hombre imperturbable de edad madura, le vendó el brazo fracturado. Eran incontables las historias como esa, los momentos como ese, con cada uno de sus amigos, y los recordaba todos, incluso sus experiencias con Wyndham y Ballard, sus otros compañeros de clase.

—Esto es muy prometedor —dijo ella, pensativa—. Puesto que has recuperado un buen trozo de memoria de una vez, es posible que lleguen otros igualmente completos.

—Tal vez es cuestión de encontrar la llave correspondiente —dijo él—. Lady Agnes ha sido la llave que me ha abierto la puerta a mi tiempo en el colegio.

La expresión de Mariah se tornó neutra.

—Janey podría ser la llave para tus años más recientes.

Entró Wharf con expresión preocupada.

—Excelencia, ¿le han herido?

Mariah se levantó, soltándole irrevocablemente la mano.

—Te dejo al cuidado de tu ayuda de cámara. No tardará en llegar el médico. Has tenido una mañana muy movida.

Un intento de asesinato y la recuperación de un buen trozo de su memoria, sí, muy movida. Lo estimulaba haber recuperado una buena parte de su vida. Tal vez podría recordar una pista que le indicara quien intentaba matarlo.

La parte difícil fue ver alejarse a Mariah.

Capítulo 28

Mariah estaba mejorando su habilidad para alejarse de Adam sin mirar atrás. Tal vez cuando se alejara por última vez ya le habría cogido el truco. Ni siquiera fue a arrojarse en la cama desmoronada. A tientas encontró la puerta de la sala de estar que compartía con Julia y fue a sentarse en un sillón de orejas. Su amiga había salido, así que todo era un bendito silencio.

¿Las llaves del pasado de Adam serían mujeres? Lady Agnes había abierto una puerta grande, y ella sospechaba que Janey Lawford abriría otra cuando volviera a Londres. Adam había descubierto más de su pasado en el santuario particular contiguo a su dormitorio. Pronto recuperaría gran parte de su vida.

No la necesitaría a ella, y así era como debía ser. No había transcurrido mucho tiempo desde que se conocieron, sólo unas cuantas semanas. Volvería a su casa y se forjaría una vida como la señorita Clarke de Hartley. Cuando estuviera vieja y canosa, el tiempo en que conoció a Adam sólo sería una ondulación en el lago de su vida.

Pero no lo olvidaría. Ah, no, no lo olvidaría.

El atontamiento le duró hasta que entró Julia con la cara radiante.

—María, qué gusto verte. He pasado unas horas maravillosas con mi abuela. Cuanto más hablábamos, más fuerte me parecía. Qué contenta estoy de haber hecho este viaje.

Mariah se obligó a salir de su ensimismamiento, que ya se había acercado peligrosamente a la autocompasión.

—Te veo unos cinco años más joven —dijo, afectuosa—. Háblame de tu abuela.

La expresión de Julia se tornó reservada.

—Es sabia y buena, y siempre me aprobaba, aun cuando nadie lo hacía en mi familia. No sé cómo me las habría arreglado sin ella.

—Para eso exactamente están las abuelas —dijo Mariah, nostálgica—. Mi Nani Rose era igual conmigo, incluso cuando yo hacía las peores diabluras.

Julia se sentó en el sillón frente al suyo con un gran revuelo de faldas.

—¿Lo pasaste bien en tu cabalgada con Ashton?

—Justo hasta el momento en que alguien le disparó —repuso Mariah, sarcástica—. No resultó mal herido, pero no fue un buen comienzo del día.

Julia hizo exclamaciones de horror, y ella le contó lo ocurrido en el parque.

—Para ser un hombre agradable, parece que ha adquirido enemigos peligrosos —comentó Julia—. Tú podrías haber resultado herida también. O muerta.

Mariah exhaló un suspiro.

—Estaré a salvo cuando me marche de Londres, y sólo faltan unos pocos días. Sólo espero que Ash esté a salvo también.

—Lo estará. Es poderoso, inteligente, y tiene buenos amigos.

—Espero que eso baste.

Le rompía el corazón pensar en el cuerpo de Adam, tan cálido, tan apasionado, yaciendo frío, muerto. Cayó en la cuenta de que tenía las manos fuertemente apretadas; las relajó. Se le había ocurrido una idea tan desmadrada que no debería decirla en voz alta, pero una vez más el lado virtuoso de su naturaleza, Sarah, cayó derrotado.

—Julia, ¿conoces alguna manera de evitar quedar encinta?

Julia se limitó a pestañear, sin hacer ningún gesto de horror.

—Conozco uno o dos métodos. No son infalibles pero normalmente resultan. —Sonrió levemente—. Eso es el motivo más común por el que las mujeres acuden a mí. Sobre todo mujeres que tienen demasiados hijos. Tener o no bebés siempre ha sido asunto de mujeres.

—¿Cuál es la mejor manera de prevenir engendrar uno?

Se miró las manos, que volvía a tener apretadas. Si Julia le preguntaba para qué deseaba saberlo, se moriría de vergüenza.

Pero Julia no tenía por qué preguntar.

—Una esponja empapada de vinagre suele ser eficaz. —Tranquilamente, sin emitir ningún juicio, le explicó cómo se usaba—. Llevo conmigo un par de ellas. Nunca sé cuándo me voy a encontrar con una mujer que tenga esa necesidad. ¿Quieres que te dé una?

—Por favor —dijo Mariah, y la voz le salió en apenas un susurro.

Julia se levantó y fue a su dormitorio a buscar la esponja. Cuando volvió le puso suavemente la mano en el hombro.

—¿De verdad sabes lo que vas a hacer?

Mariah ya se estaba dejando marcas en las palmas con las uñas.

—Tal vez no lo haga, pero... si no lo hago podría lamentarlo eternamente.

—Muy bien.

Cuando Julia comenzaba a girarse para volver a su dormitorio, Mariah le preguntó:

—¿Tienes algún interés romántico en el reverendo señor Williams?

—¡Santo cielo, no! —exclamó Julia, arqueando las cejas—. He tenido un marido y de ninguna manera deseo otro. Tienes mi permiso para coquetear con él todo lo que quieras cuando vuelvas a Hartley.

Mariah logró esbozar una sonrisa torcida.

—Tal vez lo haga. Es un hombre simpático y atractivo, y una vez que llegue a casa y me embarque en una vida de virtud intachable, él podría ser el único hombre atractivo que conozca.

Julia se rió.

—Si asistes a reuniones sociales en Londres, tendrás hombres rondándote como abejas.

Mariah arrugó la nariz.

—No me hace ilusión que me piquen.

Julia se puso seria.

—¿Has llegado a desear que el mar hubiera llevado a Ashton a la playa de otra persona?

—Jamás —contestó Mariah al instante—. Tampoco lamento haberme enamorado de él. —Ya está, lo había dicho en voz alta—. Puede que mi corazón esté mellado, pero sobreviviré. Y me cae bastante bien el señor Williams, ¿sabes? Tal vez algún día sienta algo más por él.

Cuando Julia se marchó, Mariah pensó si tendría el valor de aprovechar la esponja para seducir a Adam, y si lo lograría si lo intentaba. Si él tenía un claro recuerdo de su compromiso, se sentiría obligado por el honor a no traicionar a su futura esposa. Pero si Janey continuaba siendo una nebulosa obligación, bueno, eso sería otra historia.

Janey lo tendría siempre. Ella se conformaría con una sola noche.

La cita de Mariah con su abogado era a media mañana así que después de desayunar en su habitación bajó al patio del establo, que estaba detrás de la casa. Adam estaba junto a un coche cerrado pequeño, de aspecto algo pobretón, conversando con Murphy.

Confundida, preguntó:

—¿Este vehículo ya estaba en la cochera Ashton o apareció aquí por milagro en un abrir y cerrar de ojos?

Adam sonrió.

—Apareció. Ayer hablé con Murphy y le expliqué lo que necesitaba, y he aquí, un milagro.

Ella se rió.

—Excelente, Murphy. Este vehículo va a pasar fácilmente desapercibido en las calles de Londres.

—En especial, dado que hay una salida por detrás de la casa —dijo Adam—. Hemos de esperar que el villano no tenga a colegas vigilando todas las salidas.

—Este coche entró por la puerta principal esta mañana y tiene todo el aspecto de pertenecer a un comerciante —dijo Murphy—. A nadie se le va a ocurrir que es el duque el que sale en él.

Murphy era sin duda un protector de talento, pensó ella, pero mientras este la ayudaba a subir al coche, deseó que no fueran necesarios esos talentos. Se instaló en el asiento con vista hacia atrás para no ir sentada al lado de Adam. Cuanto mayor distancia, mejor, y no era mucha la distancia en ese pequeño vehículo, aun cuando los pasajeros hicieran todo lo posible por no tocarse.

El propio Murphy conducía el coche, vestido con ropa pulcra pero no distintiva. Mientras cruzaban los jardines de atrás en dirección a la salida, ella vio a varios hombres vestidos sobriamente caminando por el interior de los muros.

—¿Ahora tienes guardias?

—Ex soldados —explicó él—. Mi secretario, entre otros, insistió en que era necesario. Cuando caiga la noche aumentará el número de guardias.

Ella intentó relajarse en el asiento lleno de protuberancias.

—Esa no es una manera agradable de vivir.

—No será por mucho tiempo, espero —dijo Adam, suspirando—. Yo deseaba negarme a poner guardias, pero son muchas las personas que viven en la casa, entre ellas tú. Sería imperdonable si alguna resultara herida debido a una negligencia por mi parte. —Miró por la ventanilla. Las calles se iban llenanado de coches y gente a medida que avanzaban hacia el este, hacia la City, el antiguo distrito financiero y empresarial de Londres—. Tomar precauciones es sensato, pero no creo que sea posible protegerse totalmente de un asesino resuelto.

—Por suerte las armas suelen errar el tiro, y si te atacan cuerpo a cuerpo eres muy capaz de defenderte —dijo ella, pragmática—. Todavía me gusta recordar cómo arrojaste a George Burke hasta el otro lado del salón. —La sonrisa de él la hizo desear inclinarse a besarlo. No lo hizo, pero se le ocurrió que no lo había visto sonreír mucho ese último tiempo—. Me dijiste que tus amigos te sugirieron que estabas en peligro. ¿Por qué lo dijeron?

A él se le desvaneció la sonrisa, y escuetamente le explicó todo lo que ellos habían averiguado acerca de la explosión de la caldera del *Enterprise*.

—O sea, que alguien desea matarte —dijo ella cuando él terminó—, y no hay ningún motivo obvio a no ser tal vez odio o resentimiento por tu sangre india.

—Tal vez ofendí gravemente a alguien y no lo recuerdo. Tal vez llevaba una vida secreta de depravación, de la que no sabían nada mis amistades ni mi familia, y me hice de enemigos a porrillo. —Se encogió de hombros—. No me interesa tanto el motivo como detener al individuo.

—De acuerdo —dijo ella, y curvó los labios en una sonrisa—. Tengo bastante dificultad para imaginarte llevando una vida secreta de depravación.

—Yo también. No recuerdo mucho sobre la depravación para saber qué podría haber hecho.

Se miraron y se echaron a reír. Ella se tapó la boca con una mano y miró por la ventanilla, pensando en lo íntima que era la risa compartida.

Era de esperar que él y Janey pudieran reírse juntos.

El bufete del señor Granger estaba en una zona intermedia, ni rica ni pobre, comprobó Mariah cuando bajó del coche. Eso tenía lógica; su padre deseaba pericia, pero la habría buscado a un precio razonable.

Adam la acompañó al interior, y Murphy se quedó en el coche a esperarlos.

El despacho se veía bien mantenido, aunque el joven secretario tenía el escritorio a rebosar de carpetas. Este se levantó sonriendo.

—Usted debe de ser la señorita Clarke.

—Sí, y él es mi amigo el duque de Ashton —repuso ella, dispuesta a sacar hasta la última gota de provecho de la señorial presencia de Adam.

El secretario agrandó los ojos.

—Iré a decirle al señor Granger que ha llegado.

Dicho eso salió de la sala. Antes que transcurriera un minuto reapareció, y se oyó una voz detrás de él:

—¡Y prepara té para nuestras visitas!

Si hubiera venido sola, pensó ella, ¿habría sido considerada digna de té la simple señorita Clarke?

Cuando entró en el despacho, seguida por Adam, el abogado se levantó y avanzó a saludarla amablemente. Era un hombre fornido, de pelo algo canoso, y aunque dirigió una sagaz mirada a Adam, no parecía inclinado a darle coba.

—Tomen asiento, por favor —dijo, indicándoles las dos sillas delante de su macizo escritorio—. Estoy encantado de conocerla por fin, señorita Clarke. Su padre siempre habla en términos muy elogiosos de usted y de sus capacidades. ¿También está en Londres?

Mariah se sintió paralizada.

—¿No sabe que murió?

—¡Santo cielo, no! —exclamó Granger, horrorizado—. ¿Eso acaba de ocurrir?

Mariah tragó saliva, sintiéndose tal como se sintió cuando Burke le dio la noticia. Al ver su aflicción, contestó Adam:

—Hace unas semanas. El señor Clarke venía de viaje a Londres cuando lo asaltó un bandolero y lo mató. Nos dijeron que fue enterrado en el camposanto de la localidad, en Hertfordshire.

—Me visitó hace tal vez dos meses —dijo el abogado, pasado un momento—. Me dijo que estaba pensando en cambiar su testamento y que volvería pronto, pero no he vuelto a verle. No se me pasó por la cabeza que fuera a acaecerle esa desgracia.

—¿Dijo que deseaba hacer cambios? —preguntó Mariah, perpleja—. Soy su única heredera. ¿Eso afecta a mi herencia?

—No dijo el «por qué» —contestó el abogado—, pero puesto que el primero no se cambió, usted hereda todos sus bienes mundanos.

—Habiendo adquirido Hartley Manor recientemente tal vez deseaba incluir en el testamento a criados de mucho tiempo —sugirió Adam.

—Tal vez, pero a mí no me dijo nada de eso —contestó Mariah—. Tal vez acababa de ocurrírsele hacerlo. Era muy impulsivo. —Ya comenzaba a trabajarle la cabeza otra vez—. Recibí una carta suya confirmando su muerte, señor Granger.

—Eso es imposible, pues acabo de enterarme ahora mismo —dijo él secamente—. En este momento.

—La carta estaba escrita en un papel con su membrete.

Al señor Granger se le tensó la cara.

—No soy un mentiroso, señorita Clarke.

—Un papel con membrete se puede robar o falsificar —terció Adam—. ¿Has traído esa carta?

Mariah negó con la cabeza.

—No se me ocurrió que la fuera a necesitar. Suponía que dejaría los servicios del señor Granger porque le había escrito cuatro veces y no me contestó.

Granger frunció el ceño.

—No he recibido ninguna carta, señorita Clarke. Las habría contestado inmediatamente. Sé que Hartley Manor está en una de las partes más remotas de Inglaterra, pero supongo que el Correo Real funciona ahí.

—Sí —dijo Adam, y miró a Mariah—. El Correo Real llega a Hartley, pero en muchos pueblos la oficina de correos está en una tienda. Si es así en Hartley, ¿podría ser que George Burke hubiera sobornado al dueño de la tienda para que interceptara tus cartas?

—¡Eso sería absolutamente ilegal! —exclamó Granger.

—Pero no imposible —repuso Adam—. Creo que es algo que podría hacer Burke.

Mariah hizo una brusca inspiración al ocurrírsele otra posibilidad.

—Si ha ocurrido eso, podría haber interceptado las cartas de mi padre también. ¡Quizás esté vivo!

Adam la miró compasivo.

—Tal vez. Pero de todos modos, ha estado ausente de Hartley mucho más tiempo del que tú esperabas.

Tenía razón, comprendió ella. También estaba el anillo de oro de su padre, que le diera Burke. El anillo sugería que su padre había muerto. Se levantó, con las piernas temblorosas.

—Haga el favor de disculparme, señor Granger. Necesito pensar, tengo mucho en qué pensar.

El abogado se levantó y Adam también.

—Por supuesto, señorita Clarke —dijo el abogado—. Comuníquemelo si cree que yo puedo hacer algo para ayudarla a resolver este rompecabezas. —Guardó silencio un momento—. Si no hay una prueba clara de la muerte de su padre, no tendrá derecho a heredar Hartley Manor hasta pasados siete años.

—Comprendo —dijo ella, aturdida.

Adam le cogió el brazo, para afirmarla.

—Si se entera de algo útil, señor Granger —dijo—, envíe, por favor, una nota a la señorita Clarke o a mí a la casa Ashton.

Se despidieron y ella consiguió dominarse hasta que estuvieron en el coche y este se puso en marcha. Entonces le vinieron los temblores; se giró hacia Adam y él la cogió en sus brazos.

La esperanza duele.

Capítulo 29

Adam la mantuvo abrazada hasta que ella dejó de temblar, deseando que hubiera algo más que él pudiera hacer para aliviarle el sufrimiento. Estaban a mitad de camino hacia la casa cuando ella se apartó de sus brazos, con expresión triste pero los ojos secos.

—Había llegado a aceptar la muerte de mi padre. Ahora... no sé qué pensar.

—Yo creo probable que Burke falsificara la carta de Granger. Pudo enterarse de quién era su abogado cuando hablaron de la transferencia de la escritura de la propiedad. También creo que tiene un cómplice en la oficina de correos de Hartley, y que éste impidió que tus cartas llegaran a Londres. —Deseando poder ser más optimista, continuó—: En ese caso, el cómplice también pudo haber impedido que llevaran las cartas dirigidas a ti a la casa. Pero eso no explica por qué tu padre no ha vuelto.

—Seguro que tienes razón —suspiró Mariah—. Pero ¿y si ha estado herido o enfermo y no ha podido viajar? Podría haberse retrasado todo este tiempo. Podría... podría estar llegando a Hartley en este mismo momento, y sorprenderse de que yo no esté ahí. —Se le cortó la voz—. Es terrible no saber.

Adam le cogió la mano.

—La tragedia es más simple que la incertidumbre. No más fácil, pero más simple.

Ella asintió.

—Creo que tienes razón. Pero ¿qué puedo hacer ahora? ¿Cómo se encuentra a un hombre que ha desaparecido y que podría haber muerto?

—Pondré a personas a buscar a tu padre —dijo él—. Sabemos que llegó a Londres porque visitó a Granger. Escribe todo lo que sepas sobre sus planes o programa: cuándo salió de Hartley, cuándo creía que volvería, cómo habría viajado. Diligencia correo, diligencia normal, todo lo que sabes, y todas tus suposiciones. Escribe también una descripción de tu padre, de su apariencia y sus hábitos. ¿Se te ocurren lugares o personas que él visitaría durante su estancia en Londres o sus alrededores?

La expresión de ella se tornó pensativa ante la perspectiva de poder hacer algo.

—Tendré lista la información esta tarde. Además, cuando vea a Julia le preguntaré su opinión sobre la pareja que lleva la oficina de correos en Hartley.

—Ahí hay muchísima información. —Le apretó la mano una última vez y se la soltó—. Descubriremos la verdad acerca de tu padre.

—Encontrar a Burke podría decirnos lo que deseamos saber.

—Te aseguro que encontrar a ese villano está en los primeros lugares de mi lista de prioridades.

Satisfecha, ella se levantó y se sentó en el asiento de enfrente.

Adam descubrió que, por primera vez, lo alegraba ser un hombre asquerosamente rico. Gastaría lo que fuera necesario para darle paz mental a Mariah.

Mariah ya estaba calmada cuando entraron en la casa Ashton. Egoístamente él esperaba que el misterio sobre su padre la retuviera en Londres unos cuantos días más. Cuando Janey Lawford volviera de Lincolnshire la situación se haría insostenible para ella, pero, por el momento, había más placer que dolor al tenerla bajo su techo.

Tan pronto como entraron en el vestíbulo, se les acercó el mayordomo.

—Tiene visitas, excelencia —dijo, entregándole una tarjeta de visita—. Un tal general Stillwell y su esposa e hija le esperan en el salón pequeño.

El general no desperdiciaba el tiempo, pensó Adam, tratando de imaginar cuál sería su interés; su influencia social en favor de su hija casadera, tal vez. Pero Stillwell había demostrado valor al perseguir al hombre que le disparó, y si esperaba utilizar la influencia de un duque, se había ganado el derecho a pedirla. Tendría que preguntarle a Formby cuánta influencia tenía y cómo la usaba en el pasado. Miró a Mariah.

—¿Quieres ver a Stillwell?

Ella sonrió.

—Ayer no le di las gracias adecuadamente, así que esta es la oportunidad.

Él entró en el salón detrás de ella, y de pronto se detuvo, sin poder respirar. Vagamente percibió la alta figura de Stillwell y de una jovencita junto a la ventana; toda su atención estaba fija en la mujer que se levantó y lo estaba mirando con una mezcla de inseguridad y esperanza. Era la hermosa mujer de pelo negro de sus sueños, y vestía un elegante sari escarlata bordado. Imposible. ¡Imposible!

Ella sonrió, como si dudara de su acogida.

—¿Darshan?

Ella era la única que siempre lo llamaba por su segundo nombre. Los recuerdos comenzaron a pasar rebotando por su cabeza, como cuando leyó la carta de lady Agnes, pero el proceso era mucho más intenso. Recordaba su infancia, a su padre, el largo viaje a Inglaterra.

Y no sólo recordaba sus primeros años sino también el tiempo en Inglaterra después que salió del colegio. Había esperado una enorme riada de recuerdos, y ahora estaba en peligro de que se lo comieran.

Mariah le tocó el brazo, anclándolo en el presente.

—¿Te sientes mal?

Él recobró su autodominio lo suficiente para curvar los labios, trémulos, y sonreírle. Qué día tan extraño para él y Mariah, los dos enterándose de que sus progenitores perdidos tal vez no estaban tan perdidos.

Una parte de él deseó retroceder, alejarse del lacerante dolor, pero no podía, teniendo ante él un milagro. Alargó las manos, temiendo que ella no fuera real.

—¿Madre?

Ella sonrió y le cogió las manos entre las suyas, cálidas y firmes. Él la abrazó pensando en todas las noches en que lloró por ella. Ahora ella lloraba por él con la cara hundida en su hombro. Era mucho más baja que en sus sueños, pero la habría reconocido en cualquier parte por su perfume, un aroma exótico, exquisito, desconocido en Inglaterra. Era aún más hermosa de lo que recordaba.

Así de cerca notaba las finas arruguitas alrededor de los ojos, y la expresión de una mujer que ha conocido el sufrimiento en su vida. Sin embargo, se veía muy joven para tener un hijo de su edad. Comprendió que debía ser poco más que una niña cuando se casó con su padre.

—Me dijeron que habías muerto —dijo, con la voz ahogada.

El general Stillwell emitió un bufido.

—Habiéndote arrancado de los brazos de tu madre, las autoridades sólo podían decir que había muerto, para cortar tus lazos indios. Por tu bien, claro.

«Por tu bien.» No le costó nada imaginarse a sus tutores fideicomisarios diciendo eso, presumidos, convencidos de que sabían qué era lo mejor para un duque menor de edad con una molesta mezcla de sangres.

Su madre se apartó, pestañeando para contener las lágrimas.

—Lo siento, estoy hecha una regadera —dijo en inglés fluido con un encantador acento.

—Creo que la ocasión se merece unas cuantas lágrimas —dijo Mariah—. Tal vez deberíamos sentarnos. Llamaré para que traigan el té.

Su madre lo llevó a sentarse junto a ella en el sofá y Mariah se sentó en un sillón lateral, observándolo con mirada tranquila por si él la necesitaba. Él agradeció al cielo que ella estuviera ahí para sostenerlo en ese torbellino de emociones y recuerdos. Entonces un pensamiento se filtró por el doloroso clamor que le martilleaba en la mente. Miró al general.

—¿Eres mi padrastro?

Stillwell asintió.

—Como dije en el parque, tu padre y yo éramos amigos. Lakshmi me escribió pidiendo ayuda cuando las autoridades te sacaron de la casa, pero yo estaba en campaña. Cuando volví tú ya estabas embarcado rumbo a Inglaterra. A ella no le dijeron nada aparte de que te educarían como correspondía a tu posición.

—Bah, como si unos desconocidos pudieran saber educar mejor a mi hijo —dijo Lakshmi, con la mano cerrada sobre la de él. Sus ojos eran verde gris, pasmosos por el contraste con su piel morena—. Siempre he soñado con este día, pero pensaba que no llegaría nunca. Cuando llegamos a Londres y nos enteramos de que habías muerto... —Se estremeció.

—A veces creo que Lakshmi se casó conmigo para que la trajera a Inglaterra —dijo Stillwell, en tono afectuoso.

La cálida mirada que le dirigió ella contradecía claramente esa broma.

—He tenido mucha suerte con mis dos maridos. Tu hermana también se ha llevado muy bien con él.

—¿Mi hermana? —preguntó Adam, confundido.

Aunque los recuerdos estaban a punto de hacerle explotar la cabeza, una hermana no estaba entre ellos.

Lakshmi hizo un gesto hacia la jovencita que estaba junto a la ventana observando la escena con muchísimo interés.

—Ella es tu hermana, lady Kiri Lawford. Yo estaba embarazada de ella cuando murió tu padre. No lo dije a las autoridades, por temor a que quisieran llevársela a ella también.

—Kiri. Es un bonito nombre —dijo él.

No sabía si podría soportar más conmociones. Su hermana se parecía... a él. Pelo negro, ojos verdes, más alta que su madre. Vestía al estilo europeo, y encajaría muy bien en cualquier salón inglés, a pesar de las sutiles diferencias que insinuaban lejanos lugares exóticos. Como su madre, era hermosa.

Se levantó y avanzó hacia ella.

—Siempre he deseado tener una hermana. Aunque supongo que tú no deseabas tener un hermano mayor. Tengo entendido que suelen ser terribles.

Ella le sonrió, con los ojos bailando de travesura.

—Por suerte, hermano mío, no estabas ahí para atormentarme cuando era pequeña.

—Ojalá hubiera estado, Kiri —dijo él en voz baja.

Ella se puso seria.

—A mí también me habría gustado —dijo en un susurro.

Sus palabras resonaron dentro de él, la sangre llamando a la sangre. Le cogió la mano.

—Pues tendremos que comenzar a ser hermanos ahora, lady Kiri.

Mientras ellos se estrechaban las manos, el general dijo:

—También tienes dos hermanastros, Thomas y Lucia Stillwell.

De pronto tenía toda una familia, pensó él, conmovido.

—¿Están en Londres?

—Sí —contestó Stillwell, asintiendo—, pero no queríamos abrumarte.

—Además —añadió Kiri en tono imparcial—, son unos críos bastante terribles. Podrían haberte hecho dudar de aceptarnos.

—¡Kiri! —exclamó su madre, severa.

Adam sonrió.

—No veo la hora de conocerlos. Pero no hoy. —Se pasó la mano por la cicatriz de la cabeza—. Me siento algo abrumado.

—Ashton sufrió una lesión en la cabeza en la explosión que casi lo mató —explicó Mariah—, y su memoria quedó algo dañada.

—Además, ayer le dispararon —añadió Stillwell, levantándose—. No nos quedaremos a tomar el té, pero necesitábamos saber si aceptarías a tu madre y a tu hermana.

—¿Pensasteis que no las aceptaría?

—Era posible —dijo Stillwell, francamente—. Dependía de lo bien que hubieran conseguido los abogados y tutores convencerte de avergonzarte de tu sangre.

—No lo consiguieron. ¿Vendríais a cenar conmigo mañana? Toda la familia, incluidos Lucia y Thomas. —Entonces él tendría que estar lo bastante recuperado para recibirlos con la alegría que se merecía la situación—. ¿Estaréis algún tiempo en Londres, espero?

—Tal vez para siempre —repuso su madre. Se encogió de hombros—. Todos mis hijos son medio ingleses. Tienen derecho a conocer esa parte de su herencia. —Ladeó la cabeza—. ¿Echas de menos India? ¿O estás contento de que te hayan traído a Inglaterra?

Él nunca se había planteado esas preguntas, así que tuvo que pensar la respuesta.

—Las dos cosas. Echo de menos India pero quiero y aprecio a los amigos que he hecho aquí.

Al decir eso miró a Mariah. Ella se levantó, con expresión preocupada.

—Ash es tan caballero que no les pedirá que se marchen así que debo pedirlo yo en su lugar. No se ha recuperado totalmente de sus lesiones.

—Faltaría más —dijo su madre, levantándose y acariciándole la mejilla, con una sonrisa radiante—. No tienes buen aspecto. Ve a descansar ahora. Me basta con saber que te veré mañana.

Él se las arregló para sostenerse en pie mientras se despedía, pero una vez que salió Mariah para acompañar a sus visitas, su «familia», a la puerta, se dejó caer en el sofá y apoyando los codos en las rodillas hundió la cara entre las manos. Ese día habían ocurrido muchas cosas buenas. ¿Por qué sentía tanto dolor?

Capítulo 30

*M*ientras los Stillwell esperaban en la puerta la llegada de su coche, la madre de Adam miró a Mariah con una encantadora sonrisa. No era de extrañar que hubiera cautivado a dos maridos.

—Perdone, señorita, no nos han presentado.

—Demasiadas cosas —dijo ella, pensando cuánto podía decir sobre qué lugar ocupaba en la vida de Adam—. Soy Mariah Clarke. Las corrientes llevaron a Ashton hasta la playa de mi propiedad, y lo alojé en mi casa. Sus amigos de colegio lo encontraron y se ofrecieron a acompañarnos a mi amiga la señora Bancroft y a mí a Londres. Ashton nos invitó amablemente a alojarnos aquí durante nuestra estancia.

A Lakshmi le chispearon los ojos.

—¿Es usted su prometida?

Le dolió esa esperanzada pregunta.

—No, está comprometido con su prima, Janey Lawford. Seguro que la conocerá muy pronto.

El general asintió, aceptando eso, pero tanto la madre como la hermana se miraron con expresión de perplejidad. Por suerte, en ese instante se detuvo ante ellos el coche de los Stillwell y eso puso fin a la conversación.

Se despidió de ellos y al instante se dirigió al salón pequeño a ver a Adam. Su familia recién descubierta eran personas estupendas y seguro que le aportarían mucha dicha, pero ella tuvo la impresión de que él estaba a punto de caer al suelo desplomado, y no a causa de la felicidad.

Cuando entró en el salón vio que estaba inclinado como si estuviera sufriendo y tenía la respiración dificultosa. Fue a sentarse a su lado y le puso una mano en la espalda.

—Pareces un hombre sufriendo los tormentos del infierno —dijo en voz baja.

Él curvó los labios en una sonrisa sin humor.

—Buena descripción.

—¿Sientes dolor físico? ¿Mental? ¿Ambos?

Entonces Adam hizo una larga y estremecida inspiración, pensando la respuesta.

—Los dos. Me duele horriblemente la cicatriz de la cabeza, pero el dolor mental es peor. Me han vuelto muchos, tal vez todos, los recuerdos, y todos me martillean la cabeza buscando espacio. El resultado final será bueno, pero el proceso es... difícil.

Con razón estaba llegando al límite.

—¿Te sientes capaz de subir la escalera para ir a tu dormitorio?

Él hizo otra respiración profunda, esta más normal, y se puso de pie.

—Sí. No tengo dolor físico. Simplemente me estoy ahogando en demasiada felicidad.

—Todo tu mundo ha cambiado, y el cambio duele.

Le cogió el brazo para apoyarlo, y juntos salieron del salón y subieron la escalera. Cuando entraron en su sala de estar ella fue hasta el escritorio, sacó la llave oculta y abrió la puerta de su santuario particular.

Él soltó el aliento en un largo soplido.

—¿Cómo lo has sabido? Tienes razón, necesito paz y meditación. ¿Quieres acompañarme?

Agradeciendo que él deseara su compañía, entró en su refugio. Al sentir pasar tranquilidad por toda ella, comprendió que la necesitaba tanto como él.

No había visto los grandes cojines metidos debajo de un pedestal hasta que él sacó dos. Eso facilitaba mucho sentarse, observó al hacerlo en uno, apoyando las dos rodillas flexionadas hacia un lado. Adam se sentó a su lado, con la facilidad que da una larga práctica, y posiblemente también debido a la ropa hecha a la medida que llevaba.

Él le cogió la mano, cerró los ojos y comenzó a hacer respiraciones lentas y profundas. Ella lo imitó y descubrió que se iban calmando sus revueltas emociones. Él la ayudaría a descubrir la verdad acerca de su padre, y ella viviría con esa verdad, fuera la que fuera.

Pasado un largo y apacible rato, él le apretó la mano.

—Todavía me duele la cabeza, pero ya comienza a salir orden del caos. Gracias.

Ella abrió los ojos, lo miró y vio que aunque su expresión era de agotamiento, volvía a ser él mismo.

—No logro imaginarme lo que has debido sentir al saber que tu madre está viva y que tienes toda una familia de la que no sabías nada.

—Esa parte es maravillosa —dijo él. Hizo un gesto de pena—. Hoy he recibido un milagro, mientras que tú has recibido incertidumbre. Lo encuentro injusto.

—Aún cuando mi padre no vuelva milagrosamente de entre los muertos, lo tuve durante todos los años de infancia y primera juventud. Tú no has tenido a tu madre durante más de veinte años. Tal vez eso equilibra la situación.

—Tuve a lady Agnes, que fue una buena madre adoptiva. —Frunció el ceño—. Sólo leer la carta de lady Agnes me recuperó un conjunto de recuerdos, y conocer a mi madre me ha traído un conjunto más grande aún, y ahora me revolotean como locos por la cabeza. Ha sido una experiencia muy... inquietante. Como tratar de caminar durante un terremoto, cuando uno no se puede fiar del suelo que pisa.

—¿Crees que has recuperado todos los recuerdos? —preguntó ella.

Eso era más neutro que preguntar si recordaba haberse enamorado de Janey Clarke y haberle pedido que se casara con él.

—Es difícil recordar lo que no recuerdo —dijo él, irónico—. pero una vez que he encontrado la calma en la meditación, he intentado ordenar los recuerdos y me parecen bastante completos. Al menos hasta los últimos meses. Recuerdo cuando estaba trabajando en los planos para mi barco de vapor y preparándome para ir a Escocia, pero hay una laguna desde el otoño hasta que llegué a la deriva a la playa de Hartley.

Ella renunció a la neutralidad.

—¿No recuerdas tu compromiso?

Él negó con la cabeza.

—Lo único que tengo es la imagen de Janey en mis brazos que vi en un sueño. —Desvió la mirada—. Sí recuerdo que siempre la... le he tenido mucho cariño.

Aunque él eligió las palabras con el mayor esmero posible, de todos modos a ella le dolieron. Tuvo la desalentadora sensación de que no habría milagros por ese lado. Janey era su querida amiga de muchos años, era la joven con la que se había comprometido en matrimonio. Por suerte ella ya había adquirido más habilidad para ocultar sus reacciones y pudo mantener la expresión serena.

—¿Recuerdas algo que podría dar pistas respecto a quién intenta matarte?

—Ni un solo indicio de enemigos asesinos ni de vida secreta de depravación. —Con la mano libre hizo un gesto hacia las estatuas hindúes—. Parece que esto es la única vida secreta que tengo.

¿Qué otra cosa podría ser útil saber?, pensó ella.

—Puesto que Hal Lawford sería el más beneficiado con tu muerte, ¿recuerdas algo que pudiera implicarlo?

—Lo que recuerdo es que es fatal mintiendo, y no tiene ni un gramo de mentiroso en el cuerpo. Me cuesta imaginármelo tratando de matarme.

—Pero las personas pueden darnos sorpresas. —¿Y qué mejor disfraz que aparentar franqueza y honradez?—. Tal vez recuerdes más cuando se te calme todo este torbellino mental.

—Tal vez —dijo él, levantándose. La ayudó a ponerse de pie y salieron de la sala-templo—. Es extraño y bastante maravilloso buscar en mi mente y encontrar algo, no sólo corredores desiertos, en que cada paso hace eco. Pero lady Agnes tenía razón al escribirme que todos tenemos cosas que preferiríamos olvidar.

—¿Cosas malas que te han ocurrido o cosas malas que has hecho?

—Lo que me ha ocurrido forma parte de lo que soy. Pero algunas cosas que he hecho, cuesta más afrontarlas. —Guardó silencio un momento y luego continuó—: Hace unos años estuve en una gran recepción en el palacio. Estaba ahí un caballero indio, diplomático tal vez. Todos los ingleses presentes lo ignoraban. Yo debería haberme acercado a conversar con él. Pero en lugar de hacer eso, me alejé, dándole la espalda. No quería que me vieran hablando con él y recordaran mi sangre manchada con sangre india.

Ella hizo un gesto de pena.

—En cierto modo es un incidente aislado sin mucha importancia; mirado desde otra perspectiva, fue una falta de cortesía y una traición a lo que eres.

—Exactamente. —Se friccionó la cicatriz, con el aspecto de estar a punto de desplomarse—. Me imagino que debes de encontrar muy tedioso estar siempre cuidando de mí. Por lo que vale, recuerdo muy claramente que antes de la explosión siempre estuve tremendamente sano.

Ella pensó en su cuerpo delgado y potente y no tuvo la menor dificultad para creerle.

—Volverás a estarlo. Dentro de un año —suponiendo que no lo mataran antes— mirarás este tiempo y lo encontrarás tan interesante como un sueño. ¿Deseas que me quede contigo?

Él negó con la cabeza.

—Por el momento voy a descansar, y espero que eso le sirva a mi mente para aclararse y ordenarse. Aunque tal vez eso es pedir demasiado.

—Yo nunca he tenido amnesia y no tengo en absoluto ordenada la mente —dijo ella alegremente—. ¿Puedo decirle a Formby que deseas que inicie una investigación sobre lo que le ocurrió a mi padre? Me gustaría comenzar lo más pronto posible.

Él comenzó a hacer un gesto de asentimiento y lo detuvo.

—Será mejor que hables con Randall. Él es más capaz para organizar una investigación. Y no tengo palabras para expresar lo maravilloso que encuentro que pueda recordar una cosa así.

—Habiendo visto lo que has soportado, nunca más volveré a dar por descontadas mi mente ni mi memoria.

—Yo tampoco. —Le cogió la mano y se la levantó para rozarle el dorso con los labios, en un beso de pluma que le produjo estremecimientos—. Eres un tesoro, Mariah. Agradezco a todos los dioses que conozco el destino que me llevó a ti.

—Sea el destino o la casualidad, los dos nos hemos beneficiado. —Qué fácil sería avanzar y arrojarse en sus brazos; pero se apartó y se soltó la mano—. Es posible que Wharf tenga algún remedio para aliviar tu dolor de cabeza.

Adam lo pensó.

—En realidad, sí que tiene un excelente tratamiento para los dolores y los achaques. Se lo pediré.

Delgado, moreno e insoportablemente apuesto, tiró del cordón para llamar a su ayuda de cámara. A ella le hubiera costado creer que alguien deseara matarlo si no hubiera visto la prueba.

—Hasta luego —dijo—. Si te quedas dormido y no bajas a cenar, no me ofenderé.

Salió de la sala y tomó el corredor en dirección a sus aposentos.

Después de llamar para que le llevaran té, para calmar sus crispados nervios, se instaló en el delicado escritorio de la salita de estar que compartía con Julia. Cuanto más detalladas fueran las descripciones de su padre, de sus hábitos y de su viaje a Londres, más útiles serían.

Estaba terminando sus anotaciones cuando llegó Julia, feliz y sonriente después de haber vuelto de visitar a su abuela. Mientras Julia bebía té y comía varios de los pasteles de jengibre que lo acompañaban, ella le contó la visita al abogado. Cuando terminó el relato, preguntó:

—¿Crees que podrían haber sobornado a la pareja que lleva la oficina de correos en Hartley para que interceptara mi correspondencia?

Julia lo pensó un momento.

—El señor Watkins se horrorizaría ante la sola sugerencia; es muy meticuloso y se enorgullece de sus responsabilidades. Pero su esposa, Annie... —Movió la cabeza—. Se le van los ojos tras los hombres guapos. Puede que me equivoque, pero sí puedo imaginarme a George Burke persuadiéndola de que robe tus cartas, para él. ¿Recibiste cartas cuando estabas en Hartley?

—Muy pocas. Estaba tan ocupada organizando el trabajo en la propiedad y en la casa que tenía poco tiempo para ocuparme de la correspondencia. Al no tener familiares aparte de mi padre, y habiendo vivido viajando durante años, no me sorprendió recibir tan pocas cartas.

—El no recibir ninguna de tu padre apoyaba la afirmación de Burke de que lo habían matado. Y no recibir ninguna del abogado sugería que era un mal abogado.

—Exactamente. —Se pasó las palmas húmedas por la falda—. Vivo diciéndome que mi padre tiene que haber muerto, porque si no, habría vuelto a Hartley, pero me es imposible abandonar la esperanza.

—Que George Burke no sea un hombre bueno no significa que te haya mentido acerca de la muerte de tu padre.

Mariah entendía todo eso, pero su corazón era más tozudo.

Pensó si debía contarle a Julia lo de la familia recién descubierta de Adam, y lo de la recuperación de otra parte de su memoria. Decidió hacerlo; ese reencuentro con su madre y el conocimiento del resto de su familia no tardarían en ser del dominio público, y era mejor que su amiga se enterara por ella en privado.

Cuando terminó de contarle la visita de los Stillwell y lo de los recuerdos de Adam, Julia estaba moviendo la cabeza, estupefacta.

—No debería salir de esta casa. Ocurren muchas cosas cuando no estoy.

—Bueno, al menos las noticias de hoy son buenas; la de ayer fue la del disparo a Adam. —Ordenó los papeles con sus anotaciones y se levantó—. Bajaré a dejar esto para Randall.

Ya casi había terminado de bajar la escalera cuando el lacayo abrió la puerta e hizo pasar a Randall y a Will Masterson, que venían sacudiéndose las gotas de lluvia de los sombreros y con expresiones preocupadas.

—Mariah, ¡cuánto me alegra verte! —exclamó Will—. Pero ¿qué ha ocurrido? ¿Alguien le disparó a Ash?

—Sólo fue un rasguño —los tranquilizó ella—, pero han sido dos días muy novedosos. Acompáñenme al salón pequeño y los pondré al día.

Cuando entró en el saloncito seguida por los dos hombres pensó irónica que esa sala ya le era tan conocida como el salón de Hartley. Comenzó por relatarles el incidente en el parque, asegurándoles nuevamente que la bala sólo le rozó el hombro y la herida no era grave.

De ahí pasó a la visita de su familia y a su memoria recuperada. Cuando terminó, Will movió la cabeza más o menos igual que lo había hecho Julia.

—Esto es más que maravilloso. ¿Dices que ahora lo recuerda casi todo?

—Sí, hasta los últimos meses anteriores a su viaje a Escocia.

Randall masculló una palabrota en voz baja.

—Espero que recupere pronto los recuerdos de ese periodo. Eso podría servir para coger al villano.

—Adam me dijo que debía hablar con usted sobre una investigación. ¿Supongo que ya la ha iniciado?

Randall asintió.

—Conocemos a un agente de Bow Street que es capaz de resolver cualquier misterio. Rob ha estado trabajando en esto desde el día en que regresamos a Londres.

—Tenemos una posibilidad —terció Will—. Se supone que un hombre apellidado Shipley murió en la explosión del *Enterprise*, pero no se ha encontrado su cadáver. Tenía experiencia en máquinas de vapor y era de Londres. Kirkland ha puesto a personas a investigar a Shipley en Glasgow y justo esta mañana recibió información. Si Shipley está vivo y ha vuelto a Londres..., bueno, será interesante hablar con él.

No habían perdido el tiempo los amigos de Adam, comprendió Mariah.

—Este agente de Bow Street —dijo—, ¿puede investigar más de un misterio al mismo tiempo? Tengo unas preguntas urgentes.

—Dígamelas —dijo Randall.

Lo dijo con una expresión tan alentadora que debía haber olvidado lo mucho que había sospechado de ella al principio.

Nuevamente relató la visita al despacho del señor Granger, y concluyó diciendo:

—Deseo descubrir qué le ocurrió a mi padre. Si de verdad ha muerto, pues lo aceptaré. Pero si está vivo, ¿dónde ha estado? ¿Qué le ha ocurrido? —Le pasó sus anotaciones—. Esto es todo lo que se me ocurrió que podía ser útil.

Él le echó una mirada a los papeles.

—Excelente. Se los daré a Rob. Él podría desear hablar con usted. ¿Estaría dispuesta?

—Por supuesto —contestó ella, sorprendida—. ¿Por qué no habría de estar dispuesta?

—Hay damas que considerarían muy vulgar a un agente de Bow Street para sus delicadas sensibilidades —dijo él, sarcástico.

Ella sonrió.

—¿Así que he progresado en su opinión, pasando a ser una dama? Me sorprende, pero me siento muy sinceramente halagada.

Will se rió y Randall bajó los ojos, avergonzado.

—Usted ha sido más dama que yo caballero. Espero que me perdone mi grosería del principio.

—Usted quería proteger a un amigo. ¿Cómo podría culparlo por eso?

—Muchas personas me culparían. —Se guardó los papeles en un bolsillo interior de la chaqueta—. Además de información acerca de su padre, ¿desea también que localicemos a George Burke?

—Mi padre es más importante, pero tal vez encontrar a Burke sería útil para eso. —Apretó los labios—. Si mintió al decirme que mi padre había muerto, es peor que despreciable.

—¿Quiere que lo mate? —preguntó Randall, amablemente.

—¡No me tiente! —exclamó ella, no muy segura de si eso era una broma.

—Muy bien. Sólo le daré una paliza que no le haga mucho daño.

Por el brillo de sus ojos, a ella no le cupo duda de que eso no era una broma.

—Mientras no le haga demasiado daño —dijo, con poca convicción.

Aceptó, con ironía, que si realmente fuera una dama, como su hermana imaginaria, la horrorizaría la sugerencia de Randall. Pero esas últimas semanas se había convencido de que jamás sería un modelo de decoro, así que era mejor dejar de intentarlo.

Puesto que Adam estaba descansando, sus amigos se marcharon y ella salió en busca del señor Formby. El secretario tenía un espacioso despacho en la parte de atrás de la casa, y con mucho gusto le dio la dirección de la casa de Lincolnshire donde estaba Janey Lawford. Incluso le dio un papel de carta ya franqueado para que pudiera enviarla sin pagar el porte. Antes de marcharse a Escocia Adam había firmado un buen número de hojas para el uso del personal de la casa, y Formby todavía tenía medio cajón lleno.

Subió, volvió a instalarse en el escritorio, y con la pluma levantada sobre el papel pensó detenidamente en lo que deseaba decir. No debía decir nada que diera a entender que había una relación romántica entre Adam y ella. Mejor si el tono se parecía más al de una tía preocupada.

«*Estimada señorita Lawford:*»

Comenzó pidiendo disculpas por escribirle sin que hubieran sido presentadas y luego hizo un breve resumen de cómo conoció a Adam. Y así llegó al punto importante de la carta:

Como es natural, su madre está preocupada por su salud, pero le ruego que si se ha recuperado de la fiebre lo bastante para viajar, vuelva a Londres tan pronto como le sea posible. Ashton es tan considerado que no le pedirá que deje Lincolnshire sólo por él, pero, como amiga preocupada, me pareció que debía comunicarle que su prometido la necesita a su lado.

Muy sinceramente suya
Señorita Mariah Clarke

Suspirando selló la carta para que pudieran llevarla al correo por la mañana. Bien podía no ser una verdadera dama, pero intentaba hacer lo que fuera mejor para Adam.

Era de esperar que en algún lugar del cielo le estuvieran anotando puntos a favor por su nobleza.

Capítulo 31

*A*dam despertó poco a poco, y agradeció que ya no le doliera la cabeza. En realidad, sus pensamientos tenían una claridad que no había experimentado durante mucho tiempo.

Con los ojos cerrados se exploró la mente. Al parecer las partes de él dentadas, rebeldes, se habían integrado en un todo tranquilo. Algunas costuras podían ser bastas, pero ya no se sentía fragmentado, como antes.

Ya recordaba con toda claridad su vida como duque: administrando sus propiedades, tarea inmensa incluso con la eficaz ayuda de Formby y otros; sentado en su escaño en la Cámara de los Lores oyendo los debates, el toma y daca de la negociación de los votos; personas que le solicitaban su influencia y favor para ellas o sus hijos.

En Cumberland había tenido dificultades para aceptar su rango, pero ya sabía que en la vida real había llegado a sentirse cómodo en su papel de duque. Había trabajado concienzudamente en usar bien su poder y dinero, y lo había conseguido.

Metódicamente fue repasando su vida, comenzando por su infancia en India. Aunque en sueños sólo había visto a su madre, ya recordaba también a su padre: de ojos verdes, amable, simpático, y feliz de vivir en India. En los diez años que vivió con él llegó a conocer bien a Andrew Lawford, y lo echaría de menos eternamente.

Por su cabeza pasaron claros recuerdos, arremolinados. Tal vez el primero que tenía era de cuando iba montado sobre un elefante, en una silla que se mecía, y rodeado por los brazos de su padre. Este le señalaba las coloridas flores y los pájaros que pasaban volando raudos por el bosque, diciéndole el nombre de cada uno para que los aprendiera. Mentalmente veía los colores, oía los cantos de los pájaros y olía los exquisitos aromas mezclados.

Cuando su padre recibió la sorprendente notificación de que había heredado el título de sexto duque de Ashton, comenzó los preparativos para volver a Inglaterra. Él tenía la clara impresión de que su padre no deseaba volver; a las dos semanas lo atacó una fiebre de la que murió antes que transcurrieran cuarenta y ocho horas. A él no le permitieron entrar en su habitación por temor a que se contagiara.

Recordando esa época, pensó si tal vez su padre no sintió tanta renuencia de volver a Inglaterra que eso lo debilitó y cogió la enfermedad. Sus huesos descansaban ya en su amada India, para siempre.

Volviendo a recordar ese periodo de su vida cayó en la cuenta de que también tenía recuerdos de John Stillwell joven. En India las mujeres de alcurnia solían llevar una vida retirada, aislada, pero con el matrimonio Lakshmi salió de ese aislamiento. ¿Sería posible que se casara con un inglés porque deseaba más libertad? Debía preguntárselo, pensó. Saber que podía preguntárselo le hizo pasar un agradable calorcillo por todo él.

Stillwell era un visitante asiduo en la casa Lawford. A veces su mirada seguía a Lakshmi con un anhelo callado, resignado. Aunque a él nunca se le había ocurrido que su madre podría volver a casarse, lo alegraba que hubiera encontrado a un hombre que la amaba y mimaba.

Bajó las piernas por el borde de la cama y se puso de pie. El cansancio había desaparecido. Ya había caído la noche, lo que significaba que había dormido durante la cena y mucho más. Caminando sin hacer ruido entró en su sala de estar, que sólo estaba iluminada por una lámpara pequeña.

Sacó la llave de su escondite, entró en su santuario llevando la lámpara y observó atentamente las imágenes de deidades. Las estatuas parecían vivas a la tenue y parpadeante luz de la lámpara, mirándolo con antiquísimos ojos sabios.

Detuvo más tiempo la mirada en Lakshmi, de la que su madre era tocaya. Gracias a una especie de extraño rayo de luz producido por la lesión en la cabeza y su roce con la muerte, había aceptado totalmente su naturaleza india esencial.

Pero era igualmente inglés e igualmente cristiano. Había recibido la educación de un caballero inglés y la marca del honor. Sus dos partes habían sentido la necesidad de unirse, y por fin ya estaban unidas. Y que lo colgaran si alguna vez volvía a ocultar lo que era delante de nadie.

Salió del santuario y miró la hora en el reloj de la repisa del hogar. Aún no era medianoche. Era posible que Randall estuviera despierto. Pensó en ponerse los zapatos, pero esa era su casa; si le daba la gana de vagar por ahí descalzo y en mangas de camisa, pues que así fuera.

Cuando salió al corredor comprobó que la casa estaba absolutamente silenciosa. Durante el día siempre se oía un bullir de actividad, debido a la cantidad de criados necesarios para el mantenimiento de esa enorme mansión. Demasiada casa para un hombre solo. Pero estaba comprometido en matrimonio y, Dios mediante, algún día habría niños para llenar los espacios vacíos.

Miró a la derecha. Los aposentos de Mariah estaban al final de ese corredor; un trayecto corto. Deseó recordar más acerca de su compromiso. Había recuperado unos cuantos recuerdos de los meses anteriores al accidente, aunque nada muy útil.

Recordaba el momento en que estaba riéndose encantado en la cubierta del *Enterprise*, mientras este rugía surcando las aguas del Firth of Clyde. Todos habían trabajado con loca intensidad, y el éxito era muy placentero. Cuando miró alrededor vio el mismo placer en las caras de sus ingenieros y tripulantes. Su intención era recompensarlos con una buena paga extra, y ahora algunos de ellos estaban muertos, tal vez debido a haber trabajado para él. Que descansaran en paz.

También recordaba la radiante sonrisa de Janey, pero la falta de detalles lo frustraba. ¿Se había enamorado de ella durante esos meses que no recordaba? La quería, sin duda; era su hermana de una manera que Kiri no lo sería nunca, porque Janey y él vivieron experiencias juntos, de pequeños. Pero ¿había amado a Janey como amaba a Mariah? Eso se le antojaba imposible.

Mirando más atrás recordó que había decidido no casarse nunca porque si tenía hijos les legaría la carga de su mestizaje, y eso no lo deseaba de ninguna manera. Aunque ansiaba tener una compañera e hijos, ocultaba rigurosamente el lado indio de su naturaleza. En un sentido muy profundo e irracional, creía que revelarse sería fatal, y por eso mantenía a todo el mundo a cierta distancia, incluso a sus amigos más íntimos; habría sido mucho más difícil ocultar su naturaleza a una esposa.

¿Sería por eso que le propuso matrimonio a Janey? Ella lo conocía de muchos años y estaba acostumbrada a sus rarezas, así que tal vez por eso le pareció una opción sin riesgos.

Mariah lo conocía mejor que nadie y lo aceptaba. En realidad, daba la impresión que le gustaba lo que lo hacía incómodamente diferente.

Con claridad meridiana aceptó que aun cuando no pudiera amar a Janey como amaba a Mariah no podía romper el compromiso, y no sólo porque ya era muy consciente de su código de honor inglés; Janey lo amaba, por eso lo aceptó con tanta alegría, y rechazarla sería... era impensable.

Giró hacia la izquierda y echó a andar en dirección a los aposentos de Randall. Al ver luz en la rendija bajo la puerta, golpeó.

Se oyó el ruido de las patas de una silla al rascar el suelo, y Randall abrió la puerta. Entonces vio a Masterson y Kirkland sentados a la mesa en mangas de camisa, con copas en las manos y botellas de clarete en el medio de la mesa.

—Veo que estáis tramando algo otra vez —dijo, irónico—. Es hora de que participe yo.

Kirkland arqueó las cejas.

—El duque ha vuelto.

—Hace varios días que estoy de vuelta.

Diciendo eso entró, cogió la copa que le ofrecía Randall y se sentó en una silla desocupada. La suite era casi tan grande como la de él. Dado que el distanciamiento de Randall con su familia significaba que no tenía otro alojamiento en Londres, él le había dado esos aposentos para que los considerara su hogar todo el tiempo que quisiera.

—No hasta este extremo —dijo Kirkland—. Mariah nos contó lo de la visita de tu madre y cómo recuperaste la mayor parte de tu memoria. El cambio es visible.

Adam frunció el ceño.

—¿En qué estoy diferente?

Sus tres amigos guardaron silencio, pensativos. Finalmente, Will dijo:

—Tienes más ribetes. Tu naturaleza esencial era la misma incluso cuando la amnesia era total, pero ahora le has añadido la suma total de tus experiencias. —Bebió un trago de vino—. Si eso tiene algún sentido.

Adam comprendió que desde que Mariah lo encontró se había protegido con la reserva que había cultivado desde la infancia. Era receloso, incluso con esos amigos. ¿Eso era lo que deseaba?

Se levantó.

—Venid conmigo.

Desconcertados, pero bien dispuestos, ellos lo siguieron por el corredor hasta sus aposentos. Entraron, él encendió una lámpara más grande, luego abrió la puerta de su refugio y los invitó a entrar con simulada formalidad:

—He aquí mi vida secreta.

Cesó la conversación y los tres observaron el interior.

—Es un templo hindú, ¿verdad? —dijo Randall, en tono indeciso.

—La talla de estas estatuas es magnífica —comentó Kirkland, dando una vuelta y observando atentamente cada deidad—. Colijo que es una capilla personal, como las tienen muchas grandes casas.

—Sólo que sin cruces en las paredes —observó Will. Dirigió a Adam una penetrante mirada—. Esto no es exactamente una sorpresa, Ash. Nunca mantuviste en secreto tu legado indio.

—No, pero siempre oculté lo mucho que me importaba.

—Danos algo de mérito —dijo Will, divertido—. Lo sabíamos, pero puesto que tú nunca hablabas del tema, nosotros tampoco.

—Puede que Will lo supiera —dijo Kirkland, deteniéndose fascinado ante el Shiva bailarín—. Yo no puedo decir que fuera tan perspicaz. Pero esto no cambia nada. —Hizo un gesto hacia las estatuas—. Eras lo que eras. Eres lo que eres, y no te querría diferente.

Adam sintió escozor en los ojos; el humo de la lámpara, sin duda.

—No sé por qué encontraba necesario ocultar tanto de mi naturaleza, pero la ocultaba. Muy firmemente.

—Con razón y justicia —dijo Will, muy serio—. Aunque tal vez nosotros no nos habríamos escandalizado, los desconocidos podrían haberse horrorizado si se enteraban de que tenías imágenes paganas que no eran de una colección de arte. Tus tutores fideicomisarios te machacaron que tenías que ser más inglés que un inglés de pura sangre inglesa para ser digno de un ducado inglés.

—Gracias al cielo por los subversivos métodos de enseñanza de lady Agnes —musitó Kirkland—. Si no, todos estaríamos descarrilados, deformados o locos sin remedio.

Muy cierto, pensó Adam. Fue lady Agnes la que le aconsejó agarrarse a su herencia india. Eso le sirvió para conservar la cordura durante un periodo de muchos cambios en su vida.

Randall salió del santuario.

—No olvides que el hombre que quiere matarte podría no tener otro motivo que el odio por tu mezcla de sangres.

Esas palabras fueron un punzante recordatorio de la realidad. Las personas amigas que lo conocían de mucho tiempo serían más tolerantes que los desconocidos de lengua afilada propensos a censurar y condenar. Se guardaría para sí sus creencias, pero no tan en secreto.

¿Cómo reaccionaría Janey? ¿Lo aceptaría o lo condenaría? Si lo condenaba, tal vez rompería el compromiso. Sintió una punzada de rebelde esperanza al pensarlo. Pero para ser justo con Janey, aunque su primera reacción fuera de conmoción u horror, seguro que aceptaría su naturaleza mixta, como acababan de hacer sus amigos.

Les indicó con un gesto los sillones de su sala de estar.

—Hablando del hombre que intenta matarme, ¿han surgido más informaciones? Bien podríamos hablar aquí. Tengo más espacio y un mejor surtido de vino.

Randall fue a sentarse en el sofá y estiró sus largas piernas sobre la alfombra oriental.

—Infravaloras la calidad de las botellas que he conseguido engatusando a tu mayordomo. Creo que necesitaremos varias botellas para hacerle honor a la conversación que nos aguarda.

En ese momento entró Wharf en la sala de estar, silencioso. Tal vez lo despertaron sus voces. Después de echar una rápida mirada preguntó:

—¿Va a necesitar algo, excelencia?

Adam cayó en la cuenta de que estaba muerto de hambre, habiéndose perdido la cena.

—Una fuente con comida fría iría bien. Carnes fiambres y quesos, nada complicado.

Mientras Wharf hacía su venia y salía en dirección a la cocina, fue hasta su licorera, sacó una botella de clarete y la abrió. Qué embriagadora la sensación de recordar exactamente dónde encontrar el vino que deseaba. Con igual facilidad habría sacado coñac, vino blanco del Rin o jerez. Poder era estar familiarizado con el propio entorno.

Llenó las copas, las llevó a sus amigos y se acomodaron en los asientos.

—Ahora bien, ¿hay alguna información?

—Ned Shipley era un londinense que trabajó en el *Enterprise* —explicó Kirkland—. Según mi informante de Glasgow te lo recomendaron para este trabajo debido a su experiencia con máquinas de vapor. Era muy reservado y no hablaba mucho, pero sabía lo que hacía y trabajaba arduo. Desde la explosión está desaparecido y se supone muerto. Pero puesto que no se ha encontrado su cadáver, bien podría ser que no hubiera muerto.

Shipley, pensó Adam, ceñudo.

—Tengo un vago recuerdo de ese apellido. Podría haber sido una víctima más de la explosión, o tal vez el hombre con el conocimiento necesario para maquinarla.

—Le estamos buscando en Londres —continuó Kirkland después de beber un trago de vino—. Tengo una detallada descripción de él. Tenía un ancla tatuada en el dorso de la mano izquierda y una calavera en el de la derecha.

A Adam no le costó nada visualizar esas manos tatuadas, pero no logró decidir si eran un recuerdo o el producto de su imaginación.

—Has dicho que me lo recomendaron. ¿Quién?

Los tres amigos se miraron, preocupados.

—Eso no está del todo claro —contestó Kirkland—, pero... podría haber sido Hal Lawford.

Adam se quedó contemplando su clarete, sin verlo. Aunque no fuera seguro, tendría que aceptar que tal vez Hal, ¡buen Dios, su primo y su futuro cuñado!, podría estar intentando hacerlo asesinar. El título y la fortuna Ashton eran un premio lo bastante gordo para desequilibrar a cualquier hombre.

—¿Hay alguna manera de saberlo de cierto que no sea preguntarlo a Shipley o a Hal?

—Probablemente no —suspiró Kirkland—. Al parecer le comentaste a alguien que te alegraba que tu primo te hubiera recomendado a Shipley, pero esa información es vaga. Sería muy útil si lograras recordar ese último trozo de tu vida.

Vaya si no deseaba poder recordarlo.

—Randall, ¿has puesto a Rob a buscar al asesino a partir de esta información?

—Sí, pero hasta el momento no ha tenido mucho con qué trabajar. Tiene a sus informantes buscando a Shipley, y también a George Burke, a petición de Mariah.

Adam entrecerró los ojos.

—¿Ha habido suerte?

—Si Burke ha vuelto a Londres no tendría que ser difícil localizarlo, puesto que no es probable que intente esconderse. Si está fuera de la ciudad, podría llevar algo más de tiempo.

Adam pensó en el dolor de Mariah cuando Burke le dijo que su padre había muerto. Si le había mentido en eso...

—Cuando lo localicen, quiero hablar con él.

Randall frunció el ceño.

—Es peligroso que vayas por la ciudad. Si el fusilero de ayer hubiera tenido mejor puntería estarías muerto.

—Sí, pero no voy a vivir como un animal enjaulado —dijo Adam—. Tomaré mis precauciones. —Se encogió de hombros—. Podría ser necesario que saliera a vagar por ahí para inducir al asesino a salir de su escondite.

Randall y Kirkland lo miraron consternados, pero Masterson dijo:

—Eso lo encuentro sensato. ¿Alguno de vosotros aceptaría quedarse encerrado en casa? Me parece que no.

Adam bebió el resto de su clarete de un solo trago.

—Usaré el coche cerrado y contrataré a más guardias. También ofreceré una cena aquí. Invitaré a Hal y a su madre, a mi madre y a su familia, a vosotros tres y a Mariah y Julia. Tendrás que adoptar un aire amenzador entonces, Randall. Tal vez eso persuada a Hal a confesar.

Se sirvió más vino. Podría ser que Hal fuera inocente. Pero tal vez eso era esperar demasiado.

Capítulo 32

*D*ado el intenso dramatismo de los dos últimos días, esa mañana Mariah decidió hacer lo que haría cualquier mujer sensata: ir de compras con su mejor amiga. Comenzaron por las tiendas de oportunidades, acercándose poco a poco a Bond Street, en que las tiendas eran más caras pero tenían artículos que no se encontraban en otra parte. A mediodía las dos iban cargadas de paquetes y Mariah llevaba horas sin pensar ni un solo instante en intentos de asesinato ni en progenitores perdidos.

En la última pañería de su itinerario, Julia examinó dos largos de tela, uno de muselina entramada en diferentes tonos rosa claro y el otro de popelina verde con sutiles hojitas estampadas.

—¿Cuál comprar? No puedo permitirme las dos.

—Cómpralas de todos modos —le aconsejó Mariah—. Las dos te quedarán muy bien y no encontrarás nada comparable en Carlisle. Puesto que nos marcharemos de Londres dentro de unos días, tenemos que aprovechar ahora. A saber cuándo va a volver aquí alguna de las dos, y la próxima vez tendremos que pagar los gastos del viaje. Así que cómprate las dos telas con lo que has ahorrado en gastos de viaje.

Julia sonrió de oreja a oreja.

—No habría hecho el viaje si no hubiera sido totalmente gratis, pero acabas de darme un buen pretexto para ser derrochadora.

Le hizo un gesto al dependiente indicándole que haría la compra.

Cuando terminaron de comprar y salieron de la tienda, Mariah se detuvo ante la puerta a contemplar las estrechas y atiborradas aceras de Bond Street.

—Me encanta el campo y no veo la hora de volver a Hartley —dijo, pensativa—, pero también me encanta Londres. Con mi padre solíamos venir con bastante frecuencia, cuando no había ninguna propiedad en el campo que fuera conveniente visitar. —Sonrió—. Naturalmente, nuestros alojamientos eran mucho más modestos que los que hemos tenido en este viaje.

—Por lo menos hemos tenido un buen día de compras —dijo Julia—. No podemos comprar más porque no tenemos más manos ni bolsas para llevar los paquetes. ¿Busquemos un salón de té para tomar un refrigerio antes de volver a la casa Ashton? —Se le cayó un paquete de la bolsa y se agachó a recogerlo—. Ahora me gustaría que hubiéramos aceptado el coche y el lacayo que nos ofreció Holmes. Me duelen los pies de tanto caminar.

—No quiero acostumbrarme al lujo Ashton —dijo Mariah firmemente.

Un coche y un lacayo habrían sido otro recordatorio más de la distancia social entre ella y Adam, y no le hacía ninguna falta más recordatorios.

Al oír una exclamación femenina cerca de ellas miró y vio a una señora elegante mirando fijamente a Julia. La mujer dijo a su acompañante, una mujer igualmente bien vestida:

—¿No es...?

—Imposible —contestó la otra, con la cara impávida.

Julia se puso blanca como el papel. Por instinto, Mariah la cogió del brazo, la giró y se alejaron rápidamente, y dieron la vuelta en la primera esquina. Cuando ya habían puesto bastante distancia, dijo:

—Ese té sabrá delicioso, sin duda.

Julia hizo una respiración lenta y profunda.

—¿No me vas a hacer ninguna pregunta sobre esa mujer?

—No, a no ser que quieras hablar del asunto.

—Gracias —dijo Julia, haciendo una nerviosa inspiración—. Tal vez algún día te lo cuente. Podría ser bueno hablar del pasado.

Una amistosa voz masculina las interrumpió:

—¡Señorita Clarke! ¡Señora Bancroft! ¡Qué gusto volver a verlas!

La voz era de Hal Lawford, que estaba bajando de un coche. Mariah encontró difícil resistirse a su sonrisa, pero no pudo dejar de pensar que él podría estar detrás de los intentos de matar a Adam. El contraste entre esos dos pensamientos le paralizó la lengua.

Julia no tuvo ningún problema en contestar por ella.

—Buenos días, señor Lawford. También nos alegra verle.

—Veo que habéis aprovechado las tiendas de Londres. —Miró evaluador sus bolsas con los paquetes—. ¿Me permiten, señoras, que les ofrezca mi coche para dejar sus paquetes y las invite a merendar? Hay un excelente salón de té a la vuelta de la esquina.

Ellas se miraron.

—Estoy muy a favor de ser malcriada con lujos —dijo Julia.

Y tal vez eso era justo lo que necesitaba en ese momento, pensó Mariah.

—Gracias, señor Lawford —dijo—. Aceptamos con gratitud sus dos ofrecimientos.

Él hizo un gesto a su lacayo para que cogiera las bolsas y las guardara en el coche, diciendo:

—Llámenme Hal, por favor. Como les dirá cualquier persona, no soy en absoluto tan solemne como para que me llamen señor normalmente.

Era un hombre que difícilmente caería mal, reconoció Mariah para su coleto. Pero no podía quitarse la sensación de que en él había algo más que su afable estampa.

Cuando estaban terminando un excelente almuerzo, Hal dijo en tono serio:

—¿Se ha sabido algo del hombre que le disparó a Ashton? Encuentro muy perturbador que ese villano pueda volver a intentarlo.

—Yo también —dijo Mariah. Lo miró con los ojos entrecerrados—. Si se hiciera una lista de las personas que podrían desearlo muerto, usted estaría en el primer lugar.

En lugar de adoptar una expresión convenientemente inocente, él sonrió irónico.

—Hecho del que soy dolorosamente consciente. Lo irónico es que de verdad no deseo ser duque. Haría fatal el trabajo. Adam es de primera clase, nacido para asumir responsabilidades. Su padre era un oficial británico con un importante puesto en India, y, además, heredó la sangre de príncipes indios por su madre. Lee y entiende proposiciones de leyes sobre las que yo me quedaría dormido. Una vez se ofreció a presentarme para un escaño en la Cámara de los Comunes controlado por la propiedad Ashton. Un puesto muy prestigioso, pero decliné porque me habría aburrido de muerte.

Julia lo miró ladeando la cabeza.

—¿Qué le interesa, Hal? ¿El juego? ¿Deslumbrar a las damas?

—Me gustan esas dos cosas, pero mi verdadera pasión es la crianza de caballos. La madre de Adam era de sangre real. Mi madre es irlandesa, de una familia que ha criado caballos pura sangre generación tras generación. —Sonrió—. Y a pesar de mi aversión a los asuntos legislativos, llevo un registro ridículamente detallado de todos los caballos que he tenido. Eso no me aburre nunca.

Mientras se reía junto con Julia, Mariah miró esos ojos verdes tan parecidos a los de Adam y no logró decidir si Hal Lawford era sincero o el mentiroso más peligroso de Londres.

Adam estaba distinto. Eso lo notó Mariah en el instante mismo en que entró en el salón antes de la cena, acompañada por Julia. No lo había visto en todo el día debido a su excursión de compras.

Pero al mirarlo en el otro extremo del salón, moreno y reservado, supo sin el menor género de dudas que era hora de marcharse de Londres. El hombre aporreado y amnésico que había rescatado del mar era ya total y absolutamente el duque de Ashton. Llevaba el poder y la autoridad con la misma naturalidad con que llevaba su chaqueta de corte y confección impecables. Poco a poco se había ido distanciando de ella, desde que sus amigos se presentaron en Hartley a reclamarlo. Ahora que él se había reinstalado en su vida, no había lugar para ella.

Tragó saliva para pasar el nudo que se le formó en la garganta. No debía desear que él viviera eternamente sin su pasado. De todos modos, durante un breve periodo, cuando él era simplemente Adam y el mundo estaba muy lejos, habían sido felices.

Él fue hasta el aparador de las bebidas y las miró a las dos.

—¿Os apetece un jerez?

Su mirada se detuvo en ella, y por el afecto que vio en sus ojos comprendió que no había dejado del todo atrás Hartley.

Antes que pudiera decir algo, se abrió la puerta y Holmes anunció la llegada de los Stillwell. Detrás de él estaban Lakshmi, el general Stillwell, Kiri y los dos hermanos menores. Inmediatamente Adam fue a saludarlos, y le dio un ligero beso en la mejilla a su madre.

—Así que no soñé contigo ayer, madre.

Ella se cogió de su brazo, como si sintiera la necesidad de tocar a su hijo tantos años perdido.

—Temía que nunca tendría a mis cuatro hermosos hijos juntos en un mismo lugar. —Hizo un gesto hacia Kiri—. A Kiri ya la conoces. Ellos son Lucia y Thomas. ¿No los encuentras espléndidos?

Lucia se ruborizó. Adam se echó a reír y saludó a sus dos hermanastros estrechándoles las manos.

—Ahora soy rico en familia —comentó.

Los cuatro hijos de Lakshmi entablaron conversación, tan animada que se interrumpían entre ellos. De verdad eran hermosos, pensó Mariah; se parecían tanto que era fácil ver que eran hermanos. Sin duda Adam estaría feliz de ser el hermano mayor.

Aunque volvió a sentir tristeza por no tener un lugar junto a Adam, de ninguna manera podía fastidiarle la dicha de él y de su familia. Lucia tendría unos diecisiete años, y estaba bien encaminada a ser una beldad tan pasmosa como Kiri, aunque sus ojos no eran del mismo color; los tenía de color verde gris, como los de su madre. Thomas sería uno o dos años mayor, muy apuesto, sus ojos azul gris como los de su padre. Los cuatro tenían la piel ligeramente más blanca que la de Lakshmi, pero más morena que la de una persona inglesa corriente.

Mientras Holmes servía discretamete jerez para los invitados, el general Stillwell se acercó a Mariah y Julia.

—Forman un grupo guapo, ¿verdad? —dijo, con orgullo.

—Desde luego —convino Julia—. Parece que han heredado lo mejor de la sangre inglesa y de la sangre india.

—General Stillwell —preguntó Mariah, curiosa—, ¿le preocupa que sus hijos tengan problemas aquí?

—Por supuesto que me preocupa. Los padres estamos para preocuparnos. —Las miró a las dos, sonriendo—. Eso lo descubriréis a su debido tiempo. Pero habrían encontrado intolerancia en India también, y todos necesitaban conocer la mitad inglesa de su herencia. Crié a Kiri y es como si fuera hija mía, pero es hija de un duque, y eso importa muchísimo en Inglaterra. Merece beneficiarse de eso. Y, para ser franco, su rango beneficiará a sus hermanos menores también.

No era de extrañar que al general le hubiera preocupado si Adam aceptaría o no a sus hermanastros. El patrocinio del duque de Ashton les sería útil a todos. Kiri estaba en mejor posición; aun cuando su padre no hubiera tenido la oportunidad de redactar un testamento adecuado, sin duda Adam le daría una dote apropiada a su posición.

El mayordomo anunció que la cena estaba lista. Cuando todos ya se encaminaban en dirección al comedor, Adam se colocó al lado de Mariah.

—Mi madre, dos hermanas y un hermano —exclamó—. Es un milagro.

Ella le sonrió, para indicarle lo feliz que se sentía por él.

—Pues sí —dijo—, y más que eso, son personas encantadoras, no un montón de platos sucios, como a veces son los parientes.

Él sonrió de oreja a oreja y se cogió de su brazo.

—Aunque fueran platos sucios los recibiría con los brazos abiertos, pero esto es muchísimo mejor.

Al comprobar que no había nadie cerca, ella le dijo en voz baja:

—Hablé con Julia y no le costó nada imaginar que Annie Watkins, que lleva la oficina de correos en Hartley, podría haber sido seducida o sobornada por Burke para que interceptara la correspondencia de Hartley Manor, tanto las cartas llegadas como las enviadas.

Adam entrecerró los ojos.

—No es una prueba irrefutable, pero sí muy interesante. Si Burke ha vuelto a Londres tendría que ser relativamente fácil encontrarlo. Él podría ser la mejor pista para enterarnos de lo que le ocurrió a tu padre.

—Entonces esperemos que lo encuentren pronto. —Hizo una honda inspiración—. Con Julia hemos decidido volver a casa dentro de tres días. ¿Puedo pedirle a Holmes que nos averigüe los horarios de las diligencias? —Notó la presión de la mano de Adam en el brazo y vio su expresión afligida—. Ya es hora, Adam. Cualquier información que recibas sobre mi padre me la puedes enviar por carta, porque te aseguro que me encargaré de Annie Watkins. No volverá a interceptar más correspondencia.

—Sé que tienes razón —dijo él. Guardó silencio durante unos

seis pasos—. Os enviaré en uno de mis coches. No quiero que tengáis que viajar en una diligencia pública.

Ella no pudo evitar reírse.

—He viajado en diligencia muchas veces y no he sufrido ningún daño.

Él la miró fijamente.

—Permíteme que haga esto por ti, Mariah.

A ella la desconcertó ver en sus ojos lo mucho que la quería, aunque también fue gratificante saber que lo que había entre ellos era real.

—Si insistes. Sería una tonta si rechazara un viaje gratis y cómodo hasta la puerta de mi casa —dijo alegremente—. Y aunque yo quisiera declinarlo, Julia no es tan tonta como para permitírmelo.

—¿Me haríais el favor de quedaros un día más? Voy a ofrecer una cena para que se conozcan las dos mitades de mi familia y quisiera teneros aquí. —Sonrió levemente—. Creo que tú y Julia seréis unas presencias calmantes.

—Seguro que Julia no pondrá objeciones —dijo ella.

Y ella estaría un día más cerca de Adam.

Capítulo 33

*L*ocalizar a George Burke sólo llevó un día y medio. Adam estaba en su despacho, ocupado en los interminables asuntos administrativos y otros que venían con su título y sus propiedades, pensando si de verdad era necesaria su opinión acerca de renovar los alquileres de los aparceros de su propiedad de Yorkshire. Dado que el administrador de esa propiedad recomendaba renovarlos, firmó el acuerdo.

El siguiente documento era un resumen de los asuntos que se debatirían en la próxima sesión de la Cámara de los Lores. Puesto que ya reconocía a las personas debería comenzar a asistir a los debates; en esa sesión se debatirían asuntos interesantes.

Aliviado dejó los papeles a un lado al ver aparecer a Kirkland y a Randall en la puerta.

—¿Me traéis un pretexto para escapar de mis responsabilidades?

—Lo tenemos —contestó Kirkland—. Burke está alojado en una posada cerca de Covent Garden. Hace una hora estaba en su habitación. ¿Te interesa visitarlo?

Al instante Adam echó atrás su sillón.

—Cuanto antes mejor.

Cogieron el viejo coche cerrado. Mientras iban saliendo por la puerta de atrás, Adam pensó si habría un hombre con deseos de asesinarlo vigilando su casa. Costaba creerlo ese luminoso día de primavera, pero el hombro vendado bajo su elegante camisa y chaqueta era un recordatorio de que debía tener cuidado.

La posada en que se alojaba Burke era bastante mediocre; había tenido mejores tiempos. ¿De dónde sacaría el dinero ese hombre, habiéndose jugado su propiedad? El aspecto de la posada indicaba que no prosperaba.

El cochero detuvo el coche delante de la puerta de la posada. Mientras se bajaban salió de las sombras un hombre delgado, de pelo castaño. Adam lo reconoció al instante y lo saludó; era el agente de Bow Street, Rob Carmichael.

Este movió el pulgar hacia arriba.

—Burke sigue aquí. La última planta, habitación de la derecha.

—Gracias por encontrarlo —dijo Adam, mirando hacia la ventana—. ¿Has tenido suerte en la localización del misterioso Ned Shipley?

—En los muelles me dijeron que lo habían visto últimamente, pero aún no se ha confirmado la información. —Aunque Carmichael vestía como un trabajador, su pronunciación era culta; no era sorprendente, pues se educó en la Academia Westerfield—. ¿Quieres que suba con vosotros?

—Podría ser útil si necesitamos seguir investigando —contestó Adam.

Entró en la posada seguido por los tres hombres. El posadero asomó la cabeza por la puerta de la trastienda, vio que los recién llegados iban bien vestidos y parecían resueltos, y se retiró prudentemente.

Subieron rápidamente la estrecha escalera, giraron a la derecha y se encontraron ante la puerta de la habitación de la esquina. Adam golpeó con mucha suavidad, tomando en cuenta que deseaba echar abajo la puerta con los puños.

—¿Quién es? —preguntó una conocida voz.

Recordando el momento en que tuvo que apartar a Burke de Mariah, Adam apretó los puños.

—Traigo el dinero —dijo.

Eso no tenía ningún sentido, pero pensó que hablar de dinero atraería el interés del hombre.

Y lo atrajo. Se oyó el ruido del pestillo, se abrió la puerta y apareció Burke. Estaba en mangas de camisa, no llevaba corbata y tenía los ojos enrojecidos.

—Nos conocemos pero que me cuelguen si recuerdo de dónde —dijo, ceñudo—. ¿Perdiste en una partida de cartas conmigo?

—Nos conocimos en el salón de Hartley Manor —dijo Adam y empujó la puerta antes que Burke pudiera cerrarla—. Estabas imponiendo por la fuerza tus atenciones a Mariah Clarke.

Lo que fuera que vio en su cara impulsó a Burke a retroceder, nervioso.

—No tenías por qué traer a tus amigos para que me dieran una paliza. Mis intenciones eran honrosas. Condenación, ¡le pedí que se casara conmigo!

—Si recuerdas nuestro primer encuentro, recordarás que no necesito ninguna ayuda si deseo matarte sólo con mis manos. Mis amigos me han acompañado para impedirme que lo haga. —Sonrió fríamente, amenazador—. Y no le ofrecías un matrimonio honroso. Querías obligarla a ponerse ella y a su propiedad en tus indignas manos. Pero eso no fue lo peor que le hiciste.

—Me marché de Hartley cuando me enteré de que estaba casada —dijo Burke, a la defensiva—. No le he hecho ningún daño.

—Fuera de decirle la despreciable mentira de que su padre había muerto. —Se quitó lentamente los guantes, como preparándose para golpearlo—. ¿Lo asesinaste tú, señor Burke? La ley del Antiguo Testamento exige vida por vida.

—¡No! —exclamó Burke, ya aterrado—. No he visto a ese cabrón desde que fuimos al despacho de su abogado a hacer la transferencia de la escritura de la propiedad que me ganó en el juego.

—Y mientras estabas ahí robaste papel con membrete de Granger para escribirle en su nombre a Mariah anunciándole la muerte de su padre.

Burke se encogió y retrocedió más, confirmando esa suposición.

—Ya te lo dije. ¡Deseaba casarme con ella! Si ella se sentía sola en el mundo, naturalmente desearía que un hombre cuidara de ella y, ¿quién mejor que yo? Conozco la propiedad y el pueblo. La muchacha es una beldad, y los dos nos beneficiaríamos. No tenía intención de hacerle daño. Cuando volviera su padre estaría feliz de verlo y los tres nos habríamos reído.

—Pero Charles Clarke no ha vuelto —dijo Adam en voz baja—, lo que lleva a la conclusión lógica de que lo asesinaste para mejorar tus posibilidades con la señorita Clarke. También sedujiste y sobornaste a Annie Watkins, la encargada de la oficina de correos de Hartley, para que interceptara la correspondencia de la señorita Clarke.

—¿Cómo sab...? —Inquieto, volvió al punto principal—. ¡No lo maté! Varias semanas después de perder la propiedad entré a comer en una posada de las afueras de Londres. Estaba ahí el magistrado de la localidad. Un grupo de soldados acababan de capturar a un par de bandoleros que habían estado aterrorizando la zona. Habían matado a dos hombres en los dos últimos meses y robado a muchos otros. El magistrado tenía una caja con las joyas que habían recuperado. Sentí curiosidad y pedí verla, asegurando que era una de las personas a las que habían robado. Vi el anillo de Clarke. El diseño era especial y lo recordaba. Dije que el anillo era mío y el magistrado me permitió cogerlo y quedármelo.

—¿Porque eras un caballero? —dijo Randall, incrédulo—. Puede que tú tengas escrúpulos, Ash, pero yo no. Deja que me encargue de él.

La cara de Burke perdió el color al oír a Randall.

—¿Era Clarke uno de los hombres que mataron los bandoleros? —preguntó Adam.

—No lo sé. No dijeron los nombres. Si Clarke no ha vuelto a Hartley, es posible que fuera una de las víctimas. O igual murió de alguna otra manera. Se lo merecía —añadió, mohíno—. Al tener el anillo en mi poder, se me ocurrió el plan de decirle a Mariah que su padre había muerto para que aceptara mi proposición. Creí que no me llevaría mucho tiempo persuadirla. Juro sobre la tumba de mi madre que si su padre ha muerto no se debió a mí.

—¿Sabes si tu cómplice en la oficina de correos interceptó alguna carta del señor Clarke que pudiera demostrar que está vivo?

Burke se encogió de hombros.

—No tengo ni idea. No he visto a Annie Watkins desde que me marché de Hartley.

Así que Julia tenía razón al suponer que habían interceptado y manipulado la correspondencia de Mariah.

—¿Estás seguro de que no sabes si Charles Clarke está muerto o vivo?

Diciendo eso Adam le puso una mano en el hombro, con unos dedos en el cuello; el movimiento pareció despreocupado, pero con los dedos presionó fuerte sobre unos determinados vasos sanguíneos.

Burke abrió la boca y, marcado, apoyó la espalda en la pared y débilmente le cogió la muñeca intentando apartarle la mano.

—¡No lo sé! ¡Por el amor de Dios, suéltame!

—Rob, tú eres el que tiene experiencia con ladrones y mentirosos —dijo Adam, aflojando la presión para que Burke no se desmayara—. ¿Crees que dice la verdad?

Rob lo pensó.

—Creo que sí. Pero si quieres, puedo encender un cigarro y aplicárselo en diversas partes. Ese es siempre un buen método para obtener respuestas francas.

Burke gimió de miedo. Asqueado, Adam retiró la mano del hombro.

—¿Qué hacemos con él?

—Enviarlo a trabajos forzados —propuso Kirkland—. Ser marinero de cubierta en un buque de guerra le haría maravillas a sus modales.

Burke ahogó una exclamación y miró nervioso a los hombres que estaban detrás de Adam.

—Podría librarse de eso con su labia —dijo Adam—. Podríamos acusarlo de fraude y de manipular el Correo Real. ¿Es delito de pena capital eso?

—Es probable —contestó Rob, burlón—. Muchos delitos lo son.

Burke se encogió de miedo.

—Los tribunales son demasiado lentos —añadió Adam—. Tengo una solución mejor.

Interpretando mal su expresión, Burke exclamó:

—No puedes asesinarme sin más. ¡Te colgarán!

Adam lo obsequió con una sonrisa angelical.

—Pues sí que puedo matarte si lo decido. Soy par del reino, Burke. Tengo un escaño en la Cámara de los Lores. Estos señores que están detrás de mí son de alcurnia, de reputación impecable, y si te mato jurarán que fue en defensa propia. ¿Qué posibilidades hay de que me procesen?

La expresión de desesperación de Burke demostró que reconocía que Adam podía matarlo y no sufrir ninguna consecuencia. De pronto Adam se cansó del juego. Aterrar a ese hombre no disminuiría en nada la aflicción que sufrió Mariah debido a su codicia y embustes.

—Estoy de acuerdo en que el señor Burke se beneficiaría de un largo viaje por mar. ¿Se te ocurre algo, Kirk?

—Estás de suerte. Uno de los barcos de mi compañía zarpará con la marea de esta noche en dirección a Cape Colony* e India. Sin duda se podrá encontrar espacio para Burke, aunque tal vez no sea muy cómodo.

—Eso irá bien —dijo Adam. Dado que venía preparado para eso, sacó un sobre del bolsillo—. Aquí hay doscientas libras, Burke. Es más de lo que te mereces, pero te dará la oportunidad de comenzar

* Cape Colony: Gran parte de la actual Sudáfrica.

una nueva vida donde sea que acabe tu viaje. O te las puedes jugar en una sola noche y morirte de hambre si quieres. —Entrecerró los ojos—. Si alguna vez vuelves a Inglaterra, cuenta atentamente tus días, porque no te quedarán muchos.

Burke desvió la mirada, pensándolo, comprendiendo tal vez que no conseguiría una opción mejor.

—Debo hacer mi equipaje y escribir algunas cartas; comunicar a la gente que me marcho de Inglaterra.

—Kirk, ¿cuánto tiempo tiene hasta que haya que llevarlo al barco?

—Unas dos horas —contestó Kirkland—. Rob y yo nos quedaremos aquí con él mientras hace sus preparativos, y después lo pondremos en el barco.

Adam aceptó, asintiendo.

—Si estás dispuesto, Rob, te lo agradeceré muchísimo. Os dejaré el coche.

—Encantado, Ash —contestó Carmichael, con cara de estar muy entretenido—. Ha valido el tiempo de espera para verte en acción.

—Ha habido muy poca acción —repuso Adam—. Sólo la eliminación de un gusano.

Acto seguido se giró y salió de la habitación, agradeciendo con un gesto a sus amigos. Seguía rígido de furia cuando bajó la escalera y salió de la posada, seguido por Randall.

Después de dar la orden al cochero de que esperara a Kirkland, Carmichael y Burke, echó a andar hacia el oeste, en dirección a su casa. Randall le dio alcance.

—Te arriesgaste bastante al decir que te respaldan tres hombres de reputación impecable —comentó.

A Adam se le relajaron los labios y los curvó en una verdadera sonrisa.

—Sonó bien. —Lo miró—. ¿Me acompañas como guardaespaldas?

Randall sonrió de oreja a oreja.

—Sólo si hace falta uno. Si no, es una simple caminata.

Adam pensó cuánto tardaría en normalizarse su vida, de forma que una caminata sólo fuera una caminata.

Demasiado tiempo.

Capítulo 34

*M*ariah estaba ante su tocador cepillándose el pelo suelto, consciente de que se le estaba acabando el tiempo. La próxima noche Adam ofrecería su cena para que se conocieran sus dos familias, y a la mañana siguiente ella y Julia emprenderían el viaje al norte, hacia Hartley. Esa noche había tormenta, la lluvia golpeaba con fuerza los cristales de la ventana, y a lo lejos se oían truenos. Era una noche para hacer cosas secretas, vergonzosas, como seducir a un hombre que no le pertenecía.

Llevaba días vacilando, deseando tanto unirse con Adam que le dolía, consciente al mismo tiempo de que eso estaría mal y que podría acabar haciéndola sufrir aún más. Esa noche era su última oportunidad, así que no podía esperar más tiempo.

Sonrió tristemente ante el espejo. Ya había tomado la decisión: prefería actuar y arriesgarse a lamentarlo, que optar por lo conservador y seguro, y luego lamentarlo aún más. Su conciencia Sarah ya había renunciado, y ni siquiera le hablaba.

Ya era bastante tarde así que la casa estaría silenciosa y tal vez no la vería nadie cuando pasara por el corredor en dirección a los aposentos de Adam. Después de mojar en vinagre la esponja que le diera Julia y colocársela en el lugar debido, se puso su mejor camisón y bata, un brillante conjunto en seda verde que le regaló una viuda tal vez excesivamente osada al final de una reunión en una casa de campo.

Se recogió el pelo en la nuca con una cinta verde a juego. Después cogió una lámpara, la tapó de forma que sólo iluminara el suelo al caminar y salió silenciosa de la habitación. No la mataría que él la rechazara; seguro que lo haría con amabilidad.

Pero si no lo intentaba, seguro que moriría por dentro.

Sintiéndose ya en su casa y en posesión de la mayor parte de su memoria, Adam había reanudado sus meditaciones matutinas. A veces también las hacía por la noche, porque despejarse la cabeza le iba bien para dormir.

Pero por muchas respiraciones lentas que hiciera no lograba olvidar que en cuestión de días Mariah saldría de su vida para siempre.

Cuando terminó la sesión en su templo, cerró la puerta con llave y apagó todas las lámparas de la sala de estar, de modo que la única iluminación que quedó fue la tenue luz de la lámpara de su mesilla de noche en el dormitorio, que entraba por la puerta. Esa noche había tormenta, así que abrió una cortina y contempló la ciudad iluminada por los relámpagos. Le gustaban las tormentas.

Oyó un suave golpe en la puerta; el sonido casi lo apagó una serie de retumbantes truenos en la distancia. Curioso, abrió la puerta y se encontró ante Mariah, a poco más de un palmo de él. Ella lo miró. Parecía nerviosa, y engañosamente frágil.

—¿Puedo entrar? —preguntó en voz baja.

—Por supuesto —dijo él, haciéndose a un lado, pensando a qué vendría. Seguro que no a...

Ella entró, airosa y cautivadora con esas prendas casi transparentes que sin duda estaban diseñadas para seducir. Girándose a mirarlo con sus enormes ojos castaños le dijo con voz nada firme:

—No hay ninguna manera sutil de decirlo. ¿Te acostarías conmigo, Adam? He tomado medidas para prevenir las consecuencias. —Desvió la mirada—. Sé que esto está mal, pero Janey te tendrá para siempre. Yo agradeceré que podamos tener una noche en que nos unamos libremente, con pasión y afecto. Si... si tú me deseas.

De todas las conmociones que había experimentado últimamente, ninguna había sido mayor que esa.

—¿Si te deseo? Nunca en mi vida he deseado más algo o a alguien. —Apretó los puños, combatiendo la tentación de tocarla—. No debería, pero... no me siento comprometido con Janey. Me es muy querida, pero unirme contigo no lo considero una traición a ella. Lo siento... correcto.

—Entonces unámonos, por esta noche. —Sonrió, melancólica—. Podemos crear recuerdos que vivirán siempre en nuestros corazones.

La amnesia lo había hecho comprender lo mucho que la memoria define a una persona y cómo su pérdida destruye el sentido de identidad. El recuerdo de esa vez que hicieron el amor en el jardín de meditación era una luz que lo arropaba; ansiaba tener más de esos recuerdos.

Le quitó la lámpara de la mano, la puso sobre el escritorio y le cogió la cara entre las manos, maravillándose de la sedosa textura de su piel. Ella lo miró con ojos valientes y vulnerables, con un deseo tan intenso como el suyo.

Se habían besado antes, pero nunca con esa dolorosa ternura, cuando el tiempo se les iba acabando con terrible rapidez. Sin prisas, se exploraron mutuamente las bocas, la de ella dulce miel. Le desató la cinta que le recogía el pelo y deslizó los dedos por entre la cascada de oro que caía libre.

—No sabes cuánto he deseado verte —musitó—, toda entera.

Ella se rió.

—Ese deseo es mutuo. En nuestro primer encuentro te miré buscando heridas y magulladuras así que no aprecié del todo tu cuerpo.

Diciendo eso introdujo las manos por la abertura de su bata y le presionó el pecho con sus cálidas palmas.

La ternura ardió como fuego blanco. Le soltó el cinturón de la bata, y se la quitó echándola hacia atrás por los hombros. A la tenue luz de la lámpara de ella y la que entraba del dormitorio, su cuerpo quedó seductoramente visible bajo el transparente camisón.

—Mariah...

Al no ocurrírsele ninguna palabra para expresar su belleza, deslizó las manos por las delicadas curvas de su espalda. Sus proporciones eran perfectas, una diosa menuda que le trastornaba el juicio. Se inclinó a besarle un pecho a través de la finísima tela, le lamió el pezón y lo sintió endurecerse.

Emitiendo un gemido, ella le desató el cinturón de la bata, y al abrirse quedó a la vista su desnudez y la dura prueba de su excitación. Le tocó el pene y él gimió.

—Mejor lento, cariño, si no esto terminará demasiado pronto.

—Ah, pues, muy bien, aprovechemos toda la noche.

Echándole atrás la bata por los hombros, deslizó las yemas de los dedos por los brazos, dejándole una estela de fuego.

La bata cayó al suelo. Él no sintió el frescor de la noche porque el mundo era todo calor y llamas. Sólo tardó un momento en quitarle el camisón.

—Es bonito, pero tú eres más hermosa.

—Como lo eres tú.

Él la cogió en los brazos, entró en su dormitorio y la depositó en la cama. La luz de la lámpara la iluminó, en todo su esplendor sensual. Los truenos estremecían la casa, hacían temblar los muebles, o tal vez eran los retumbantes latidos de su corazón cuando se acostó al lado de ella.

—Deseo besarte pulgada a pulgada —dijo, posando los labios en su cuello, y sintió su rápido pulso cuando ahuecó las manos en sus pechos.

—Hay muchas pulgadas, pero inténtalo, faltaría más —musitó ella, introduciendo los dedos por su pelo y acariciándole la cabeza—. No puedo creer que de verdad estemos aquí, juntos. Tenía mucho miedo de que fueras prudente.

—Contigo, mi corazón es más fuerte que mi razón.

Habían hecho el amor antes, en un enredo no planeado de cuerpos y emociones. Esta vez los dos estaban conscientes del objetivo, y cada beso, cada caricia, cada suave respiración generaba expectación.

Finalmente, él le tocó la parte más íntima y ella se estremeció de placer. Él comenzó lento, acomodando el ritmo de sus movimientos al aumento de la excitación de ella, hasta que empezó a jadear y gemir de desesperado deseo. Al llegar al orgasmo, emitió un grito ahogado, enterrándole las uñas en los hombros.

Cuando abrió los ojos, aturdida, le dijo:

—Ahora es el momento de unirnos.

Aunque estaba desesperado, él consiguió dominarse para penetrarla suavemente, ya que para ella sólo era la segunda vez. El éxtasis le hizo casi imposible quedarse quieto hasta que la cavidad de ella se adaptara a la invasión. Entonces ella soltó el aliento en un soplido de placer y comenzó a moverse, apretándose a él.

No tardaron en encontrar el ritmo apropiado para los dos, como si fueran pareja desde siempre, pero también compartiendo la embriagadora maravilla de los amantes principiantes. Ella era la pareja que él había ansiado en sus años de soledad, la mujer que lo completaba. Se desplomó sobre ella y Mariah lo rescató, abarcando con su espíritu todo lo que era él.

—Te quiero, te amo —resolló—. Para siempre.

—Y yo te quiero —susurró ella, con los ojos llenos de lágrimas.

Él rodó hacia un lado y la atrajo hacia sí, amparándola con sus brazos de la tormenta que azotaba Londres.

Hasta el cielo lloraba porque se amaban y una noche no era suficiente.

Mientras ella reposaba apaciblemente en sus brazos, feliz por estar en ese momento, él se quedó dormido, con la cara relajada como rara vez se le veía desde que sus amigos lo encontraron en Hartley. Ella intentó recordar cómo lo había visto al comienzo;

principalmente vio sus magulladuras y laceraciones y su aspecto extranjero.

Recordó que pensó que bajo los moretones y magulladuras tenía que ser apuesto. Esa evaluación se quedó muy corta, muy fuera de proporción. Adam Darshan Lawford era un hombre hermoso, en cuya cara de rasgos fuertes se combinaban las características inglesa e india, haciéndola única e interesante. También su cuerpo era hermoso, grácil, musculoso, ágil. Aunque seguro que él se azoraría si se lo dijera.

Le gustaba su piel morena, mucho más interesante que la blancura de la piel inglesa. Bajó suavemente la mano por su costado, pensando en lo intensamente real que era su presencia. Le costaba creer que nunca volverían a estar acostados juntos, así. No deseaba creerlo.

Le acarició la mejilla, sintiendo la ligera aspereza de su barba. Él abrió los ojos, sonriendo.

—¿Tienes frío?

—Un poco.

La lluviosa noche estaba fresca y estaban desnudos encima de las mantas. Eso lo compensaba apretándose más a él. No habría creído lo natural que le resultaba yacer desnuda a su lado. Toda una vida de pudor se había desvanecido en una hora. ¿Alguna vez volvería a conocer esa intimidad con alguien?

—Te veo triste —dijo él, echándole hacia atrás el pelo y dejando ahí la mano—. ¿Lamentas haber venido aquí?

Ella intentó sonreír.

—Nooo. Sólo lamento que esta noche se va a acabar.

A él se le tensó la cara y ella vio pena en sus ojos.

—Es una lástima que no podamos detener el tiempo. —Al pie de la cama había una manta doblada; se incorporó a cogerla, la abrió y la extendió sobre ella—. Pero por lo menos podemos estar cómodos.

—Gracias. Aunque tú eres mejor que cualquier manta.

Él sonrió y se metió bajo la manta.

—No nos conviene desperdiciar el resto de la noche durmiendo, ¿verdad?

—Prefiero hacer más recuerdos.

Él rodó hasta quedar de espaldas y la puso encima de él. La miró con los ojos risueños.

—No me cabe duda que podrás inventar una manera de embelesarme.

A ella se le ocurrieron varias placenteras maneras nuevas de hacer el amor. Los dos estaban mojados de sudor cuando ella se desplomó encima de él después del viaje de ida y vuelta de la locura que hicieron juntos.

—No sabía que la pasión pudiera ser así —resolló ella—. ¿O sólo se debe a que eres tan bueno para hacer el amor como lo eres para tantas cosas?

Él le acarició las caderas.

—Yo tampoco conocía esta manera de hacer el amor. Los dos hemos aportado. Y si esa era una pregunta indirecta, no tengo tanta experiencia como tal vez imaginas. —Sonrió irónico—. Me interesaba, como a cualquier joven, pero siempre he tenido dificultades para bajar los escudos protectores. Excepto contigo.

Ella cruzó las manos sobre su pecho y apoyó el mentón en ellas.

—Creo que tuve mucha suerte al encontrarte cuando no sabías quién eras. Llegué a conocer al hombre que estabas destinado a ser.

—Ahora trato de ser esa persona con más frecuencia. —La cambió de posición hasta dejarla de costado, con la espalda tocando la parte delantera de él, y le rodeó la cintura con los brazos. Calzaban a la perfección.

Ella intentó continuar despierta, para no perderse ese maravilloso momento, sin precio. La respiración tranquila de Adam le dijo que se había quedado dormido. El tiempo se iba acabando.

La luz de la lámpara estaba muy tenue cuando volvieron a despertar. Sin decir palabra, se besaron. Esta vez el deseo ardió lento, alimentado por el conocimiento de que esa podría ser la última vez, porque el alba se aproximaba implacable. Cuando él la penetró ella suspiró, sintiendo propagarse el placer en oleadas por toda ella. Sus cuerpos ya se conocían, y se fusionaron sin el menor esfuerzo.

—Te amo —susurró él—, nunca dudes de eso.

—Nunca te olvidaré —susurró ella. Abrió los ojos para verle su amada cara, y vio la oscura figura de un hombre inclinado sobre Adam con un cuchillo en la mano—. ¡Adam!

Levantó con fuerza el pie derecho y logró golpear al hombre en la ingle, de refilón.

—¡Puta! —exclamó este, retrocediendo y bajando la mano con la que empuñaba el cuchillo; tenía una calavera tatuada en el dorso—. ¡Morirás por esto también!

Ya volvía a abalanzarse cuando Adam rodó con ella hacia el otro lado de la cama. El mundo dio una voltereta en el momento en que los dos cayeron de la cama, arrastrando la manta.

Adam hizo un giro para caer debajo de ella y amortiguarle el impacto. Ella cayó encima de él, sin aliento. Mientras intentaba recuperarse del aturdimiento, Adam la apartó y se puso de pie de un salto.

—¡Mariah, apártate!

Se colocó entre ella y el asesino, moviéndose agachado, a la defensiva, mientras el hombre rodeaba la cama, maldiciendo, con el cuchillo relampagueando a la luz de la lámpara. Alto, fornido y todo de negro, el atacante era una pesadilla viva. Comparado con él, Adam se veía aterradoramente vulnerable, desnudo y desarmado. Pero él parecía no tener miedo, esperando que su contrincante hiciera el primer ataque.

Consiguió ponerse de pie, pensando desesperada qué podía hacer. No conseguiría nada intentando enfrentarse al hombre armado.

Una ráfaga de aire frío reveló que había una ventana abierta. Buen Dios, a saber cómo ese hombre había logrado entrar por ahí, o saber que era esa la ventana del dormitorio de Adam. Pero al mirar hacia la ventana vio el cordón para llamar al otro lado de la cama. Se arrojó atravesada sobre ella y tiró de él una y otra vez, intentando despertar a todos los criados de la casa.

—Es una puta guapa —dijo el hombre, abalanzándose y moviendo el cuchillo con peligrosa pericia—. La tomaré después que te mate.

Adam se deslizó ágilmente a un lado y le cogió el brazo. Haciéndolo girar lo lanzó hacia la pared, de cabeza.

El hombre soltó una sarta de palabrotas, levantándose medio tambaleante

—¡Pagano asqueroso! Te voy a cortar en trocitos tan pequeños que ni tu madre los reconocerá.

—Tienes una mente muy limitada —repuso Adam, moviéndose en círculos—. ¿Intentas matar a duques de sangre mixta por diversión o porque te pagan?

—Las dos cosas —espetó el hombre—. Trabajo y placer juntos.

Diciendo eso volvió a abalanzarse, con el cuchillo hacia arriba para enterrárselo en el vientre.

Adam no estaba ahí. Nuevamente se había deslizado hacia un lado como una sombra, la luz reflejándose en su cuerpo desnudo como si fuera una estatua griega en movimiento. Alargó la mano para golpearle el cuello con el canto al hombre; este hurtó el cuerpo, pero alcanzó a darle un golpe parcial.

Se abrió la puerta del vestidor al tiempo que sonaba la otra puerta al cerrarse, y entraron Wharf y Murphy, el jefe de mozos del establo, los dos con pistolas en sus manos.

—¡Cabrón! —exclamó Wharf, evaluando al instante la situación.

Él y Murphy dispararon al mismo tiempo, de modo que el ruido sonó como el de un solo disparo.

El hombre se llevó la mano a las costillas y al retirarla se vio ensangrentada. Sobrepasado en número, pero no herido de gravedad, saltó por la ventana. Mariah vio vagamente una cuerda colgando fuera de la ventana, bajo la lluvia. El hombre la cogió y desapareció de la vista.

Recordando su desnudez, Mariah retrocedió y cogió la manta del suelo. Mientras se envolvía, sonaron fuertes pisadas en el corredor. Adam la cogió por los hombros, la giró y la empujó hacia los criados.

—Murphy, hazla salir por la habitación de Wharf. No permitas que nadie la vea. Wharf, ve a recoger esas dos prendas de seda verde y escóndelas.

Le resultaba difícil preocuparse por su reputación cuando a Adam casi lo habían asesinado en su cama, pero echó a andar y pasó por la puerta del vestidor, seguida por Murphy. Cuando este la cerró, oyó la voz de Randall entrando en la sala de estar de Adam:

—¡Ash!

El ruido le indicó que otras personas entraban detrás de él, pisándole los talones.

Acompañada por Murphy atravesó el vestidor y entró en el dormitorio de Wharf. Era una habitación bastante espaciosa, y la ropa de cama estaba en absoluto desorden.

—Será mejor que descanse un momento aquí y recupere el aliento, señorita —dijo Murphy—. Habrá bastante gente en los corredores durante un rato.

Del cañón de su pistola salía una voluta de humo, y parecía llevar pegado a él el olor acre de la pólvora. Mariah cayó en la cuenta de que aunque él y Wharf fueron rápidos y competentes en su reacción, los dos estaban a medio vestir y despeinados. Miró hacia la cama y desvió la vista.

—Menos mal que estabais los dos aquí y preparados.

Murphy pareció incómodo.

—Con las amenazas a su excelencia, Wharf pensó que debíamos

estar preparados y armados, por si acaso. Los dos estuvimos en el ejército.

Su irregular educación la había dado más conocimiento del mundo que a muchas jóvenes. Tenía bastante buena idea del verdadero motivo de que los hombres hubieran estado juntos ahí, pero no había ninguna necesidad de hablar más del asunto. Como ella, Murphy tenía buenos motivos para evitar que lo vieran ahí.

—Ashton tiene suerte al tenerlos a su servicio —dijo.

—El duque ha sido bueno con los dos —repuso él. Fue a poner la oreja en la puerta que daba al corredor—. Parece que ya está todo en silencio. ¿Está lista para arriesgarse a volver a su habitación, señorita Clarke?

—Por favor —Sonrió pesarosa—. Me siento tonta envuelta en esta manta.

Él abrió suavemente la puerta, asomó la cabeza y le hizo un gesto para que se acercara. Ella pasó junto a él y echó a correr descalza por el corredor. Él la siguió. Cuando se detuvieron ante su puerta, le dijo en voz baja:

—Habría que ir a ver cómo están los guardias de fuera. El asesino podría haber herido a alguno cuando entró.

—Buena idea. Iré inmediatamente. —Titubeó—. No tiene por qué preocuparse de que Wharf o yo hablemos, señorita. Nunca haríamos nada que dañara a usted o al duque.

Ella supuso que el mozo era un experto en amores prohibidos.

—Gracias, señor Murphy. Cuanto menos digamos cualquiera de nosotros, mejor.

Entró en su habitación, donde había dejado encendida una lámpara y se fue derecha al ropero. Un camisón de franela, su bata de lana más gruesa y unas zapatillas, reemplazaron rápidamente a la manta. Se estaba trenzando el pelo cuando entró Julia.

—Mariah, ¿qué ha ocurrido? ¿Ese ruido fue de un disparo?

Entonces Mariah cayó en la cuenta de que sólo habían pasado unos minutos. Lo pensó rápido y decidió decir la verdad:

—Estaba con Adam en la cama cuando entró un asesino en el dormitorio, con un cuchillo. Mientras Adam lo enfrentaba desarmado, yo tiré del cordón para llamar. Entró Wharf corriendo con una pistola —no había por qué mencionar a Murphy— y le disparó, y el hombre salió por la ventana y bajó por una cuerda, como una rata por una tubería de desagüe.

Julia retuvo el aliento.

—Buen Dios. ¿Ashton está ileso?

Mariah asintió.

—Estuvo... extraordinario. —Si no tuviera esa agilidad de gato y esa pasmosa habilidad para luchar, los dos estarían muertos. Se ató una cinta en la punta de la trenza—. Voy a ir a sus aposentos, porque podrían sospechar si no fuera a averiguar lo del disparo.

—Iré contigo. Estaremos muy respetables.

Era de esperar, pensó Mariah, porque la apariencia de respetabilidad era lo único que le quedaba.

Capítulo 35

*P*ara Adam no fue ninguna sorpresa que no pudiera dormir más esa noche. Cuando volvió a tener puesta la bata, sus aposentos estaban invadidos al menos por la mitad de su personal, atraídos por los disparos. La expresión de Randall era asesina cuando se enteró de lo ocurrido, y al instante salió para ver si lograba encontrar rastros del intruso.

Mariah y Julia llegaron un par de minutos después, las dos bien arropadas con gruesas batas y con la expresión preocupada que se esperaría si hubieran despertado de un profundo sueño. Mariah le sostuvo la mirada durante un intenso momento y luego paseó la vista por la habitación.

—¿Qué ha ocurrido? —preguntó.

—Entró un hombre, pero huyó por la ventana. No hizo ningún daño —les aseguró él, tratando de no pensar cómo se veía Mariah acostada entre sus brazos.

—Gracias a Dios estás bien —dijo ella, y se estremeció—. Si esto es Londres, añoro la paz de Hartley.

Acto seguido, se cogió del brazo de Julia y salieron juntas.

Él dudaba de que estuviera vivo si Mariah no hubiera estado con él. El asesino fue muy silencioso. Si él hubiera estado durmiendo, ese cuchillo podría estar enterrado en su corazón. Fue Mariah la que lo vio, y su puntapié le dio a él el instante que necesitaba para escapar. Tuvo la horrible visión de él tendido ahí muerto por la herida del cuchillo mientras el asesino violaba y mataba a Mariah.

Mientras Wharf hacía salir a los miembros del personal, volvió Randall, mojado y con expresión lúgubre.

—Uno de los guardias estaba inconsciente por un golpe y atado. La tupida lluvia ocultó la subida del intruso por la pared. Se las arregló para escalar la casa y colgar una cuerda fuera de tu ventana.

—¿El guardia se va a poner bien?

Randall asintió.

—Tuvo suerte. ¿Lograste ver con claridad a tu atacante?

—Tiene tatuada una calavera en la mano —contestó Adam, lacónico.

Randall soltó el aliento en un resoplido.

—O sea, que es Shipley, y está vivo. Al menos ahora sabemos a quién buscamos.

—Lo difícil será cogerlo —dijo Adam, y frunció el ceño—. Por lo que dijo, le encantaría matar a un asqueroso pagano como yo, pero también le pagan por asesinarme. Así que la pregunta subyacente es, ¿quién le paga?

—Eso significa que cuando lo cojamos tenemos que mantenerlo vivo el tiempo suficiente para que nos diga quién es su empleador. Eso es detestable —añadió, dirigiéndose a la puerta—. Iré a ver a Rob Carmichael.

—No hay ninguna necesidad de despertarlo a estas horas —dijo Adam—. No creo que Shipley vuelva esta noche.

Y tampoco volvería Mariah, por desgracia.

Después de desayunar con Randall, que se marchó enseguida para ir a informar al agente de Bow Street, Adam se dirigió de mala gana a su despacho a cumplir sus deberes de duque con el papeleo. Lo último que deseaba era leer esos áridos documentos de asuntos legales después de la pasión y el peligro de la noche pasada. Además, esa noche sería su cena para la familia, y pensar en eso lo distraía.

—Formby, ¿crees que lograré ponerme al día con este trabajo?

—Ha avanzado muchísimo, excelencia —contestó el secretario en su tono más formal, que indicaba que no le iba a permitir escaparse ese día.

—¿Quieres que contrate un ayudante? Alguien que te ayude a clasificar los asuntos y resuelva los más elementales, lo que te dará tiempo para los asuntos que exigen un juicio más experimentado.

Formby pareció sorprendido, luego interesado al pensar en la posibilidad de tener un subalterno al que dar órdenes.

—Podría ser útil, y en último término reduciría la cantidad de documentos que debe revisar usted.

—Excelente —dijo Adam, procurando no parecer asquerosamente aliviado—. Entonces comienza, por favor, a buscar a un hombre cualificado que sea aceptable para ti.

Formby sonrió de oreja a oreja.

—Gracias, excelencia. Tengo un sobrino que podría ser idóneo para este trabajo.

Se abrió la puerta y apareció un lacayo con expresión preocupada.

—Perdone, excelencia, pero este caballero insiste en verle.

Un hombre bien vestido, algo mayor de cuarenta, con el brazo en cabestrillo y la cara tensa de furia controlada, hizo a un lado al lacayo, entró y fue a plantarse ante el escritorio.

—¿Qué le ha hecho a mi hija? —ladró.

Buen Dios, tenía los ojos castaños y el pelo rubio, como Mariah. Ese tenía que ser Charles Clarke. Durante un instante de pánico le pasó por la cabeza la idea de que el hombre sabía de las gloriosas y vivificantes cosas que había hecho con Mariah esa noche. Pero era imposible que las supiera.

—Haz llamar a la señorita Clarke, Formby —dijo en voz baja—. Inmediatamente. —Una vez que el secretario hizo su venia y salió, se levantó—. Usted debe de ser Charles Clarke.

—El honorable Charles Clarke Townsend —espetó el recién llegado—. Puede que no sea duque, pero mi familia no carece de influencia, y no se le permitirá que tenga encerrada a mi hija y la deshonre.

—De ninguna manera desearía hacer eso —dijo Adam, mansamente. Lo que habían hecho no era deshonra sino amor generoso y sincero—. Su hija me salvó la vida cuando estaba próximo a morir ahogado. Es una respetada huésped en mi casa junto con su amiga de Hartley, la señora Bancroft, que es una carabina muy respetable. —Aunque no necesariamente estricta—. Por cierto, usé su ropa durante varias semanas. ¿Qué le hace pensar que he deshonrado a su hija? Es una joven muy independiente, me parece que no se dejaría deshonrar fácilmente. Y, ¿es señor Clarke Townsend o señor Townsend?

—Townsend va bien. —Ya aplacada su ira, el visitante frunció el ceño—. Acabo de estar en el despacho de mi abogado. Me dijo que Mariah lo había visitado acompañada por el duque de Ashton, que ella creía que yo había muerto y que usted la vigilaba como un halcón; como si ella fuera su prisionera. Lleva semanas sin contestar mis cartas, lo que tiene que significar que le ha sobrevenido algo terrible. ¿Es su respetada huésped o su cautiva?

Aunque veía pena y furia en la cara de Townsend, Adam no pudo dejar de sonreír ante la ridiculez de la situación. Hizo un gesto hacia la puerta, donde acababa de aparecer Mariah, con un bello vestido color melocotón. Se veía tan delicada y elegante que era difícil creer que le hubiera dado un puntapié en las ingles a un hombre cuando estaba en medio de un apasionado acto sexual ilícito. Su incomparable Mariah.

Townsend se giró a mirarla y la primera sorpresa de ella pasó a una loca alegría.

—¡Papá! —exclamó y, llorando, corrió a echarse en sus brazos.

Él hizo un gesto de dolor pues ella le golpeó el brazo lesionado, pero la abrazó fuertemente con el otro.

—He estado muy preocupado, Mariah. ¿Qué ha ocurrido? —Miró hacia Adam—. ¿Este hombre te ha tratado mal?

Mariah se rió.

—Noo, nada de eso. Uy, papá, han ocurrido muchas cosas.

En un lado del despacho había sillones, así que llevó a su padre hasta un sofá, lo hizo sentarse y se sentó a su lado, tan cerca que casi se tocaban.

Adam se levantó de su sillón ante el escritorio y fue a sentarse en un sillón frente a ellos.

—Ha dicho que es el honorable Charles Clarke Townsend. ¿Es hijo del conde de Torrington?

Él asintió.

—Fui el hijo menor y la oveja negra de la familia. Mi padre murió hace unas semanas. Logramos una reconciliación en su lecho de muerte. —Torció el gesto—. Tal vez ha sido bueno que la reconciliación no fuera puesta a prueba durante mucho tiempo. Éramos como el día y la noche. Pero... creo que a los dos nos alegró despedirnos como amigos. Mi hermano mayor es el nuevo conde.

—Yo pensaba que eras de una familia bien, pero no me imaginé que tu rango fuera tan elevado.

—Por los Townsend corre la sangre más azul de Gran Bretaña, lo que empeoraba aún más mi vergonzoso comportamiento. Tu nombre legítimo es Mariah Clarke Townsend. Yo reduje el apellido a Clarke después que mi padre me repudió.

—Eso no es el acto de un padre decente —dijo Adam, ceñudo.

—No fue sin justificación, aunque tal vez su reacción fue exagerada —dijo Charles. Exhaló un suspiro y se dirigió a Mariah—: Ya me consideraban rebelde y alocado antes que me fugara con tu madre a Gretna, cuando teníamos dieciocho y diecisiete. Fue un escándalo para las dos familias. Sólo comencé a crecer cuando me responsabilicé de ti, e incluso entonces necesité de la ayuda de Nani Rose.

—¿Dónde has estado estas últimas semanas? George Burke me dijo que habías muerto, falsificó una carta de Granger confirmando tu muerte y me enseñó tu anillo de oro como prueba. Nos hemos enterado de que había hecho interceptar las cartas, pero eso no demostraba que estuvieras vivo. —Le tocó el cabestrillo—. ¿Te lesionaste y por eso no volviste a Hartley cuando te esperaba?

—Fue parte del motivo, pero, ¿y tú? —Miró a Adam, con expresión todavía desconfiada—. ¿Por qué estás aquí en Londres, en esta casa?

Adam dejó que ella contara la historia, convenientemente modificada. Ella la terminó diciendo:

—Con Julia tenemos programado volver a Hartley mañana, dado que Ashton nos ha ofrecido amablemente un coche. Seguro que no le importará si tú nos acompañas. ¿Estás preparado para volver a casa?

Él sonrió travieso. Era claramente visible el encanto que había empleado a lo largo de los años para ser bien acogido en muchas casas.

—Recuerda que te dije que mi lesión sólo era parte del motivo para retrasar el viaje. La otra parte del motivo está a unas pocas manzanas de aquí. ¿Quieres venir conmigo para poder explicártelo todo?

Ella se echó a reír.

—Nunca has podido resistirte a darme sorpresas. ¿Quieres que conozca a algunos de los parientes con los que ahora te llevas bien otra vez?

—Siempre has sido buena para leerme el pensamiento —dijo él—. Sí, eso es cierto. Mi hermano es mucho más tolerante que mi padre con mis defectos. Pero no diré más. —Se levantó—. ¿Estás libre ahora? Deseo muchísimo llevarte.

—Muy bien —dijo ella. Miró a Adam—. ¿Querrías venir también?

—Por supuesto —dijo él, sin hacer caso del ceño del padre protector, y con la expresión más inocente que pudo, para no alarmarlo.

Aunque dudaba de haberlo conseguido.

Antes de subir al coche de Adam, Charles le dio la dirección al cochero, y este los llevó a una casa del otro lado de Mayfair. Cuando bajaron a la acera delante de la casa, él le ofreció el brazo sano de un modo bastante ostentoso. Ella supuso que él se sentiría mucho mejor cuando ella ya no estuviera alojada en la casa Ashton. Normalmente no era tan protector, aunque sí muy perspicaz. Seguro que había percibido una conexión entre ella y Adam.

Con la lluvia de esa noche se había despejado el cielo y era un hermoso día de primavera. Estaban ante una típica casa de ciudad de Mayfair, bien mantenida, con la pared cubierta de hiedra bien podada y macetas con flores en las ventanas.

Su padre abrió la puerta con una llave, lo que ella encontró interesante. Mientras los hacía pasar al vestíbulo, gritó:

—¡He vuelto y la tengo!

Los hizo entrar en un salón a la derecha, en el que estaban sentadas dos mujeres bordando. Las dos se levantaron de un salto. Una era una mujer menuda, muy atractiva, de algo más de cuarenta años. La otra era... ella misma.

Ahogó una exclamación, a punto de desmayarse. Adam la sujetó cogiéndole el brazo.

—Tranquila, Mariah —le susurró—. Creo que, como yo, tienes una hermana a la que no conocías.

Ella miró atentamente a la joven. Aunque se parecían muchísimo, la cara de la desconocida era algo más delgada, su pelo rubio estaba peinado de otra manera y su expresión insinuaba una personalidad diferente a la suya. Pero su elegante vestido de mañana era exactamente del mismo color melocotón del que llevaba ella.

—¿Mariah? —preguntó la chica, titubeante.

Mariah tuvo que tragar saliva para poder hablar.

—Papá, ¿todos estos años me has ocultado que tengo una hermana gemela?

—Pues... sí —dijo él, al parecer complacido y avergonzado al mismo tiempo.

A Mariah le pasó una loca idea por la cabeza.

—¿Te llamas Sarah?

—¡Sí! —exclamó su hermana, esperanzada—. ¿Me recuerdas?

—No, no, pero dime, por favor, ¿eres un modelo de todas las virtudes que debe tener una dama refinada?

Sarah la miró sorprendida.

—¡No, ni mucho menos! Mi madre será la primera en decírtelo.

¿Mamá? Miró a la otra mujer, que la estaba mirando ansiosamente. Era un poquito más baja que ella, y en su pelo rubio oscuro se veían hilos de plata, pero se parecía a Sarah.

Y se parecía a ella.

Se llevó la mano izquierda al corazón, que le latía como si se le fuera a salir.

—¿Eres mi madre? Siempre he supuesto que moriste cuando yo sólo tenía dos años.

Su padre se aclaró la garganta.

—Siempre he dicho que perdimos a tu madre. Nunca he dicho que hubiera muerto.

Mariah lo miró pasmada.

—No me digas que abandonaste a mi madre y nos separaste a mi hermana y a mí como un par de cachorritos.

Oyó a Adam ahogar una risita a su lado.

Su madre se acercó un paso, con la cara muy seria.

—Él tenía legalmente el derecho a llevaros a las dos, así que me sentí agradecida de que se llevara sólo a una. Pero no ha pasado ni un solo día en que no pensara en ti. Mi hija perdida.

Mientras ella miraba de su madre a su padre y a su hermana notó más fuerte la presión de la mano de Adam en el codo. No pudo evitarlo. Se echó a reír a carcajadas.

—Papá, ¡qué granuja eres! Todos estos años y no me lo dijiste nunca.

—Me pareció más sencillo —dijo él, incómodo.

Ella movió la cabeza.

—Más sencillo. Estoy empezando a entender por qué tu padre te repudió. —Miró a su hermana—. Desde que tengo memoria me he imaginado que tenía una hermana llamada Sarah, que siempre era la dama perfecta. Era mi conciencia y muchas veces mi amiga. Ahora comprendo que te recordaba a ti.

—¡Y espero que seamos amigas! —dijo Sarah, avanzando a cogerle las manos, mirándola con ojos anhelantes—. Crecí sabiendo que tenía una hermana llamada Mariah, y rogaba que algún día nos encontráramos.

—Yo habría rogado eso también, si lo hubiera sabido.

Entonces se abrazaron fuertemente. Mariah alargó la mano hacia su madre y el abrazo se hizo de tres. Aunque no tenía recuerdo consciente de su madre ni de su hermana, las conocía en el fondo del alma. Ellas llenaban huecos que ni sabía que tenía.

Finalmente se apartó, sacó un pañuelo del ridículo y se limpió los ojos.

—Papá, todavía hay mucho de tu historia que no sé. Para empezar, ¿dónde diablos has estado? ¿Y cómo te lesionaste el brazo?

—Yo también tengo muchos deseos de saber eso —comentó Adam.

La madre de Mariah lo miró ceñuda.

—No nos has presentado a tu amigo.

—Lo siento, cariño —dijo Charles, con los ojos brillantes—. Permitidme que os presente al duque de Ashton. Excelencia, mi esposa y mi hija menor, señora Townsend y señorita Sarah Townsend.

—¿Cuánto menor? —preguntó Mariah, con interés.

—Unos cinco minutos —contestó su madre, y miró a Adam con expresión aprobadora—. Tenemos mucho que hablar. Sentémonos y llamaré para que nos traigan té.

Al tomar asiento Mariah se instaló cerca de su madre y su hermana, y miró con gratitud a Adam cuando él se sentó enfrente. Él mejor que nadie entendería sus tumultuosas emociones.

—Mariah —comenzó su padre—, te dije que quería restablecer

las relaciones con mi familiares. En particular deseaba ver a mi padre, pues me había enterado de que estaba muy enfermo. Pero, más aún, deseaba ver a Anna. —Miró a su esposa, de la que estaba distanciado tanto tiempo, con el corazón en los ojos—. Ella era una heredera y todos creyeron que me casé con ella por su dinero. Estaban equivocados.

Anna exhaló un suspiro.

—Yo era tan tonta que creí a las personas que me dijeron que no me fiara de Charles, que era un gandul, un cazadotes derrochador. Un día, cuando vosotras teníais unos dos años, nos enzarzamos en una pelea. Comenzó por nada, pero nos dijimos cosas terribles y él se marchó pisando fuerte, jurando que no volvería jamás.

—Y yo, como era tonto, no volví —dijo él, tristemente—. Y dejé pasar tantos, tantos años.

Mariah se inclinó hacia él.

—¿Por qué, papá? ¿No deseabas volver a tu casa?

—Comprendí que había cometido un terrible error casi tan pronto como me marché. —Hizo un mal gesto—. Pero lo había liado y estropeado todo. Sí que era un gandul, un ocioso inútil. Llegué a la conclusión de que no podía volver mientras no me hubiera establecido por mi cuenta. Deseaba demostrarle a mi padre que no era un inútil y a Anna que no era un cazadotes.

—Así que se convirtió en jugador profesional —dijo Adam, mansamente.

Charles torció la boca.

—Jugar no era una buena manera de amasar una fortuna, pero no tenía ninguna otra habilidad. Me fue lo bastante bien para mantener a Mariah, a mí y a Nani Rose, pero no para convertirme en terrateniente. A pesar de mis otros defectos, no estaba dispuesto a hacer trampas con algún joven para despojarlo de su herencia. Entonces conocí a George Burke. Era adulto, y un tonto bellaco. Puesto que parecía resuelto a perder su propiedad, decidí que bien podía ganársela yo. Cuando le gané Hartley Manor, comprendí que era el momento para buscar a Anna y pedirle perdón. —Volvió a mirar a su esposa—. No me atrevía a soñar que me acogería de vuelta, pero deseaba que por lo menos supiera lo mucho que lamentaba haberme marchado. Nunca ha habido ninguna otra mujer.

Mariah sabía que eso no era del todo cierto. Pero nunca había visto en él ninguna señal de que se hubiera enamorado de ninguna de las mujeres con las que tenía aventuras pasajeras. Su madre no tenía ninguna necesidad de saber de esas otras mujeres.

Charles pasó su mirada a Sarah.

—También deseaba ver a mi otra hija. Has sido una bendición para mí, Mariah. Siempre que te miraba pensaba cómo estaría creciendo mi otra hija.

Anna alargó la mano hacia él diciendo:

—Deberías haber venido antes, Charles.

Él le cogió la mano y se la besó.

—Eso lo sé ahora. Es el mayor milagro de mi vida que me hayas dado una segunda oportunidad.

Sarah acercó la cabeza a la de Mariah.

—Han estado así desde que él volvió —le susurró en tono travieso.

Mariah se rió. La verdadera Sarah le gustaba mucho más que la que había vivido en su cabeza tantos años y la reprendía. Mirando el cabestrillo que le afirmaba el brazo lesionado a su padre, le preguntó:

—¿Y mamá te rompió el brazo antes de aceptar tus disculpas?

Él sonrió.

—No, aunque podría haber sentido la tentación. Estaba viajando en una diligencia para visitarla en Hertfordshire cuando nos asaltaron unos bandoleros. Tontamente me enfrenté a ellos para salvar mi anillo de oro. Me lo había regalado tu madre, ¿sabes? Así que me robaron el anillo y me quebraron el brazo. Tuve suerte de que no fuera el cuello.

—En el diario del pueblo —continuó Anna—, apareció la noticia del robo y los nombres de las víctimas. Cuando vi a un Charles Clarke en la lista, tuve la extraña sensación de que debía visitar la posada donde decían que se estaba recuperando.

—Y así fue como entró en mi habitación de la posada, tan hermosa como el día que nos conocimos, y me dijo que no la soprendía que hubiera sobrevivido al ataque de los bandoleros, pues había nacido para que me colgaran. —Se rió alegremente—. Al instante yo le dije que estaba de acuerdo con ella, y a partir de ahí continuamos.

Se miraron adorándose con los ojos.

—Me siento como si hubiera entrado en una comedia de la Restauración —comentó Mariah.

Sarah la miró sonriendo con expresión de complicidad.

—Es curioso, sí, pero bastante dulce. Pueden hacerse compañía en la vejez.

Mariah suponía que en la reunión de sus padres había bastante más que estar cogidos de las manos ante el fuego del hogar. Dado lo jóvenes que eran cuando se fugaron, les quedaba muchísimo tiempo para la pasión. Y no le convenía nada pensar en eso con muchos detalles.

Obligándose a apartar la atención de su mujer, su padre continuó:

—Te escribí, Mariah, explicándote que tardaría en volver y que te tenía una sorpresa maravillosa. Pero tú no me contestaste. Al principio estaba tan absorto en Anna y Sarah que no me preocupé, pero al pasar el tiempo, comencé a preocuparme cada vez más. Maldito Burke, por robar la correspondencia.

—Ya nos hemos ocupado de él —dijo Adam—. Decidió marcharse a las colonias, donde podrá comenzar una nueva vida.

—No voluntariamente, supongo —dijo Charles, esperanzado.

—Se le alentó —contestó Adam, con expresión afable, y se levantó—. Ustedes tienen que ponerse al día de muchas cosas, así que me marcharé. Pero esta noche ofrezco una cena familiar. Mariah pensaba asistir. ¿Querrían acompañarme todos? Habrá otras dos familias redescubiertas, así que una tercera será mejor aún.

—Será un placer aceptar —dijo Anna, sonriendo complacida—. Sarah y yo hemos vivido principalmente en el campo y necesitamos aumentar nuestros conocidos en Londres. Esta es la casa de ciudad de mi hermano, y él nos sugirió que viniéramos con más frecuencia.

Mariah se levantó también.

—Tienes razón, Ash, deseo quedarme aquí con mi familia. Te acompañaré a la puerta.

Salieron al vestíbulo y ella le sonrió con mucho más cariño e intimidad de lo que podía arriesgarse a hacer delante de su familia.

—Tú entiendes esto mejor que nadie.

—Descubrir una familia perdida durante tanto tiempo es desorientador pero milagroso —dijo él inclinándose a besarle suavemente la mejilla—. Se feliz, Mariah, que tus parientes no son platos sucios.

Mientras ella se reía él salió de la casa. Le dolía terriblemente que tuvieran que separarse, pero, gracias a todos los dioses, al menos ella no estaría sola.

Capítulo 36

Se aproximaba el momento de bajar a recibir a los invitados a la cena. Casi había terminado de vestirse cuando apareció Wharf a su lado con una bonita chaqueta color verde botella. Al verla frunció el ceño.

—Querría una de las chaquetas con bolsillo interior para llevar pistola.

Wharf arqueó las cejas, interrogante.

—¿Cree que habrá problemas, excelencia?

—Puesto que anoche casi me asesinaron en mi cama, estoy receloso —explicó Adam—. La vida ha sido imprevisible últimamente. ¿Están todavía mis pistolas de bolsillo en mi escritorio?

—Deberían estar, señor —dijo el ayuda de cámara, y lo miró pensativo—. Los soldados presienten las batallas. Un presentimiento que indica que algo va mal y es necesario tener un cuidado extra. Tal vez eso es lo que está experimentando. Le traeré una chaqueta adecuada.

Adam entró en su sala de estar y fue hasta el escritorio. Encontró la resplandeciente caja en un cajón de abajo, exactamente donde debía estar. La abrió y sacó una de las dos pistolas gemelas. Calzaba a la perfección en su mano; esas pistolas pequeñas pero peligrosamente precisas se las había fabricado según sus instrucciones Joseph Manton, considerado el mejor armero de Gran Bretaña. Manton le cobró una pequeña fortuna, lógicamente, pero las pistolas lo valían.

La examinó detenidamente antes de cargarla. Cuando la tenía lista ya había vuelto Wharf con una chaqueta color azul español.

La chaqueta era algo más holgada que la otra y en el interior del lado izquierdo tenía un bolsillo reforzado en que podía llevar la pistola. Dado que él era diestro podría sacarla de ahí fácilmente.

En el lado derecho tenía otro bolsillo reforzado para llevar balas adicionales, pólvora y un pequeño atacador. No podría abrazar a nadie sin que la persona notara los bultos del arma y las municiones, pero tenía la impresión de que en esa velada no tendría que dar muchos abrazos.

Una vez que se puso la chaqueta y se hizo el nudo de la corbata, se miró en el espejo. Era la imagen del duque perfecto, irreprochable, que había intentado ser durante tantos años.

Pero habían cambiado muchas cosas. Había estado a punto de morir, se había redescubierto trocito a trocito, había encontrado una familia y se había enamorado. Aunque la inminente pérdida de Mariah le pesaba como un yunque en el corazón, su vida era más rica, valiosa y positiva que nunca antes.

Salió y se dirigió a la escalera para bajar pensando cómo se llevarían los Stillwell y los Lawford. Aunque nunca había estado en el ejército, el presentimiento de que se avecinaba una batalla le erizaba el vello de la nuca.

Cuando entró en el salón vio que solamente estaba Mariah. Se encontraba sentada en el sofá frente al hogar, en el que se agitaban las llamas, porque el atardecer estaba fresco. Con el pelo recogido en lo alto de la cabeza y un vestido dorado que le caía en elegantes pliegues, parecía una princesa, sólo que menos intocable. Desechó el pensamiento, no fuera que actuara sin pensar.

—Estás particularmente bella esta noche.

Ella levantó la cabeza y lo miró con una sonrisa radiante.

—Adam, ¡tengo una hermana! Es tan maravilloso que me cuesta creerlo.

La felicidad de ella lo hizo feliz a él.

—Ella estaba igualmente encantada.

Mariah pasó suavemente la mano por la brillante tela sobre la rodilla.

—Ella me ha prestado este vestido. Hemos tenido una conversación de lo más asombrosa. En ciertos sentidos somos muy diferentes, pero en otros absurdamente similares. Nos terminábamos las frases. Ella tiene vestidos nuevos y elegantes, mientras que muchos de los míos son de segunda mano, regalados, pero su ropa me queda perfecta y nos gustan los mismos colores. ¿Te fijaste que las dos llevábamos vestidos del mismo color melocotón?

Asintiendo él fue a apoyarse en la repisa del hogar, consciente de que eso era mejor que acercarse demasiado a ella.

—Ese color les sienta bien a las dos. Tenéis gestos similares también. ¿Te molesta que ella se haya criado en una casa más próspera?

—La verdad, no. Con mi padre nunca pasamos hambre. Sí envidio que ella haya tenido a nuestra madre, pero ella siente lo mismo en cuanto a nuestro padre. —Pensó un momento—. Creo que yo soy más independiente y adaptable que ella. He tenido que serlo. Ella envidia lo que llama mis aventuras, pero tiene una seguridad en sí misma y en su posición en el mundo que a mí me falta porque mi padre y yo viajábamos mucho y vivíamos en los márgenes de la respetabilidad. Sarah y yo hemos llegado a la conclusión de que nuestras vidas se equilibran.

Las dos eran juiciosas, pensó él.

—Está soltera, ¿verdad? No es normal que dos hermanas tan hermosas y encantadoras estén solteras a los veinticinco años.

—Estuvo comprometida, pero él murió —dijo Mariah, con tristeza, pero enseguida cambió de tema—. ¿No encuentras que es una coincidencia extraordinaria que los dos hayamos descubierto familias desconocidas? ¿Familiares que fortuitamente han vuelto de entre los muertos? No sé qué pensar, aparte de que estoy feliz. Pero me siento como si por casualidad hubiera entrado en una obra de teatro.

—En realidad lo ocurrido no ha sido fortuito —dijo él, pensativo—. A ti y a mí nos alejaron de los lugares en que nos correspondía estar, a ti tu padre y a mí las omnipotentes autoridades. Gracias a tu padre y a mi padrastro hemos recuperado familias que ya existían. El momento ha sido algo coincidente porque a los dos nos ocurrió casi al mismo tiempo, pero los acontecimientos en sí son lógicos.

Ella reflexionó un momento acerca de sus palabras.

—Mirado así no sé si es tanta coincidencia. Es más bien una cadena de acontecimientos. Si yo no hubiera creído que mi padre había muerto no habría hecho el rito de Nani Rose, no habría salido esa noche, no habría bajado a la playa y no te habría encontrado. Entonces no habríamos sabido que teníamos coincidencias porque no nos habríamos conocido.

—Por no decir que yo me habría muerto y por lo tanto no habría conocido a mi familia perdida por tanto tiempo —dijo él sarcástico—. Creo que adoptaré la visión hindú. Estábamos destinados a conocernos y a formar parte de la tela de la vida de cada uno. Aunque la visión cristiana también coincide, ahora que lo pienso.

—El Señor hace maravillas de maneras misteriosas —dijo ella citando el himno, con una sonrisa a la vez triste y amorosa—. Destinados a conocernos. Me gusta creer que nuestra amistad tiene sentido, aunque no permanencia.

El lazo entre ellos era tan intenso que a él le pareció que podía cogerlo entre las manos. Mariah desvió la vista.

—No vamos a necesitar tu coche después de todo. Mañana me mudaré a la casa de mi tío para estar con mi familia. Nos iremos a Hartley dentro de unas dos semanas más o menos, y cuando llegue el momento, viajaremos en el coche de mi madre. Han vivido años en una casa de la propiedad de su hermano. Colijo que es hermosa, pero a ella le hace ilusión vivir en su propiedad, en su propia casa. —Se rió—. Me había acostumbrado a considerar mía Hartley Manor, así que tendré que morderme la lengua cuando mi madre haga cambios.

Adam supuso que habría ciertos conflictos, dado que Mariah

había estado años al mando de su vida; pero con cariño lograrían engrasar las ruedas.

—¿Y Julia? Me hará feliz enviarla al norte con una doncella de Ashton para que le haga compañía durante el viaje.

Mariah negó con la cabeza.

—También se marchará de Ashton para alojarse con nosotros. Dado que pasa gran parte de su tiempo con su abuela, será una huésped cómoda.

O sea, que Mariah estaría en Londres pero él ya no podría verla todos los días. De todos modos, encontraba mejor eso que tenerla a cientos de millas de distancia. Se dirigió a la licorera.

—Estoy remiso en mis deberes. ¿Te apetece un jerez?

—Por favor.

Él sirvió una copa y se la llevó. Ella la cogió cuidando de que no se tocaran los dedos.

—Con tantos invitados vas a estar muy ocupado sirviendo —comentó.

—Dentro de unos minutos me relevará Holmes. —Sirvió un poco de jerez para él, sin decir que había bajado pronto con la esperanza de encontrarla y tener un momento de conversación a solas con ella—. Dentro de más o menos un cuarto de hora entrarán los lacayos con bandejas de exquisiteces como aperitivo. Una idea de la señora Holmes. Muchos de mis invitados no se conocen, así que le pareció conveniente darles a todos la oportunidad de moverse por el salón y conocerse mutuamente antes de que vamos a sentarnos en puestos fijos alrededor de la mesa.

Ella se llevó la copa a los labios y bebió apenas un sorbo de jerez.

—Ingenioso plan. Los aperitivos y la bebida los pondrá a todos de buen humor.

La entrada de la tía Georgiana y Hal puso fin a la conversación a solas. Pasando la atención de Mariah al resto de su vida, él avanzó a saludarlos.

—Buenas noches. —Le estrechó la mano a Hal y le hizo una respetuosa venia a su tía; esta había visto a Mariah y parecía irritada porque la intrusa continuaba en la casa—. ¿Has sabido de Janey? Esperaba que ya hubiera regresado.

—La ha retrasado una leve recaída, o al menos eso dice —contestó Georgiana, y sonrió afectuosa—. Yo creo que la verdad es que no quiere que la veas hasta que haya recuperado su buena apariencia. Esa fiebre la habrá dejado muy pálida.

—Debería saber que a mí eso no me importaría —dijo él, y cayó en la cuenta de que eso era cierto; le tenía cariño a Janey; tal vez la amaba. Fuera como fuera, no le importaría que estuviera pálida—. Espero que vuelva pronto.

—Eso seguro —dijo Hal alegremente—. No es propio de Janey perderse los alborotos, así que sin duda no tardará en volver.

—No debe poner en peligro su salud —dijo su madre, ceñuda—. Tenéis muchos años para disfrutar de la mutua compañía, Ashton.

En ese momento entraron Masterton y Kirkland, que habían compartido un coche, y la conversación se hizo general. Randall y Julia entraron al mismo tiempo, aunque no juntos, puesto que no venían conversando ni mirándose. Adam supuso que se habían encontrado al bajar la escalera.

Los siguientes en llegar fueron los Townsend. Mariah se levantó a saludarlos, con la cara radiante de placer. Todos los hombres presentes miraron a Sarah, sorprendidos.

—Buen Dios —exclamó Masterson—, ¿hay dos Mariahs? —Hizo su venia ante Sarah y su madre—. ¿Cómo han tenido tanta suerte los hombres de Inglaterra?

Sarah se ruborizó, mientras Mariah se reía.

—¿No es fantástico? Sólo hoy he descubierto que tengo una hermana gemela. Permítanme que les presente a mis padres, señor y señora Townsend, y a mi hermana, señorita Sarah Townsend.

Con cara engañosamente angelical, Mariah continuó haciendo las presentaciones por el salón. Georgiana miró a Charles ceñuda.

—¿Es usted pariente del conde de Torrington?

—Es mi hermano —repuso Charles, con el aspecto de ser aristó-crata de la cabeza a los pies—. He estado alejado unos años y ahora estoy feliz de estar en el hogar otra vez.

Adam observó que Georgiana arrugaba aún más el entrecejo mirando a Mariah, que ya quedaba establecida como nieta y sobrina de condes. Esa era una posición que sería muy aceptable para ser duquesa, lo que la hacía más peligrosa aún. Su tía no tenía fe en su sentido del honor, pensó. Él no traicionaría a Janey.

Trató de recordar si su tía habría sido siempre de tan mal carác-ter. Nunca había sido particularmente afectuosa, pero lo había trata-do con equidad. Al menos hasta que murió su marido; después su disposición se tornó más avinagrada.

Entonces llegaron los Stillwell, los últimos, con sus tres hijos. Lucia, que prácticamente acababa de salir del aula, estaba burbujean-te de entusiasmo por asistir a una glamurosa reunión de adultos.

Sonriendo, Adam fue a besar a su madre en la mejilla. Ella tam-bién estaba sonriendo encantada. Se veía muy joven y exóticamente hermosa con su sari color carmesí bordado.

—Mi precioso hijo —dijo en voz baja—. Valió la pena navegar la mitad del mundo para encontrarte.

Después de saludar al general y a sus hermanos, Adam se giró hacia los demás invitados.

—Tengo el inmenso honor de presentaros a mi madre, que llegó hace poco de India, y a mi padrastro, el general Stillwell. Y también a mis dos hermanas y a mi hermano, lady Kiri Lawford y Lucia y Thomas Stillwell.

—Ashton —dijo Kirkland, con vehemencia—, ¿cómo te las has arreglado para concentrar a tantas damas hermosas en un mismo lugar?

Con la mirada fija en Kiri, saludó con una venia.

—El mérito va a dos madres hermosas que han producido hijas hermosas. —Levantó su copa haciendo un gesto hacia Lakshmi y hacia Anna Townsend—. ¡Brindemos por las damas!

Todos levantaron sus copas y repitieron las palabras.

La tía Georgiana estaba hirviendo de rabia en silencio, con los ojos entornados fijos en Lakshmi. Adam percibió su repugnancia a tener que relacionarse socialmente con una persona a la que consideraba inferior. Había visto esa expresión en otros ojos cuando lo miraban a él, pero ella, con su educación social, debería ser capaz de disimular su intolerancia.

Llevó a su familia por el salón haciendo las presentaciones más personales. Observó que Mariah hacía discretamente el papel de anfitriona, reuniendo a personas. Con qué naturalidad trabajaban juntos, pensó.

En el salón no tardó en elevarse el murmullo de voces, todos conversando felices. Los jóvenes se habían dispersado uniéndose a grupos; uno lo formaban Sarah, Kiri y Mariah, recibiendo la entusiasta atención de sus amigos. Lo sorprendió ver que el general Stillwell, Thomas y el padre de Mariah habían entablado una animada conversación, y vio que Lakshmi y la madre de Mariah estaban conversando como si ya fueran amigas íntimas.

Paseó la mirada por el salón para ver que nadie quedara aislado. La tía Georgiana estaba con los labios bastante fruncidos participando de tanto en tanto en una conversación entre Julia y Hal, pero todos los demás parecían estar pasándolo muy bien. Debería haber incluido a Janey en el brindis, pensó, aunque no estuviera presente.

Justo estaba mirando hacia la puerta principal del salón cuando esta se abrió y apareció una mujer alta con la ropa arrugada por el viaje, cuyos movimientos tenían el garbo de una diosa griega.

Había llegado lady Agnes Westerfield.

—¡Lady Agnes!

Atravesó el salón en unos diez pasos largos y la abrazó.

—¡Ashton! —exclamó ella, abrazándolo sonriente. Arqueó las cejas al sentir el bulto de la pistola—. ¿Armado en tu propia casa, mi muchacho? —le preguntó en voz baja.

Él sonrió de oreja a oreja. En ese salón estaban su verdadera madre y la tía cuya casa había visitado periódicamente durante su infancia y primera juventud, pero ninguna de las dos era más verderamente su madre que lady Agnes, que formó los cimientos de su vida inglesa.

—Después le explicaré eso. Por ahora, baste decir que he recuperado la mayor parte de mi memoria y estoy encantado de que esté aquí, aun cuando recuerdo todos y cada uno de sus rapapolvos.

Ella paseó la mirada por el salón.

—Puesto que el alumno con problemas se recuperó y ahora está loco por el críquet, decidí venir. No me voy a entrometer en tu reunión, pero ya no veía la hora de verte. —Se rió—. Al llegar a tu casa me encontré con otra persona a la que desearás ver, pero cuando se enteró de que tenías invitados fue a arreglarse la apariencia. A mi edad ya no importa verme desaliñada.

—Está maravillosa, y se quedará para la cena. —Le cogió firmemente el brazo—. Comenzará por conocer a mi madre, Lakshmi Lawford Stillwell.

—¡Adam! ¿De veras? —exclamó ella, encantada.

Llevándola por el salón él le hizo un breve resumen mientras se iban uniendo a ellos los otros ex alumnos de la Academia Westerfield, deseosos de saludarla. Cuando llegaron hasta Lakshmi, él dijo:

—Madre, permíteme que te presente a lady Agnes Westerfield, que cuidó de mí cuando tú estabas tan lejos.

Su madre se levantó del sofá y se inclinó en una profunda reverencia, formando un charco de seda roja a su alrededor.

—Tiene la gratitud de mi corazón, lady Agnes.

Algo alarmada por ese gesto tan solemne, lady Agnes dijo:

—Y usted tiene mi gratitud por producir a un hijo tan bueno. Él fue la inspiración para mi colegio.

Adam se alejó, para dejarlas conversar, y se dirigió hacia Mariah, que estaba algo apartada en el otro extremo del salón, observando a los invitados. Lo recibió con una sonrisa.

—Tantas personas maravillosas en un lugar —dijo—. Espero conocer a lady Agnes después.

—Por supuesto.

En ese instante se abrió la puerta de servicio en un rincón y entraron varios lacayos llevando bandejas de plata. Uno de ellos lo vio e inmediatamente fue a presentarles una bandeja llena de pequeñas pastas de hojaldre, cada una con un palillo enterrado.

Mariah cogió una. Mientras mosdisqueaba delicadamente la crujiente pasta, pasándose la lengua por los labios entre bocado y bocado, Adam tuvo que desviar la cara. No encontraba justo que estuviera tan seductora sin siquiera intentarlo.

—Delicioso —comentó ella—. Está relleno con un exquisito queso derretido. —Cogió otra y suspiró feliz.

Adam probó una, luego otra, y una tercera. Cuando los dos rehusaron servirse más, el lacayo pasó a otro grupo. Al instante se dirigió hacia ellos otro lacayo, llevando una bandeja con bocaditos de salchichas asadas. Su librea era diferente de la de los demás; pasado un momento Adam identificó la librea; era un lacayo de la casa Lawford. Debía haber venido acompañando a Hal y a la tía Georgiana y lo habían enviado a servir.

Mariah miró ceñuda al lacayo, como si algo de él la inquietara. En ese momento se oyeron exclamaciones dirigidas a la puerta principal del salón:

—¡Ha llegado Janey!

Adam miró hacia la puerta y vio a su prometida, detenida en el umbral, muy tranquila, mirando hacia los diversos grupos. Tenía que ser la persona de la que le habló lady Agnes, que había llegado al mismo tiempo que ella. Aunque vestía una sencilla indumentaria de viaje, llevaba el pelo rubio bien peinado y su hermosa cara expresaba un vivo interés.

—¡Hola! —saludó alegremente—. Acabo de volver de Lincolnshire y me enteré de que estáis todos aquí. Espero no ser inoportuna, Ash.

—Por supuesto que no —dijo Adam, desde el lugar donde estaba, con los nervios crispados pues su llegada lo cambiaba todo.

—¡Adam! ¡Cuidado! —gritó Mariah a su lado.

El grito lo hizo girar bruscamente la cabeza. Mientras la atención de todos estaba fija en Janey, el lacayo que venía acercándose había sacado una horrible daga de debajo de la bandeja y tenía el brazo levantado para apuñalarlo.

—¡Esta vez no escaparás, cabrón pagano! —gruñó el hombre.

Su alta figura le era conocida, como también su gruñido. Adam retrocedió, hurtando el cuerpo, y sacó la pistola del bolsillo. La daga se deslizó por su manga derecha, rompiéndola. No se había equivocado en sus presentimientos, y, llegado el momento, estaba preparado y calmado. Apuntó con la pistola:

—¡Suelta ese puñal, Shipley!

Al ver la pistola, Shipley agrandó los ojos.

—¡Maldito seas!

Tirando a un lado la bandeja, con lo que los bocaditos de salchicha se dispersaron rebotando por el suelo, cogió a Mariah y, rodeándole firmemente la cintura con un brazo, la puso delante de él y le colocó la hoja del puñal en el cuello.

—Dispárame y mataré a tu guapa putita.

Por la sala se elevaron exclamaciones de horror de los invitados al ver lo que ocurría.

—¡Shipley! —exclamó Hal—. ¿Qué diablos pretendes hacer?

Soltando una maldición, Randall avanzó hacia el atacante.

—¡No te acerques! —gritó Shipley, presionando el puñal en la garganta de Mariah; un hilillo de sangre bajó por su blanca piel y le manchó el vestido dorado—. O le cortaré el cuello a esta puta.

Sus ojos furiosos parecían de loco, pensó Adam. Ninguna persona cuerda lo perseguiría tan implacablemente, arriesgándose a un intento de asesinato en un salón lleno de testigos. Con los nervios de punta, bajó la pistola a un costado.

—Suéltala y puedes marcharte de esta casa libre —dijo, con la esperanza de persuadir a ese loco—. Ella no te ha hecho ningún daño.

—Se ha abierto de piernas a un asqueroso duque indio —gruñó Shipley—. Ninguna inglesa decente haría eso.

Sarah se les acercó, con la cara muy pálida, pero la voz le salió calmada y firme:

—¿Está seguro de que es ella la que vio? ¿No podría haber sido yo? ¡Suéltela!

Confundido, Shipley movió la cabeza mirando a Sarah y a Mariah, y pasado un instante comenzó a retroceder hacia la puerta de servicio llevando a rastras a su cautiva.

—Aunque me haya equivocado y esta no sea la puta, la mataré si alguien me sigue.

Adam comprendió con horrorosa certeza que Shipley mataría a Mariah tan pronto como estuvieran fuera del salón. Frustrado y roído por el odio, deseaba sangre.

Esperó hasta que la mirada de Shipley se desvió hacia el otro lado del salón. Entonces levantó la pistola, contento de que la coronilla de Mariah apenas le llegaba al mentón del hombre.

Rogando en silencio a todos los dioses que conocía que le dieran una puntería perfecta, apretó lentamente el gatillo y disparó.

Capítulo 37

A Mariah le retumbaba el corazón como un tambor cuando Shipley la iba arrastrando hacia atrás. Sentía moverse su daga en la garganta mientras él miraba alrededor atento a un posible ataque por parte de los furiosos hombres presentes en el salón. Sólo la realidad de que él podía matarla antes que alguien pudiera intervenir impedía que lo dejaran hecho trocitos.

Hizo una temblorosa inspiración, para impedir que el miedo la avasallara. ¿Era la única que comprendía que Shipley la mataría una vez que estuviera a salvo fuera del salón? Con esa eran cuatro las veces que había intentado matarlo y fracasado, y ya nada podría impedirle satisfacer su deseo de hacer correr sangre.

Adam sí se daba cuenta. Lo vio en sus ojos oscurecidos. Iba a actuar, y ella sólo tendría un instante para aumentar sus posibilidades de sobrevivir.

Cuando Shipley giró la cabeza, Adam levantó su pistola y apuntó. Con la esperanza de que tuviera tan buena puntería como aseguraban sus amigos, le cogió la muñeca a Shipley, apartando la daga de su cuello. Si no lo hacía, aunque Adam acertara con la bala, la contracción de la mano de su captor podría matarla.

El ruido del disparo la ensordeció, y la bala se enterró en el cráneo de Shipley; este se desplomó, haciéndola caer al suelo debajo de su pesado cuerpo. Al caer sintió la hoja del cuchillo deslizarse por su garganta. Quedó ahí tendida, aturdida, sin poder respirar, temiendo estar mortalmente herida, aunque no podía saberlo.

Adam hizo a un lado el cuerpo del hombre y se inclinó sobre ella, abrazándola, desesperado.

—¡Mariah! ¿Cómo estás?

Liberada del cuerpo de Shipley, ella hizo unas cuantas inspiraciones, introduciendo aire en los pulmones a bocanadas.

—Creo que... bien.

Se tocó el cuello con las yemas de los dedos, y estos quedaron ensangrentados. Había sangre por todas partes. Hizo otra respiración, desviando la vista del cráneo del hombre.

—Creo que respiraría mejor si aflojaras la presión.

Riendo tembloroso él aflojó la presión de su abrazo, pero continuó sujetándola firmemente. Ella cerró los ojos, temblando, agradeciendo ese afectuoso abrazo. Él era lo único que le impedía desmoronarse y ponerse a chillar.

—Cielo misericordioso —exclamó Georgiana Lawford, en tono horrorizado—. ¿Está muerto el villano?

—Absolutamente —dijo Kirkland, en tono lúgubre—. Muerte que ricamente se merecía, pero ahora no podemos saber quién lo contrató.

Julia se arrodilló junto a Mariah con un pañuelo blanco de hombre.

—Déjame que mire esta herida. —Suavemente le limpió la sangre y, pasado un momento, dijo—: La herida es superficial. Sale mucha sangre pero el daño no es grave. —Dobló el pañuelo formando una larga venda y se lo ató al cuello—. Ashton, ¿es grave la herida en el brazo?

—No la había notado —repuso Adam, sorprendido—, pero no creo que lo sea.

Mariah miró y vio que su manga derecha estaba oscurecida por la sangre. Dios mío, que no sea grave, él ya ha soportado demasiado.

Una mujer le cogió la mano y ella supo al instante que era su hermana gemela.

—Sentí un miedo terrible de perderte justo cuando acababa de conocerte —dijo Sarah.

Mariah le sonrió.

—No te librarás de mí muy fácilmente. Fuiste muy valiente al intentar distraerlo. A cambio, te he estropeado tu precioso vestido.

Se apretaron las manos; no eran necesarias más palabras.

—¿Ella es Mariah Clarke? —dijo una voz desconocida—. Creí que era mucho mayor.

Mariah levantó la vista y vio a Janey Lawford en el círculo de observadores. Era hermosa, su pelo del color de pulido roble dorado y unos vivaces ojos verdes. ¿Recordaría Adam su compromiso ahora que estaba ahí Janey en persona? Ya otras mujeres le habían activado la memoria.

Se incorporó hasta quedar sentada. Puesto que había llegado la futura esposa de Adam, era el momento de apartarse de sus brazos para siempre.

Adam la ayudó a ponerse de pie, dado que parecía resuelta.

—Cuando le escribí traté de parecer una mujer madura e imparcial —le explicó a Janey.

—Ahora no me parece muy imparcial —dijo Janey, pasando la mirada de ella a Adam y a ella nuevamente.

Pasando por alto eso, Mariah dijo:

—Se ve bien recuperada de la fiebre.

—¿Qué fiebre? —dijo Janey, sorprendida—. Jamás enfermé.

Adam mantenía el brazo alrededor de Mariah, todavía estremecido por lo cerca que había estado de morir. El horror de haber estado a punto de perderla se filtró por todas las restricciones sociales con que lo habían educado. No podía soltarla en ese momento.

Captando la mirada de su prima, dijo en tono grave:

—Me alegra que hayas vuelto, Janey. Tenemos que hablar de nuestro compromiso.

Janey lo miró con el entrecejo fruncido.

—Hal me dijo que tenías enrevesada la memoria, Adam, y eso es la prueba. ¿Por qué crees que estamos comprometidos?

—Dado que tenía enrevesada la memoria, tu madre me dijo que estábamos comprometidos y que queríamos mantenerlo en secreto hasta que los dos volviéramos a Londres. —Hizo un mal gesto al recordar su cara—. El recuerdo no es claro, pero sí me acuerdo que estábamos abrazados y tú parecías muy feliz. ¿No fue entonces cuando te propuse matrimonio?

—Recuerdo la ocasión —dijo Janey, sonriendo guasona—, pero no me pediste la mano en matrimonio.

Adam se tensó ante la llegada de nuevos recuerdos.

—No, es cierto —dijo pasado un momento—. Estabas loca por un hombre que no te convenía. La tía Georgiana estaba absolutamente en contra de la relación, pero siendo yo tu tutor podía darte el permiso aunque ella lo desaprobara. Te dije que si pasados seis meses no habían cambiado tus sentimientos yo consideraría la proposición de ese hombre.

Janey asintió.

—Estaba tan feliz que te besé. Fue importantísimo para mí que me escucharas. Mi madre se puso furiosa contigo por decirme que me darías el permiso si Rupert era de verdad el hombre al que yo deseaba. Pero ella tenía razón, habría sido un terrible error. Lo comprendí cuando estuve unas semanas lejos de él.

—Eso no explica por qué tu madre aseguró que estábamos comprometidos —dijo Adam, mirando a su tía, nada feliz con la dirección que tomaban sus pensamientos—. Sé que siempre has deseado que nos casemos, tía Georgiana. ¿Se te ocurrió aprovechar mi amnesia para persuadirme de ir al altar?

—Pero tendrías que haberme persuadido a mí también —exclamó Janey—. Adoro a Adam, mamá, pero casarme con él sería como casarme con Hal.

—Pensé que podrías cambiar de opinión una vez que olvidaras a

368

ese chico estúpido —dijo su madre, a la defensiva—. Siempre te has llevado bien con Ashton. Sería un matrimonio excelente. —Miró con odio a Mariah—. Quería impedir que alguna mujerzuela cazadora de fortunas enredara a Ashton antes que volvieras a Londres.

Janey negó con la cabeza.

—Aún en el caso de que yo estuviera dispuesta, que no lo estoy, Adam siempre me ha considerado una hermana pequeña.

—Nuestra madre podría haber tenido planes más de fondo —dijo Hal, con un filo en la voz que Adam nunca le había oído. Miró fijamente a Georgiana—. Tú eres la que contrató a Shipley, madre. Los demás criados lo detestaban porque era un bruto, y nunca estuvo claro cuáles eran sus deberes.

—Conocí a la familia de Shipley en Irlanda —ladró ella—. Eso, más el hecho de que sirvió en el ejército, me llevó a pensar que se merecía un trabajo decente.

—¿Lo contrataste para que asesinara a Adam? —preguntó Hal, con la voz cortante como un látigo.

Georgiana arqueó las cejas.

—¡No seas ridículo, Hal! Sólo era un lacayo, nada más. ¿Cómo iba a saber que se volvería loco e intentaría matar a Ashton?

—En un intento anterior Shipley me dijo que matar a un asqueroso pagano sería un trabajo y un placer —dijo Adam, secamente—. Creo que detestaba mi mezcla de sangres, pero también le pagaban para que me asesinara.

Hal se acercó a su madre con expresión desesperada.

—¿Cómo has podido hacer eso, madre? Adam era como un hijo para ti.

—¡No era hijo mío! Fue tu padre el que insistió en que pasara las vacaciones con nosotros —explotó ella, furiosa—. Lo hice por ti, Hal. Tú deberías haber sido el duque, no un bastardo extranjero. —Volvió su maligna mirada hacia Adam—. Mi marido debería haber sido el duque de Ashton, yo la duquesa y Hal el heredero. Pero me vi obligada a aceptarte en mi casa. Le señalé a mi marido con qué facilidad mueren los niños, pero a él lo horrorizó la idea. —Hizo una rápida inspiración, con la cara contorsionada por la furia—. Si te casabas con Janey, por lo menos ella sería la duquesa de Ashton, y mi nieto sería duque, pero no querías casarte con ella, aun cuando no hay chica más hermosa en toda Inglaterra.

Adam aprovechó que la furia la hacía hablar, para obtener respuestas.

—¿Cómo encontraste a Shipley? —preguntó.

—Su familia era empleada de la mía en Irlanda —contestó ella, mohína—. Cuando acudió a mí en Londres para pedirme trabajo, comprendí que era el instrumento perfecto para librarme de ti; odiaba a los extranjeros paganos y sabía matar. Cuando le dije lo que debía hacer se mostró encantado. Dijo que intentaría hacerlo parecer un accidente, pero cuando eso no resultó recurrió a un método más directo.

Sus palabras cayeron como una piedra en medio del silencio. El general Stillwell rodeó los hombros de su mujer con el brazo y Janey se cubrió la boca con las dos manos, casi llorando.

—Así que decidiste asesinar a Adam para darnos a Janey y a mí algo que no deseábamos —dijo Hal amargamente—. Nos has deshonrado a todos. Me avergüenza llevar tu sangre por mis venas. —Miró a Adam, con expresión desolada—. Si presentas la acusación la colgarán. Todos los presentes han sido testigos de su confesión.

Adam, todavía aturdido por la conmoción, miró atentamente a su tía. Le había costado creer que Hal estuviera detrás de los intentos de asesinato. Saber que la responsable era su tía era increíble de una manera diferente; aunque siempre había sido distante con él, no se le había pasado por la mente la idea de que pudiera odiarlo tanto que lo deseara ver muerto.

—Adam —musitó Janey, mirándolo suplicante.

Considerando lo terrible que sería un juicio para Janey y Hal, tomó su decisión y miró fijamente a su tía:

—Por culpa tuya murieron varios hombres inocentes en Escocia, y Shipley casi mató a Mariah. Eso y la muerte de él están en tus manos. Te mereces que te cuelguen, pero... ya ha habido muchas muertes. —¿Qué podía hacer con una parienta asesina? No podía enviarla en barco al otro extremo del mundo, como había hecho con Burke, aunque lo tentaba la idea. Se le ocurrió una solución—: No quiero que mis primos tengan que soportar tu ejecución, pero tampoco deseo pasar el resto de mi vida mirando por encima del hombro. Pondré las pruebas de tus crímenes en manos de un abogado. Te retirarás a la propiedad de tu familia en Irlanda y no volverás a poner un pie en Inglaterra nunca más. Si muero antes que tú, las pruebas se presentarán a los tribunales de justicia para que te condenen y cuelguen.

Hal hizo una inspiración entrecortada.

—Eso es más generosidad de la que se merece. —A su madre le dijo—: Ahora te acompañaré a casa; mañana te llevaré a Irlanda.

Ella lo miró suplicante. Ya apagado el fuego de su furia, se veía encogida y vieja.

—Lo hice por ti. Tú merecías ser el duque de Ashton.

—Si de verdad me conocieras y quisieras, sabrías que prefiero mis caballos a tener a una asesina por madre. —Le ofreció el brazo, con expresión resuelta—. Señora, es hora de partir.

Janey se acercó a Adam con los ojos llenos de lágrimas sin derramar.

—Gracias por no darle lo que se merece —musitó—. Lo que ha hecho es imperdonable, pero es mi madre.

Salió del salón detrás de su hermano y su madre, haciendo un valiente intento de mantener erguida la cabeza.

Todos guardaron silencio después que salieron los tres, hasta que lo interrumpió lady Agnes:

—Después del drama deberíamos cenar —dijo, y sonrió con ironía—. Criar niños me ha enseñado que la comida hace maravillas en el ánimo y, Ashton, tienes uno de los mejores chefs de Londres.

Recordando que tenía invitados, Adam procuró calmarse.

—Sería una lástima desperdiciar una excelente comida. Y esta noche tenemos mucho que celebrar. —Hizo un gesto hacia su familia y luego hacia la de Mariah—. Familias recuperadas. Y también que ya no tengo que vivir preocupado por el temor de que me asesinen. Eso me estaba destrozando los nervios.

Mariah, que se había sentado en el sofá, dijo:

—Si me disculpan, me retiraré a mi habitación. No soy muy buena compañía en estos momentos.

—Yo te acompañaré para vendarte bien el cuello —dijo Julia. Miró a Adam ceñuda—. Wharf debería ocuparse de la herida en ese brazo.

Adam siguió con la mirada a Mariah cuando salió acompañada por Julia. Deseaba angustiosamente estar con ella, para asegurarse de que todo estaba bien, para decirle lo mucho que la amaba.

Antes que pudiera echar a andar para seguirla, se le acercó Holmes.

—Informaré al magistrado más cercano de... del lamentable incidente, puesto que será necesaria una investigación. La cena se puede servir pronto, pero sería aconsejable que los invitados se trasladaran al salón pequeño hasta que todo esté listo.

Adam aceptó. Habían cubierto con una manta el cadáver de Shipley, pero de todos modos era un cadáver, y eso ponía una nota lúgubre en el ánimo.

—Nos trasladaremos al salón pequeño —dijo en voz alta, atrayendo la atención de todos— a esperar a que anuncien la cena. —Paseó la mirada por el salón, deteniéndola en cada uno de los invitados—. Se notificará al magistrado y supongo que deseará hablar con todos los que estabais presentes. No le pido a nadie que mienta, pero, tal vez no sea necesario mencionar el papel de mi tía en los atentados contra mi vida.

Todos asintieron comprensivos; algunas cosas es mejor que queden en familia.

Mientras hacía salir a los invitados del salón, Adam cayó en la cuenta de que tenía muchas cosas para celebrar: su familia, el fin de que alguien lo persiguiera para matarlo, y Mariah.

Capítulo 38

Cuando llegaron al dormitorio de Mariah, Julia le quitó el pañuelo que le había puesto como venda en el cuello y con un paño mojado le limpió la sangre seca de la herida.

—Ya no sangra —dijo, después de examinársela—. Te pondré un ungüento y una venda más delgada.

—Esta es mi oportunidad para ser parisiense —dijo Mariah, con un frágil humor, mientras Julia la ayudaba a quitarse el vestido dorado manchado—. Dicen que durante el Reinado del Terror las francesas elegantes se ataban un cordón rojo al cuello, como una frívola referencia a la guillotina.

Julia se estremeció.

—No estoy preparada para tanta frivolidad. Será mucho mejor que te pongas un fular o una bufanda los próximos días.

Dado que tampoco se sentía muy frívola, Mariah asintió. Una vez que Julia le puso la venda, sintió un inmenso alivio al ponerse su camisón más viejo y cómodo.

—Que Ashton no esté comprometido lo cambia todo —dijo Julia cuando estaba a punto de bajar.

Puede que sí, puede que no, pensó Mariah.

—No me siento capaz de pensar más allá de este momento —dijo, cansinamente—, porque si lo pienso podría ponerme a dar chillidos histéricos. —Por la mañana, cuando estuviera menos agotada física y emocionalmente, podría ocuparse de comprobar si ella y

Adam tenían un futuro—. Todos los presentes en el salón saben que Shipley me sorprendió en la cama con Adam. Ya veo las caricaturas si se casara conmigo: «La duquesa puta».

Julia hizo un gesto de pena.

—La mayoría de los invitados están emparentados o contigo o con él, así que bien podrían guardar silencio. Si no, bueno, no es insólito que una pareja se anticipe a sus promesas de matrimonio.

—El problema no es la anticipación, sino que se entere todo Londres. —Se estremeció al pensarlo—. No me hace ninguna gracia enfrentar a mis padres o a mi hermana en estos momentos.

Ni descubrir si un duque se casaría con una mujer que no tiene reputación.

—¿Quieres que me quede contigo? —preguntó Julia.

Mariah se agachó a quitarse las medias.

—No, gracias. Por el momento deseo estar sola y dormir, y seguro que tú tienes hambre. Vuelve al salón y pásalo bien.

—Como quieras —dijo Julia, observándole atentamente la cara—. No vaciles en hacerme llamar si necesitas compañía.

Cuando finalmente se quedó sola, Mariah se fue a sentar en un sillón y hundió la cara entre las manos, contenta de no tener que aparentar serenidad. Jamás olvidaría la sensación del brazo de ese loco ni de su cuchillo en la garganta; tuvo la absoluta seguridad de que iba a morir, y todavía sentía pasar temblores de horror y de miedo por todo el cuerpo.

Al día siguiente se las arreglaría para parecer fuerte. Cansinamente se levantó del sillón, se metió en la cama y se subió las mantas hasta que le cubrieron la cabeza.

Por esa noche, el mundo podía irse al diablo.

La cena fue al mismo tiempo placentera y rara. Todos intentaban estar alegres y animados, y cuando llegó el segundo plato los intentos ya se hicieron realidad.

Adam deseaba ir a ver a Mariah, pero ella necesitaba descansar, y él necesitaba conseguir un cierto grado de normalidad.

El magistrado llegó justo cuando estaba terminando la comida, lo que fue un alivio. El hombre era concienzudo, pero sensato. Siendo tantos los distinguidos testigos que coincidían en que un criado desquiciado intentó matar al muy noble duque de Ashton y resultó muerto cuando amenazaba con matar a una dama joven, no había dudas respecto a lo ocurrido.

Los familiares y amigos se marcharon después de ser interrogados en el salón pequeño. Adam sugirió al magistrado que comenzara por los Townsend, para así poder evitar al padre de Mariah. Charles parecía no estar nada complacido al saber que se habían confirmado las peores sospechas que tenía de él.

Cuando se despidió de su familia, Lakshmi le dio unas palmaditas en la mejilla.

—No toleraré más atentados a tu vida. Yo, tu madre, ¡lo prohíbo!

Sonriendo cansinamente él la besó en la mejilla.

—Espero que el Universo oiga eso.

Él fue el último en ser interrogado. Cuando el magistrado lo despidió asegurándole que el desagradable asunto se resolvería discretamente, fue a su despacho y descubrió que Randall estaba ahí esperándolo con una copa de coñac entre las manos.

—Felicitaciones por sobrevivir a la cena del infierno —le dijo, pasándole otra copa llena de coñac—. Si alguna vez un hombre se ha ganado una copa, eres tú.

—Gracias —dijo Adam, y fue a sentarse en un sillón, sintiendo bajar sobre él un aplastante cansancio—. No recuerdo haber tenido la costumbre de emborracharme hasta quedar inconsciente, pero podría probarlo.

—No te lo aconsejo —repuso Randall, bebiendo un trago—. El precio es demasiado alto a la mañana siguiente. ¿Has recuperado la última parte de tu memoria?

—Creo que sí. —Hizo un examen mental—. Eso sí, no recuerdo nada de la explosión. Tengo la impresión de que eso ha desaparecido para siempre. Pero por lo demás, se han llenado todas las lagunas.

—Me alegra que tu puntería resultara ser tan buena como siempre.

—A mí también —dijo Adam, y bebió un trago de coñac; le temblaron las manos—. No dejo de pensar con qué facilidad podría haber matado a Mariah.

—Pero no la mataste. Fue un riesgo calculado. Si no lo hubieras intentado seguro que ella habría muerto a manos de Shipley. Estaba empeñado en matar.

—Eso fue lo que pensé.

Bebió otro poco de coñac, tratando de no recordar el momento en que la bala le destrozó el cráneo a Shipley.

—Antes de esta noche nunca habías matado a un hombre —dijo Randall en voz baja.

Adam apretó la mano alrededor de la copa.

—Récord que ojalá hubiera mantenido. Volvería a hacerlo sin vacilar, pero soy un cobarde. Preferiría no haberle disparado.

—Eso no te hace un cobarde. Significa que tienes alma.

Adam notó que comenzaba a relajársele la tensión.

—Son cosas dolorosas las almas, pero supongo que es mejor que no tenerlas.

Randall le miró atentamente la cara. Habiendo decidido, al parecer, que estaría bien, se bebió el resto del coñac y se levantó:

—Ve a descansar, Ash. Mañana el mundo te parecerá un lugar mejor.

—Gracias por estar pendiente de mí —dijo Adam.

Randall esbozó una excepcional sonrisa.

—¿Cómo tú siempre lo has estado de mí? Me alegra haber tenido la oportunidad de devolver el favor. —Le tocó el hombro al pasar en dirección a la puerta—. No dejes que ganen los cabrones, Ash.

Cuando se cerró la puerta Adam cerró los ojos y buscó el centro tranquilo y callado de su alma. En ese momento no estaba para hacer verdadera meditación, pero cuando se le calmó el espíritu reconoció final y totalmente el inmenso beneficio que había salido de esa velada traumática: estaba libre para casarse con Mariah. Nada se interponía entre ellos.

A no ser tal vez, ella misma. Podría estar pensando mejor lo de casarse con un hombre que podía ser causa de que la mataran simplemente por estar a su lado.

Pero ya no le quedaba ninguna duda. Apuró la copa, salió del despacho y se dirigió a la escalera. Era la medianoche de un día terrible, y ansiaba estar con Mariah tanto como ansiaba el aire para respirar. Habían experimentado muchas cosas juntos en poco tiempo. Demasiadas tal vez. Había habido engaño y perdón, y pasión. Ah, sí, pasión.

Fue hasta la habitación de ella y entró silencioso. No había ninguna lámpara encendida, pero las cortinas abiertas dejaban entrar la luz de la luna lo suficiente para ver el pequeño cuerpo acurrucado en el medio de la cama. Estaba totalmente tapada, rechazando al mundo.

Se quitó los zapatos y la chaqueta y se tendió junto a ella, tratando de no despertarla al poner el brazo sobre su cintura. Por el momento, le bastaba estar cerca.

Pese a su cuidado, ella suspiró y bajó las mantas que le cubrían la cabeza. Su pelo revuelto se veía muy claro a la luz de la luna y sus delicados rasgos parecían más etéreos que reales. Le sonrió acogedora, con expresión cansada.

—¿Ya se ha acabado el día? De verdad, de verdad, deseo que se haya acabado.

—Es pasada la medianoche, así que oficialmente es mañana. Estoy tan agotado que no podría hacer nada aparte de dormir, pero deseaba dormir contigo. —Le apartó tiernamente el pelo de la cara, pensando que sus mechones parecían rayos de luna—. ¿Quieres casarte conmigo, Mariah? Cuanto antes, mejor.

Se le oprimió el corazón al ver que ella fruncía el ceño.

—Que no estés comprometido con Janey no significa que estés obligado a casarte conmigo. Shipley reveló mi conducta inmoral —añadió, con la voz quebradiza—. Si eso pasa a conocimiento público será un gran escándalo.

—Aun en el caso de que hubiera existido el compromiso, ya había decidido romperlo. —Le buscó la mano por debajo de las mantas y se la sacó para besarle las yemas de los dedos—. Cuando estuve tan cerca de perderte decidí que al diablo el escándalo. Me alegra y alivia que Janey no tenga que sufrir, pero me habría casado contigo de todos modos.

Ella le escrutó la cara.

—Han ocurrido muchas cosas. Tal vez deberíamos esperar unos meses. La normalidad podría... cambiarlo todo.

Él entrelazó los dedos con los de ella.

—No cambiará el hecho de que te amo.

Ella se mordió el labio.

—¿Estás seguro? Tal vez sólo se debe a que yo estaba a mano cuando pasabas por un periodo difícil. Tus sentimientos podrían cambiar en cuanto hayas tenido tiempo de relajarte y observar tu entorno.

A él le dolió esa incertidumbre, hasta que recordó que esa noche había sido para ella tan terrible como para él. Además, toda su vida había vivido en los márgenes de la alta sociedad. En ese momento necesitaba consuelo y persuasión.

—Me pasé años observando la sociedad londinense, y nunca encontré una mujer con la que deseara casarme. Tú eres la mujer ideal para mí, Mariah. Un amor de mil vidas. Espero que sientas lo mismo por mí.

Ella le apretó la mano.

—Claro que te amo. ¿Cómo podría no amarte? Simplemente no quiero que lo lamentes alguna vez.

Él sintió pasar una alegría burbujeante por todo él, que se llevó la tensión y la pena de esa noche.

—Qué tontería. Soy duque, fogoso, fuerte, poderoso, egoísta y decidido. Si veo algo que deseo, lo tomo. Y te deseo a ti. —La besó; su boca era más dulce que la miel, más adictiva que el opio—. Prepárate para ser dominada y arrollada, mujer. Eres mía, ahora y para siempre.

—En ese caso, mi queridísimo amor, me casaré contigo, ciertamente. —Se rió con una alegría que igualaba a la de él—. ¿Me vas a hacer el amor, mi fogoso duque?

—Por supuesto, al instante, una y otra vez. A no ser que tú desees hacerme el amor a mí. Yo colaboraré alegremente. —Le rozó la oreja con los labios—. Compraré una licencia especial. Sarah será tu dama de honor. Serás mi duquesa antes que se te ocurran más motivos estúpidos para rechazarme.

—Eres tan poderoso que es imposible resistirte. Me resigno a ser duquesa. —Con una sonrisa radiante, le puso la mano en la mejilla—. Te quiero, Adam Darshan Lawford. Eres mi regalo del mar. No puedo creer la suerte que tengo.

—La suerte es de los dos. Le debo gratitud a mi traicionera tía. Si no fuera por ella no te habría conocido.

Metió la mano bajo las mantas y la apoyó sobre un cálido pecho, tan perfecto, cubierto por la desgastada tela de algodón como si lo estuviera por lujosa seda.

Ella retuvo el aliento e introdujo los dedos por entre su pelo, atrayéndole la cabeza para besarlo. Él se sintió como si hubiera llegado a su hogar por primera vez en su vida.

—Sospecho que te he amado antes —musitó—. Los hindúes creen en la reencarnación, ¿sabes? Eso podría significar que nos hemos amado antes y volveremos a amarnos después.

—Me gusta la idea de que estamos unidos a través del tiempo. Un mundo sin fin, amén. —Sonriendo traviesa le soltó la arrugada corbata y deslizó la mano por debajo de la camisa hasta apoyarla en su pecho—. ¿Cuánto de cansado dijiste que estabas?

No tanto como él había creído.

En realidad, no estaba nada, nada cansado.

www.titania.org

Visite nuestro sitio web y descubra cómo ganar
premios leyendo fabulosas historias.

Además, sin salir de su casa, podrá conocer
las últimas novedades de
Susan King, Jo Beverley o Mary Jo Putney,
entre otras excelentes escritoras.

Escoja, sin compromiso y con tranquilidad,
la historia que más le seduzca
leyendo el primer capítulo de cualquier libro
de Titania.

Vote por su libro preferido y envíe su opinión
para informar a otros lectores.

Y mucho más...

3/15 ① 5/14
11/18 ③ 11/16